民國文化與文學^{研究}_{文叢}

民國文化與文學研究文叢

十七編

李 怡 主編

第 9 冊

中國現代傳記文學理論的流變（1901～1949）（上）

馮 阿 鵬 著

國家圖書館出版品預行編目資料

中國現代傳記文學理論的流變（1901～1949）（上）／馮阿鵬
著 -- 初版 -- 新北市：花木蘭文化事業有限公司，2024〔民
113〕
序 2+ 目 4+208 面；19×26 公分
（民國文化與文學研究文叢 十七編；第 9 冊）
ISBN 978-626-344-849-0（精裝）
1.CST：傳記文學 2.CST：中國文學史
820.9　　　　　　　　　　　　　　　　　113009394

ISBN-978-626-344-849-0
9 786263 448490

民國文化與文學研究文叢
十七編　第　九　冊
　　　　　　　　　　　ISBN：978-626-344-849-0

中國現代傳記文學理論的流變（1901～1949）（上）

作　　者　馮阿鵬
主　　編　李怡
企　　劃　四川大學中國詩歌研究院
總 編 輯　杜潔祥
副總編輯　楊嘉樂
編輯主任　許郁翎
編　　輯　潘玟靜、蔡正宣　美術編輯　陳逸婷
出　　版　花木蘭文化事業有限公司
發 行 人　高小娟
聯絡地址　235 新北市中和區中安街七二號十三樓
　　　　　電話：02-2923-1455／傳真：02-2923-1452
網　　址　http://www.huamulan.tw 信箱 service@huamulans.com
印　　刷　普羅文化出版廣告事業
初　　版　2024 年 9 月
定　　價　十七編 11 冊（精裝）台幣 28,000 元
　　　　　　　　　　　　　　　　版權所有・請勿翻印

中國現代傳記文學理論的流變（1901～1949）（上）

馮阿鵬　著

作者簡介

馮阿鵬，1979 年生於山東莒南，上大學前的 20 年在故鄉（淮河以北）生活、讀書，上大學後的 20 年在異鄉（長江以南）讀書、生活。讀書、工作、生活，力求真與實；有一點書生意氣，進取心強而常有所不為。作為一個文科生，萬里路是必要的，本科求學於粵東（汕頭大學），研究生求學於蘇南（蘇州大學），博士求學於閩南（廈門大學），此外，在廣州、深圳、無錫、寧波、上海、南京也短暫工作生活過。耳聽，目接，身感，我以我身與世界相遇，抱著一點奢望——讓世界將我鍛造成器。

提　　要

　　二十世紀上半葉中國傳記文學「理論」的主要形態為「亞理論」，其主要載體為報刊。報刊既促進了傳記文學獨立形象的生成，又促進了傳記文學理論的發展。這些「亞理論」包括域外傳記文學理論的譯介和中國學者傳記文學理論的生發兩個部分：梁啟超、胡適、梁遇春、任美鍔、蔡振華、歐陽竟、戴鎦齡、周駿章、許君遠、費鑒照、邵洵美、呂琪、豈哉、白樺、坎侯、笙、曼如等對域外傳記文學理論的譯介做出了重要貢獻；在域外傳記文學理論的全面譯介背景下，中國現代傳記文學理論的闡發呈現出「百家爭鳴」的局面——程滄波、湯鐘琰、楊振聲、梓坡、許傑、寒曦、張芝聯、湘漁、蘇芇芷、鄭天挺、曹聚仁、許壽裳、朱東潤等在傳記文學是屬「史」還是屬「文」等一系列關於中國現代傳記文學理論核心要素等問題上做了相對豐富的探討。

　　從晚清到民國，以時間為線，中國傳記文學的現代性進程在整體上表現為避免淪為政治、道德和歷史性的附庸；中國古代傳記和中國現代傳記文學的主要區別是工具性和自主性的區別，二者是中國現代傳記文學理論研究的主要關注點。

　　中國現代傳記文學歷史「包袱」沉重，梁啟超的傳記文學思想中有很多「新質」，但是它仍然是屬「史」的；胡適的傳記文學思想傾向總體是屬「文」的，卻又帶有明顯的史學特徵；朱東潤對現代傳記文學理論的認識總體上高於梁啟超和胡適，但是歷史「包袱」依然明顯。

答范玲問:「文史對話」的文學立場
——《民國文化與文學研究文叢・十七編》代序

李 怡

一、「文史對話」的歷史來源

范玲(以下簡稱「范」):李老師您好,八年前您曾以「文史對話」替換「文化研究」這一概念,並用以指涉新時期以來中國現當代文學研究界逐漸興起的某種研究趨向。〔註1〕我注意到,您在當時的討論中傾向於將「歷史」「文化」視為一個詞組而並未對二者作出明確的區分。請問這樣一種處理是否有特別的原因?

李怡:(以下簡稱「李」):從 1980 年代到 1990 年代,一直到新世紀的今天,文學研究實質上一直在試圖走出「純文學」的視野,希望在更廣大的社會文化領域開闢新的可能性。但與此同時,中國之外的西方文學世界也正在發生一個重大的變化,也就是我們今天看到的所謂「文化研究」的興起。這一研究趨向也在這個時候開始逐漸在我們的學術領域裏產生重要的影響,不僅文學研究界,歷史學界也在發生著重要的變化。

文學界的變化就是越來越強調從歷史文獻中尋覓文學的意義解讀,而不是對文學理論的某種依賴。這裡的歷史文獻包括文字形態的,當時也包括對文學發生發展背後的一系列社會史事實的瞭解和梳理。

在歷史學界,就是所謂後現代歷史觀的出現,以及微觀史學這樣一個方法

〔註1〕參見李怡:《文史對話與中國現當代文學研究》,《中國社會科學》2016 年第 3 期。

的出現，它們都在很大程度上改變了我們過去習慣的那套思維方式——不再局限於將歷史認知僅僅依靠於一系列的「客觀的」歷史事實，如文學這樣充滿主觀色彩的文獻也可以成為歷史的佐證，或者說將主觀性的文學與貌似客觀的歷史材料一併處理，某種意義上，歷史研究也在向著我們的文學研究靠近。

這個時候，整個文學思維和文學研究的方法也開始面臨一個特別複雜的境況。正是在這樣的背景下，當我們需要探討從 1980 年代中期的「方法熱」到 1990 年代再至新世紀，這一二十年圍繞文學和社會歷史這一方向所發生的改變，就不得不變得特別謹慎和小心。所以你說我八年前在使用這些相關概念時，顯得特別謹慎，我想原因就在於，當時無論是用「文史對話」來替代「文化研究」，還是在不同的意義上暗含著對「歷史」「文化」的不同的理解，都包含了我對這樣一個複雜的文學研究狀態的一個更細緻的理解。

范：那麼在這樣一種複雜的背景下，我們應該如何更好地理解和界定「文史對話」這一概念呢？能否談談用這一概念替換「文化研究」的原因還有這種替換的有效性？

李：實質上，在《文史對話與中國現當代文學研究》這篇文章裏，我涉及到了好幾個概念。所謂 1980 年代中後期的學術方法，我其實更傾向於認為它既不是今天的「文史對話」，也不是我們 1990 年代所說的「文化研究」，我把它稱為「文化視角」的研究。什麼是「文化視角」的研究呢？就是從不同的文化角度解釋文學現象，這是和 1980 年代初期到中期的方法論探討聯繫在一起的。而這個方法論，它本質上是為了突破新中國建國後很多年間構成我們文學研究的一個最主要的統治性的研究方法，也就是所謂的社會歷史研究。

當然，我們曾經從社會歷史的角度來研究、解釋文學，這是沒有問題的，但在那個特殊的年代，這幾乎被作為我們解釋文學的唯一方法，一種壓倒性的，甚至是和政治正確緊密聯繫在一起的方法。而 1980 年代初期和中期開始的方法論更新，則意味著我們開始可以從不同的角度認知文學，解釋文學。一個評論家擁有了解釋的權利，而且能夠通過這樣的解釋發現文學更豐富的內涵，那麼所謂從社會歷史或者社會文化的角度來解釋文學，那就只是其中的一個方法，而且在當時就出現了比如從不同的文化方向解釋文學發生、發展規律的一些重要嘗試。

著名的「二十世紀中國文學」概念中專門就有一部分是談「文化視角」的。他們仍然認為「二十世紀中國文學」中一個非常重要且不能被取代的角度，就

是從文化角度研究、分析並解釋我們中國文學的發展問題。所以那個時候，這個所謂的「文化視角」研究是非常重要的一個思路。隨著 1980 年代後期，比如尋根文學思潮的出現，文化問題再一次成為了我們學界關注的一個重心。那個時候，是所謂「文化熱」。這個「文化視角」實際上是伴隨著人們那時對整個文化問題的興趣而出現的，這是 1980 年代。

范：也就是說，我們其實是需要回到學術史發展的整體脈絡當中去重新梳理其中變化的軌跡，才能夠更好地理解和把握「文史對話」這一概念的，對嗎？

李：對的。事實上，到了 1990 年代中期，情況就發生了一個變化。這裡面有一個標誌性的事件，那就是 1994 年汪暉與美國加州大學洛杉磯分校的李歐梵教授在《讀書》雜誌上發表的系列對話。他們從西方學術史的角度出發，追問什麼是「文化研究」，「文化研究」與地區研究的關係等問題。這個在學術史上被看作新一輪「文化研究」的重要開端。值得注意的是，像汪暉、李歐梵所介紹和追問的「文化研究」，其實不同於我剛才說的中國學者在 1980 年代借助某些文化觀點分析文學的這樣一種研究方法。

英國學者雷蒙‧威廉斯和霍加特的「文化研究」是對歷史文化本身的各種文化元素的研究，而不再是我們討論文學意義時的簡單背景。1980 年代，我們強調通過社會歷史文化背景來進一步解釋文學產生過程的基礎問題，但是在「文化研究」裏，這些所謂的社會歷史文化元素，不再是背景，他們本身就成為了研究考察的對象。或者說，那種以文學文本為研究中心，而其他社會歷史文化都作為理解文本意義的這樣一個模式，是被超越了，突破了。整個社會文化被視作一個大的「文本」。

范：那這樣一種「文化研究」的範式是怎樣逐步被中國文學研究界接納並最終獲得較為廣泛的發展和影響力的呢？

李：其實在 1990 年代首先意識到這種重大變化的並不是我們的現當代文學研究界，而是文藝學研究界。那時可以說是廣泛地介紹和評述了這個所謂的「文化研究」。1990 年代中期以後，一大批學者成為了「文化研究」的介紹者、評述者，包括像是李陀、羅崗、劉象愚、陶東風、金元浦、戴錦華、王岳川、陳曉明、王曉明、南帆、王德勝、孟繁華、趙勇等基本都是以文藝理論見長的學者。他們的意見和介紹，在某種意義上，是將正在興起的「文化研究」視為了超越中國文藝學學科自身缺陷的一個努力的方向。

　　這種來自文藝學界的對「文化研究」的重視，發展至 1990 年代後期已相當有聲勢，並且開始對中國現當代文學研究界造成衝擊和影響。一些中國現當代文學研究界的學者也開始提出文學的「歷史化」問題，正是在這個時候，新歷史主義的歷史闡釋學和福柯的知識考古學被較多地引入到了中國現當代文學研究界。洪子誠老師的《中國當代文學史》被公認為中國當代文學學術化與知識化研究的開創之作。這本書的一個基本觀點可以說改變了中國當代文學研究的格局，那就是：「本書的著重點不是對這些現象的評判，即不是將創作和文學問題從特定的歷史情境中抽取出來，按照編寫者所信奉的價值尺度（政治的、倫理的、審美的）做出臧否，而是努力將問題『放回』到『歷史情境』中去審察。」〔註2〕

　　范：中國當代文學研究格局變化了以後，是否也對中國現代文學研究產生了直接的影響呢？

　　李：如果我們對百年來中國文學研究的變化作一個更細緻的區分的話，我覺得中國現代文學研究和中國當代文學研究的內部可能還存在一些差異。當代文學研究是最早提出「歷史化」這個問題的，這與當代文學這個學科一開始就存在爭議有關。1980 年代，人們其實仍然在討論當代文學應不應該寫史的問題，到了 1990 年代後期，當代文學研究界便提出了「歷史化」的問題。這其實就讓當代文學是否應該寫「史」成為了過去，而這個「史」從什麼時候開始，怎樣才能寫「史」，就是重新再「歷史化」的一個過程。這是對文學背後所存在的巨大的歷史現象加以深刻的、整體關注和解讀的結果。

　　那麼現代文學呢，它的反應沒有當代文學那麼急切。但是，可以說從 1990 年代後期到新世紀開始，現代文學研究界同樣也提出了在不同社會文化背景中進一步深挖現代文學的歷史性質種種可能性。包括我自己在內的一些學者對「民國文學」的重視。「民國文學」作為文學史的概念最早是張福貴教授完整論述的，後來又有張中良老師，丁帆老師等等，我們所探索的民國文學史的研究方法，其實都是和這個歷史事實的追尋聯繫在一起的。

　　范：感覺這種「歷史化」的訴求以及對歷史材料的關注發展到今天似乎已經非常廣泛而深入地嵌入進了中國現代文學和當代文學研究的內部。在您看來，這種研究趨向的興盛依託的核心動力是什麼呢？它和 20 世紀 90 年代以來愈發強烈的「回到歷史現場」的訴求是怎樣一種關係？

〔註2〕洪子誠：《中國當代文學史》，北京大學出版社，1999 年，第 5 頁。

李：所有這些變化背後最重要的動力，我覺得還是尋找真相。其實文學研究歸根結底就是為了尋找真相。過去為什麼我們覺得真相被掩蓋了，是因為我們很多所謂的研究方法和理論，最後在成熟的過程當中，越來越成為凌駕於文學作品之上的一個固定不變的原則，甚至在一段時間裏邊兒，這種原則與政治正確還聯繫在一起，這裡面當然充滿了人們對「方法」和「理論」的誤解。

所謂「回到歷史現場」，其實是這個大的文化潮流當中的一個具體的組成部分。「歷史化」是當代文學經常願意使用的一個概念，而現代文學呢，則更願意使用「回到歷史現場」的表述。所謂「回到歷史現場」，意思就是說，我們過去的很多解釋是脫離開歷史現場，從概念或者某種理論的方法出發得出的結論。那麼，「回到歷史現場」重要的其實就是破除這些已經固定化的方法對我們的思維構成的影響，重新通過對具體現象的梳理，來揭示我們應該看到的真相。當然這裡邊兒有很多東西可以進一步追問，比如「現場」是不是只有一個？回到這個「現場」是否就是一次性的？……其實只要有方法和外在理論束縛著我們，我們就需要不斷回到歷史現場。歸根結底，這就是我們發揮研究者自身的主體性，用自己的眼光，自己的心靈來感受這個世界的一個強大的理由。

二、「文」與「史」的相異與相通

范：您此前曾談到，「文史不分家」本就是「中華學術的固有傳統」，史學家王東傑教授也曾撰寫《由文入史：從繆鉞先生的學術看文辭修養對現代史學研究的「支持」作用》一文，對中國「文史結合」的學術傳統進行了重申與強調。〔註3〕而新文化史研究興起以後，輕視文學資料的成見亦逐漸在史學界得到改變，不僅文學作品、視覺形象等被發掘為了史料，甚至一些歷史學者亦開始嘗試文學研究的相關課題。請問史學界的這一研究轉向與前面討論的文學研究界的變化是否基於同一歷史背景？兩者的側重點是否有所不同？它們的核心區別在何處？

李：今天文學研究在強調還原歷史，回到歷史情境，並希望通過歷史和文化來解讀文學的現象。同樣的，歷史研究也在尋求突破，也在向文學靠近。特別是在後現代歷史觀的影響下，歷史研究已經從過去的比較抽象、宏大的歷史

〔註3〕參見王東傑：《由文入史：從繆鉞先生的學術看文辭修養對現代史學研究的「支持」作用》，《四川大學學報（哲學社會科學版）》2014年第6期。

敘述轉向微觀史、個人生活史、日常生活史的敘述，而並不僅僅局限於對客觀歷史文獻的重視，當前人的精神生活也被納入進了歷史分析的對象當中。那麼這個時候，歷史研究和文學研究是不是就成了一回事呢？兩者是否最終就交織在一起，不分彼此了呢？

這就涉及到歷史學的「文史對話」和文學的「文史對話」之間微妙的差異問題。在我看來，今天我們強調學科的交叉和融合，固然是一個值得注意的傾向，但是在交叉、融合之後，最終催生的應該是學科內部的進一步演變和發展，而不是所有學科不分彼此，都打通連成了一片。當然，交叉、融合本身可能是推動學科進一步自我深化的一個重要過程或路徑，這就相當於《三國演義》裏面，我們都很熟悉的那句話——「天下大勢，分久必合，合久必分」。我們因為某種思維的發展，需要有合的一面，需要有學科打破界限，相互聯繫的一面；但是，另外一個歷史時期，我們也有因為那種聯合，彼此之間獲得了啟示，又進一步各自深化，出現新一輪的個性化發展的一面，我覺得這兩種趨勢都是存在的。

在這個意義上，我們回頭來看其實會發現，歷史學的「文史對話」實質還是通過調用文學材料，或者說是人主觀精神世界的一些感受來補充純粹史學材料的不足，或者說通過對人的精神現象、情感現象的關注，來達到他重新感受歷史的這樣一個目的。他最終指向的還是歷史。眾所周知，歷史學家陳寅恪是「文史互證」的著名的提出者，在前人錢謙益治學方法的基礎上，陳寅恪先生要做的就是用文學作品來補充古代歷史文獻的欠缺，唐代文獻不足，但是先生卻能夠從接近唐代的宋、金、元的鶯鶯故事中尋覓重要的歷史信息：崔鶯鶯的出生門第，唐代古文運動與元白的關係等等，這是「以文證史」。而文學研究中的「文史對話」走的路徑則正相反，它是通過重塑歷史材料來重建我們對歷史的感覺，重建研究者對歷史的感受，通過重新進入文學背後的歷史空間，我們獲得了再一次感受和體驗文學所要描述的那個世界的重要機會，從中也真正理解了作家的用意與精神狀態。換句話說，他最根本的目標還是指向文學感受的，是「以史證文」。一個是重建「歷史」，一個是重建「文學」，這就是史學的「文史對話」和文學的「文史對話」之間很微妙但又很重要的一個差異。當然，今天由於這兩個學科都在向著對方跨出了一步，所以往往在很多表述方式上，你可以看到他們有一些相通之處，我們彼此之間也可以展開更密切的相互對話。

范：我記得英國歷史學家托馬斯・麥考萊（Thomas Macaulay）曾說，「歷史學，是詩歌和哲學的混合物」〔註4〕；而錢鍾書在《管錐篇》中也有提到：「史家追敘真人真事，每須遙體人情，懸想事勢，設身局中，潛心腔內，忖之度之，以揣以摩，庶幾入情合理，蓋與小說、院本之臆造人物、虛構境地，不盡同而可相通。」〔註5〕他們好像都正好談到了歷史學與文學的某種相通之處，您認同他們的看法嗎？

李：無論是歷史學家托馬斯・麥考萊，還是中國的文學作家、學者錢鍾書，的確都道出了「文學」和「歷史」的相通之處。「歷史」更注意科學和理性，但它也關乎「人」。所以我們可以說它是「詩歌和哲學的混合物」，「詩歌」這個詞就強調了它的主觀性，「哲學」則強調了它理性思考的層面。我想，「文學」和「歷史」最根本的相通還是它們都是對「人」的描述，歷史描繪的中心是人，文學表達的情感中心也是人，所以它們能夠相互連接，相互借鑒，或者說「文學」和「歷史」能夠相互對話。

不過，就像我前面所說的，這兩者的表現形式有很多相通之處，但目的不同。「文史對話」的歷史研究根本上是為了解釋歷史，為了對歷史本身進行描述，而文學的「文史對話」則是要重建我們的心靈。這背後的不同是文學學科和歷史學科的不同。歷史學科歸根結底還是重視一種理性的概括，而文學學科更重視的則是對鮮活生命感受的完整呈現。

三、回到「文學」的「文史對話」

范：從您的表述中我好像能比較明顯地感受到您對於文學研究「自身的根基」問題似乎有著愈加強烈的憂慮感受。在八年前的那篇文章裏，您已在討論「文史對話」的相關議題時談到，史學家「以文學現象來論證歷史」與文學研究者「借助歷史理解文學」其實有很大不同，並強調「跨出文學的邊界，最終是為了回到文學之內」。〔註6〕而在去年發表的《在歷史中發現「文學性」》中，您則更進一步地指出，「我們必須回應來自文化研究和歷史研究的『覆蓋式』衝擊」，重提「文學性」的問題，以避免「文學研究基本自信和價值獨立性的

〔註4〕參見易蘭：《西方史學通史》第5卷，復旦大學出版社，2011年，第68頁。
〔註5〕錢鍾書：《管錐編》第1冊，中華書局，1979年，第166頁。
〔註6〕參見李怡：《文史對話與中國現當代文學研究》，《中國社會科學》2016年第3期。

動搖」。〔註7〕既然您如此在意「文」與「史」的邊界問題，為何仍會提出「文史對話」這樣一個概念並著力加以強調呢？

李：事實上，我之所以要強調「文史對話」，正是想提出一個更大的可能性以及今天我們的中國現當代文學研究如何獲得自身獨立品格的這樣一個問題。因為無論是 1980 年代的「文化視角」，還是 1990 年代從文藝學學科裏面生發出來的「文化研究」，我覺得都是呈現了來自國外學科發展的一個趨勢，它並不能夠代替我們中國現當代文學對自身文學現象的理解。固然我們可以把很多精力花到文學背後更大的歷史當中去，並且這大概在今天已經成為一個不可逆轉的趨勢。我們看到很多高校的研究生在他們的學位論文裏面，我們甚至看到高校的這些研究生的導師們，這些知名的學者，在他們近幾年的文章裏面，越來越傾向於淡化文學研究，強化文學背後的歷史研究、文化研究的份量。我想，越是在這個時候，新的問題也應該引起我們更自覺的思考——那就是隨著我們越來越重視對歷史和文化的研究，文學研究還有沒有自身獨立性的問題。

正是在這個意義上，我所謂的「文史對話」其實指的是一個更寬泛意義上的認知「文學」的努力，一種與文學學科、歷史學科相互借鑒的方法。我傾向於把它視為一個大的概念，在這個大的概念裏邊兒，1980 年代的「文化視角」，1990 年代的「文化研究」和我們「以史證文」式的文學研究應該是不同的趨勢和路徑。

范：能否請您再詳細談談促使這樣一種學科危機意識在當前變得愈發顯明的原因？

李：其實我們在今天之所以會重新提出「文史對話」的起源及其歷史作用等問題，都是基於對當下學術發展態勢的一個觀察。1990 年代以後，「文學」和「歷史」的這種對話便逐漸構成了我們今天不可改變的一個大的歷史趨勢，其中一個特別引人注目的現象就是越來越多的文學研究者開始介入文學背後歷史現象的討論，而逐漸脫離開了文學研究本身。一個文學的批評者幾乎變成了一個歷史的敘述者，越來越多的文學研究主題演變為了歷史故事的主題。這已經成為我們今天學術研究裏邊兒最值得注意的一個傾向，包括一些研究生的碩士論文，也包括我們經常看到的發表在報刊雜誌上的一些文學研究的論文都是如此，以至於前些年就有學者發出了這樣的憂慮，那就是文學研究本身

〔註7〕參見李怡：《在歷史中發現「文學性」》，《學術月刊》2023 年第 5 期。

還有沒有它的獨立性？這裡面一個很深刻的問題是，如果文學研究因為走上了「文史對話」的道路就逐漸的與歷史研究混同在一塊兒，或者文學研究已經主要在回答歷史的一些話題，那麼我們的文學研究還有什麼可做的呢？又何必還需要我們「文學」這樣的學科呢？

而且，更重要的是，一個文學研究者的起點，歸根結底其實還是我們對人的精神現象的一種感受。當我們僅僅從這種感受出發，試圖對更豐富的歷史事實做出解釋的時候，這裡是否已經就暴露出了一種先天性的缺陷？例如我們不妨嚴格地反問一下自己：文學研究是否真的能夠替代歷史研究？如果我們的文學批評、文學研究在內容上其實已經在回答越來越多的歷史學的問題，那麼我們就不能不有所反省，這樣以個人感受為基礎的歷史描述是否已經包含了更多的歷史文獻，是否就符合歷史考察的基本邏輯？如果我們缺乏這樣的學術自覺，那就很可能暗含了一系列的學術上的隱患，這其實就是文學所不能承受的「歷史之重」。

今天，我們重提「文史對話」的意義，重新檢討它的來龍去脈，我覺得一個非常重要的傾向，就是通過對學術史的重新梳理來正本清源。我們要進一步地反思我們文學研究自身的目標是什麼。我們和歷史研究可以相互借鑒，在很大意義上，我們在方法、思維上都可以互相借鑒，取長補短，但是我們最終有沒有自己要解決的問題？

范：那文學研究最終需要自己解決的問題在您看來應該是什麼呢？

李：我覺得這個問題是很明確的，那就是解決「人」的精神問題，解決「人」心靈發展的問題，這是一個非常重要的方向。「文史對話」對於「文學」而言應該是關於心靈走向的對話，對於「歷史」而言可能就是關於歷史進程的對話。儘管「心」與「物」或者說「詩」與「史」之間常常互相交織、溝通，但歸根結底，「文史對話」對我們文學研究而言，是為了保持文學研究本身的彈性與活力。有的人就是因為我們過去的學術研究日益走向僵化、固定化，因此提出了文學走出自身，走向歷史的這樣一個過程。但是我想要強調的是，即便我們再頻繁地遠離開了我們的文學，但只要還是文學研究，便最終仍會折回到我們的起點，這也是文學研究所謂的「不忘初心」。

我最近為什麼會提出一個「流動的文學性」概念，也是因為，我們不斷地突破「文」，最後卻遺忘了「文學性」，或者根本的就拋棄了「文學性」。這裡邊兒一個可擔憂的地方在於，我們再也找不到我們文學的研究了。我們離開了

文學研究，是否就真的成為了一個歷史學者或者思想史的學者？我覺得事實上也不是那麼簡單。一個真正的歷史學者和思想史的學者，他有他的學科規範，有他的學科基礎、目標和範式，如果我們在歷史學界或者思想史學界對我們來自文學界的學術成果進行一番調研的話，你可能會發現我們很多所謂離開文學的「文史對話」也未必獲得了歷史學界或者思想學界的完全認可。他們同樣會覺得我們不夠規範，或者認為中間存在很多的問題。

這其實就是啟發我們，一個真正的文學研究者即便離開文學，在文學之外去尋找靈感，尋找問題的解答思路，但我們最終都不要忘了，我們是為了解決或者解釋文學的某些獨特現象，才暫時離開了文學。這樣的話，我們的文學研究實際上就是不斷地在其他學科的發展當中汲取靈感，一次次地汲取靈感，並使我們一次次地呈現出不同的文學景觀。隨著我們學術研究的不斷發展，我們獲得的不同文學景觀就呈現為一種流動性，這就是我說的「流動的文學性」。文學性在流動，但是它還是有文學性，並不等於歷史研究，也不等於思想史考察，當然也不是純粹的社會文化問題的研究。我們還是為了研究文學的問題，而不是社會文化問題，這就是這兩者之間的邊界和差異。

范：確實，若無法在「文史對話」的過程中恰當處理「文」與「史」的邊界問題，甚而直接將歷史學或思想史問題的解決視為了文學研究的至高追求，這對於以「感受」為基點的「文學」而言不僅難以承受，還將使文學研究自身的根基變得愈加脆弱。不過，時至今日不論是在文學研究界，還是在歷史研究界，亦出現了許多「文史對話」的有益成果。請問在您看來，有哪些代表性的研究成果能夠作為某種示例供以參照？「文史對話」這一漸趨成熟的研究方法於當前的文學史研究而言還存在哪些尚待發掘的意義與可能性呢？

李：要我對學科發展的未來做詳細的預測，我覺得這是很難的，因為既然是「流動的文學性」，一切都在不同研究者個體的體驗當中，個體體驗越豐富，就越是多元化的、百花齊放的景象。惟其如此，我們的文學研究才能突破固有的、僵死的邊界，走出一個更為廣闊的未來。不過在這裡呢，我很願意推薦我很尊敬的，中國社會科學院文學研究所的研究員劉納老師在 1990 年代後期出版的一本代表作——《嬗變——辛亥革命時期至五四時期的中國文學》。

這本書寫的是晚清到五四前夕這段時期中國文學演變的基本事實，其中最重要的一個特點是，這部分文學史是長期被人忽略的，包括大量的歷史材料都是我們不熟悉的，但劉納老師非常嫻熟地穿梭在這些歷史文獻當中，並清理

出了中國文學被遺忘的這一段歷史景觀。與此同時，她整個的著作不是為了重塑純粹客觀的社會歷史，而是在社會歷史的豐富景觀當中呈現了人的心靈史、精神史。所以這本書看似有很多歷史材料，但又保持了一個基本的文學的品格。而且這本著作整體上有一個從歷史材料到最後的精神現象不斷昇華的過程。尤其寫到最後一章的時候，就從更為廣泛的歷史材料的梳理當中，得出了非常深刻的關於人的精神現象以及文學發展特徵的一些結論。可以說，這就完成了從歷史文獻向著人的心靈世界觀察的一種昇華和發展。

我給歷屆的學生其實都推薦了這本書，我覺得這裡邊兒充分體現了一個優秀的中國現代文學研究者如何在歷史文獻和文學感受之間完成這種自如的穿梭，然後把心靈感受的能力，文學解讀的能力和掌握分析解剖豐富材料的能力，很好地結合起來。所以，說到「文史對話」的代表作，我仍然願意提到這本書。

序

謝　泳

　　我和阿鵬僅有一面之雅。他到廈大念書的時候，我已退休兩年了。我和他的導師賀昌盛倒是時相過從，但他從未和我提起過他這個學生。

　　有一天，阿鵬不知由何處聽說我在深圳，他恰好在珠海辦事，說想過来看看我，我們約了個地方聊天。

　　阿鵬求學經歷坎坷，言及自己的考博經歷，我深為他的執著感動，他一心向學，為念博士，可說把人生許多重要的事都耽誤了。好在蒼天有眼，讓他最後落腳廈大，也算是求仁得仁，功德圓滿了。

　　現在能考試的學生常見，好讀書的稀缺，好讀書而又有才情的學生，則更是難得一見。我初識阿鵬，感覺他身材高大，相貌堂堂，氣質更近於藝術家，但接談之後，發現他讀書多而雜，史料和理論方面的修養，在剛畢業的博士中非常難得！遇到好讀書而又有才情的學生，是我們當教員的幸運。我問及他的博士論文，他說是中國現代傳記文學流變方向，我當時即肯定了他的選題，因這個題目史論結合，便於發揮他的理論長處，同時以史料為基礎，可免蹈空之論。後來我讀了他的博士論文，感覺是一部合格的學術專著，看得出他使用材料和分析問題的能力，他的學術訓練，常常在不經意間體現出來，假以時日，我相信阿鵬會寫出更有分量的學術著作。

　　阿鵬知我過去研究過一段時間中國當代報告文學，對現代傳記文學理論尚不隔膜，當他的博士論文有出版機會的時候，一定要我寫幾句話。按說我不是合適人選，一是我們接觸極少，再是我對現代傳記文學理論根本沒有研究，我本來不想回應阿鵬的盛情，但想到阿鵬不趨時，不阿世，不媚俗，有獨立思

考的品質，有自由思想的精神，我還是沒有拒絕。

　　我只有專科學歷，嚴格說是沒上過大學的人。當年在廈大，我曾因一篇研究沈崇事件的舊文，被抓住把柄，打入另冊。這些事，阿鵬明白，但阿鵬知我，令人感動，聊綴數言，以為紀念。

　　是為序。

謝泳

二零二四年三月三日於深圳

目

次

上　冊

序　謝泳

前　言 ……………………………………………………………… 1

第一章　古代傳記文學思想的現代轉換
　　　　　（1901～1919）………………………………… 15

第一節　中國古代傳記的一般類型及其特質 ……… 15

　一、「傳記文學」的「理論」定位 …………… 15

　二、古代傳記對於傳主及其生平史料的選擇 ‥ 17

　三、「求真」與「規避／虛飾」的撰寫策略 ‥‥ 20

　四、以儒家倫理思想為中心的價值評判 ……… 24

第二節　晚清時代傳記文學理論思想的轉變 ……… 26

　一、「傳記文學」的「形象」走向獨立與
　　　明晰 ……………………………………… 26

　二、章學誠的傳記文學思想及其影響 ………… 28

　三、桐城派傳記文學書寫的「辭章／文法」
　　　策略 ……………………………………… 48

　四、晚清時代對於域外傳記的譯介 …………… 74

　五、晚清傳記文學的創作及其思想取向的
　　　初步轉變 ………………………………… 80

第三節　現代傳記文學理論的初步確立——
　　　　梁啟超的「傳記文學」理論 ……………… 87

　一、梁啟超傳記文學理論的主要觀點 ………… 87

　二、梁啟超傳記文學理論的「新」質 ………… 95

　三、「民族／國民」與個體的關係意識 ……… 112

　四、「重構歷史」——「重人」思想的產生 ‥ 115

　五、「重人」思想的「新質」 ………………… 120

第二章　白話文時代的傳記文學理論建構
　　　　（1919～1927） ………………………… 125

第一節　新文化運動對傳記文學的影響 ………… 125

　一、內容／語言變革的世俗化趨向、報刊
　　　文體的普及性和現實新聞人物的片段式
　　　傳記文學書寫 ……………………………… 125

　二、「實證／考據」方法的影響 ……………… 129

　三、「從道德轉向社會乃至政治」的價值
　　　評判立場的轉換 ………………………… 130

第二節　心理學研究的興起及其對傳記文學
　　　　理論的影響 …………………………… 132

　一、心理學在中國的引介歷程 ……………… 132

　二、心理分析對於「人」的內在「精神」
　　　因素的探索 ……………………………… 135

　三、「個體精神史／心靈歷程」視點的出現 ‥ 136

　四、「獨白／自敘傳」的傳記式「小說」的
　　　「現代」啟發：實證生平史料與「心理
　　　描述」的結合、「文學想像」與事實
　　　描述 ………………………………………… 138

第三節　胡適的傳記文學思想 ………………… 143

　一、以 1919～1927 年間胡適關於傳記文學
　　　的論述作為梳理胡適傳記文學理論和
　　　思想的依據 ……………………………… 144

　二、「勸朋友寫傳記」的起始時間、原因及
　　　影響 ………………………………………… 150

　三、胡適提出「傳記文學」一詞的考證 …… 153

　　四、胡適傳記文學思想的屬性辨析‥‥‥‥‥　161

第三章　現代傳記文學理論的初步確立

　　　　（1927～1937）‥‥‥‥‥‥‥‥　179

　第一節　域外傳記文學理論的廣泛譯介‥‥‥　179

　　一、傳記名家的譯介‥‥‥‥‥‥‥‥‥　180

　　二、對傳記文學理論多學科研究的譯介‥‥　195

　第二節　何為「傳記文學」‥‥‥‥‥‥‥‥　197

　　一、有關「傳記文學」概念的討論及其一般

　　　　定位與分歧‥‥‥‥‥‥‥‥‥‥‥　198

　　二、傳記文學／現代傳記文學的基本要素‥　203

　第三節　「自傳」的興起‥‥‥‥‥‥‥‥‥　205

　　一、他傳的外在視角及其局限性‥‥‥‥　205

　　二、胡適和同時期人對「自傳」的倡導及

　　　　其原因‥‥‥‥‥‥‥‥‥‥‥‥‥　205

　　三、「自傳」書寫的多種形式及其「新」

　　　　探索‥‥‥‥‥‥‥‥‥‥‥‥‥‥　207

下　冊

第四章　「個體傳記」的「意義」（1937～1940）‥209

　第一節　現代傳記文學的「意義」定位‥‥‥　209

　　一、文學是人的文學‥‥‥‥‥‥‥‥‥　212

　　二、文學是一種獨立的、自由的生存方式‥　213

　第二節　「民族國家」維度的介入‥‥‥‥‥　216

　　一、政府提倡民族英雄傳記‥‥‥‥‥‥　217

　　二、個人號召編輯民族英雄傳記‥‥‥‥　217

　　三、傳記的書寫以民族、國家利益為導向‥218

　第三節　「英雄崇拜」的取向‥‥‥‥‥‥‥　219

　　一、提倡偉人傳記‥‥‥‥‥‥‥‥‥‥　220

　　二、盲目提倡‥‥‥‥‥‥‥‥‥‥‥‥　221

　　三、塑造「完人」‥‥‥‥‥‥‥‥‥‥　221

　第四節　「思想」的因襲——「載道」‥‥‥　222

　　一、傳記創作的角度‥‥‥‥‥‥‥‥‥　223

　　二、傳記接受的角度‥‥‥‥‥‥‥‥‥　224

第五章　中國現代傳記文學理論的系統化建構
　　　　（1940～1949）……………………… 227
　第一節　域外傳記文學理論的全面譯介及深化… 227
　　一、域外傳記文學理論的全面譯介………… 227
　　二、域外傳記文學理論譯介的深化──
　　　　以「三大師」為代表…………………… 239
　第二節　中國批評家的理論闡發………………… 256
　　一、中西傳記文學比較視野下的傳記文學觀 256
　　二、中西傳記文學比較視野下的傳記文學
　　　　要素闡述………………………………… 259
　　三、中西傳記文學比較視野下對中國古代
　　　　傳記的審視……………………………… 264
　　四、西方傳記文學考察──歷史及特徵…… 266
　　五、史學與傳記文學……………………… 271
　　六、關於自傳的理論闡釋………………… 279
　第三節　多樣形態的理論建樹………………… 290
　　一、傳記文學屬「史」…………………… 290
　　二、傳記文學屬「文」…………………… 297
　　三、中國文化視野內的傳記文學思想……… 299
　第四節　朱東潤的「傳敘文學」思想…………… 304
　　一、朱東潤傳記文學思想概述…………… 304
　　二、朱東潤主要傳記文學思想探析………… 319

結　論 ………………………………………… 341

參考文獻 ……………………………………… 347

後　記 ………………………………………… 359

前　言

　　傳記文學研究者趙白生認為「對傳記文學的理性認識」是「一種傳記家意識」，而只有具備這一意識才能稱之為傳記作家，而當代的傳記作者普遍缺乏這一意識，從而使得「傳記文學作品層出不窮，而真正的傳記作家屈指可數」，這也就使得傳記文學成為「最難寫好的文類之一」。而「傳記文學理論研究的落後」則是導致傳記家意識缺乏的「直接原因」。〔註1〕傳記文學，以理論研究的視角來看，是一門新興「學科」，也是一門小眾「學科」。作為一門新興「學科」，其理論研究主要集中二十世紀九十年代以後；作為一門小眾「學科」，其理論成果只有為數不多的幾部著作。趙白生還認為「我國的傳記文學研究目前處於草創階段」，〔註2〕在這一階段中，先後出版了三部重量級著作：《傳記通論》（朱文華）、《傳記文學理論》（趙白生）、《現代傳記學》（楊正潤）。從一個學科理論研究的角度看，這三部著作的相繼出版可以視作現代傳記文學已經從草創到了初步發展階段——這在中國現代傳記文學理論發展史以及學科發展史上意義重大。朱文華和楊正潤不但看到了中國傳記理論發展的不足，而且有志於把傳記文學發展成為一門獨立的學科。朱文華明確其著作的目的在於建立「傳記學」及其「學科體系」；〔註3〕楊正潤自承其寫作《現代傳記學》是為了給傳記文學「建立體系」。〔註4〕朱文華以「理論篇」「歷史篇」「實踐篇」

〔註1〕趙白生：《傳記文學理論》「結語」，北京：北京大學出版社，2003 年，第 229 頁。

〔註2〕趙白生：《傳記文學理論》「引言」，第 3 頁。

〔註3〕見朱文華：《建立「傳記學」（代序）》，《傳記通論》，上海：復旦大學出版社，1993 年。

〔註4〕見楊正潤：《現代傳記學》「後記」，南京：南京大學出版社，2009 年。

三部分構建體系；楊正潤則以「傳記本體論」「傳記形態論」「傳記書寫論」三部分作體系構建，其中「傳記本體論」相當於朱文華書中的「理論篇」，「傳記形態論」相當於「理論篇」中「傳記文學作品的分類」，而「傳記本體論」則相當於「實踐篇」。但是，楊正潤的論述較朱文華遠為豐富，這只從篇幅就可以看得出來，《傳記通論》是 22 萬字，《現代傳記學》缺少傳記史──「歷史篇」──這一部分，卻仍然有 73 萬字。但是無論是朱文華還是楊正潤，他們都沒有使用「傳記文學」一詞，原因則各有不同。對於朱文華，他看到「傳記，通常又被稱之為傳記文學。」但是因為「有相當一部分人由於對傳記和傳記文學這兩個詞，主觀地予以不同的理解和把握，因而引起了概念上的混亂。」所以他認為「對於傳記和傳記文學這兩個詞兒的實際內涵作出科學的界定，是探討傳記理論所必須做的第一步工作。」〔註5〕他認為傳記和傳記文學這兩個不同的名詞其實說的是一個意思──傳記文學作品，為了避免別人因為兩個詞語的不同而望文生義，為了避免出現我們常見的以辭害義現象，還是統一稱為傳記作品比較合適。朱文華之所以得出這樣的結論，還有一個原因，那就是這樣就更容易確定「傳記文學」的屬性──屬「史」，而避免屬「文」。而如果稱傳記為「傳記文學」，其「文學」一詞無疑會對其歷史屬性產生很大干擾。他認為「傳記文學」中「文學」一詞的含義主要指向傳記文學作品的文學筆法，即一種創作技巧。〔註6〕楊正潤沒有明確傳記（傳記文學）的屬性，一方面他強調傳記的雙重屬性──屬「史」又屬「文」；一方面他強調這一屬性問題一直到現在仍然是傳記文學理論和傳記文學實踐中的重大問題。〔註7〕另外，我們也可以從他對傳記的劃分看出他對「傳記文學」一詞的態度和對傳記屬性的看法，在「傳記形態論」的論述中，他所謂的「傳記」其實際所指應為傳記文學性質的文章，外延極其廣泛，這其中有史傳、雜傳、「故事傳記」、人物表、言行錄，又有傳記工具書、亞自傳、書信、日記，還有各種現代實驗形態的傳記等，可以說是無所不包。〔註8〕既然這些傳記──也就是朱文華認為的作為／等同於／看作是「傳記文學作品」的「傳記文學」──無所不包，「傳記」的屬性也就難以界定，也就斷然不會冒然用「傳記文學」一詞來代替「傳記」。

〔註5〕朱文華：《傳記通論》，第 1 頁。
〔註6〕見朱文華《傳記通論》第 6 頁。
〔註7〕見楊正潤《現代傳記學》第 25 頁。
〔註8〕見楊正潤《現代傳記學》的中篇《傳記形態論》。

　　無論是朱文華認為傳記屬「史」，還是楊正潤認為傳記兼有「文」「史」，從根本上來說，是因為他們沒有把古代傳記（屬「史」）和現代傳記文學（屬「文」）區別開來，這從他們各自對傳記種類的劃分就可以看得出來。他們認為古代傳記和現代傳記文學都屬於傳記，是傳記發展的不同階段。因為是傳記發展的不同階段，所以就沒有必要以「傳記文學」「傳記文」等名詞加以區分，而應該統一叫做「傳記」；而只有把「傳記」這一名稱確定下來，才能建立「傳記學」——研究包括古今中外所有傳記／傳記文學性質的文章——這一門「新學科」。從人類社會的現代化進程來看，現代世界和古代世界完全不同，現代世界以其「現代性」區別於古代世界；同樣的，作為「現代世界」的一部分，現代學科及其學術研究也和古代不同；無論是傳記屬於文學還是史學，由於現代史學和現代文學都已經不同於古代史學和文學，所以，現代傳記文學自然也再無可能等同於古代傳記。另外，因為現代傳記文學最顯著的發展特徵就是擺脫史學，走向文學，所以，現代傳記文學特別需要「文學」一詞對其概念和內涵加以框定——以「文學」二字區別於古代傳記。在這一框定中，「文學」二字指義非常豐富，不像朱文華所說的只是一種文學技巧，而是其形式、內容、目的、本質等等都是「文學」的。這一觀點是梳理、研究 20 世紀上半葉現代傳記文學理論流變的關鍵所在，也是這一梳理的價值和意義所在。

　　在 100 多年以前，中國傳記文學已經開始了它的現代性進程，在這一進程中，關於現代傳記文學的形式、內容、概念、內涵、屬性、目的等方方面面展開了豐富的討論，成果多有。從整個中國傳記文學〔註9〕的發展史來看，傳記文學本身既不是「小眾」的，也不是「新興」的。中國古代正史以傳記為主體，這意味著即使只計算史傳，而不計算方志、家譜、碑刻以及各類文集中的傳記，已然是浩如煙海，包括歷代文豪在內的很多知識分子，都有書寫傳記的經驗；從中國傳記文學的發展進程來看，「現代傳記文學」也不是「新興」的，100 多年以前，和「現代文學」同時，「現代傳記文學」也已經在「新興」。和已然大興，完全取代「古代文學」的「現代文學」不同，100多年以後，「垷代傳記文學」依然未能「新興」起來——不但沒能成為一門新的學科，甚至也不能作為一種獨立的文學體裁被普遍承認。這當然和它的理

〔註9〕本文中以「傳記文學」為本學科／文類／文體名，包括古代傳記和現代傳記文學另種部不同的學科／文類／文體；文中有時鑒於論據的特殊性，傳記、轉代指傳記文學作品。

論發展有很大的關係，與現有的其他學科、文類或文學體裁相比，傳記文學理論的研究明顯不足。朱文華發現，從全世界的傳記文學發展歷史來看，理論經常落後於實踐。〔註10〕傳記文學的實踐也許是充分的，但是理論研究不夠充分。和世界傳記文學相比，中國傳記文學還面臨一個糟糕的事實：不但傳記文學的研究落後，實踐也很落後——優秀的尤其是經典的傳記文學作品少之又少，這不得不引起我們的思考——現代傳記文學的發展之路到底在哪裏？這一問題同樣也是 20 世紀上半葉中國現代傳記文學的現代性進程帶給我們的，在漫長半個世紀中，理論探索不可謂不深刻，創作實踐不可謂不豐富，但是依然未能真正的建立起傳記文學，依然缺乏經典的傳記文學作品。前面提到，趙白生認為傳記文學理論研究落後是傳記文學實踐落後的原因，先有傳記文學理論的充分發展，才能有充分的傳記文學實踐，這是梳理、研究 20 世紀上半葉現代傳記文學理論流變的目的之一。

目前，涉及 20 世紀上半葉中國現代傳記文學理論流變的專著主要 3 部：陳蘭村和葉志良先生主編的《20 世紀中國傳記文學論》、辜也平先生的《中國現代傳記文學史論》、俞樟華和陳含英先生編撰的《中國現代傳記文學編年史（上下）》。《20 世紀中國傳記文學論》一書的時間跨度是晚清到當代，以主要作家和作品為主線構建中國傳記文學在 20 世紀的百年史，主要是作品史，兼及一些理論探討。其對 20 世紀上半葉時期的論述以梁啟超、胡適、郁達夫、郭沫若、沈從文、吳晗、朱東潤、林語堂等主要作家和學者為主線。《中國現代傳記文學史論》一書在時間跨度上則止於 1949 年，且側重於理論探討。該著作以史論為綱，其導論闡述了傳記文學的本質屬性以界定「中國現代傳記文學」概念的內涵，從而方便全書在確定的內涵下展開論述。上篇是比較視野下的歷史研究，從民族源流和西學東漸的角度梳理中國現代傳記文學的緣起和發展，並對作品進行了「他傳」和「自傳」的劃分進行分別論述。中篇是歷史視野下的個案研究，以主要作家和學者為主線，論述中國現代傳記文學在 20 世紀上半葉遭遇的發展機會和困境。下篇是詩學視野下的理論研究，討論了現代傳記文學的理論建構以及其中所包含的關鍵性分歧、民族特色和「歷史」重負等問題。三個篇章分別論述了中國現代傳記文學的歷史、成果和理論建構，系統、全面且不乏深度。《中國現代傳記文學編年史》一書通過全面客觀地總結 1911～1949 年間中國現代傳記文學的成就，檢討其得失，揭示其演變規律。

〔註10〕朱文華：《建立「傳記學」（代序）》，《傳記通論》，第 1 頁。

該書以時間為經，以事件為緯，以編年的形式把 1911 年至 1949 年之間文人、學者的傳記創作、傳記文學理論研究和傳記譯介活動及其成果連接起來，該書採用「條目」加「按語」相互交融的著述體例，條目列於相應時間之下；同一時間下，不同條目另起一行。「條目」分設傳記評論、單篇傳記、傳記著作、傳記作者卒年介紹四大板塊，各條目之下則是相應的作者「按語」用以補充說明條目，在「按語」之外，對跨類的欄目，著者採用古典史學中的「互見法」。無論是「按語」還是「互見法」，都是對古典史學優良傳統的繼承。閱讀全書，從著者的「按語」和「互見法」中，讀者不難對 1911～1949 年間中國傳記文學的發展有一個總體的瞭解。但因為該書是編年史，所以作者沒有在理論上尋找知識譜系，沒有在傳記詩學上有所著力，也沒有在中國現代傳記文學理論流變上梳其脈絡，但為中國現代傳記文學學科的建設和發展，打下了重要的基礎。

　　另外，與本文（著眼於梳理 1901～1949 年間中國現代傳記文學理論發展的脈絡）相關的論文主要有：郭久麟先生的《中國傳記文學發展概論》、許菁頻的《百年傳記文學理論研究綜述》、魏雪的《改革開放 40 年中國傳記文學研究的回顧與反思》、陳含英的《論民國期刊對現代傳記文學的貢獻》和《現代傳記文學的基本成就概論》、辜也平先生的《論中國現代傳記文學理論建構之流脈》。郭久麟先生將中國傳記文學分為五個部分：1.中國古典傳記文學的輝煌開端（從春秋到東漢）；2.中國史傳文學的衰落與雜傳的興盛（從三國到清朝）；3.中國古典傳記向現代傳記的嬗變（十九世紀末到五四運動）；4.中國現代傳記文學的突破和發展（1919～1949）；5.中國當代傳記文學的「馬鞍形」發展（1949～）。其中 3、4 部分屬於本文論及的時間範疇，表述了從 19 世紀末期的李秀成和王韜到 20 世紀初期梁啟超再到胡適、郁達夫、朱東潤、孫毓棠等人在中國現代傳記文學史上的意義價值；嬗變期最重要的是梁啟超，突破期最重要的是胡適，同時還提到了延安的傳記文學。在結論中，作者從中國傳記文學的興衰成敗中總結出繁榮傳記文學的三個經驗：社會穩定、思想自由、傳記作家個人修養。此文旨在概而論之，所以對很多問題並未展開細緻的論述，對 1901～1949 年間傳記文學理論的流變也少有提及；〔註11〕許菁頻一文將中國百年傳記文學理論的發展細分為三個時期，分別是現代傳記文學理論興起期（20 世紀初到 1949 年），傳記文學理論發展停滯期（1949～1978）、當代傳

〔註11〕見郭久麟：《中國傳記文學發展概論》，《重慶社會科學》2010 年第 7 期。

記文學理論初步豐收時期（1978～）。其論述 20 世紀初到 1949 年這一時期的
傳記文學理論圍繞「傳記文學」概念的提出和「文學性和真實性問題」這兩個
方面，全文不到 1000 字，且引文只限於梁啟超、胡適和郁達夫三個人，算是
「至簡」的「綜述」。之所以如此「至簡」，是為了說明這一時期傳記文學理論
發展的兩個主要特徵：一個是研究方向的集中性，另一個是研究成果的零碎
性。而沒有注意到這一時期的研究方向既沒有那麼集中，也沒有那麼零碎，卻
反倒是多樣的，系統的；〔註12〕陳含英和俞樟華先生在總結現代傳記文學的成
就時提到了「傳記文學理論研究系統化」，除此之外還有「傳記形式多樣化」
「傳主選擇廣泛化」「自傳創作普遍化」「傳記文學思想個性化」「傳記語言通
俗化」「傳記譯介全面化」等問題，他們著重的是整個傳記文學發展成就的概
括和總結，而不是就傳記文學理論的流變做一個梳理；〔註13〕陳含英、俞揚、
俞樟華等的《論民國期刊對現代傳記文學的貢獻》一文對本文有重要的啟發，
他們看到二十世紀上半葉中國傳記文學的發展和期刊的密切關係，作為一種
「新型」的媒介，期刊的傳播力對中國傳記文學發展的影響很大。民國期刊不
僅是傳記文學作品發表的重要媒介，也是傳記文學理論研究文章發表的主要
媒介。特殊的時代成就了特殊的文化傳播載體，沒有報紙、期刊，民國時期的
文化傳播難以想像。尤其是理論探討，不需要太大的篇幅，適合報紙和期刊登
載，而報紙、期刊的及時性、自由發表等特徵更是理論探討的催化劑。文中的
主要篇幅提及的是期刊對作品發表的影響；傳記文學理論方面，作者根據內容
劃分為對傳記名稱、傳記分類、中國的傳記為什麼不發達、傳記真實性、現代
新傳記的寫法、自傳寫作、傳記名作的評價、鼓勵青年閱讀傳記、傳記的教學、
現代傳記文學目前存在的問題和前途等 10 個問題的探討。這些探討涉及了現
代傳記文學的定義、本質、特徵、意義和價值、作用、創作技巧等各個方面。
他們認為傳記文學理論是左右傳記文學實踐發展的重要元素，古代傳記文學
實踐的落後和現代傳記文學的相對發達跟傳記文學理論的發展關係重大。而
二十世紀上半葉期刊中的傳記文學理論對中國現代傳記文學理論的建構貢獻
良多。〔註14〕本文著眼點即在於二十世紀上半葉期刊中刊載的第一手傳記文

〔註12〕見許菁頻：《百年傳記文學理論研究綜述》，《學術界》2006 年第 5 期。
〔註13〕見陳含英、俞樟華：《現代傳記文學的基本成就概論》，《浙江師範大學學報（社
　　　　會科學版）》2019 年第 1 期。
〔註14〕見陳含英等：《論民國期刊對現代傳記文學的貢獻》，《現代傳記研究》2019 年
　　　　第 1 期。

學理論思想資源的發掘。

　　在中國現代傳記文學理論的系統化建設上，辜也平的《論中國現代傳記文學理論建構之流脈》一文非常重要。他從中國的史學資源出發，以民國期刊登載的梁啟超、胡適、朱東潤、朱湘、許壽裳、鄭天挺、孫毓棠、戴鎦齡、沈嵩華等為代表的學者、作家、批評家的文章為主要論據，對中國現代傳記文學理論建構的「流脈」從四點進行梳理：1.「史前的資源與域外的視角」；2.「始於新史學的思考與倡導」；3.「觀念轉換與實踐方法的探討」；4.「學者的介入與理論的建構」。在第一點的論述中，作者著重於探討傳記文學的概念、屬性和主要特徵——什麼是傳記文學也、屬「史」還是屬「文」、古今／中西傳記之別、傳記文學的真實性與文學性等；在第二點的論述中，作者認為在梁啟超的「新史學」和胡適新「傳記文學」觀念的影響下，傳記文學從「史」向「文」轉變；在第三點的論述中，作者論述了中國作家和學者在傳記文學從「史」到「文」的觀念轉換中所作的創作嘗試以及理論探討；在第四點的論述中則著重論述了中國學人第一次現代傳記文學理論方面的系統建構。從而，作者認為的「中國現代傳記文學理論建構之流脈」則是「從作家到學者，從零星到系統，從歷史到文學，從比較東西方傳記差異到提倡傳記文學，從探討創作手法的思考到理論體系建構」。〔註15〕「從作家到學者」，說的是參與理論建構的人（哪些群體，什麼身份）；「從歷史到文學」，說的理論建構涉及的中心或主體；「從比較東西方傳記差異到提倡傳記文學」，說的是理論建構的方向，即奔向現代傳記文學；「從零星到系統」「從探討創作手法的思考到理論體系建構」，說的理論建構的發展過程，也是現代文學學科理論發展的一般過程。辜也平梳理的這一「流脈」是對 20 世紀上半葉中國現代傳記文學理論發展的總體概括（可稱之為「大而全」），是中國現代傳記文學「理論建構」的流脈，而不是中國現代傳記文學理論本身發展的流脈。所以，作者無須對遠為豐富的民國報刊資料做更多的闡述和探討，止步於以人和文章為座標對傳記文學理論和思想作拉雜的泛論，而未能以現代傳記文學的「要素」和「定位」作分類，進行梳理和研究。

　　本書則以時間為線，對 20 世紀上半葉中國現代傳記文學理論以知識譜系的方式做更為細緻的梳理，以期求得其發展的流脈。以知識譜系的方式梳理 20

〔註15〕 辜也平：《論中國現代傳記文學理論建構之流脈》，《山東師範大學學報（人文社會科學版）》2016 年第 6 期。

世紀上半葉中國現代傳記文學理論，可以看到中國傳記文學發展的基本脈絡是從古代傳記（史學附屬）發展成為現代傳記文學（獨立的文學體裁／文類／學科）。梳理中國現代傳記文學的理論脈絡，需要把研究的起點設定在 1901 年（清光緒廿七年），在這一年，中國人第一次明確的宣告引入「現代」的傳記寫作形式——「全仿西人傳記之體」，第一次引進「現代」的寫作思想——「Paint me as I am」（畫我須像我，勿失吾真相）。〔註 16〕中國現代傳記文學理論發展到 20 世紀 40 年代形成一個高峰，在 1949 年以後相當長的一段時間，傳記文學理論的發展處於停滯狀態。回顧 20 世紀上半葉的傳記文學實踐和理論探討，創作雖然繁雜，理論探討雖然分散、零碎，但都在很大程度上呼應了現代傳記文學的現代性，涉及了現代傳記文學的大部分要素和定位。對於 20 世紀上半葉中國現代傳記文學的理論發展，以往的研究既不夠細緻也不夠系統。這就無法凸顯 20 世紀上半葉這一中國現代文學理論重要發展期的價值，更無法對前人的已做出的貢獻得出清晰的認識，繼承既有的成果，從而夯實中國現代傳記文學要走的路，進而導致在當代傳記文學的探索中，走重複的路，甚至走彎路。

　　本書利用第一手報刊資料，以文獻歸納、比較研究、知識譜系描述為主要研究方法，從晚晴和民國報紙期刊資源中全面挖掘關於傳記文學理論的第一手原始資料，不僅從理論討論中，還從作品批評和作品本身中尋找、提煉出零散的理論元素。從而重新梳理 20 世紀上半葉中國現代傳記文學理論的演化史，勾勒一個相對清晰的脈絡，進而釐清中國現代傳記文學與中國古代傳記思想的差異與內在聯繫，辨析其接受域外傳記文學理論的影響及其改造與創新，以便對中國現代傳記文學的誕生、發展以及遇到的困境有一個清晰的認識。除此之外，為呼應現代傳記文學關注小人物、關注細節等特徵，本書也將儘量不遺漏在這一理論流變中湧現出的小人物和他們的隻字片言。

　　20 世紀上半葉現代傳記理論本身的「現代化」（指向現代傳記文學核心要素／主要定位）的程度並不是以時間為線直線發展的；同時，其建構範疇也不只是指向核心要素／主要定位，而是一個全方位的考量，這一全方位的考量離不開這一時期深受時代影響的傳記文學實踐——在某種意義上，只有從傳記文學實踐中提煉出的大量的零散的理論元素才能建構全面的現代傳記文學的「獨立形象」。所以，本文的研究結構採用了最常見的框架——以時間為線，

〔註 16〕梁啟超：《中國四十年來大事記》，湯志鈞、湯仁澤編：《梁啟超全集》第二集，北京：中國人民大學出版社，2018 年，第 389 頁。

這一結構的目的不在於為讀者呈現出中國現代傳記文學理論的線性進程，而在於為讀者呈現一幅中國現代傳記文學理論現代性進程的全景圖像。這一結構有四個特徵：

1. 表現傳記文學在工具性與自主性之間的搖擺

伴隨著這一時期最重要的思想潮流和社會運動——救亡與啟蒙，中國現代傳記文學理論在工具性和自主性的主張之間搖擺。其對工具性的追求以民族危機最嚴重的晚清和抗戰時期為最，其對自主性的追求則在 1920 年代末期至 30 年代初期為最。同時，我們要看到，在整個 20 世紀上半葉，工具性的主張是占主流的，隱藏在其背後的是根深蒂固的載道思想。而自主性的主張是支流，只在比較短的時間有少數一些人主張；

2. 凸顯時代因素

以時間為線，需要將每一個時代各種事物對傳記文學的影響納入研究的視野，譬如報刊的誕生對傳記文學「獨立形象」的營造、白話文時代語言變革和報刊文體對傳記文學的影響、心理學研究對傳記文學的影響、女學／女權運動對女性傳記譯介和女性自傳的影響、科學精神和寫實主義對傳記文學的影響等等。這些影響，雖然不能對現代傳記文學核心要素／主要定位的線性進程有幫助，但是其促進了傳記文學「獨立形象」的形成，豐富了傳記文學實踐，拓寬了傳記文學研究的範疇，總體上屬於中國現代傳記文學理論建構的一部分；

3. 有忽略「支流」的「缺陷」

因為緊扣時代的特徵——突出歷史「可見」的顯性因素對傳記的影響——必然只能表現「主流」，必然會忽略「支流」；

4. 對重要人物傳記文學思想的重新釐清

雖然民國報刊中零散的傳記思想和理論是這一時期的主流，價值也最高。但是，鑒於梁啟超、胡適和朱東潤在中國現代傳記文學發展史上的影響和地位，所以依然予以很大的篇幅予以闡釋，這一闡釋主要表現為傳記文學思想的發掘和釐清，如三人對傳記文學屬性（學科）的認定（屬「史」還是屬「文」），對寫人的認識等。同時，在論述古代傳記理想的現代轉換中，不得不提到章學誠和桐城派。章學誠的史學著作中散落著很多現代傳記文學思想；他對傳記的高度重視看似出於著史的目的，實則為了闡述儒家經義，「六經皆史」的思想

為重新理解傳統傳記書寫提供了新思路；同時，其歷史哲學為其傳記書寫提供了學理依據。桐城派的傳記文學作品中也含有很多現代傳記文學因子，如注重寫人，注重文學性等。但是和章學誠一樣，傳記文學作品和書寫傳記行為本身不是他們的目的，而只是一種手段──闡釋儒家經義的手段。這一點也可以從桐城派「文學」思想中得出，以方苞的「義法說」而論，闡釋儒家經義是「義」，而傳記文學作品和書寫傳記的行為則是「法」。「義」看似更重要，是目的、價值、意義所在。但是某種程度上，方法才是更重要的，因為沒有方法，就無法實現目的。「高懸」的目的──「義」──是無價值，無意義的。章學誠和桐城派的傳記思想，其核心是儒家文論思想，這一現象總體上屬於中國傳記文學發展史上的儒學／歷史／傳統重負，這一重負在後來的中國學者身上──如梁啟超、胡適、朱東潤等──普遍存在。

在晚清到新文化運動之前，中國古代傳記文學思想已經開始它的現代轉換。

首先，表現在因為報刊的出現帶來的獨立形象。這一獨立形象的建立依賴於六個要素：1.報刊的傳播力帶來了傳記文學發展所需要的外部驅動力──接受、關注和批評；2.以傳記──「傳」──之名的公開發行促進接受過程中獨立形象的形成；3.白話文寫作、文字和傳主照片結合的形式促進了傳記文學「新」形象的建立；4.單篇、獨立、完整的傳記在傳播中有利於獨立形象的建立。5.作為一種和傳統形式「書／題傳後」不同的新的「文章」形式，傳記讀後感和評論在新出現的「報刊」上公開發表也促進了獨立形象的建立；6.報刊本身作為一種新事物，代表一種新潮流，有利於促進傳記文學「新」形象的建立。

其次，古代傳記書寫的三個主要方面──「傳主」及其生平史料的選擇、「規避／虛飾」的撰寫策略以及以儒家倫理思想為中心的價值評判──都發生了轉變。新文化運動開始之後，對傳記文學發展影響最大的有四個方面：白話文寫作、人的發現、寫實主義、心理學研究的興起和道德轉向。語言障礙被胡適稱之為中國傳記文學不發達的三大障礙之一；人的發現一方面促進傳記文學書寫專項寫人為主，一方面拓展了傳主的選擇和傳主材料的選擇範圍，突出表現寫小人物，寫人物的小事；傳統的考據思想、域外的實證主義和科學精神共同促進文學上寫實主義的發展，而寫實自然促進傳記文學書寫中的求真；心理描寫是現代傳記文學的一大特徵，在古代傳記文學作品中是極為缺乏的，

尤其是涉及個人隱私的心理描寫。

在 1927～1937 年這十年間，中國現代傳記文學理論得以初步確立，這主要得益於域外傳記文學理論的廣泛譯介，這一建立主要有兩個表現：「傳記文學」概念的探討、現代傳記文學要素的發現和自傳的興起。「傳記文學」一詞在這一時期成為新體傳記的通用名詞被廣泛應用，單單以「傳記文學」一詞為篇名的就有：《傳記文學》（《文學（上海 1933）》第 1 卷第 5 期）《傳記文學》（《申報》1933 年 9 月 19 日）、《傳記文學》（《文藝畫報》1935 年第 1 卷第 3 期）、《傳記文學》（《新民報（南京）》1936 年 2 月 13 日、《傳記文學》（《現代日報》1937 年 3 月 3 日）；篇名明顯表現傳記文學理論探討的有：《論傳記文學》（《大公報（天津）》1928 年 6 月 25 日）、《新傳記文學談》（《新月》1929 年第 2 卷第 3 期）、《被歡迎之傳記文學》（《申報》1930 年 2 月 21 日）、《中國的傳記文學》（《盛京時報》1933 年 9 月 24 日）、《傳記文學雜論》（《中學生文藝月刊》1934 年第 1 卷第 2 期）、《談談傳記文學》（《文藝戰線》1934 年第 2 卷第 52 期）、《論傳記文學》，（《中央日報》1935 年 1 月 31 日）、《談傳記文學》（《學校生活》1935 年第 98 期、《談傳記文學》（《中央日報》1935 年 12 月 29 日）、《談傳記文學》（《中央日報》1937 年 1 月 19 日）《關於傳記文學》（《華北日報》，1937 年 6 月 29 日）等。這些討論激發了對舊傳記的批判和新傳記文學要素的發現，如時人認為「舊日之傳記作者，大抵藉以為善惡之資鑒，德行之模型。或以表揚先烈前賢。使留芳於百代。……作者有隱惡揚善之責任。以鋪張粉飾為常例。其結果受傳者皆成為百行俱美無暇可擊之人，……其所描寫者大抵為偉人之面具。面具之下，作者從不肯探窺也。近世之作者則反是。每以扯破面具打倒偶像為務。……以無孔不入之透視，以冷酷客觀之筆墨，表露傳主之真容。不著一褒貶之詞，而使讀者笑罵難禁。」〔註 17〕如提倡寫小說的筆法來做傳記，確定傳記文藝的「藝術性」——「在藝術立場言之，傳記與小說是沒有兩樣。」〔註 18〕如認為「中國以前只有傳記，並沒有傳記文學」，〔註 19〕認為「中國人是未曾產生過傳記文學的民族。」〔註 20〕這些闡述，都是分散的，大多只對現代傳記文學的某一兩種要素進行闡述，沒有一個人的闡述

〔註 17〕吳宓：《論傳記文學》，《大公報（天津）》1928 年 6 月 25 日。

〔註 18〕周子亞：《談傳記文學》，《晨光週刊》1935 年第 4 卷第 13 期。

〔註 19〕潘光旦：《〈我的父親〉——一篇傳記文的欣賞》，《華年》1933 年第 2 卷第 7 期。

〔註 20〕佚名：《傳記文學》，《文學（上海 1933）》1933 年第 1 卷第 5 期。

可以包括全部乃至大部分現代傳記文學的要素。這一時期「自傳」的興起（1934年被稱為自傳年）是中國現代傳記文學發展的一個里程碑，相應的其也引發了相關的自傳理論的探討：「他傳」的外在視角及其局限性第一次在中國被提出。

1937 年抗戰全面爆發，似乎已經走上「正軌」的中國現代傳記——以「個體性」為主要標識，個體獨立寫作，寫獨立的個體——只能轉向抗戰的大潮：傳記文學的工具性被極度放大。戰火之中，絃歌不輟，是中國文化自存、中華民族新生的另一種表達。在抗日戰爭進入相持階段之後，中國學術慢慢恢復到他的常態，如戴鎦齡就在西遷的武漢大學寫下了《論史絕傑對於現代英國傳記文學的貢獻》這一重量級的文章，文中對西方傳記文學發展史的闡述，不但遠超同時之人，即使放到現在，也難有人望其項背。他認為普魯塔克是倫理學家而非歷史學家，他質疑西方傳記文學的歷史起源說，他斷定薩克·沃爾頓（Izaak Walton）是「存心要寫藝術化傳記的第一個英國人」，他在斯特拉奇傳記文學思想中找到了科學和哲學因素，並發現了法國傳記文學的影響，他認為傳記文學中不應加入「阿諛，歷史或傳奇」是傳記文學屬性簡明的框定，即求真和寫人。〔註21〕中國學者在 1940～1949 年這十年間的理論闡發，是 20 世紀上半葉的最高峰，並有相當的理論建樹。這一時期，在西方傳記文學作品和思想的影響下，中國傳記文學批評家的傳記文學觀表現為四個特徵：1.某種意義上的「中學為體，西學為用」，所謂的「體」實際上指向傳統的文學（作為「文」的廣義文學）工具論，所謂的「用」主要指向政治、道德之用；2.受新史學和《史記》的影響較大；3.傳記文學屬性的探討深刻（屬「史」、屬「文」）；4.現代傳記文學元素的廣泛探討。

任美鍔認為傳記文學觀是培養國家和民族思想的主要工具，許君遠認為傳記文學觀的作用是啟發民族性，建立民族文學。雖然如此，他們為了這一工具性而強調傳記文學的接受性（可讀的文學性，）其實促進了古代傳記向現代傳記文學的轉變；湘漁看到在新史學背景下，傳主人物的選擇、傳主人物價值評判標準、人物描寫的忌諱等都發生了變化；以《史記》為鵠的，曹聚仁非常推崇傳記的文學性，認為最好的傳記可以稱之為「傳記文學」，但是它認為傳記的屬性傾向仍然是史學的；程滄波從接受的角度提倡傳記文學的故事性，這一接受導向的故事性，是包括胡適、鶴見佑輔在內的很多傳記文學提倡者的共

〔註21〕戴鎦齡：《論史絕傑對於現代英國傳記文學的貢獻》，《國立武漢大學文哲季刊》1940 年第 7 卷第 1 期。

同主張；張芝聯認為傳記文學應該避免淪為倫理、歷史和科學的附庸，已經有了鮮明的文學自主性傾向。

　　這一時期在求真、寫人為主、寫人注重細節和心理、去英雄化、重視文學性、探索傳記這一文類本身的意義以及反對過度文學化、反對評傳等現代傳記文學要素的探討都得到了充分的探討。同時，也有中國固有文化視野內的傳記思想生發，代表人物是鄭天挺，意在溯源、繼承中國本有的優秀傳記思想，以期延續《史記》那樣的史傳書寫輝煌；而朱東潤已經認識到屬於中國自己的傳記文學時代已經過去了，應該迎接西方的傳記文學時代。〔註22〕這一認識建立在對西方 300 年傳記文學的認識基礎之上。

　　二十世紀 30～40 年代，域外傳記理論在中國得到了廣泛譯介，尤其是「三大師」（里頓・斯特拉奇（Lytton strachey，1880～1932）、安德烈・莫洛亞（André Maurois，1885～1967）、埃米爾・路德維希（Emil Ludwig，1881～1948））的譯介，「三大師」是西方現代傳記的奠基者和開拓者，也是世界現代傳記文學的奠基者和開拓者，從他們那裏，中國學者看到了一種「新傳記」── 全新的，與中國古代傳記截然不同的傳記；從他們那裏，中國學者看到了傳記文學的文學性，發現了現代傳記文學的發展方向──獨立的、非虛構的文學；從他們那裏，中國學者看到了求真的本質力量；從他們那裏，中國學者看到了傳記文學應該寫「人」而不是寫「完人」等等一系列現代傳記文學的要素，沒有這些傳記文學理論的譯介，中國現代傳記文學理論的建構是不可能完成的。

〔註22〕朱東潤說：「史漢列傳底時代過去了，漢魏別傳底時代過去了，六代唐宋墓銘底時代過去了，宋代以後年譜底時代過去了，乃至最進步的著作，如朱子張魏公行狀，黃榦朱子形狀底時代也過去了。橫在我們面前的，是西方三百年以來傳敘文學底進展。我們對於古人的著作，要認識，能瞭解，要欣賞；但是我們決不承認由古人支配我們的前途。古人支配今人，縱使有人主張，其實是一個不能忍受，不能想像的謬論。」（朱東潤：《張居正大傳序》，《國文月刊》1944年第 28／29／30 期）。

第一章　古代傳記文學思想的現代轉換（1901～1919）

第一節　中國古代傳記的一般類型及其特質

一、「傳記文學」的「理論」定位

結合「傳記文學」的發展歷史和這一「學科」的特殊性，其「理論」至少需要從四個維度進行劃分：

第一，從內容上來看，需要包括它的定義、屬性、本質、特徵、價值、意義、內容、形式等等；

第二，從發展史看，可以分為古代傳記理論和現代傳記文學理論；

第三，從「學科」屬性來說，既包括屬「史」的，也包括屬「文」的理論，更包括探索傳記文學新學科屬性的理論。長期以來，傳記文學的屬性問題一直沒有得到解決，其中的主要爭論長期停留在屬「史」還是屬「文」上。傳記屬「史」，首先是一個從古代自然延伸至今天的事實，一個顯而易見的事實就是在今天中國的圖書分類中，大部分傳記仍然被劃入史學類。雖然也有很多學者認為傳記文學屬於文學而不是史學，甚至一些大學還把傳記文學設置為一門文學課程，但是在一些歷史學者看來，這是傳記的「誤入歧途」，應該讓傳記文學重新回到史學範疇裏，做史學的一個分支，並認為這是傳記文學發展的必

由之路。〔註1〕無論已有的傳記文學作品，還是已經存在的傳記「理論」，既有屬「史」的，也有屬「文」的；也有既不屬「史」也不屬「文」的。所有這些「理論」在「傳記文學」成為一個公開承認的獨立學科之前，都屬於「傳記文學」的「理論」，無論是把傳記文學劃入史學還是文學都會限制它的發展，也會限制關於它的理論研究。

第四，從「理論」的形式來說可以分為「理論」和「亞理論」。提到理論，人們首先想到的就是邏輯和系統，正像有的學者所說，理論是「人們在實踐中借助一定的概念、判斷和推理表達出來的關於事物本質、特徵及其規律性的知識體系。……是一種系統化理論知識的結果。……具有全面性、邏輯性和系統性」。〔註2〕這種「理論」屬於一般意義上的「正統」理論，在此之外，還有一些不成系統的，非「正統」的「亞理論」，以文學而論，有學者從中國文學這一學科的發展出發，提出中國文學學科的分立和相應的理論研究是 20 世紀以來的事情，除了新建立的、嚴格意義上的「文學理論」之外，還存在著大量的文學「亞理論」，〔註3〕認為它們是「對文學現象和本質某一側面、某一角度的認識和總結，……它概括的廣度和規範性程度還處於有待加工的階段，……經過一定提煉、昇華、綜合、概括，能夠轉化或生成文學理論」，是「文學理論的一種亞形態，或者說是文學理論的一種混雜或零碎的形態」。〔註4〕這些亞理論在學科不分的時期，往往夾雜在其他學科中，「只是一些混雜的、寓意朦朧的文字材料，一些在其他學說中融合著的觀念和見解，而不是意義明確、學科清晰的詳盡解說」。〔註5〕也正是因為亞理論的這一特徵，晚清至民國時期的傳記理論和思想才只能非「理論性」和非「系統理論性」的文章和著作中去提煉，這些「亞理論」並不會因為它們的混雜和朦朧而失去價值，相反它們很多不過是蒙塵的寶珠、未經雕琢的璞玉。

傳記文學的「亞理論」主要有三種：第一種，是在學科未分，「理論」未明的情況下，夾雜在史學、倫理學以及「文章學」等「理論」中；第二種，傳記作

〔註1〕見張乃和：《傳記學：向大歷史的回歸》，《光明日報》2017 年 7 月 3 日第 14 版。

〔註2〕董學文：《文學理論學導論》，北京：北京大學出版社，2004 年，第 18～19 頁。

〔註3〕康序提出這一理論（詳見《說說文學亞理論》，《文學評論》1987 年第 3 期。

〔註4〕董學文：《文學理論學導論》，北京：北京大學出版社，2004 年，第 141～142 頁。

〔註5〕董學文：《文學理論學導論》，第 132 頁。

家的創作經驗，如現代傳記文學史上著名的《維多利亞女王名人傳序》和《張居正大傳序》就是最佳的例證；第三種，傳記文學作品的研究和批評。在中國現代傳記文學理論發展史上，如徐調孚介紹《張居正大傳》的文章，梁遇春評價歐洲傳記三大家的《新傳記文學譚》中都是典型的「亞理論」。「理論」一般以專著的方式呈現，而「亞理論」要麼以單篇文章的形式出現，要麼隱藏在其他著作中。

二、古代傳記對於傳主及其生平史料的選擇

中國古典傳記文學以「史傳」為代表和主體，其特質主要表位為：對於「傳主」及其生平史料的選擇；「求真」與「規避／虛飾」的撰寫策略；以儒家倫理思想為中心的價值評判，這三點也是中國古代傳記「理論」的主要內容。

要弄清楚中國古代傳記對於傳主及其生命史料的選擇，先要圈定一個大概的範圍，一般來說，正史的史傳之外，碑銘、哀啟、行狀、逸事狀、事略、壽文等記載一人一生的或部分生活的文章以及各類寫別人或者寫自己人生的序文等，都屬於古代的傳記文學。這些傳記（或稱為傳記文學作品）以古代的「學科」來分，主要分為兩類：屬「史」的，如「史傳」；屬「文」的，如「壽文」。以記載傳主的人生長度來看，史傳、碑傳、年譜等都是描寫傳主一生的，而「逸事狀」「遺事」等多是描寫傳主人生片段的。

要想弄清楚中國古代傳記對於傳主及其生命史料的選擇，還必須明確中國古典傳記文學書寫的一般原則和傳統。上面我們提到，古代傳記既有屬「史」，也有屬「文」的，所以其對於傳主及其生命史料的選擇是由各自的書寫「傳統」——「史」的「傳統」和「文」的「傳統」——決定的。「史」的傳統是「史以明鑒」，而「文」的傳統則是「文以載道」，「明鑒」或「載道」是古代傳記對於「傳主」及其生平史料選擇的主要依據。

歷史的鑒誡作用，古人多有提及，如五世紀的學者柳虯曾明確提到歷史的鑒誡作用：「古者人君立史官，非但記事而已，蓋所以為監誡也。」〔註6〕另外，「明鑒」這一「史」的傳統的形成，得益於歷代人主維護統治的要求，歷代人主都很重視歷史的鑒誡作用，唐代李世民最為眾所知。「以銅為鑒，可正衣冠；以古為鑒，可知興替；以人為鑒，可明得失。」〔註7〕千古流傳。李世

〔註6〕令狐德棻：《周書》，陳勇等標點，長春：吉林人民出版社，1995 年，第 320 頁。
〔註7〕吳兢：《貞觀政要》，葛景春、張弦生注釋，鄭州：中州古籍出版社，2008 年，第 49 頁。

民在這段話裏提出了維護國家統治的三大要素：第一，是個人修養──「正衣冠」，第二，是從諫如流──「明得失」，第三，是讀史學史──「知興替」。其中讀史學史指嚮往日敘事，即從往日的敘事文本中發現「興替」的秘密。對一個帝王來說，朝代「興替」和個人修養、從諫如流有很大的關係，而無論是帝王的個人修養還是納諫，都需要從往日的敘事文本中獲取經驗。《貞觀政要》一書記載了大量李世民和大臣們的言行，而這些言行都指向以上提到的三個方面：個人修養、納諫和以史為鑒。「貞觀之治」形成的政治基礎就是大臣們敢於進諫，唐太宗善於納諫。從《慎所好》《慎言語》《杜讒邪》《悔過》《奢縱》《貪鄙》等篇目中我們可以看到唐太宗的個人修養，而以魏徵為首的大臣們不但敢於進諫，還善於用「以史為鑒」的方式進諫，尤其是隋亡的教訓。而從《君道》《政體》《任賢》《求諫》《納諫》《君臣鑒戒》《擇官》《封建》《太子諸王定分》《尊敬師傅》《教戒太子諸王》《規諫太子》《崇儒學》《文史》《禮樂》《務農》《刑法》《赦令》《貢賦》《辯興亡》《征伐》《安邊》《行幸》《田獵》《災祥》《慎終》等篇目中，我們可以看到，李世民統治唐朝的方方面面都得益於良好的進諫和納諫關係，也正是基於對這樣一種君臣關係的推崇，《貞觀政要》足以成為後代帝王統治的第一參考書。正如吳兢在《上〈貞觀政要〉表》中提到的：「若以陛下之聖明，克遵太宗之故事，則不假遠求上古之術，必致太宗之業」。〔註8〕事實上也是如此，從唐朝開始，《貞觀政要》就引起了歷代統治者的普遍重視和效法，據史料記載，唐憲宗、唐文宗、唐宣宗、後唐閔帝、宋仁宗、遼興宗、金熙宗、元仁宗、明太祖、明宣宗、明穆宗、明憲宗、清康熙帝和乾隆帝都很重視《貞觀政要》，而「貞觀之治」自然是他們重視的原因。〔註9〕魏徵是李世民統治時期最出名的大臣，《貞觀政要》中涉及魏徵的章節也最多。眾所周知，李世民以善於納諫留名於史，而沒有魏徵，李世民則無從得此美名。在《貞觀政要》中，有很多魏徵進諫的故事。其中，「水能載舟，亦能覆舟」〔註10〕最為眾知。公元 629 年，李世民立史館為國家機構，官修史書的歷史從此開始，這充分體現了李世民對史書，對修史的重視。既然編修史書是為了維護國家統治，那麼在人物選擇上也必須維護國家統治的角度出發。《唐會要》有這樣一條記錄：「永貞元年九月，書河陽三城節度使元韶

〔註8〕吳兢：《貞觀政要》，第 386 頁。

〔註9〕見葛景春、張弦生：《前言》，吳兢：《貞觀政要》。

〔註10〕語出《荀子·哀公》：「君者，舟也；庶人者，水也。水則載舟，水則覆舟」。

卒，不載其事蹟。史臣路隨立議曰：「凡功名不足以垂後，而善惡不足以為誠者。雖富貴人，第書其卒而已。……無能發明功名者，皆不立傳。……伯夷、莊周、墨翟、魯連、王符、徐稺、郭泰，皆終身匹夫，或讓國立節，或養德著書，或出奇排難，或守道避禍，而傳與周、召、管、晏同列。」〔註11〕這向我們明確說明了當時立傳的人物選擇標準：不是身份或階層，而是個人的「歷史價值」。這個「歷史價值」的標準是給人警示、教訓、經驗，這也是「史傳」（古代傳記）敘事的核心。這裡面提到的「或讓國立節，或養德著書，或出奇排難，或守道避禍」指向備受古人推崇的「三不朽」——立功、立德和立言。〔註12〕「史傳」在書寫中明確了傳主選擇的同時也明確了傳主史料的選擇，即被寫入的史料必須服務於傳主的「歷史價值」，和傳主的「歷史價值」無關的史料不會被計入。這也是古代傳記中傳主形象呆板、僵化的根本原因，畢竟，「歷史價值」只有固定那麼幾條，兩千多年以來，雖然傳記不計其數，但只能用大致相似的「故事」闡述相同的「歷史價值」。家譜中的人物傳記，地方志中的人物傳記，碑文、墓誌中的人物傳記，基本也都在「史」的書寫傳統之內，其傳主選擇和生平史料選擇也大致保持一致。另外，我們還必須看到，中國「以史為鑒」的傳統建立在「史」的權威之上，而這一權威的形成則由《春秋》《史記》《漢書》等早期史書鑄就。既然這一權威出現在官修史之前，就意味著它的形成並未藉重人主的權力，而是依靠史書本身和著史者的人格形成。其中，著史者的人格起到關鍵作用，也是「信史」的基礎，並進而促成歷代著史者對「史真」的追求〔註13〕。這種不藉重人主權力所獲得的權威是著史傳統中「求真」精神的主要驅動力，也是傳記文學書寫中求真精神的原始驅動力。

　　「文以載道」〔註14〕對中國古代傳記文學書寫的影響體現在兩個方面，第一個是文體和文風，第二個是創作思想，唐代的「古文運動」就是從這兩個方面展開的。在文體上，唐代「古文」是「與文壇上流行的『雕繡藻繪』『駢四儷六』的駢體文不同的散體單行的行文體制」。〔註15〕在這之前「散文還沒

〔註11〕 王溥：《唐會要》（下），北京．中華書局，1955 年，第 1108 頁。
〔註12〕 語出《左傳・襄公二十四年》：「太上有立德，其次有立功，其次有立言。」
〔註13〕 儘管，人主影響下的官修史書已經難以求真，中華文化（儒家文化主導的文化系統）也阻礙了求真，但「求真」，在歷代都不乏信仰者。
〔註14〕 語出宋・周敦頤《通書・文辭》：「文所以載道也。輪轅飾而人弗庸，徒飾也，況虛車乎」。
〔註15〕 孫昌武：《唐代古文運動通論》，北京：中華書局，2019 年，第 2 頁。

有從著述中獨立出來，當時還是以學術為文、以文章為文、以文化為文。」而唐代的「古文」「注意汲取周、秦、兩漢散文重視思想性與現實性的特點……尊重並注意汲取周、秦、兩漢諸子散文、歷史散文、政論散文的優秀傳統。」〔註16〕在文風上，唐代「古文」反對「駢文」的形式唯美而內容空洞，而行文質樸，言之有物。但無論是散文的行文方式還是質樸的文風都不是「文以載道」的核心，「文以載道」的核心是「道」。這裡提到的思想性和現實性就是「文以載道」的「道」之所在。韓愈說：「君子居其位，則思死其官；未得位，則思修其辭，以明其道。我將以明道也。〔註17〕在韓愈之前，隋代的文中子已經認識到了六朝文章的弊端，提倡「文以貫道」，他說：「學者博誦云乎哉？必也貫乎道；文者苟作云乎哉？必也濟乎義」。在詩歌創作方面，他主張「上明三綱，下達五常」。〔註18〕古文運動對後世影響最大的就是世人熟知的「文以載道」。結合前面提到的文體和文風，古文運動無論在創作思想上還是在創作技巧上都給後代的文學寫作提出了規範。

綜上所述，對一個古代傳記的作者來說，他創作的傳記不屬「史」，則屬「文」，而無論著史還是撰文，都難以逃離「史」與「文」的傳統創作思想——鑒誡和載道，而其對傳主及其史料的選擇也都服從於這個創作思想。

三、「求真」與「規避／虛飾」的撰寫策略

如前所述，中國古代傳記文學書寫主要遵循兩大傳統：「史」的傳統和「文」的傳統。中國古代傳記文學書寫中的「求真」即來自於「史」的傳統——由中國古代史家確立的傳統。鄭天挺先生從中國古代傳記的源流和史學家著史的角度提出了求真的三個方向：一個是態度或者說是創作思想上的求真，一個是找真材料而不是杜撰，還有一個是對材料的辨偽，而不是全部接受。很明顯，他說的「求真」不是為書寫作為文學體裁的傳記文學，而是為了書寫作為史書一部分的「史傳」，也就是說，中國古代傳記一開始的「求真」書寫策略是為書寫歷史服務的，和書寫歷史的策略是統一的，因為歷史學家是中國古代傳記的最早，也可能是唯一的書寫群體。〔註19〕中國古代歷

〔註16〕孫昌武：《唐代古文運動通論》，第4頁。

〔註17〕王克儉主編：《韓愈散文選》，海口：海南國際新聞出版中心，1997年，第20～21頁。

〔註18〕李小成：《中說校釋》，北京：科學出版社，2017年，第26頁。

〔註19〕見鄭天挺：《中國的傳記文》，《國文月刊》，1943年第23期。

史學家書寫歷史的「求真」還有另一大原因，那就是他的社會責任感，這一社會責任感出於孔子著史的「春秋筆法」——《春秋》有「垂萬世之法，微言大義之所存」〔註20〕的功用，它的核心仍然是對歷史「鑒誡」作用的看重，即他希望通過著史達到勸善懲惡的目的，而後，這一作用被歷代統治者拿來用於維護統治。唐代設機構史書官修，標誌著統治者將歷史的「鑒誡」價值通過權力使其更加權威化，成為一種宮廷和和民間共同遵循的「傳統」。由此，這一種社會責任感始於南史、董狐，確立於孔子，經司馬遷而擴大，至唐代而成為整個社會的一種「規範」。在孔子的「春秋筆法」中，就已經包含著違背「求真」的「規避／虛飾」書寫策略，而且這一策略作為一種「萬世之法」被後代遵循——如「為尊者諱，為親者諱，為賢者諱」〔註21〕世人皆知。無論是官方史傳還是其他各類民間傳記，傳主絕大部分都是「尊者」「親者」和「賢者」，這就意味著絕大部分古代傳記都必須有所「諱」，尤其是為同時代的人寫傳，「諱」的地方更多。《春秋》書寫之「諱」對後代影響最大的事「內外」原則，即「重內輕外」——「《春秋》錄內而略外，於外，大惡書，小惡不書；於內，大惡諱，小惡書。」〔註22〕春秋時代以來，這一「諱」的原則早已成了中國人普遍認同和遵守的傳統，一直以來，我們對於我們的國家和同胞都秉持這樣的「諱」。這一「重內輕外」的傳統後來演化成一個中國人的普遍行為準則——家醜不可外揚——對中國古代傳記文學書寫中的求真幾乎具有決定性的影響。

　　「春秋筆法」不是一種純粹的史學研究方法，更不是為了追求真理，而是追求一種實用的道德價值——勸善懲惡，所以，《春秋》不是一部史書，而是儒家的一部「經書」（儒家「五經」之一）。既然孔子寫《春秋》不是為了著史，所以他才發明了「春秋筆法」——有所「諱」。「諱」必然背離「求真」，即使完全領會並正確使用「春秋筆法」書寫歷史，也是一樣，更不用說後人的濫用了。清代學者王鳴盛曾這樣評價歐陽修的《新五代史》：「愚謂歐公手筆誠高，學《春秋》卻正是一病。《春秋》出聖人手，義例精深，後人去聖久遠，莫能窺測，豈可妄效？且意主褒貶，將事實一意刪削，若非舊

〔註20〕陳立夫：《陳序》，楊樹達：《春秋大義述》，上海：上海古籍出版社，2013 年，第 1 頁。

〔註21〕楊龍校點：《公羊傳　穀梁傳》，鄭州：中州古籍出版社，2015 年，第 62～63頁。

〔註22〕楊龍校點：《公羊傳　穀梁傳》，第 30 頁。

史復出，幾歎無徵。」〔註23〕對「春秋筆法」理解必須回到《春秋》一書，
孔子的「諱」並不是統一的、絕對的教條，而是具體而「微」的。後代在「諱」
的書寫中多未深究「春秋筆法」中的「微言」，譬如對和異母妹私通而暗殺
妹夫魯桓公的齊襄公，如實記錄他的荒淫無道，但是對於齊襄公滅紀國這一
不符合儒家價值觀的行為不進行直接批評而有所「諱」，這是因為齊襄公滅
紀國這一不義之舉隱藏著一個正義的理由——為先祖報仇。「微言」的真正
含義是涉及到儒家價值觀的權衡時，嚴肅而謹慎，絲毫馬虎不得。對於天下
皆視之為荒淫無道的齊襄公，首先，孔子沒有採取簡單易行的「從眾」策略
去貶低，甚或，而是採用直筆記錄的方式記錄齊襄公荒淫無道的行為，這為
後代著史提供了看似最簡單實則也最難的著史求真方式——秉筆直書。其
次，孔子用不直接書寫滅紀國的方式肯定了齊襄公為先祖報仇這一符合儒家
價值觀的行為。如此，在這樣的「微言」中，一方面，「大義」得到彰顯。
另一方面，歷史真實得到最大程度的保存。也即，雖然孔子是在著「經」，
但卻給寫「史」留下了一個典範。但是，這一典範難以複製，「春秋筆法」
在後來被濫用，譬如，因為孔子的「天王狩於河陽」，後代史家就把宋朝的
靖康之變和明朝的土木堡之變被稱為「北狩」，把清代慈禧的庚子逃難稱為
「西狩」。「春秋筆法」有所「諱」的前提是彰顯「大義」，而不是被簡化為
「遮醜」，為向權力獻媚而掩蓋「醜陋」的事實，和孔子的「大義」無關，
不是「春秋筆法」的正確打開方式。

　　「規避」之外，就是「虛飾」；「規避」不足，需要「虛飾」。「規避」之所
以不足，是因為不夠真實；「虛飾」所以需要，是因為可以增加真實。也即，
「規避」和「虛飾」雖然都背離了真實，但卻都為了實現真實。「虛飾」這一
書寫策略在古代傳記中的表現既有寫作思想上的（目的是為了褒揚傳主，主要
有歪曲和造假兩種方法），也有行文上的，譬如文辭的虛飾導致的言之無物。
虛飾使得傳主的形象僵化、單一、模糊、虛假。「諱書」一方面為史家肆意妄
改史實提供幫助和藉口；一方面影響了行文，譬如通過諡號褒貶皇帝創造的一
系列詞語：褒義的有文、武、成、莊、宣、襄、睿、康、懿、桓、昭、穆、景、
明等。貶義的則有厲、幽、煬、沖、殤、愍、哀、悼等。這些諡號一開始確實
有「春秋筆法」的用意，即用不明顯「微言」彰顯儒家的「大義」。但是諡號

〔註23〕王鳴盛著，黃曙輝點校：《十七史商榷》，上海：上海書店出版社，2005 年，
　　　　第 865 頁。

一旦超出著史者的控制而被權力所左右，其原來的功能也就消失裏。發展到古代社會末期，謚號日益長而虛，越長越虛，幾乎沒有任何實際含義，而成為一種諂媚的符號。不但謚號本身是虛的，連帶對它們的解釋也因為一種特殊的書寫策略而成為一種虛飾，如對「文」「武」二字的解釋：「經緯天地曰文，道德博聞曰文，學勤好問曰文，慈惠愛民曰文，愍民惠禮曰文。錫民爵位曰文。剛強理直曰武，威強澼德曰武，克定禍亂曰武，刑民克服曰武，誇志多窮曰武。」〔註24〕這樣的解釋除了增加對「文」「武」二字理解的難度，別無益處。謚號的起源本為敘行以顯功過，有褒有貶：「維周公旦、太公望，開嗣王業，建功于牧之野，終將葬，乃制謚。遂敘謚法。謚者，行之跡也。號者，功之表也。……是以大行受大名，細行受細名，行出於己，名生於人。」〔註25〕但是到後來，不但有褒無貶，而且名詞疊加，空洞無物。明代謚號的虛飾，可見一斑。譬如殺侄子以奪皇位的朱棣，其謚號是「啟天弘道高明肇運聖武神功純仁至孝文皇帝」；被蒙古瓦剌部落俘虜，殺一代名臣于謙、名將范廣，迫害景泰一朝的忠良、功臣，殺害弟弟景帝朱祁鈺的朱祁鎮，其謚號為「法天立道仁明誠敬昭文憲武至德廣孝睿皇帝」；重用宦官劉瑾、江彬，建立「豹房」「新宅」，耽於玩樂，好大喜功，可謂明代最荒唐的朱厚照，其謚號為「承天達道英肅睿哲昭德顯功弘文思孝毅皇帝」；崇信道教、寵信嚴嵩等人，導致朝政腐敗，「壬寅宮變」中幾乎死於宮女之手，二十多年不上朝的朱厚熜，其謚號是「欽天履道英毅神聖宣文廣武洪仁大孝肅皇帝」；任用魏忠賢的朱由校的謚號為「達天闡道敦孝篤友章文襄武靖穆莊勤哲皇帝」，全是諂媚的誇讚，無一貶語。

「虛飾」在古代傳記中的另一主要的表現就是書寫的「程式化」，這一「程式化」的書寫使得古代傳記在整體上「虛飾」的、「無物」的，這是梁啟超、胡適從整體上否定中國古代傳記的主要原因。譬如，古代傳記文學書寫中常見的「三段式」程序：如果寫一個正面人物，則第一段寫傳主的家世，第二段寫傳主的學業、德行和事功，第三段讚美傳主。如果寫一個反面人物，則把德行換成惡行，把讚美換作報應不爽即可，其中每一段的書寫也都有各自固定的「程序」，每一種程序裏也都有各自固定的「用詞」。這一套「程序」和「用詞」得以運行的前提是，古代傳記不追求塑造一個真實的人物，而追求虛造一個大眾認可的，千篇一律的人物形象。這就使得古代為人寫傳，就是寫一篇「程式

〔註24〕黃懷信：《逸周書校補注釋》，西安：西北大學出版社，1996年，第288頁。
〔註25〕黃懷信：《逸周書校補注釋》，西安：西北大學出版社，1996年，第286頁。

化」的作文，作一篇「程式化」的文章而已，既不需要瞭解傳主，也不需要對傳主抱有任何感情。

四、以儒家倫理思想為中心的價值評判

蔡元培認為儒家的「一切精神界科學，悉以倫理為範圍」，是中國「倫理學之大宗」，也是「我國惟一之倫理學」。〔註26〕這就意味著，在中國，凡是要對一個人的價值進行評判，其主要、甚至唯一的標準只能是儒家倫理思想。而儒家倫理學之所以成為我國唯一的倫理學，在蔡元培看來是通過兩步完成的，一個是漢武帝和漢儒把儒家宗教化，〔註27〕一個是宋明儒生把儒家思想普及化、儒家倫理規範化。〔註28〕

傳記文學是寫人的，既然中國對個人價值的評判以儒家倫理思想為中心，所以中國人在寫傳時自然也以儒家倫理思想作衡量。這一價值評判對古代傳記文學的書寫影響巨大，在一定程度上，中國古代傳記的整體面貌是由儒家倫理思想塑造的。儒家倫理思想核心是「五倫」，即朋友、父子、夫婦、兄弟、君臣，與之相對應的倫理法則是：信、孝、忍、悌、忠，即對統治者盡忠，對長輩盡孝，對兄弟姐妹友愛，對朋友守信，夫婦之間要寬容、包含、忍讓。中國古代傳記傳主的書寫不能超出這「五倫」及其法則。「五倫」之外，儒家倫理以「三綱五常」「存天理，滅人慾」「餓死事小、失節事大」等規範最為人所

〔註26〕 蔡元培：《中國倫理學史·緒論》，上海：上海古籍出版社，2011年，第1～2頁。

〔註27〕 「郡國立孔子廟，歲時致祭。學說有背孔子者，得以非聖無法罪之。於是儒家具有宗教之形式。漢儒以災異之說，符讖之文，糅入經義。於是儒家言亦含有宗教之性質。是為後世儒教之名所自起」；（蔡元培：《中國倫理學史》，上海：上海古籍出版社，2011年，第53頁）

〔註28〕 「自漢武帝以後，儒教雖具有國教之儀式及性質，而與社會心理尚無緻密之關係。其普通人之行習，所以能不大違於儒教者，歷史之遺傳，法令之約束為之耳。及宋而理學之儒輩出，講學授徒，幾遍中國。其人率本其所服膺之動機論，而演繹之於日用常行之私德，又卒能克苦躬行，以為規範，得社會之信用。其後，政府又專以經義貢士，而尤注意於朱注之《大學》、《中庸》、《論語》、《孟子》四書。於是稍稍聰穎之士，皆自幼寢饋於是。達而在上，則益增其說於法令之中；窮而在下，則長書院，設私塾，掌學校教育之權。或為文士，編述小說劇本，行社會教育之事。遂使十室之邑，三家之村，其子弟苟有從師讀書者，則無不以四書為讀本。而其間一知半解互相傳述之語，雖不識字者，亦皆耳熟而詳之。雖間有苛細拘苦之事，非普通人所能耐，然清議既成，則非至頑悍者，不敢顯與之悖，或陰違之而陽從之，或不能以之律己，而亦能以之繩人，蓋自是始確立為普及之宗教焉。」（蔡元培：《中國倫理學史》，第79頁。）

知，影響也最大，對中國傳記文學書寫的影響也最大。具體到中國古代傳記文學書寫中，傳主的人物塑造以品德塑造為中心：官員以「忠」為第一品德，百姓以「孝」為第一品德，女性以「貞」為第一品德。「忠」和「孝」是中國家國一體的自然展現，君父臣子，君為父，臣為子，但是在忠孝不能兩全時，以「盡忠」為先，「盡孝」服從於「盡忠」。雖然「盡孝」服從於「盡忠」，「盡忠」卻又被稱為大孝，也即「忠」是「孝」更高的一種表現形式。孝只有一個，表現形式則有兩種：在家為盡孝，入仕為盡忠。從西漢開始，「以孝治天下」便為歷代王朝信奉和遵守，對一個帝王來說，治理天下靠群臣，群臣「忠」則天下治。因為忠孝一體，也因為「孝」為百姓立身第一要義，所以「求忠臣必於孝子之門」。遍覽中國古代傳記，凡寫官員之忠，必提其孝。「五倫」之中，忠孝為大，忠孝一體。忠孝之外，次及兄弟、朋友、夫婦，這是個順序關係，即兄弟情義最重，朋友之情次之，夫婦之情又次之。這樣一種遞減的順序也體現在古代傳記文學書寫之中。如果一個人有功名，那麼對他的描寫（褒揚）的順序依次為忠——孝——悌——友——妻，如果一個人沒有功名，順序就相應變為孝——悌——友——妻。

以儒家倫理為唯一倫理，弊端非常明顯。因為儒家倫理在被中國古代人主納入統治意識形態之後，其目標就不再是為了行仁義而求天下大同，而只是為了維護專制統治，維護統治階層的利益（最終，根本上是為了維護一姓的利益）。這時，在思想上，儒家思想就不可避免的表現為一種專制——使人以「信從教主之儀式」對待孔子。而且「於孔門諸子，以至孟子，皆不能無微詞」，對孔子的話「不特不敢稍違，而亦不敢稍加以擬議」，對於是非的判斷「一以孔子之言為準」。在世俗規範上，它不僅表現為一種「規範」，即古代家庭和社會組織對於「互相交際之道」考慮的是「如何而能無背於孔子」；〔註29〕同時也表現為一種權力，雖然這種權力經常打著「勸諭」的旗號，如北宋儒者陳襄的《勸諭文》所示：「為吾民者，父義，兄友，弟敬，子孝，夫婦有恩，男女有別，子弟有學，鄉閭有禮，貧窮患難，親戚相救。婚姻死喪，鄰保相助，無墮農桑，無作盜賊，無學賭博，無好爭訟，無以惡凌善，無以富吞貧，行者遜路，耕者遜畔，斑白者不負戴於道路，則為禮義之俗矣。以上同保之人今仰互相勸誡，作盜賊，無學賭博，無好爭訟，無以惡凌善，無以富吞貧，行者遜路，耕者遜畔，斑白者不負戴於道路，則為禮義之俗矣。以上同保之人今仰互相勸

〔註29〕蔡元培：《中國倫理學史》，第81頁。

誠，孝順父母，恭敬長上，和睦宗姻，周恤鄰里，各依本分，各修本業，莫作奸盜，莫縱飲博，莫相鬥打，莫相論訴，莫相侵奪，莫相瞞昧，愛身忍事，畏懼王法。保內如有孝子、順孫、義夫、節婦事蹟顯著，即仰具申，當依條旌賞。其不率教者，亦仰申舉，依法究治。」〔註30〕這樣一種權力是由中國古代特殊的政治生態決定的，即官方意識形態是儒家思想，官員則是儒家學者。

綜上所述，無論是古代傳記對於「傳主」及其生平史料的選擇，還是「求真」與「規避／虛飾」的撰寫策略，還是以儒家倫理思想為中心的價值評判，其功能指向實用，其出發的角度在政治和倫理，其目的是影響讀者——使他們成為良善的人／順從的臣民。

第二節　晚清時代傳記文學理論思想的轉變

一、「傳記文學」的「形象」走向獨立與明晰

晚清是中國的「現代」意識「自覺」的時代，傳記文學的「現代」轉型也不例外，它的「現代歷程」——走向獨立與明晰——也是在晚清開始的。傳記文學在晚清走向獨立與明晰有兩大前提：一個是傳記文學書寫自身內部積攢的可以作為「現代歷程」的「鋪路石」——這在史學上主要表現為章學誠的傳記文學思想，在文學上主要表現為桐城派傳記文學書寫的「辭章／文法」策略；另一個則是外部的刺激，那就是「西學東漸」。「西學東漸」促使國人看見「現代」，走向「現代」，也以此使「晚清」區別於之前的「古代」。「傳記文學」在這一進程中，同樣也得以看見「現代」，走向「現代」。

長期以來，中國的傳記文學之所以被認為屬於史學，被迫依附於史學，跟人們對中國古代傳記的認識有關係，而人們對中國古代傳記的認識取決於它的傳播方式。在報刊廣泛流行之前，傳記只能在傳統的史書、地方志、家譜、等史學類印刷品裏出現，傳播範圍非常有限。傳播範圍窄，讀者少，這就使得「傳記文學」本身的發展缺乏接受、關注和批評這些外部驅動力。而沒有外部驅動力的古代傳記文學書寫只能以閉門造車的方式發展，這就使得以史學「形式」出現的古代傳記只能一直留在史學範疇，這也是只有史官才能作傳這一觀點廣泛流傳的重要原因。在域外的報刊業進入中國以前，古代傳記的傳播主要靠傳主和寫作者，而無論傳主還是寫傳者，他們都有一個共同的目的——「青

〔註30〕陳美觀主編：《中華陳氏家訓》，福州：海峽書局，2016 年，第 60 頁。

史留名」。傳記書寫的委託人希望傳主青史留名，傳記的作者也希望青史留名，一旦一篇傳記在傳統的評價標準裏成為名作，傳主和寫傳者都可以借助傳記的傳播而青史留名。「青史留名」這一傳統中國人的重要理想，無疑為古代傳記文學書寫打上了厚重的史學烙印，傳記的價值、目的都不能脫離史學，其概念也無法脫離史學。

晚清報刊開始廣為流行以後，這一情況發生了重大變化。「傳記」第一次以公開發行的形式廣泛傳播，使得「傳記」以獨立的、新的形式（報紙這一新的載體促成了這一「獨立」，即傳記不再只是出現傳統的史學媒介中，而是以一種「獨立」的形象出現非史學的媒介中，非史學的媒介——報紙以及報紙本身這種新出現的媒介形象加強了傳記的獨立形象）被呈現在讀者面前。而一旦這種獨立的形象被傳播開來，就會激發讀者對這種形象的思考；一旦讀者對這一種形象展開思考，傳記文學的獨立形象就會顯現出來，清晰出來。而只有這一形象變得清晰之後，「傳記文學」的形象才能獨立顯現出來，而一旦傳記文學被確認為一種可以單獨發表和傳播的獨立形式，成為一種被人們確定的獨立形象——有著獨特的形式，報刊就可以吸引更多的人採用這一種獨特的形式創作更多的傳記文學作品。而這些不斷刊登的傳記文學作品，無論是作品木身還是對作品批評，都會進一步鞏固「傳記文學」的獨立形象。早期報刊所登載的傳記文學作品大體可分為三類：古代傳記、新體傳記和域外傳記。如果要宣布一種新文體或者新學科的誕生，莫過於彰顯它特有的形式，晚清時期的傳記文學出現了兩個前代未有且與時代密切相關的新形式：第一，用白話文寫作；第二，文字和照片相結合。用白話文寫作其實指向的是語言的散文化，散文化的語言更有利於刻畫人物。照片這一古代社會沒有新生事物出現在傳記中，意義重大，因為它在某種程度上觸及了傳記文學的核心——「寫生」，即把一個活生生的人描寫出來。在晚清，沒有比照片這一嶄新的圖像形式更「活生生」的媒介了。照片的出現極大地彌補了古代傳記的最大弊病——簡短而千人一面，即無論如何文字如何言之無「人」，但照片卻足以向讀者展示一個完全不同的人，和其他所有人完全不一樣的人。同時照片也以「留影」的形式代替又或者說是增強了古代傳記的追求——「青史留名」：首先，對於千篇一律的傳記中的千人一面的傳主，傳主之「留影」是其得以保持其「名」的唯一「依據」，即這一「留影」完全取代了傳記中文字「留名」的功能，使傳主留其「名」。其次，對於一些傳主形象已然可以在文字中得到體現的優秀傳記，傳主之「留

影」無疑會增強其「留名」的「功效」。另外，我們也要看到，在一定程度上，「留影」也是對「留名」的一種否定，這一否定依賴於古代傳記和現代傳記文學的涇渭之別──「寫生」與否，有「留影」的傳記第一次通過一種新的媒介有意無意中觸及傳記文學的本質──「寫生」。

本時期報紙刊登的傳記因襲了其古代傳記篇幅較短的特點，但是，這一缺點卻無形中轉而成為一種優點。因為篇幅短，所以不需要報刊連載，這就使它成了一種很適合報刊登載的「文章」形式；發表一篇傳記就像發表一首詩、一篇散文等所有短篇的文章一樣，簡單、易操作。同時，不連載又在無形中收到了一個意想不到的效果，報刊一次登載一篇完整的傳記有利於使「傳記」以一種獨立的「文章」形式被讀者感知，現代文學的白話詩、散文等這些「全新」的文學體裁都是通過報刊被讀者「發現」和認可的。讀者在報刊這一「全新」的媒介形式中閱讀整篇傳記容易對這種獨立刊出的「文章」形式形成一種「新」形象。譬如，「留影」元素的加入，就促使傳記文學在讀者心中形成一種全新的形象──這是全新的、獨立的、不同於古代傳記的「新體傳記」。另外，傳記讀後感和評論作為一種和傳統形式得「書／題傳後」等不同的新的「文章」形式，在新出現的「報刊」上發表以後，促使「傳記文學」作為一種「全新」的獨立文體形象在讀者心中形成。再有，晚清報刊在當時「新知識分子」的運作下，是「新思想」的集中地，代表進步和現代的方向，不但是「新事物」的代表，還是所有「新事物」的最佳展示平臺，這對於塑造「傳記文學」這一「新事物」的全新面貌也是非常有幫助的。

二、章學誠的傳記文學思想及其影響

在域外的現代傳記文學思想傳入中國之前，看似固化的中國本土傳記文學思想實際上也在緩慢醞釀著諸多「現代性」的因子，章學誠的傳記文學思想就是最好的例證。一方面，章學誠的史學著作中散落著大量的傳記文學思想，譬如他對於「傳記」文體大量理論論述；另一方面，他以「史」（史傳、傳記）表「經」（本於「六經皆史」）的思想為重新理解古代傳記文學的書寫，溝通古代傳記與現代傳記文學提供了新的思路。

章學誠的傳記文學思想主要涉及 7 個方面：1.中國古代傳記的；2.「史官不為人作傳」；3.「史」與「文」的關係；4.傳主選擇；5.女性入傳；6.求真；7.避諱。

（一）溯源中國古代傳記──對古代傳記文學功能、目的、書寫範式的影響

探究中國古代傳記的源流是為了明確它的功能與目的，有了功能和目的之後，才能進一步明確傳記文學書寫的程序與規範。在《文史通義》一書中，章學誠對「傳記」、家傳、壽挽等傳記性質的文體的由來都作出了論斷。他認為「傳記」和「六經」大概誕生在同一時期，而「春秋三傳」屬於「記」，《禮記》《大戴禮記》《小戴禮記》則屬「傳」。他在《傳記》〔註31〕一文指出：「傳記之書，其流已久，蓋與六藝先後雜出。古人文無定體，經史亦無分科，《春秋》三家之傳，各記所聞，依經起義，雖謂之記可也。經禮、二戴之記，各傳其說，附經而行，雖謂之傳可也」。後來以記人和記事的不同，「以錄人物者為之傳，敘事蹟者為之記」。但在實際撰寫上並沒有嚴格的區分。「然如虞預《妒記》、《襄陽耆舊記》之類，敘人何嘗不稱記？《龜策》、《西域》諸傳，述事何嘗不稱傳！」對於「傳記」的這一演變，章學誠這樣解釋，「蓋亦以集部繁興，人自生其分別，不知其然而然，遂若天經地義之不可移易。此類甚多，學者生於後世，苟無傷於義理，從眾可也。」即後世學者在撰寫傳記時並沒有像他一樣探究「傳記」的起源，不知道「傳記」為後世「闡釋」「六經」之作，而《論語》《孝經》《易大傳》等「傳」是因為孔子的關係才被尊稱為「經」。他認為，「大抵為典為經，皆是有德有位綱紀人倫之所製作，今之六藝是也。……夫子有德無位，則述而不作，故《論語》《孝經》，皆為傳而非經，而《易‧繫》亦止稱為《大傳》。其後悉列為經，諸儒尊夫子之文，而使之有以別於後儒之傳記爾。」對於「傳記」的這一源流，從東周末年一直到西漢初的學者是知道的，所以他們「不可自命經綸，蹈於妄作；又自以立說，當稟聖經以為宗主，遂以所見所聞各筆於書而為傳記，若二《禮》諸記、《詩》《書》《易》《春秋》諸傳是也。」後世一般儒者一方面不敢妄作僭經，因為「六經」在他們眼裏形同「聖經」；一方面，他們有瞭解和學習「六經」的需求，所以就用撰寫「傳記」的形式「闡經」──闡釋「六經」。他們「闡經」作品是「傳」，不是「經」。這些「傳」在章學誠看來因為是「皆依經起義」，所以「與後世箋注，自不同也。」即後來的「箋注」並不能稱之為「傳」。說到這裡，章學誠認為的「傳記」還是以「闡經」為目的，通過「記」和「傳」兩種形式協助「六經」流傳，且是

〔註31〕章學誠：《傳記》，李敖主編：《史通‧文史通義》，天津：天津古籍出版社，2016年，第442～445頁。

一種「專門」學，由專業人員撰寫，這就明確了中國古代傳記的功能和目的，那就是「闡經」，從而不但使古代傳記文學的書寫有了指導思想，也提出了相應的寫作規範。

但是，後來「傳記」的著作情況發生了變化，「傳記」不再是一種「專門」學，也不再有一種「專家」壟斷寫作，從而，其「闡經」這一功能和目的也就慢慢消融了。他說：「專門學衰，集體日盛，敘人述事，各有散篇，亦取傳記為名，附於古人傳記專家之義爾。」「專門」之學衰落以後，「傳記」名存實亡，「傳記」之「實」丟失，「傳記」之「名」留下來，不是「專門」內的專業人員撰寫的類似「傳記」的文章也都自稱為傳記。最早的，也是對中國古代傳記書寫影響最大的「傳記」之「名」是司馬遷學習《左傳》創造的史傳文體「列傳」，司馬遷學習的是《春秋》，可以說是被章學誠認可的「闡經」「傳記」的正嫡。章學誠說：「自《左氏春秋》，依經起義，兼史裁。而司馬遷七十列傳，略參其例，固以十二本紀，竊比《春秋》者矣！」〔註32〕學習《春秋》的史記轉而成了一般意義上的中國古代傳記的鼻祖，其創造「列傳」範式被歷代正史所因襲，其「世家」範式轉化為民間的「家傳」。章學誠說：「自魏晉以降，迄乎六朝，族望漸崇，學士大夫，輒推太史世家遺意，自為家傳。」〔註33〕無論是官方正史的列傳還是一個家族的家傳，都是多人傳記的合集，具有「集體」性質。「個體」性質的傳記則由各種具有傳記文學性質的文章構成，即這些「個體」的傳記原無「傳記」之「名」，章學誠說：「至墓誌傳贊之屬，核實無虛，已有定論，則即可取為傳文，如班史仍《史記・自序》，而為《司馬遷傳》；仍揚雄《自序》而為《揚雄列傳》之例，可也。此一定之例，無可疑慮，而相沿不改，則甚矣史識之難也。」〔註34〕除了墓誌傳贊之外，壽挽文也是一種傳記或者確切的說是傳記性質的文學，無論祝壽還是弔挽，從一個人的生命週期來說，都適合敘述一個人的生平，而敘述一個人的生平歷史，也就可以稱之為傳記了，正如章學誠所說「傳狀志述，一人之史也。」〔註35〕章學誠也以溯源的方式論述了壽挽文的傳記性質，他說「稱壽不見於古，而敘次生平，一用記述

〔註32〕章學誠：《和州志・列傳・總論》，李敖主編：《史通・文史通義》，第575～576頁。
〔註33〕章學誠：《和州志・氏族表・序例上》，李敖主編：《史通・文史通義》，第559頁。
〔註34〕章學誠：《答甄秀才論修志第一書》，李敖主編：《史通・文史通義》，第630頁。
〔註35〕章學誠：《州縣請立志科議》，李敖主編：《史通・文史通義》，第549頁。

之法，以為其人之不朽，則史傳竹帛之文也。挽祭本出辭章，而歷溯行實，一用誄諡之意，以為其人之終始，則金石刻畫之文也。」在這裡，章學誠雖然沒有考證壽挽文的起源——何年何月起於何人之手，但是他從其形式（「記述之法」）、內容（「歷溯行實」「其人之始終」）和功能上（「不朽」「誄諡之意」）把它的起源歸結到「史傳」和「碑銘」，認為它是「史傳」和「碑銘」一種「變體」；再有，他認為壽挽文的另一來源是「禮」，他首先肯定的認為壽挽是古有而當時無的禮儀：「夫生有壽言，而死有祭挽，近代亡於禮者之禮也」，並進而推測「祝嘏之文，未嘗不始於《周官》。六祝之辭，所以祈福祥也。」〔註36〕這就從源頭肯定了壽挽文的讚頌性質，也就進而否定了這一古代傳記文學體裁的求真性。

　　無論是歷代正史、民間的家傳，還是個人的私傳，其「闡經」的功能雖然還在，即都有宣揚儒家價值觀的功能。但是，其目的卻在無形中改變了，正史的目的是為了維護帝王階層的利益，家傳的目的是為了一個家族的利益，個人的傳記維護個人的利益之外，在宗法制的社會也必然同時牽涉著一個家族的利益。所以，這些傳記的目的說到底都是為了私利，為的是「一己之私」，這與儒家倡導的「大同」是完全相背的，既然目的發生了變化，其書寫範式也就發生了變化，也就從在《春秋》《史記》中的求真變為遍布虛飾、避諱、造假的失真。

（二）闡明「非史官不為人作傳」

　　在章學誠的年代，流傳著一種非史官不作傳的說法，他說：「明自嘉靖而後，論文各分門戶，其有好為高論者，輒言傳乃史職，身非史官，豈可為人作傳？」章學誠從二個方面對這一觀點進行了反駁。首先，如果史官才可以為人作傳成立，就等於認為承認傳記屬「史」，史官唯一的、顯著的獨特性就是他的「史學性」，即他可以作史，而其他人不可以。對此，章學誠用傳記的「非史學性」進行反駁，他說：「若傳則本非史家所創，馬班以前，早有其文」；其次，他利用普遍存在於中國古代士大夫群體中的「尊經」心理進行反駁：「今必以為不居史職，不宜為傳，試問傳記有何分別，不為經師，又豈宜更為記耶？記無所嫌而傳為厲禁，則是重史而輕經也。」如前節所示，既然「傳」和「記」都是「闡經」之作，既然不是「經師」可以作「記」，那麼不是「史官」也可

〔註36〕章學誠：《砭俗》，李敖主編：《史通‧文史通義》，第509～510頁。

以作「史」。所以，既然古代不是「史官」的人可以作傳，那麼，對於章學誠時代的人來說，不是「史官」也可以作傳，而且，他指出在以「經學」為首的時代，沒有人敢自承「重史而輕經」，這就是為不是史官的人作傳提供了正當且權威的理由。然後，章學誠從「辨職」出發，分析這一說法的荒謬。他說：「辨職之言，尤為不明事理。如通行傳記，盡人可為，自無論經師與史官矣。必拘拘於正史列傳，而始可為傳，則雖身居史職，苟非專撰一史，又豈可別自為私傳耶？若但為應人之請，便與撰傳，無以異於世人所撰。惟他人不居是官，例不得為，己居其官，即可為之，一似官府文書之須印信者然，是將以史官為胥吏，而以應人之傳為倚官府而舞文之具也，說尤不可通矣。」在這裡，章學誠以三種古代傳記文學形式舉例說明這一說法的不合理，分別是史官職責所在所作之傳、史官以個人身份應人之請所作之傳和史官以其「身份」之「名」所作之傳。史官職責所在所作之傳是指官修「史傳」，史官作為官方任命的史傳編纂人員具備作傳的正當性和權威性，非史官自然不能做「史傳」。但是如果史官只能作「史傳」，那麼除非著史，他也不能為私人作傳，這就否定了史官可以為人作傳，也進而否定了非史官不能為人作傳；相對於官方的「史傳」而言，史官以個人身份應人之請所作的傳可以屬於「私人傳記」或「民間傳記」，以區別於「官方傳記」。當史官以私人身份為人作傳時，他的身份和所有非史官的作者一樣，失去了史學屬性，如果他能作傳，也就意味著其他不是史官的作者也可以作傳，這也就否定了非史官不能為人作傳；史官以其「身份」之「名」所作的傳也可以稱之為加蓋了史官「印戳」的傳記。如果要說史官可以為人作傳不是因為傳記本身是官方認可的、可以載入國史的「史傳」，而只是因為他是史官，可以使傳記帶有一種史官所作「光環」。也就是說，史官的身份使史官擁有作傳的特權，這顯然是不成立的。史官作傳的權利是和著史同步獲得的，寫傳就是著史，史書編著和發行的許可權在政府而不是史官。章學誠認為「非史官不為人作傳」的說法是世上常見的盲從導致的，他說：「世之無定識而強解事者，群焉和之，……今之作家，昧焉而不察者多矣，獨於此等無可疑者，輒為無理之拘牽，殆如村俚巫嫗妄說陰陽禁忌，愚民舉措為難矣。明末之人，思而不學，其為瞽說，可勝唾哉！今之論文章者，乃又學而不思，反襲其說以矜有識，是為古所愚也。」〔註37〕盲從有兩大成因，一個是不學，一個是

〔註37〕章學誠：《傳記》，李敖主編：《史通・文史通義》，第 442～445 頁。

學而不思。同時，盲從也是一種從眾意識，而從眾意識本質上和人的生存相關。

史官不作傳的說法從何而起難以考察，但是顧炎武的言論最為世人所知，影響也最大，可能也是造成後世盲從的重要原因。他說：「列傳之名，始於太史公，蓋史體也。不當作史之職，無為人立傳者，故有碑、有志、有狀而無傳。⋯⋯若段太尉，則不曰『傳』，曰『逸事狀』，子厚之不敢傳段太尉，以不當史任也。自宋以後，乃有為人立傳者，侵官之酺矣。⋯⋯《太平御覽》書目列古人別傳數十種，謂之『別傳』，所以別於史家。」〔註38〕很顯然，在這裡，顧炎武是從一個歷史學家的角度考證作為「史傳」這一「史體」的「傳記」，而不是否定非歷史學家撰寫的具有傳記性質的各類古代傳記。即是說，顧炎武考證的是「史傳」之「名」，是要為「史傳」正名，即他所要表達的是，非史官不能作「史傳」。而不是否定民間傳記，更不是禁止非史官撰寫各種形式的傳記，如碑、誌、狀、別傳等等。所以，如果正確理解了顧炎武這段話，不但不會讓民間誤傳非史官不為人作傳這一錯誤的觀點，而且對古代傳記的發展反倒可以起一定的促進作用。因為既然作為「史體」的「史傳」只有史官才能作，那麼非史官只能作非「史體」的傳記，這樣，古代傳記文學的書寫就可以逃離「史傳」的範疇，逃離史學的範疇，走上獨立發展的道路。顧炎武提到的碑、誌、狀、別傳和他沒有提到的序、贊、壽挽等等各種形式的不以「傳」命名的傳記，也確實在「形式」（體裁）上走上了「獨立」發展的道路。可惜的是，只有體裁的變化遠遠不夠，體裁僅僅是傳記的「形式」，其「內容」沒有變化，仍然屬「史」，其書寫範式也一直因循「史傳」。

非史官不為人作傳的說法被很多人誤解並盲從，使得一部分人不寫傳記，看似影響了古代傳記的發展。實際上，充其量，它只能影響以「傳」命名的傳記寫作，這個影響是微乎其微的。民間的傳記文學書寫需求被書寫者巧妙的以各種傳記之「名」避開以「傳」命名滿足了，古代傳記也以「換湯不換藥」「新瓶裝舊酒」的方式遍布整個古代社會。

（三）「史」與「文」的關係

中國古代，文史不分，學科、概念模糊。「史」中往往有「文」，「文」中也往往有「史」。以《史記》為例，它之所以被魯迅譽為「史家之絕唱，無韻之離騷」，是因為它不但是「史學」的範本，也是「文學」的範本。魯迅這一

〔註38〕顧炎武：《古人不為人立傳》，《日知錄校釋》（下），張京華校釋，長沙：嶽麓書社，2011 年，第 792 頁。

評價基於他對《史記》中傳記文本的認識：「不拘於史法，不囿於字句，發於情，肆於心而為文。故能如茅坤所言『讀游俠傳，即欲輕生；讀屈原賈誼傳，即欲流涕；讀莊周、魯仲連傳，即欲遺世；讀李廣傳，即欲立鬥；讀石建傳，即欲俯躬；讀信陵、平原君傳，即欲養士』也。」〔註39〕這表明《史記》的成就全在其傳記文本──「史傳」。這樣，作為古代傳記的標杆，《史記》就給古代傳記提出了這樣一個標準：「史文」兼具。但是，司馬遷只是寫出了流傳千古的傳記，卻沒有對「史」與「文」的關係做出解釋，這一點在章學誠這裡得到了解決。在《文史通義》中，他對「史」與「文」的關係做了詳細的闡述。在他看來，先有「史」，後有「文」。先是「文」由「史」成，後是「史」亦以「文」成。離「史」沒有「文」，離「文」不成「史」。他說：「史所貴義也，而所具者實也，所憑者文也。……夫史所載者事也，事必藉文而傳，故良史莫不工文。」但是「史」與「文」的關係在章學誠看來並不平等，而是本與末的關係：「史之賴於文也，猶衣之需乎採，食之需乎味也。……邪色害目，奇味爽口，起於華樸濃淡之爭也。文辭有工拙，而族史方且以是為競焉，是舍本而逐末矣。採之不能無華樸，味之不能無濃淡，勢也。華樸爭而不能無邪色，濃淡爭而不能無奇味。邪色害目，奇味爽口，起於華樸濃淡之爭也。文辭有工拙，而族史方且以是為競焉，是舍本而逐末矣。以此為文，未有見其至者；以此為史，豈可與聞古人大體乎？」〔註40〕在這裡，章學誠用很形象的語言說明了「史」與「文」的本末、主從關係，充分顯露出一個史學家的傳記文學觀。

章學誠雖然從史學的角度出發，認為「史」與「文」的關係是本與末的關係，但是對中國傳記文學的發展依然意義重大。如前所述，章學誠認為個人傳記就是一人之史，而中國正史的主體又是「史傳」，編著眾多一人之史的史傳就是著史。所以，雖然傳記寫作在章學誠的視野裏屬於史學實踐。但是，從寫傳等於著史的角度看，從著史的角度出發討論「史」與「文」的關係也就等於是在討論傳記文學書寫中「史」與「文」的關係。由此，在史學書寫中看到「文」的價值就是章學誠思想的可貴之處，這一可貴之處轉而也就成了古代傳記發展史中的可貴思想；畢竟，在章學誠之前，還沒有人專門討論傳記文學書寫中「文」的價值。

〔註39〕魯迅《漢文學史綱要》，《魯迅全集》（第九卷），北京：人民文學出版社，2005年，第435頁。
〔註40〕章學誠：《史德》，李敖主編：《史通・文史通義》，第436頁。

（四）傳主選擇

章學誠關於傳主選擇的思想主要體現在兩篇文章裏，一篇是《答甄秀才論修志第一書》，一篇是《記與戴東原論修志》。在《答甄秀才論修志第一書》中他首先表達了和當時大多數學者一樣的觀點，認為傳主應該選擇「扶持綱常」「撐柱世教」，充滿「大節大義」的大英雄。因為他們有切實的教育價值，如「使百世而下，怯者勇生，貪者廉立」等等。但是章學誠思想的可貴之處在於他意識到德行不只英雄有，普通人也有，普通人的德行也需要被記錄，所以普通人也應該有傳記。這是與古代傳記人物選擇的不同之處，他說：「矣尤當取窮鄉僻壤，畸行奇節，子孫困於無力，或有格於成例，不得邀旌獎者，蹤跡既實，務為立傳，以備采風者觀覽，庶乎善善欲長之意。」〔註41〕讓這些具有美好德行卻又因為貧窮沒文化泯滅鄉間的百姓們流芳百世，章學誠目的儘管在於揚善，但是這一思想卻在客觀上促進了傳記文學書寫的平等意識。這一平等意識在《記與戴東原論修志》一文中表現的淋漓盡致，文中記載戴震竟然迂腐地認為和尚不是「人」，當然他指的是和尚在當時不配作為傳主被記錄在地方志中。他說：「余於沿革之外，非無別裁卓見者也。舊志人物門類，乃首名僧，余欲刪之；而所載實事，卓卓如彼，又不可去。然僧豈可以為人，他志編次人物之中，無識甚矣。」章學誠回答說：「如云僧不可以為人，則彼血肉之軀，非木非石，畢竟是何物邪？筆削之例至嚴，極於《春秋》；其所誅貶，極於亂臣賊子，亦止正其名而誅貶之，不聞不以為人，而書法異於圖首方足之倫也。且人物仿史例也；史於姦臣叛賊，猶與忠良並列於傳，不聞不以為人，而附於地理志也。削僧事而不載，不過俚儒之見耳。」〔註42〕戴震作為當時著名的儒家學者，反對佛教，鄙視僧人，所以就利用修方志的機會把僧人從人物志中去掉。而章學誠知道戴震是儒家學者，所以就援引儒家經典《春秋》進行反駁，讓傳記文學書寫的平等意識，借助儒家思想得到伸張。

（五）女性入傳

女性入傳也屬於傳主選擇問題，但是由於男女平等、女性地位變化在人類發展史上的重要性，所以對章學誠著作中體現出的女性入傳的思想有必要作

〔註41〕章學誠：《答甄秀才論修志第一書》，李敖主編：《史通·文史通義》，第 631 頁。
〔註42〕章學誠：《記與戴東原論修志》，李敖主編：《史通·文史通義》，第 651 頁。

專門的討論。章學誠關於女性入傳的觀點有二：一是重視《正史》中「列女傳」的書寫；二是主張擴大女性入傳的範圍。

　　早在西漢，劉向已為女性作《列女傳》，經過范曄在《後漢書》和魏收在《魏書》中的「列傳」部分加入「列女」篇章，「列女」才和「儒林」「文苑」「忠義」「循良」等成為「正史」編撰的常例。章學誠說：「史家標題署目之傳，儒林、文苑、忠義、循良，及於列女之篇，莫不以類相次，蓋自蔚宗、伯起以還，率由無改者也。」但是這並不意味著女性獲得了和男性同樣的地位。在正史「列傳」諸多篇章中，只有「列女」一個篇章是為女性立傳的。而包括儒林、文苑、忠義、循良的其他所有篇章的立傳對象卻都是男性。以《後漢書》為例，列傳八十篇，列女只占其中一篇，男性占絕對的數量優勢。章學誠無力改變這一現狀，在篇章不能增加的前提下，只能提倡重視《正史》中「列女傳」的書寫，提高它的分量。在男權社會，與記載男性群體的「儒林」「文苑」「忠義」「循良」等篇章相比，「列女」傳的書寫實際上要困難的多。雖然值得書寫的貞女節婦很多，但是由於古代普遍的信息閉塞，而周圍的人又對她們的事蹟習以為常。導致這些貞女節婦或者不為人知，或者為人知但卻沒有被書寫的機會，從而使得她們不能進入國史、方志的「列女」傳。章學誠看到這一現狀，感到非常痛惜，他說：「儒林文苑，自有傳家；忠義循良，勒名金石，且其人世不數見，見非一端，太史搜羅，易為識也。」而「貞女節婦人微跡隱，而綱維大義，冠冕人倫，地不乏人，人不乏事，輶軒遠而難採，輿論習而為常。不幸不值其時，或值其時而託之非人，雖有高行奇節；歸於草木同萎，豈不惜哉！」而當章學誠親自參與編寫「列女傳」時，才會感歎：「幸其遇，所以深悲夫不遇者也。」〔註43〕他的理想當然是讓所有的貞女節婦都被書寫，而不是只有幸運的人被書寫。此外，古代的貞節烈婦是需要政府認定的，也就是說，她們不但要有「貞烈」之「實」，還要有朝廷頒布的「貞烈」之名，然後才能成為「名副其實」的貞節烈婦。但是「名」的獲得是需要程序的，是需要時間的，這樣就必然存在很多有「實」而無「名」的「貞烈」女性，章學誠認為這些女性應該入傳。這些女性，一類是「雖未旌獎，而年例已符，操守粹白者」，也就是符合朝廷旌獎條件但卻有「實」無「名」的女性。一類是住在「窮鄉僻壤」，因為「子孫困於無力」或「偶格成例」而未能申請、申請旌獎沒有通過

〔註43〕　章學誠：《永清縣志·列女列傳·序例》，李敩主編：《史通·文史通義》，第609頁。

的女性。〔註44〕章學誠反對這些「成例」，譬如對於「成例」之一的年限，他認為「婦德之賢否，不可以年律也」。他認為當時對夫死守節不嫁旌獎設定的年限條件過於苛刻，要同時滿足丈夫死的時候年齡在 30 歲以下，寡居 30 年以上和年齡在 50 以上三個條件。而即使是本人不幸早死，也必須滿足寡居 15 年以上的條件。「貞烈」本屬於儒家道德範疇，所以，章學誠用儒家思想範疇的證據進行反駁，他說如果按照當時的條件，則孔子推崇的敬姜，孟子推崇的杞梁的妻子都不一定合格，因為「穆伯之死，未必在敬姜三十歲前；杞梁妻亡，未必去站莒十五年後也」。章學誠的這些主張都在實際上擴大了女性入傳的數量。

在主張儘量不要遺漏可以入傳的貞女節婦之外，章學誠又主張擴大女性入傳的範圍，即不只是以道德為準繩，只為有「德」的女性立傳。他從考辨「列女」和「烈女」兩個詞語出發，主張不應該只為「烈女」立傳，而應該為「列女」立傳。他說：「列女之名，仿於劉向，非烈女也。曹昭重其學，使為丈夫，則儒林之選也。蔡琰著其才，使為丈夫，則文苑之材也。」他把女性入傳所具備的條件從「貞」和「節」擴展到「學」和「才」，而「學」和「才」本是男性入「儒林」和「文苑」的條件。這樣，章學誠就把為男性立傳的標準轉移到女性身上，這當然是對男女平等的一種伸張。雖然，他不能直接提倡，更不能主張女性入「儒林」和「文苑」，而只能主張符合入「儒林」和「文苑」評價標準的女性入「列女」。但是，這一主張對傳記文學的影響有三個顯而易見的價值：首先，擴大了女性的入傳範圍；其次，增加了女性的入傳數量，這是擴大女性入傳範圍的必然結果；再次，無形中提高了女性的地位。

對於史家誤讀「列女」為「烈女」，章學誠據史反駁，他說：「劉知幾譏范史之傳蔡琰，其說甚謬，而後史奉為科律，專書節烈一門。而且然則充其義例，史書男子，但具忠臣一傳足矣。是之謂不知類也。」〔註45〕章學誠的這一反駁也是對男權社會的一種反擊，是對男性主導編修史傳的一種反擊。章學誠認為如果主導傳記的男性編纂者不能接受「史傳」只分為「忠臣」和「烈女」兩個篇目，那麼就不應該限制「列女」的入傳條件。在《答甄秀才論修志第二書》中，章學誠再次闡釋了他的這一女性傳記文學書寫策略，首

〔註44〕章學誠：《修志十議》，李敖主編：《史通‧文史通義》，第 640～641 頁。

〔註45〕章學誠：《永清縣志‧列女列傳‧序例》，李敖主編：《史通‧文史通義》，第 609 頁。

先他引用劉向《列女傳》作為依據說明女性的入傳範圍：「劉向傳中，節烈孝義之外，才如妾婧，奇如魯女，無所不載；即下至施旦，亦胥附焉。列之為義，可為廣矣」。然後主張「其正載之外，苟有才情卓越，操守不同；或有文采可觀，一長擅絕者，不妨入於列女，以附方技、文苑、獨行、諸傳之例，庶婦德之不盡出於節烈，而苟有一長足錄者，亦不致有湮沒之歡云」〔註46〕。其次，他還從女性的姓名這個細節上批判古代傳記文學書寫中對女性的不尊重，他說：「《列女》一篇，章首皆用郡望夫名，既非地理之志，何以地名冠首，又非男子之文，何必先出夫名，是以有失《列女》命篇之義矣！……末世行文，至有敘次列女之行事，不書姓氏，而直以貞女節婦二字代姓名者，何以異於科舉制義，破題人不稱名，而稱聖人大賢賢者，時人之例乎？」在這裡，章學誠又巧妙的利用專屬男性的科舉反擊男性書寫傳記時隱藏女性名字的現象。以此，章學誠主張：「今以女氏冠章，而用夫名父族次於其下」，書寫女性姓氏而外，章學誠還主張「詳書其村落」和「詳其婚姻歲月」，目的則是為了「不與人人同面目」。〔註47〕也就是說，章學誠不但主張男女平等，主張女性從男性的附屬物中解放出來。而且主張人的個體價值，主張女性個體從女性群體中解放出來，這就進一步增強了他的男女平等意識，即男女都是「人」，都是個體的「人」。是在同為「人」，同為個體的「人」的這一基礎上得以平等的。而這一種平等的意識，在當時，在整個古代的傳記文學書寫中都是難以想像的。而章學誠的傳記文學思想也正是因為含有此等意識而具有了現代傳記文學思想元素。

（六）求真

求真是傳記文學的核心，不求真，傳記文學也就失去了存在的意義。章學誠對求真的論述，雖然都是從「史」的角度出發，但在「史傳」是正史主體的事實下，同樣適用於傳記文學書寫，也即討論「史傳」（屬「史」）的書寫就是討論傳記文學的書寫。同時，史學最重要的特徵也是真實，也即，章學誠在對史學的「求真」追求中實現了對傳記文學的「求真」。在《文史通義》一書中，關於「求真」，章學誠從著作者的角度、傳主的角度、作品的角度等多個方面對古代傳記進行了批評，這些批評對現代傳記文學具有重要意義。

〔註46〕章學誠：《答甄秀才論修志第二書》李敖主編：《史通·文史通義》，第636頁。
〔註47〕章學誠：《永清縣志·列女列傳·序例》，李敖主編：《史通·文史通義》，第611頁。

1.「行文」上亦步亦趨的模仿

韓愈作為「古文」首倡者對後世影響很大，甚至出自其手的碑文也被後世文人奉為「圭臬」，以至於對其作「複製」式的模仿。章學誠說舉例說：「嘗見名士為人撰志，其人蓋有朋友氣誼，志文乃仿韓昌黎之志柳州也，一步一趨，惟恐其或失也。中間感歎世情反覆，已覺無病費呻吟矣！末敘喪費出於貴人，及內親竭勞，其事詢之其家，則貴人贈賻稍厚，非能任喪費也，而內親則僅一臨穴而已，亦並未任其事也。且其子俱長成，非若柳州之幼子孤露，必待人為經理者也」。如果要問這些人「何為失實至此」？這些人直說：「仿韓志柳墓」。對這一種作傳記的風格，當章學誠「舉以語人」時，則「人多笑之」。但是很多人在「臨文摹古」時，仍然不知「遷就重輕」，所以「又往往似之矣」，章學誠認為這種「削足適履」是不知道「文欲如其事，未聞事欲如其人者也。」〔註48〕在以古為尚，動輒復古的時代，在作「文」上，章學誠並不反對摹古，他反對的是亦步亦趨的複製。在作「傳」這件事上，重要的是內容，而不是形式，內容為重，形式為輕，而不是相反，形式為重，內容為輕，本末倒置，這種本末倒置的行為，其目的是為了做出『媲美』古人的「古文」，而不是寫出和古人水平相當的傳記。

2.「好名」之下作偽的模仿

古人寫一些碑、銘、序、述等傳記性質的傳記文往往是因人所請，是無法推掉的「禮」，韓愈、柳宗元、歐陽修、曾鞏等古文大家也不能免俗，所以很多這類的傳記價值很低。但是，這些因「禮」而寫的文章卻因為他們的名聲和「文章」之美被後人被奉為「圭臬」，視為「寶藏」。以至於一些人在挖掘「寶藏」上不遺餘力，章學誠向我們展示了這樣一種「挖掘」：「黠於好名而陋於知意者，度其文采不足以動人，學問不足以自立，於是思有所託以附不朽之業也，則見當世之人物事功，群相誇詡，遂謂可得而藉矣。藉之，亦似也，不知傳記專門之撰述，其所識解又不越於韓、歐文集也，以謂是非碑誌不可也。」他們雖然不懂傳記文學書寫，但是看到古文大家們的碑誌文負有盛名，於是就模仿這類文章以增加自己的知名度，和前面亦步亦趨的模仿一樣，他們看到這些碑誌文的範本都是在傳主子孫的請求下撰寫的，所以他們也依樣畫瓢：「碑誌必出子孫之所求，而人之子孫未嘗求之也，則虛焉碑誌以入集，似乎子孫之求之，自謂庶幾韓、歐也。」〔註49〕這一種模仿純粹為好名，因為好名而作偽，偽造

〔註48〕章學誠：《古文十弊》，李敖主編：《史通・文史通義》，第526頁。
〔註49〕章學誠：《俗嫌》，李敖主編：《史通・文史通義》，第504頁。

本不存在的傳主子孫之請。

　　3.妄加雕飾的作偽

　　為了迎合道德標準，同時達到說教的目的，古人作傳記時往往無中生有，畫蛇添足。對此，章學誠引用一個事例加以說明：「有名士投其母氏行述，請大興朱先生作志，敘其母之節孝，則謂乃祖衰年病廢臥床，溲便無時，家無次丁，乃母不避穢褻，躬親薰濯，其事既已美矣！又述乃祖於時，憮然不安，乃母肅然對曰：『婦年五十，今事八十老翁，何嫌何疑！』嗚呼！母行可嘉，而子文不肖甚矣！本無芥蒂，何有嫌疑？節母既明大義，定知無是言也。此公無故自生嫌疑，特添注以斡旋其事，方自以謂得體，……人苟不解文辭，如遇此等，但須據事直書，不可無故妄加雕飾；妄加雕飾，謂之『剜肉為瘡』」。〔註50〕大興朱先生指的是章學誠的老師朱筠，這裡的「名士」是當時一般文人的泛稱，不無揶揄之意。這個迂腐的「名士」拘泥於他認為的「禮」去書寫，而不知他所拘泥的只是「禮」的形式，而不是「禮」的實質。在章學誠看來，男女大防既不適用於子女之孝，也並不能因年老而減弱。本來這個「名士」的母親行孝的事蹟很感人，但是被「名士」一番「剜肉為瘡」的操作，反而使得母親的孝心被減弱了。假使「名士」的祖父不是八十歲，母親不是五十歲，碰到這種情況，「名士」的母親在男女大防和行孝之間怎樣選擇呢？很顯然，在以孝為大的古代社會，只能選擇行孝。如此，按照這位「名士」心中的道德標準，母親的行為就不適合被書寫，因為這不符合男女大防之禮。這個「名士」因為不懂「男女授受不親。嫂溺，援之以手者，權也。」（《孟子·離婁上》）的含義所以才會自生嫌疑，妄加雕飾，減弱了母親行孝這一德行。而一個「名士」竟然對儒家聖人之言都不能理解，對「禮」的理解如此泛泛，當時「名士」的迂腐可見一斑。

　　另外一個妄加雕飾的事例也是由於對「禮」的不瞭解而造成的，章學誠曾經擔任《四庫全書》編輯副總裁的梁國治校注年譜。其中有這樣的一段話：「公念嫂夫人少寡，終身禮敬如母，遇有拂意，必委曲以得其歡。」章學誠認為這樣的敘述不妥，他認為：「嫂自應敬，今云念其少寡而敬，則是防嫂不終其節，非真敬也。」〔註51〕從這個案例我們也可以看出，章學誠善於從細節上把握「求真」，如果章學誠不做解釋，現代人是難以發現這「傳記」中的真實

〔註50〕章學誠：《古文十弊》，李教主編：《史通·文史通義》，第525頁。
〔註51〕章學誠：《俗嫌》，李教主編：《史通·文史通義》，第504～505頁。

的。在現代人看來，梁國治之所以尊敬嫂子，就是因為其「少寡」，因為「少寡」的生活非常人所能忍受。而且，從人的一般心理分析，這尊敬裏也有同情和憐憫，年譜裏這樣說，乍看起來，不但沒有什麼不妥，而且還非常合適。但經過章學誠解釋以後，現代人才能發現隱藏在這段話背後的「真實」。在章學誠的年代，尊敬嫂子是「禮」之一，無論嫂子「少寡」，還是「老寡」，還是沒有守寡，梁國治都應該尊敬。「少寡」不能成為梁國治尊敬嫂子的理由，如果成為理由，那麼別人就可以懷疑梁國治尊敬嫂子的動機不純，不是真的尊敬嫂子，而是為了防止嫂子改嫁。如此，章學誠的這一解釋對梁國治來說意義重大，如果沒有章學誠的解釋，年譜照原來那樣寫，那麼在後人的解讀中，必然會有對梁國治尊敬嫂子動機不純的議論。這不但無益於表彰梁國治的德行，反倒會給梁國治的德行增加污點。

4. 八面求圓與不寫「完人」

怕得罪人，八面求圓，是中國人處事的常態，也是中國人書寫的常態，尤其是在傳記文學書寫中，涉及現實中各個人的各種利害關係，更是如此，在古代社會，尤為甚之。但是，八面求圓和求真是很難並存的，為此，章學誠舉例說：「江南舊家，輯有宗譜，有群從先世為子聘某氏女，後以道遠家貧，力不能婚，恐失婚時，偽報子殤，俾女別聘，其女遂不食死，不知其子故在。是於守貞殉烈，兩無所處，而女之行事，實不愧於貞烈，不忍泯也。據事直書，於翁誠不能無歉然矣！」雖然章學誠認為「某氏女」的德行不能泯滅，必須據事直書，但是這樣又會損害窮老漢的名譽。因為他這樣寫就意味著告訴世人「某氏女」的死是窮老漢造成的，窮老漢必然要遭受當時及後代無休止的批評。但是，窮老漢也是值得同情的，他的出發點是為了不「失婚」，是恪守禮節的一種無奈。同時，從主觀上，不排除他是為了「某氏女」著想，因為這樣，「某氏女」可另擇偶，而不必嫁給他兒子受貧窮之苦。這在客觀上，也是成立的，如果「某氏女」不殉節而是另外擇偶，結果就不同，「某氏女」的殉節是他沒有想到的意外。

對於「某氏女」殉節，章學誠引用「古禮」以說明，他說：「第《周官》媒氏禁嫁殤，是女本無死法也」。本來，按照儒家經典《周禮》，「某氏女」是不需要殉節的，也就是說，她的殉節是沒有意義，沒有價值的。但是，在章學誠的時代，「某氏女」的殉節卻又是被世人推崇的。於是，「某氏女」為了這一「推崇」而做出了無謂的犧牲，這就是我們常說的禮教吃人。對於窮老漢的行為，章學誠

引用「今制」來說明，他說：「今制：婿遠遊，三年無聞，聽婦告官別嫁。……是則某翁詭託子殤，比例原情，尚不足為大惡，而必須諱也。」本來，按照當時的禮節，女性改嫁也是被允許的，守節並不是強制的。窮老漢之所以謊報兒子的死訊，雖然目的是為了避免違背婚約。但依照當時禮制對女性改嫁的規範，他的主觀願望是希望「某氏女」因此而改適他人，也就是說，他的行為在一定程度上是一個「善意」的行為，可以作「某氏女」因窮老漢家貧而無力完婚從而另外擇偶的一個理由，或者「藉口」。所以，一方面，章學誠認為應該褒揚「某氏女」的守節，另一方面，他認為也要隱諱窮老漢的行為。而之所以隱諱窮老漢的行為，不僅僅是因為章學誠能理解窮老漢，更是因為他能看到這一事情對窮老漢可能造成的傷害有多大。在當時的社會，窮老漢的聲譽是和整個家族的聲譽聯繫在一起的，一旦據實直書，必將傷害整個家族的聲譽，窮老漢也必然受到族人的非議和排擠，這是身處宗族社會生存體系的窮老漢難以忍受的。而不管窮老闆能否承受族人對他的非議和排擠，其族人在這件事上的第一反應是「動色相戒，必不容於直書」，他們能接受的書寫策略則是：「匿其辭曰：『書報幼子之殤，而女家誤聞以為婿也』」。但這在章學誠看來，顯然經不起推敲，他說：「夫千萬里外，無故報幼子殤，而又不道及男女昏期，明者知其無是理也」，這樣去隱諱窮老漢的行為很難達到目的。所以，八面求圓的出發點有時是好的，但卻只能以失真為代價。在八面求圓和求真之間，很難找到一條中間道路。其實，在章學誠看來，「求真」並不難，之所以八面求圓，還是因為人們對「真」的價值認識不夠，對「人」的認識不夠。他感歎的說：「人非聖人，安能無失？古人敘一人之行事，尚不嫌於得失互見也。今敘一人之事，而欲顧其上下左右前後之人，皆無小疵，難矣！是之謂「八面求圓」。〔註52〕聖人都有缺點，何況老百姓呢，這是一個常識。但是老百姓卻無視這一常識，而無視這一常識也並不因為他們相信「人皆可以為堯舜」（《孟子·告子下》），要做一個完美的聖人，而只是出於實際利益的考慮，也就是說古代作為美好德行的、真、善、美的「禮」已經和實際利益交織在一起，「禮」為表，「利」為裏。在這裡，章學誠展現出他的寫「人」而不是寫「完人」的現代傳記文學思想。

5. 美化傳主

在傳記文學書寫中，怕得罪人這一心理最直接、最顯著的表現便是美化傳主，在章學誠的時代更是如此。最常見的美化是言辭上的美化，而最常見的言辭

〔註52〕章學誠：《古文十弊》，李敖主編：《史通·文史通義》，第525頁。

上的美化則是以「陽春白雪」之詞讚美「下里巴人」之行。對此，章學誠說：「貞烈婦女，……其有未嘗學問，或出鄉曲委巷，甚至傭嫗鬻婢，貞節孝義，皆出天性之憂，是其質雖不愧古人，文則難期於儒雅也。每見此等傳記，述其言辭，原本《論語》《孝經》，出入《毛詩》《內則》，劉向之《傳》，曹昭之《誡》，不啻自其口出，可謂文矣。」章學誠認為這種傳記文學書寫策略是對戲曲的摹仿，他說：「蓋優伶歌曲，雖耕氓役隸，矢口皆叶宮商，是以謂之戲也。而記傳之筆，從而倣之。」這樣做的結果就是造成了傳主的千人一面，也就是說章學誠說的「自文人胸有成竹，遂致閨修皆如板印」。但是本著求真的價值，章學誠認為「與其文而失實，何如質以傳真也。」而本著傳真的目的，章學誠認為在傳記文學書寫上應該遵循這樣的原則：「夫傳人者，文如其人；述事者，文如其事，足矣。……文人固能文矣，文人所書之文，不必盡能文也。敘事之文，作者之言也，為文為質，惟其所欲，期如其事而已矣。記言之文，則非作者之言也，為文為質，期於適如其人之言，非作者所能自主也。」〔註53〕在這裡，章學誠對「敘事之文」和「記言之文」做出了區分。「敘事之文」即傳記作者的言辭，「記言之文」即傳主的言辭，不能以「敘事之文」的筆法書寫「記言之文」，否則就不能傳真。

6. 私傳中的造假與傳記的史學性

章學誠認為家譜中的私傳造假非常普遍，這是因為私傳脫離了「史」的約束，失去了史學性，而變為「文」。私傳因為「國史不錄，州志不載，譜系之法，不掌於官」，於是便失去了其外在的「求真」約束力。於是，在家譜寫作時，便出現這樣的情況：「家自為書，人自為說，子孫或過譽其祖父，是非或頗謬於國史，其不肖者流，或謬託賢哲，或私鬻宗譜，以偽亂真，悠謬恍惚，不可勝言」。〔註54〕另外，地方志的傳記文學書寫同樣面臨這一困境：「開局修書，是非哄起，子孫欲表揚其祖父，朋黨各自逞其所私。」〔註55〕從「求真」之「史」變為虛擬之「文」，私傳的造假一發不可，求真的書寫也就難尋蹤跡這。章學誠在這裡強調「史」之「真」，著史之「求真」，對於傳記文學書寫求真的重要性。這也是一直到現在始終有人把傳記的「求真」列為傳記的史學性，甚至認為傳記屬「史」的重要原因。

〔註53〕章學誠：《古文十弊》，李敖主編：《史通・文史通義》，第 525 頁。

〔註54〕章學誠：《和州志・氏族表・序例中》，李敖主編：《史通・文史通義》，第 561 頁。

〔註55〕章學誠：《永清縣志・闕訪列傳》，李敖主編：《史通・文史通義》，第 613 頁。

（七）避諱問題

避諱就會失真，傳記文學書寫要做到「求真」，必須處理好「避諱」的問題，從「求真」的角度看，「避諱」應該放在「求真」一節，但由於「避諱」對中國古代傳記的影響重大，在某種意義上，「避諱」是古代傳記和現代傳記文學的主要區分點，對「避諱」的批判，就是對傳記文學現代性的有力彰顯。「避諱」的傳統由《春秋》促成，「為尊者諱，為親者諱，為賢者諱」（《春秋公羊傳·閔公元年》）、「《春秋》錄內而略外，於外，大惡書，小惡不書；於內，大惡諱，小惡書。」（《春秋公羊傳·隱公十年》）廣為人知。這些「春秋之諱」在後人應用中逐漸僵化，從而阻礙了傳記文學書寫的求真。章學誠以重新闡釋「春秋之諱」對後世的僵化行為予以回擊，他說：「《春秋》書內不諱小惡，歲寒知松柏之後雕，然則欲表松柏之貞，必明霜雪之厲，理勢之必然也。自世多嫌忌，將表松柏，而又恐霜雪懷慚，則觸手皆荊棘矣。」〔註56〕他認為對於標識一個人的品格來說，「小惡」不但是不需要迴避的，而且是十分必要的，即他以褒揚一個人的品格為目的，以對「小惡」的細微把握為武器展開對「春秋之諱」的反擊，這些反擊都在不同程度上閃現了傳記文學的現代性，如對人性的肯定，對個體的肯定，否定神性，否定完美，否定禮教等。

1. 為親者諱

為親者諱有時不僅僅是為了表示對親人的尊敬，而只是怕得罪親人。這裡指的親人並不是指跟自己是否真的「親」，而只是血緣關係上的「親」。也就是說，只要和自己有親人之「名」就不能得罪，不論關係的親疏。在章學誠的時代，禮教淪為僵化的教條，多浮在表面，親戚關係之「名」對個人影響很大。章學誠碰到過一個這樣為親者諱的故事：「嘗為人撰節婦傳，則敘其生際窮困，親族無系援者，乃能力作自給，撫孤成立。而其子則云：『彼時親族不盡窮困，特不我母子憐耳！今若云云，恐彼負慚，且成嫌隙，請但述母氏之苦，毋及親族不援。』」〔註57〕這個故事告訴我們，在涉及親人的古代傳記文學書寫中，有很多是因為避諱而失實的書寫。而且我們不由的也會得出這樣的認識：即在涉及親戚的描寫中，如果是褒揚，那麼這個褒揚可能是真的，也可能是假的，因為避諱而造假。而如果對親戚完全不提，則是一種很隱秘的避諱，目的是為了掩蓋親戚的不好。這種隱秘避諱的功用體現在兩點：一個是可以保護傳主的

〔註56〕章學誠：《俗嫌》，李敖主編：《史通·文史通義》，第505頁。
〔註57〕章學誠：《俗嫌》，李敖主編：《史通·文史通義》，第505頁。

後人，譬如上文中的節婦之子。一個也可以讓懂這種隱諱的人解讀出其真實含義，即這些親戚的不好，達到懲惡的目的。另外，還有第三種情況，就是對不好的親戚不因避諱而褒或不寫，而是貶。這種情況在古代傳記中是不太可能存在的。

2. 為長者諱

章學誠用闡釋「小惡不掩大德」的策略來提出在傳記文學書寫中應該怎樣把握「為長者諱」，他說朱筍河為某夫人寫傳時涉及到這樣一個情節：「其夫教甥讀書不率，撻之流血，太夫人護甥而怒，不食。夫人跪勸進食。太夫人怒，批其頰。夫人怡色有加，卒得姑歡。其文於慈孝友睦，初無所間，而當時以謂婦遭姑撻，恥辱須諱，又笞甥撻婦，俱乖慈愛，則削而去之。」〔註58〕如果按照當時人的看法寫，則需要隱去婆婆打兒媳婦的情節。但這樣一來，就減弱了兒媳婦的孝心，不能凸顯兒媳婦的德性，還掩蓋了婆婆的怒氣之下的非理性行為。但從「小惡」的角度來思考，人因為怒氣太過而失去理智是大多人都有的「小惡」，在章學誠看來，婆婆的這一「小惡」正好可以凸顯兒媳婦的孝心和德性，如果要求兒媳婦的孝心和德性之「真」，則勢必不能諱婆婆的「小惡」，「削而去之」的觀念近於影響深中國遠的家醜不可外揚觀念，這一觀念現在仍然是傳記文學書寫一大障礙。

3. 為尊者諱

章學誠以遷安縣修城一事闡釋「為尊者諱」。他說：「余嘗為《遷安縣修城碑》，文中敘城久頹廢，當時工程更有急者，是以大吏勘人緩工；今則為日更久，圮壞益甚，不容更緩。此乃據實而書，宜若無嫌。而當時閱者，以謂碑敘城之宜修，不宜更著勘緩工者以形其短。初疑其人過慮，其後質之當世號知文者，則皆為是說，不約而同。」〔註59〕章學誠對「求真」的追求經常不為當時人所理解，在修城這件事上，章學誠據事直書，不但說「城宜修」，還說明了「城宜修」原因。而當時的人認為只要寫「城宜修」即可，而不需要寫明原因。因為寫明原因對修城並無幫助，且容易讓世人對當時的長官誤解，認為是他耽誤了修城。但是對於章學誠來說，一方面「求真」是著史的核心，容不得造假。另一方面，他認為把「城宜修」的原因說出來並不會損害長官的形象，這依然是他所信奉的小惡不掩大德的書寫策略。因為長官延遲修城是迫不得已而為

〔註58〕章學誠：《俗嫌》，李教主編：《史通·文史通義》，第505頁。
〔註59〕章學誠：《俗嫌》，李教主編：《史通·文史通義》，第505頁。

之，當時有更急迫的工程。從傳記寫人的角度來看，所有為官者可以從「大吏」這個形象看見自己，得到工作的經驗和教訓。即當自己身為當時的「大吏」應該怎樣選擇，是緩修城，接受章學誠據事直書的形象，還是不顧其他更重要的工程，執意修城，以另外一種更高的形象出現在傳記之中，這就無形中彰顯出傳記文學的重要價值，即文學是可以反作用於生活的。

4. 避男女之諱

對於男女之諱，章學誠曾自述這樣一個故事：「往學古文於朱先生，先生為《呂舉人志》，呂久困不第，每夜讀甚苦。鄰婦語其夫曰：『呂生讀書聲高，而音節淒悲，豈其中有不自得邪？』其夫告呂。呂哭失聲目：『夫人知我，假主文者，能具夫人之聰，我豈久不第乎？』由是每讀，則向鄰牆三揖，其文深表呂君不遇傷心，而當時以謂佻薄無男女嫌，則聚而議之。」〔註60〕前面我們已經提到過，有一名士拿著為母親作的行述請朱筠作志，因為避男女之諱而妄加雕飾。在這個故事中，朱筠一如既往，抓住事物的事實和本質，不避男女之諱。前一次不避諱是為了突出名士母親的孝行，這一次是為了突出鄰婦的才華。這在當時，實在是難能可貴的，鄰婦因為同情、惜才而不顧男女之諱，呂舉人因為女性的才華而不顧男女之諱，朱筠看到了這一人性閃光點，據事直書，而申明什麼是男女之諱，人與人之間在「諱」之外，還有同情、憐憫、惜才、愛才、重情等很多高貴的品質，而章學誠敘述這一故事，無疑又是對這些高貴品質的再次褒揚，對一些迂腐之「禮」的再次批判，對據事直書書寫思想的再次伸張。

章學誠說：「大惡諱，小惡不諱，《春秋》之書內事，自有其權衡也。」〔註61〕通過上面的故事，我們可以發現，《春秋》書寫的這一權衡策略在章學誠這裡得到了靈活而睿智的應用。雖然，我們可以盛讚章學誠這種巧妙利用「不諱小惡」的策略，但需要承認的是，現代傳記文學要求的「求真」與古代傳記的重要不同之處在於「大惡」也不諱，即所有的惡都不能隱諱，都必須真實的寫出來。雖然如此，我們也要看到，「諱大惡」不但是章學誠的局限性，也是我們現代人的局限性，這也是到今天為止，中國現代傳記文學發展的一大瓶頸。

章學誠的傳記文學思想是在實踐中形成的，具有理論和實踐互進的特點，有學者認為：「章學誠的傳寫作理論和實踐是對我國古代傳記寫作經驗與理

〔註60〕章學誠：《俗嫌》，李敖主編：《史通・文史通義》，第 504～505 頁。
〔註61〕章學誠：《古文十弊》，李敖主編：《史通・文史通義》，第 525 頁。

論批評的總結集成……就理論的周全性和獨創性而言，章學誠的傳記文學理論確為獨樹一幟，難有可比肩者，且至今尚有重要的借鑒價值。」〔註62〕筆者認為，章學誠的傳記文學理論成就是由他的史學成就的，他的傳記文學思想和他的歷史哲學關係密切。章學誠的歷史哲學指向一個必然的傳記文學書寫方向，那就是孔子所說的「我欲載之空言，不如見諸行事之深切著明者」（《史記‧太史公自序》）。所以，章學誠的傳記文學思想大多都是通過具體的修史實踐闡述的，這句話也是司馬遷的寫作信條，而司馬遷也是通過著史本身來闡述他的史學思想。當然，相比較司馬遷而言，章學誠不只有大量的「史學」著作，還有史學理論名作——《文史通義》，這是司馬遷不能比的。但是，章學誠通過《文史通義》闡述的仍然是司馬遷闡述的這一史學書寫策略。「六經皆史」是章學誠史學思想的經典論斷，通過這一論斷，章學誠旨在把「經」和「史」統一起來，也就是經史合一或者是某種意義的上的同一。有鑑於此，自六經為「大」的傳統社會，章學誠通過「六經」抬高「史」的地位，認為「史」是「經」的延續和變形，「經」的書寫精神貫穿於「史」的書寫中，著「史」就是寫「經」。這一書寫精神簡單來說通過敘述事實表達意義，從而伸張一種價值觀，並進而達到改良社會的目的。在「六經皆史」的論斷之外，章學誠另一對傳記文學有重要影響的論斷是認為「文」出於六經，這就意味著，「經」的書寫精神同樣也貫穿於「文章」的書寫中。這一精神在章學誠這裡，最好的表達是孔子的「述而不作」和「我欲載之空言，不如見諸行事之深切著明者」。章學誠對「史」和「文」的書寫論斷都可以用孔子的這兩句話為鵠的，這就使他「史」和「文」這兩個方面的思想極大的契合了傳記文學書寫實踐，並表現為一個核心觀點：對事實的堅持和對意義的探尋。

章學誠對古代傳記文學理論的影響是根本的，因為有它的歷史哲學作為支撐。也是全面的，從傳記的本質到創作再到作者修養他都提出了自己的主張：從虛到實，從假到真，從形式到內容之變。無論是他的史學觀，還是文學觀，都適用於傳記文學創作。但是，章學誠的思想太超前了，身在清中葉的他，一直要等到梁啟超、章太炎、胡適去發現他，才得以大放其光。這也是我們研究傳記文學理論必須要提到章學誠的原因，他是中國現代傳記文學理論知識譜系上最初的一環，也是非常重要的一環。章學誠的意義還在於，他的理論契

〔註62〕党聖元、陳志揚：《章學誠的傳記寫作理論與實踐》，《中國文化研究》，2004 年
　　　　第 2 期。

合著西方，也契合著現代性。他可以成為東西方溝通的橋樑，這個橋樑也是梁啟超、胡適向西方學習的橋樑，正因為梁啟超和胡適思想裏先有了章學誠播下的種子，才能在西學的營養下發出新芽。

三、桐城派傳記文學書寫的「辭章／文法」策略

章學誠從歷史哲學的維度給傳記文學書寫開闢了一條新道路，而桐城派則從文學「文法」的維度給傳記文學書寫又開闢了一條道路。章學誠雖然也重視傳記文學書寫中的「文」，但主要是從「史」的角度討論傳記文學書寫，桐城派雖然也重視傳記文學書寫中的「史（考據）」，但主要從「文」的角度討論傳記文學書寫。傳記文學是兼有「史」「文」特性的文學，章學誠和桐城派正好在「史」和「文」兩個方面對傳記文學的書寫貢獻了自己的力量。和章學誠一樣，桐城派思想也有很多現代傳記文學理論的因子，桐城派也是中國現帶傳記文學發展史上重要的一環，它的蹤跡在中國現代傳記文學的流變進程中必不可少，十分重要。

二十世紀初，在域外傳記思想的影響下，中國傳記文學開始了它的現代化進程，但是在這之前的桐城派傳記文本中已經表露了眾多的傳記文學現代性因素。在桐城三祖的時代，傳記文學完全不能作為一種完全獨立的「學科」或者相對獨立的文體被專門的討論，所以他們的傳記文學思想就被限制「文章學」的視野裏，在他們的文學理論中散落著。這些傳記思想包括求真，體現出一定的平等意識，重視寫人、重視女性傳主、重視文學性等等。這些都與現代傳記文學思想有諸多共通之處，代表著古代傳記的最高成就。這些傳記書寫思想是由桐城三祖的文章學思想——義法——決定的。

「天下文章其在桐城乎！」在中國古代的文學流派中，桐城派存在時間最長，影響也最大。桐城派的書寫策略最為人熟知，也最能代表桐城派的是方苞的「言有物、言有序」，和姚鼐的「義理、考據、辭章」的融合。因為傳記這門「史」「文」兼有的「學科」，不能作為一種「學科」被古代學者作專門的討論，所以古代的傳記文學思想要麼在歷史學者視野裏，要麼就在「文章」學者的視野裏。即使清代的傳記文學思想已經有現代傳記文學的因素，但是它要麼存在於史學家的思想裏，如前面提到的章學誠。要麼在文學家的思想裏，如桐城派。章學誠的傳記文學思想主要散見於他的歷史理論中，而桐城派的傳記文學思想也在他們的文學理論中散落著。這些傳記文學思想包括求真、注重寫

人、體現出一定的平等意識、注重女性、注重文學性、注重語言的平實易懂等等，它們與現代傳記文學思想有諸多相同之處，這都是前人難以企及的。這些傳記文學思想和桐城派的書寫策略密切相關，或者說，是由其書寫策略決定的。

方苞的「義法」說和姚鼐的「義理、考證、辭章」說廣為人知，是桐城派文學思想的代表。本節對於桐城派傳記文學書寫策略的論述也主要以方苞和姚鼐二人的思想和作品為對象。「義法」說來自於方苞的《又書貨殖傳後》，文中提到：「《春秋》之制義法，自太史公發之，而後之深於文者亦具焉。義即《易》之所謂『言有物』也；法即《易》之所謂「言有序」也。」〔註63〕在討論文學作品的書寫時，「言有物」和「言有序」的關係經常會被理解為內容與形式的關係，或者本與末的關係。於是，進而，由「言有物」演變而成的「言之有物」無形中就變成了寫作的基本要素和第一要義。在這第一要義的長期通行下，「物」就被看作是「內容」，等同於「內容」。但是，在方苞的傳記書寫實踐中，「物」卻「變化」為目的，而「序」「變化」為工具。由此，「義法說」就是以「義」是目的，以「法」作工具，這裡的「目的」也指「意義」、「價值」等，這裡的「工具」也指方法、手段、途徑、技巧、策略等。在《書老子傳後》一文中，方苞解釋了司馬遷在為老子作傳時使用的「義法」：消除老子在人們心中的奇幻形象是「義」，而詳細敘述老子的生平則是「法」。他說：「太史公傳老子，著其國焉，著其邑焉，著其鄉焉，著其里焉，此外無有也。著其氏焉，著其名焉著其字焉，著其諡焉，著其官。守焉，外此無有也。著其子焉，著其孫焉，著其孫之元來焉；於其子孫元來，仍著其爵焉，著其封焉，著其仕之時與國焉，著其家之地焉，外此無有也。蓋世傳老子，多幻奇荒怪之跡；故特詳之，以見生也有國邑、鄉里、名字，其壯也有官守，其終有諡，其身雖隱而子孫世有封爵、里居，則眾說之誕，不辨自熄矣。」〔註64〕所以，敘述老子的生平是並不是「言有物」，而是「言有序」。同時，這裡的「言有序」還包括只敘述老子生半的實在軌跡而不敘述關於老子的傳說這一敘事策略。通過這樣的「義法」書寫，真的老子才能顯現出來，假的老子才不會出現。現代傳記文學的精神是寫人，而桐城派「言有序」的書寫策略指向的就是怎樣寫人。如果不

〔註63〕方苞：《書老子傳後》，劉季高校點：《方苞集》（上），上海古籍出版社1983年，第58頁。
〔註64〕方苞：《書貨殖傳後》，《方苞集》（上），上海古籍出版社1983年，第51頁。

能以「言有序」的策略去寫人，則無法實現「言有物」這一目的——寫出「人」，更無法實現「義」這一桐城派的根本追求，因為在桐城派的傳記文學書寫中，「義」只能通過傳主來實現。由此，桐城派文章的書寫策略就自然轉化為中國古代優秀的傳記文學思想。

「義理、考證、文章」說見於姚鼐的《述庵文鈔序》一文，他在文中說：「鼐嘗論學問之事，有三端焉：曰義理也，考證也，文章也。是三者苟善用之，則皆足以相濟；苟不善用之，則或至於相害。」〔註65〕在姚鼐的傳記文學書寫實踐中，「義理」相當於「義法」說的「義」，而「考據」和「文章」則相當於「義法」說的「法」。方苞是通過「法」追求「義」，姚鼐則是利用「考據」和「文章」追求「義理」。「義」是目的，桐城派最看重「義」，從而追求「言有物」。對此，方苞在《楊千木文稿序》一文中解釋說：「古之聖賢，德修於身，功被於物；故史臣記其事，學者傳其言，而奉以為經，與天地同流。其下如左丘明、司馬遷、班固，志欲通古今之變，存一王之法，故記事之文傳。荀卿、董傅，守孤學以待來者，故道古之文傳。管夷吾、賈誼，達於世務，故論事之文傳。凡此皆言有物者也。」〔註66〕這裡提到的「義」包括「奉以為經」、「通古今之變」、「存一王之法」、傳「孤學」和明「世務」。與「法」相比，「義」是根本，因為它是目的、價值和意義所在。但是，離開了「法」，「義」無法存在，「義」高懸於「法」之上卻又附身於「法」。「法」是桐城派的書寫策略，同時也是桐城派的主要傳記文學思想。這些傳記文學思想包括求真、材料剪裁、注重寫人、一定的平等意識、注重女性、注重文學性、注重語言的平實易懂等等。

桐城三祖傳記中的人物，大多是「善」的，極少「惡」的，其目的不出懲惡揚善等傳統道德範疇。但是，桐城派以自身的傳記書寫實踐證明，目的固然重要，方法其實更重要的。因為「義」只有通過「法」才能實現，沒有「法」，就沒有「義」的彰顯，「高懸」的「義」沒有價值，也沒有意義。否則，桐城派的傳記文學書寫就會沉淪於已經僵化太久失去生命力的古代傳記書寫的泥潭中，難以自拔。

〔註65〕姚鼐：《述庵文鈔序》，劉季高標校：《惜抱軒詩文集》，上海古籍出版社 2010 年，第 61 頁。
〔註66〕方苞：《楊千木文稿序》，《方苞集》（下），上海古籍出版社 1983 年，第 608 頁。

（一）求真──桐城派書寫策略中的「法」之一

　　無論是方苞「義法」的「法」還是姚鼐的「考據」和「詞章」，在其傳記書寫實踐中的第一表現就是求真。求真是現代傳記文學的本質和目的，但是桐城三祖的求真不是目的，而是方法。求真源自中國古代的史學，鑒於重史這一傳統的長期穩定性，求真這一種「史」的精神長期侵染著中國古代知識分子。在這一侵染下，桐城三祖形成了「求真」的「人格」並在其貫徹在傳記書寫的態度、準備和策略上。

1. 求真的來源──中國史學思想

　　方苞認為「古之良史」為人作傳，其中一個原則就是「其身所絕無之善，則不敢虛加焉」。〔註67〕姚鼐在《新修宿遷縣志序》一文中說：「夫史之為道，莫貴乎信。君子於疑事不敢質。《春秋》之法，信以傳信，疑以傳疑。後世史氏所宗，惟《春秋》為正。……是書所取之事，必存乎信實而已」。〔註68〕姚鼐不但從著史的角度提倡求真，還從讀者接受的角度提倡求真，他說：「揚子雲曰：『子長多愛，愛奇。』愛奇，史氏通病，豈獨子長哉？故審理論世，核實去偽，而不為古人所愚，善讀史者也」。〔註69〕姚鼐主張讀者以求真的態度去閱讀傳記，意味著其在主觀上能從傳記接受的角度思考傳記的書寫，從而使傳記書寫的求真多了一層約束力。

2. 求真──桐城派追求的人格

　　方苞認為在遇到親朋好友請作傳記時，固然「無不應」，但「稱其善義著於後，則不敢過」，因為「以善之未有虛加於親，則為不誠於其親」。〔註70〕這就自覺的把求真看作一種基本人格修養。如果書寫不實，就是欺騙親朋好友，而如果欺騙親朋好友自然也就失去了人格，這是他們無法接受的。姚鼐在《實心藏銘並序》一文中這樣講述這一人格：「實心藏者，兵部尚書總督浙閩軍務桐城汪公之生壙也。公自言，平生惟矢心去妄而存實。此念無間於終身，故以

〔註67〕方苞：《張母吳孺人七十壽序》，《方苞集》（上），上海古籍出版社1983年，第206頁。
〔註68〕姚鼐：《新修宿遷縣志序》，《惜抱軒詩文集》，劉季高標校，上海古籍出版社2010年，第272～273頁。
〔註69〕姚鼐：《乾隆戊子科山東鄉試策問五首》，《惜抱軒詩文集》，上海古籍出版社2010年，第131頁。
〔註70〕方苞：《張母吳孺人七十壽序》，《方苞集》（上），上海古籍出版社1983年，第206頁。

名其壙。且著說以示兒子孫，以謂歿且不棄實心，況生者乎。又以說寄同里姚鼐，使為之壙銘。……前日之事可書，後日之業吾不能紀。然惟一以實心之道成之，則事雖未見，理則可明，大人君子之道，一於誠而已，以是作公藏豫銘可也。」〔註71〕汪志伊一生崇尚去妄而存實的求真精神，而且他覺得只是把這個精神傳給子孫還不夠，還要讓姚鼐寫文章以發揚光大這一精神。在這裡，一方面，姚鼐強調以實心之道做人做事的意義，雖然一個人未來做的事情不能一一預知，但是他做事情的原則是可以知道的。另一方面，他認為「大人君子之道」在於誠，或者說全部在於誠，必須在於誠。離開了誠，也就不配稱為君子，把「求真」當作自己的基本修養和必備修養，當成了一種人格，以這樣的人格書寫傳記，自然是求真的。

3. 核實傳主材料──桐城派傳記書寫中的求真方法

桐城派有一個基本的傳記書寫態度，那就是不為不熟悉的人寫傳記，原因是怕所寫不實。方苞不止一次的表達過這一思想，在《儒林郎梁君墓表》一文中他說：「余謝以平生非相知久故不為表態，非敢要重，懼所傳之不實也。」〔註72〕在《送官庶常觀省序》一文他說：「吾平生非久故相親者，未嘗假以文，懼吾言之不實也」。〔註73〕不為不熟悉的人其寫傳記，目的是了求真，這意味著為一個不熟悉的人寫傳記時，首先要求證、核實他的資料。在《節孝張孺人傳》一文中，姚鼐說：「鼐亦夙聞孺人賢，知起嶙之狀不誣也，故為書其概云」。〔註74〕對於姚鼐提到的張姓婦女，姚鼐以自己耳聞與其家人所寫行狀相對照以核實傳主生平事實。此外，桐城派還用調查的方式核實傳主資料，方苞在為高仲芝作傳記時說：「君既歿十有餘年，其子璿成進士，官庶常，始就余求表墓，而以膠州張歉宜舊所表為徵，……余懼其溢美也，詢諸鄉人，知君有詳略，而要之無瑕疵焉」。〔註75〕有時候由於情況特殊，來不及核實資料，但傳記又不得不寫，方苞也會在文中把這實在情形寫下來。在為余鉦寫的傳記中，他說：

〔註71〕姚鼐：《實心藏銘並序》，《惜抱軒詩文集》，上海古籍出版社 2010 年，第 393～394 頁。

〔註72〕方苞：《儒林郎梁君墓表》，徐天祥、陳蕾點校：《方望溪遺集》，黃山書社 1990 年，第 103 頁。

〔註73〕方苞：《送官庶常觀省序》，《方苞集》（上），上海古籍出版社 1983 年，第 202 頁。

〔註74〕姚鼐：《節孝張孺人傳》，《惜抱軒詩文集》，第 151 頁。

〔註75〕方苞：《高仲芝墓表》，《方苞集》（上），上海古籍出版社 1983 年，第 363 頁。

「棟以父命請表其祖墓再歲矣，將歸省，語益迫。乃就所稱而序列之，且使熙也無忘父命。」〔註76〕傳主的孫子請他寫傳記也已經很久了，傳主的重孫又是自己的弟子，方苞自然是難以拒絕的。而他之前的推辭自有他的原因，或是因為沒有時間，或是因為傳主不值得他書寫，或是因為無法核實資料。但是這一次在難以拒絕的特殊情況下，他只能勉為其難去寫。但是他雖然寫了，卻必須說明情況，即他在傳中所寫全是傳主家人所述，真實性也由家人負責，和他沒有關係。這樣寫，對於方苞來說，首先，可以幫助其弟子和弟子的父親盡孝。其次，可以利用它作為教育弟子的一個機會——無忘父命。再有，可以免去後人因傳記失實對他的指責。以上這些事例，透過當時的流行的請名人寫傳記這一普遍現象，既能看到桐城派傳記書寫態度的真實，又能看到他們書寫傳記的求真方法。

4. 求真的驅動力——傳記書寫者和傳記委託人之間的良好互動

桐城派在執著於求真的過程中和傳記委託人之間形成了良好的互動關係。1735 年夏天，山東聊城人鄧鍾岳請方苞給自己的父母寫墓誌銘。他對方苞說：「吾故知子於志表之文，雖親故無假；非敢以私請也，將以入宗譜，惟子討論焉！」這段話裏有三重含義。第一，鄧鍾岳重視宗譜的真實性，對於將納入宗譜的父母傳記文務必求真，有求真之精神，可貴；第二，當時此類傳記文，大多有「假」，而方苞能做到「親故無假」，罕見，也可貴；第三，因為方苞「無假」的傳記文已經名於當時，找方苞寫此類傳記文更能凸顯其真實性。這是方苞被當時人認可的價值之一，這一價值建立在方苞書寫傳記的態度上。這意味著方苞以個人對傳記書寫的態度樹立了一個傳記書寫品牌，經過方苞書寫——品牌認證——的傳記具有當時人公認的真實性和權威性。

書寫碑誌類的傳記文一般需要傳記委託人提供資料，這就涉及方苞的「義法」，即文章的精神、材料的選擇和敘述手法等。打開鄧鍾岳帶來的資料後，方苞發現「皆庸行所宜」，這意味著按照方苞的書寫策略沒什麼好寫的。所以方苞退而求其次，既然這些材料在他看來沒有什麼特別的，那它就剩下最後值得書寫的亮點，那就是真實。因為方苞書寫傳記的理念是務求其實，資料真實已經成為他寫傳記的基本標準。在解釋這些即將入傳的材料時，他這樣說：「余嘗過東昌，無老少皆稱鍾岳孝悌修飭，具言其家法。雖未指目君之為人，而鍾

〔註76〕方苞：《余處士墓表》，《方苞集》（上），上海古籍出版社 1983 年，第 365 頁。

岳所述無虛溢可知矣。昔余大父為學官於蕪湖，君之大父參議公適司蕪關，降爵列而為友。余於鍾岳，未見而相知。既訂交，果不悖於所聞。其家法之善，又親得之於其鄉人，故特表而出之。」〔註77〕在這一段話中，我們需要注意的是，他以鄧鍾岳的同鄉以及自己兩家的交往來論證資料的可信，回應了鄧鍾岳提到的「親故無假」，從而堅持了求真。在碑誌文和傳記委託人的這種求真的互動，在撰寫壽文時就變為和傳主本人的互動。在《馬母左孺人八十壽序》一文中，姚鼐說傳主左孺人不為旌表而作假，讓他深為讚賞，「國家之法：女子既三十歲而守節者，則不旌。或欲使孺人稍損年以就旌法，孺人以此為欺謾，不可。余以為如孺人者，天所貴也。豈繫乎旌與否哉！」〔註78〕在這裡我們不妨設想一下，以姚鼐一貫的傳記文書寫態度，如果左孺人通過年齡造假獲旌獎，姚鼐不會為她寫傳記，即使寫也不會把她獲旌表的事寫進去。從事情的結果看，左孺人不作假，不要旌表，反而獲得了姚鼐的尊敬，並借姚鼐的文章流芳百世。她失去了皇家的旌表，卻獲得了歷史的旌表。

方苞為他的老師高裔寫壽文一事是傳主和傳記作者微妙互動的最好闡釋。祝壽之文核心是「祝」，寫祝壽之文的要麼是親朋好友，要麼是涉及人情世故的泛泛之交，但是既然答應寫祝壽之文，就是認可了祝壽之文核心的這個「祝」字，凡是寫祝壽之文的都難以做到貶低壽星。但是方苞在給高裔寫的這篇壽文中卻寫出了一些被當時人不能接受的內容。在壽文中，方苞這樣說：「苞聞古之學術道者，將以成其身也。孔子語曾子所謂『大孝尊親』者，使國人稱願，皆曰君子之子也。自科舉之法行，士登甲科，則父母、國人皆曰：『其名成矣，所謂顯揚莫大於』是矣。人心蔽陷於此者，蓋千有餘年。……自世俗之名言之，則公之名既成；即君子觀之，事父母亦可謂能竭其力矣。」以當時世俗的眼光看，高裔已享盛名，當時衡量一個人的標準是「登甲科」，而高裔不但符合當時世俗的標準，還以孝聞名，世人頌揚，功名、德行兼而有之，似乎已經完美了。但是在對高裔的讚揚裏，方苞特意提到說「苞聞古之學術道者，將以成其身也」，這個「成其身」在當時指的是的儒家信奉的立德立功立言等「三不朽」。方苞之所以要提「成其身」，其策略是利用「三不朽」的儒家理想

〔註77〕方苞：《東昌鄧嶧亭墓表》，《方苞集》（上），上海古籍出版社1983年，第376～377頁。

〔註78〕姚鼐：《馬母左孺人八十壽序》，《惜抱軒詩文集》，上海古籍出版社2010年，第302頁。

成就否定高裔現在取得的世俗成就。所以他接下來說：「然余觀北宋丞相富公，節義功烈，與韓魏公相匹，而眉山蘇洵上書，謂：『古之君子，愛其人也，則憂其無成。』今公為文學侍從之官，嘗主鄉試，視學政，不失士心，亦守官者之常。余居門下數年，竊懼公循致高位，而碌碌無所成也。康熙壬申，公子翰林改官京卿，故舉蘇洵告富公者以為壽。」〔註79〕在這裡，方苞似乎委婉但卻很直接的告訴自己的老師，在他看來，按照儒家的標準，老師並沒有什麼成就。通過《高素侯先生四十壽序》我們能看到，方苞以一個傳記作者的身份在實踐中是怎樣求真的。他忠於自己的內心，忠於自己認為的「君子」交友之道以求真。但這種求真明顯是對「為尊者諱」這一常識和禮法的挑戰，儘管方苞對高裔的提醒並不是說高裔本人有污點，但是世俗之人不會這麼看。這一點可以從高裔後來寫給方苞的信中看出，在信中他說：「吾客見之，皆謂吾有不肖之行，而為生所譏切也。」不免於俗是人之常情，而不與俗同流，在任何時代，對於求真來說，都是一個非常大的挑戰。方苞很幸運，遇到了高裔，為我們展示了古代傳記書寫史上傳主與傳記作者良好互動的一副美好畫面。以高裔的閱歷，自然知道這樣的壽文會受到客人的非議，但高裔還是把這篇序文掛在家中。這一行為裏有對方苞的認可，有對「君子之交」古道的認可，有對自己的期待，也也有對世俗的挑戰。所以當方苞說：「何弗撤也？」高裔則回答說；「吾正欲使諸公一聞天下之正議爾。」在這裡，師徒連心，一起聯手求真──挑戰世俗、匡正世俗。假設沒有方苞的勇敢，沒有高裔的大度、大智和大勇，這一真實都是難以留存的。

（二）著重寫人──追求義理和灌注真情結合的結果

　　現代傳記文學書寫和古代傳記文學書寫的一個重要區別就是古代傳記著重於敘事，而現代傳記文學著重寫人。在寫人上，桐城派成就很高，其中，《左忠毅公逸事》因入選中學語文課本最為大眾所知。《史記》之後的古代傳記，以刻畫人物的水平和規模而論，當以桐城派的傳記為最高。在刻畫人物的技法上，桐城派的崇尚雅潔，正好應和著《史記》中普遍應用的「白描」技法，這是桐城派刻畫人物形象成功的重要原因。《左忠毅公逸事》自不必說，用白描技法創造的名篇還有《石齋黃公逸事》《明禹州兵備道李公城守死事狀》《田間

〔註79〕方苞：《高素侯先生四十壽序》，《方苞集》（上），上海古籍出版社1983年，第205頁。

先生墓表》《結感錄》等等。但是，桐城派傳記之所以能刻畫出成功的人物形象，當然不只是靠白描技法，更重要的原因是因為桐城派注重寫人這一書寫態度。而桐城派之所以注重寫人，有兩個主要的原因。第一，在文學思想上，正如前面所說，他們追求「義」和「義理」。第二，是因為他們求真的人格，即一個真實的求真的人，他們做任何事時自然是灌注真情的，寫傳記更不會例外。因此，灌注真情書寫傳記從而達到顯現「義理」的目的是桐城派傳記文學書寫的主要特徵。而他們在傳記文學書寫中而帶著「真情」去寫人則自然更容易寫出活生生的人。所以，桐城派之所以能在寫人上取得如此高的成就，在追求「義理」這一理性的思考之外，還依賴於灌注真情這一感性參與的結果，是「義理」與「真情」結合的結果。下面將結合桐城派傳記中的三種「情」，分析其「情」和「義」是怎樣結合的。

1. 對士人群體性壓抑的同情

清代的高壓統治造成士人群體性壓抑，這就必然會激發士人產生一些獨特的言行，這些言行在桐城派的筆下表露無疑。姚鼐的好友方染露僅上任四十天就罷官，他剛一到任四川清溪知縣，看到當地同事、下屬涎泌的樣子，就說：「是豈士人之所為耶！吾奈何與若輩共處？且吾母老不宜遠宦。」於是立即以病假辭官，他辭官後和姚鼐成為好友，發生了一些有趣的事情，被姚鼐記錄下來：「一日在余家，共閱王氏萬歲通天帖，疑草書數字，不能釋。君次日走告余曰：『昨暮，吾妻為釋之矣！』舉其字，果當也。」〔註80〕這樣生動的描寫在古代傳記中是很少見的。這裡不但有朋友之間的互動，還有方染露和妻子之間的互動，營造了一種人類生活在友情和愛情之中的幸福氛圍。說明方染露生活的重心和快樂的源泉在親情和友情，而不是仕途。姚鼐的另一位朋友王文治也不喜歡做官，罷官之後以戲曲自娛，只見他「買僮教之度曲，行無遠近，必以歌伶一部自隨。其辯論音樂，窮極幽渺。客至君家，張樂共聽，窮朝暮不倦。海內求君書者，歲有饋遺，率費於聲伎，人或諫之不聽，如是自喜顧彌甚也。然至客去樂散，默然禪定，夜坐挾未嘗至席，持佛戒，日食蔬果而已，如是數十年，其用意不易測如此。」〔註81〕方苞的朋友陳典，也是一位奇人，方苞說他「性豪宕，喜聲色狗馬，為富貴容而不樂仕宦。少好方，無所不通，而獨以

〔註80〕姚鼐：《方染露傳》，《惜抱軒詩文集》，第 154 頁。
〔註81〕姚鼐：《中憲大夫雲南臨安府知府丹徒王君墓誌銘》，《惜抱軒詩文集》，第 345 頁。

治疫為名。疫者聞君來視，即自慶不死。……每出從騎十餘，飲酒歌舞，旬月費數千金。或勸君謀仕，君曰：『吾日活數十百人，若以官廢醫，是吾日殺數十百人也。」陳典不喜歡當官，自然不喜歡權貴。他不但不會利用醫術結交權貴，反而利用醫術故意跟權貴作對。方苞說他「君與貴人交，比狎侮出謾語相訾謷（詆毀），諸公意不堪，然獨良其方，無可如何。」權貴們想出一個辦法控制陳典，那就是命令他作太醫，但是當太醫院命令他為太醫之後，陳典竟然「遂稱疾篤，飲酒近女，數月竟死。」真是罕見的奇人，更奇的還在於，陳典有未卜先知的本領，方苞回憶起在陳典沒死，方苞將返鄉之前，陳典對他說：「吾逾歲當死，不復見公矣！公知吾謹事公意乎？吾非醫者，惟公能傳之，幸為我德。」〔註82〕神奇的不僅在於他預見了自己的死期，他還預見了只有姚鼐能讓他真正的形象流芳百世，而不是像當時的人認為的，他只是一個「耽於享樂」的醫生。

2. 對至親和摯友的深情

桐城派在描寫自己的至親和摯友時，因為更熟悉、感情更濃鬱，所以在書寫中也展現了更多的細節和更豐富的感情，而這些都是傳記最可貴之處。姚鼐回憶他的老師劉大櫆說：「鼐之幼也，嘗侍先生，奇其狀貌言笑，退輒仿傚以為戲。……往日父執往來者皆盡，而猶得數見先生於樅陽。先生亦喜其來，足疾未平，扶曳出與論文，每窮半夜。」〔註83〕方苞在傳記中回憶他亦師亦友的杜岕時說：「初余大父與先生善，先君子嗣從遊，苞與兄百川亦獲侍焉。先生中歲道撲，遂跛，而好遊，非雨雪常獨行，徘徊墟莽間。先君子暨苞兄弟暇則追隨，尋花時，玩景光，藉草而坐，相視而嘻，沖然若有以自得，而忘身世之有繫牽也。辛未、壬申間，苞兄弟客遊燕、齊，先生悄然不怡，每語先君子曰：「吾思二子，亦為君惜之。」〔註84〕在回憶自己住在外公家時的往事，方苞表露出的感情更是格外濃厚，因為方苞的父親是入贅的，所以「苞兄弟三人、馮氏姊、鮑氏族妹皆生於外家」。方苞小時候因為身體不好，常和母親形影不離，在這形影不離之中，就從母親那裏聽了很多關於外祖父的故事。他知道外公有氣節：「歲祲不食者兩日矣，中貴人或以文請，餽十金，不應。」有勇：「保定總兵以利致幕下，嘗為單騎入山寨諭寇出降」；有軍功：「為紹興司馬，遏海寇；

〔註82〕方苞：《陳馭虛墓誌銘》，《方苞集》（上），第 295～296 頁。
〔註83〕姚鼐：《劉海峰先生八十壽序》，《惜抱軒詩文集》，第 115 頁。
〔註84〕方苞：《杜蒼略先生墓誌銘》，《方苞集》（上），第 250 頁。

攝蕭山令，平天台山賊」，但最後卻「功不得御，而以忤勢家罷官」。在這篇為外公作的傳記中，描寫最生動、最打動讀者的兩個情節卻不是關於他外公的，而是方苞自己在外婆家感受到的親情。關於外公的描寫因為都是轉述，且轉述的都是「程式化」的功績和德行，缺乏細節，但是親情不同，這是方苞自己感受的，所以敘述起來，非常貼切。他寫生病時母親和外婆為他按摩：「吾母中夜為摩腹及足，時道古記及外祖父母舊事以移其心」。……（外祖母）摩腹及足，與吾母遞代」。他寫四歲的他出現在外祖母葬禮上的情形：「苞忽驚寤，裸跣而去葬所，大驚吾父母及會葬人，猶昨日事也。」〔註85〕個中情景，宛在眼前。

　　方苞曾因為「南山案」而入獄，這是他一生最大的磨難，自然印象深刻。方苞將這些寫下來，變成了最好的傳記文學，這些是他自己的傳記，也是他的親人、朋友的傳記。他寫他母親知道他將被捕後的突然大哭：「憶康熙辛卯，余以南山集序牽連赴詔獄，部檄至，日方中，知江寧先事蘇君偕余入白老母稱：『相國安溪李公特薦，有旨召入南書房，即日登程。』吾母噭然而哭。」〔註86〕蘇君有意的，故作不驚的隱瞞和方母的突然大哭形成一種先抑後揚的戲劇效果，這是我們在影視劇中經常可以看到的場景。但是我們知道這一場景雖然戲劇性十足，但卻不是虛構，只是平鋪直敘。整個場景的關鍵在於蘇君，沒有蘇君這一「靜」，方母的這一「動」的震撼力就不夠。沒有蘇君這一瞞，方母這一哭的震撼力也不夠。知子莫若母，母子連心，「南書房」指皇帝，方母知道兒子這是成了欽犯，而「即日啟程」更表明案件之大，罪行之重。兒子此去，凶多吉少，怎能忍住而不放聲大哭。這裡提到的「蘇君」名字叫蘇侯，他與方苞並不是很熟悉，但卻能盡力的幫助方苞，而且細心之至。蘇侯之所以撒謊瞞著方苞的母親，是因為知道她當時「老疾多悸」，從而在方苞入獄之後官府準備去方家查抄書籍的時候，蘇侯又能「先至部署，不使老母得聞」。方苞在南京獄中，蘇侯則「朝夕入視，或夜歸，必就榻上相慰勞」。而當方苞要被押解北上的時候，蘇侯又「為具輿馬」。當方苞怕蘇侯用公家的錢幫他會連累他的時候，蘇侯竟豪氣的說：「自吾為吏於比，迫公事以虧庫金者屢矣！獨為君累乎？」蘇侯高義，實屬難得。這樣的朋友，得一足矣，但是方苞這樣的朋友不止一個，且為數不少。朋友朱履安冒著生命危險幫助方

〔註85〕方苞：《同知紹興府事吳公墓表》，《方苞集》（上），第 338～339 頁。
〔註86〕方苞：《教忠祠祭田條目序》，《方苞集》（上），第 91 頁。

苞，事後他對方苞說：「爾時，我出入縣門，或值縣令及南北捕呼聲過吾門巷裏，未嘗不股栗也」。〔註87〕這一描寫寫出了當時的真實，也寫出了真實的朱履安。在現實生活以及一般傳記文學書寫中，朱履安都會是一個「英雄」。在朱履安的角度，出於名利的考慮會在事後把自己說成是大義凜然，不怕死的英雄；在方苞的角度，出於對朱履安的感激也該把他寫成英雄。而在方苞的書寫裏，朱履安只是一個真實的人，不是我們常見的以一種固定的模式書寫的「英雄」。在這裡，首先朱履安勇於袒露自己的真實，即敢於做一個真實的人；其次，方苞也勇於把這一段真實放在朱履安的傳中。而方苞之所以把這樣的事實放在朱履安傳裏，不單自己為自己的求真，也為朱履安的求真，即朱履安不會同意方苞在自己的傳中作假，這是我們前面提到過的，桐城派因為自己的求真實思想，或者說求真信仰，天然的、自然的結交了有共同信仰的朋友，而且他們之間因求真發生的良好互動關係進一步推進對真實的堅持和追求。

朱履安是方苞早就認識的朋友，而在方苞「南山案」一難中，最讓他感動，幫助他最大，也讓讀者印象最深的卻是那些他並不熟悉的朋友，按照時間線索，這些朋友可分為入獄前未深交的、入獄前未謀面的、入獄前完全不認識的和獄中認識的四種人。

（1）入獄前未深交的：刑部郎中張丙厚，方苞年輕的時候在北京和他認識，但是並不熟悉，當時還有人謠傳方苞看不起張丙厚。幾年後在江南再見面，方苞當面向張丙厚澄清了謠言，但是「為交亦未深也」。但是當方苞被押解到北京以後，張丙厚卻屢次相助，表現出高尚的品格。有一次方苞被審訊的時候，主管審訊的富寧安命令和案件無關的人不能打擾，但是張丙厚卻「手牒稱急事，叩門而入」，富寧安問他有什麼事，他大膽直說：「急方某事爾！」，雖然他明知這已經違抗了富寧安的命令，但還是直說為了方苞的事情來的，然後繼續為方苞辯解說，因為方苞是士子名流，所以牽涉「南山案」是「以名自累，非其罪也」，然後又對富寧安請求說：「公能為標白，海內瞻仰；即不能，慎毋以刑訊！」說完之後，可能是口渴了，也可能是豪氣衝天，拿起審判桌上的水杯，把裏面剩下的水喝完了：「因於案旁取飲，手執之，俯而飲餘」。我們可以想像，這杯水很可能是富寧安的，當時的場景則是「長官暨同列莫不變色易容，眾目皆集於公。公言笑灑如」。等到審訊完畢，獄卒給方苞上枷鎖的時候，張

〔註87〕方苞：《朱履安墓表》，《方苞集》（上），第 367 頁。

丙厚「厲聲叱之」，富寧安想用緩兵之計，於是對張丙厚說：「俾退就階墀，徐易之」，張丙厚知道這是緩兵之計，所以直接挑明說：「下階終不得易矣」，以大無畏的勇氣迫使長官拿掉枷鎖。在方苞回監獄時，張丙厚又一路護送，並且警告獄卒說：「某有罪，彼自當之。汝輩如以苛法相操者，吾必使汝身承其痛。」張丙厚雖然沒有富寧安官職高，但畢竟是刑部郎中，是獄卒的直接領導，所以除非不可抗力，他對獄卒的警告是很有用的。對於張丙厚的高義，方苞說：「是獄，朝士多牽連，雖親故，畏避不敢通問。公為刑官之屬，乃不自嫌而訟言餘冤，相護於公庭廣眾中，諸公自是乃服公之義也」。張丙厚的義行自然可以流放於世，但是他的代價也很慘重：「旬餘，公以他事奪官」。〔註88〕這一代價對於張丙厚來說涉及了儒家思想中的義利之辨，即在義利間，他選擇了義。

（2）入獄前未謀面的：馬逸姿不但不是方苞的朋友，而且在方苞入獄之前，他請求和方苞結交還被拒絕。即使如此，在方苞入獄後，馬逸姿卻還是不遺餘力的幫助方苞。先是江蘇廉使暫時有事，由他代理方苞案。他不准獄卒用繩子捆方苞，每次見到方苞「貌必慼，語必稱先生」，並且利用自己的關係使審問方苞的人「未嘗加聲色」。江蘇廉使回來以後為了爭功要刑訊方苞，馬逸姿則「力阻之」，而當廉使要一意孤行的時候，馬逸姿立即抗議說：「朝命捕人，非鞫獄也！某，儒者，上所知名，今以非刑苦之，設犯風露死，孰任其責？」這一抗議有理有據，且具有威懾力，廉使不怕法律，更不怕馬逸姿，但是他怕皇帝，而馬逸姿之所以不專門提皇帝，而是先提法律，也是一種技巧和智慧，這樣江蘇廉使無論對百姓，還是對朝廷，都可以冠冕堂皇而又虛偽的宣告：他不是因為馬逸姿的請求、不是因為怕皇帝才不刑訊方苞，而只是服從法律，作為一個按察使，他不會知法犯法。等到方苞被押解去京城那一天，方苞進入公堂時，馬逸姿起立迎接，因為他是二品官員，他起立，其他品級低的官員自然都要起立，這是對方苞的尊敬，也是一種「示威」，示正義之威。升堂之後，馬逸姿又親自過去解開方苞的枷鎖，並說：「方先生儒者，無逃罪理」，而且對隨行押解的使者說：「君為我善視之，毋使困於隸卒。」所以才有一路上的「使者每食，必先饋余，同逮者余喙。就逆旅，必問安否。」而「使者」之所以對馬逸姿如此聽從是有原因的，因為他是馬逸姿專門安排以照顧方苞的。他對方苞說：「吾在江南，唯馬公遇我獨厚」。他並不認識方苞，他對方苞一路上的照顧只是為了報恩，所以在方苞安全到達京城後，他說：「子今至矣，為我報公，

〔註88〕方苞：《結感錄》，《方苞集》（下），第714～715頁。

子無傷也。」使者為了報恩而幫助方苞，所以他想當然的以為方苞必定有恩於馬逸姿，所以馬逸姿才會託他照顧方苞。而當方苞告訴他，在他入獄以前，他和馬逸姿「實未謀面」時，使者自然要「嗟歎焉」〔註89〕了。按照一般人的心理，主動結交被拒，重則懷恨在心，輕則形同陌路，更何況馬逸姿還是二品高官。在所有幫助方苞的人中，馬逸姿是一個非常獨特的存在，我們無法確定他結交方苞，幫助方苞的確定目的，但是我們可以從他為方苞申辯的言語中推測一二：他提到方苞是康熙知道的大儒，這可能因為方苞是康熙三十八年的江南鄉試第一名，是康熙四十五年的進士，但是他對方苞的尊重絕不止於方苞在科舉上的成就，而應該在於方苞以其文章建立的聲名和他在平常生活中表露的德行，所以他才會認為不需要給方苞上枷鎖，因為方苞不可能畏罪潛逃，或者說任何一個真正的儒者都不會畏罪潛逃。馬逸姿在江南做官，而方苞是江南文人名流，所以他能間接瞭解方苞的聲名和德行。也正因為方苞的聲名和德行他想主動和方苞結交，卻在被拒絕之後也不在意，而且在方苞入獄成欽犯後還去幫助他，這一切都源於他對方苞德行的堅信。而他的堅信是有事實可以支撐的，「南山案」後，方苞大難不死，出獄後竟然成為康熙的文學侍從，雖然人主的寵幸並不足以說明方苞的聲名和德行，但卻不失為一個有力的佐證，同時也印證了馬逸姿對江蘇廉使的警告不虛。

（3）入獄前完全不認識的：方苞被捕後，因為要被押解到北京，一路兇險，所以親戚朋友就決定找個人暗中照顧他，等到案子有了結果就離開。這時候，方苞的朋友宣左人推薦了他的朋友宋夢蛟。宣左人之所以推薦宋夢蛟，是因為他做事能「達於事而無欺」且「勤力」。而且有一事可以佐證，宋夢蛟「嘗送其友妻子自成都下峽，凡逾月，不脫冠衣」。果然，宋夢蛟答應了方苞朋友的請求後，「即許諾。即行，易姓名尾余後；每就逆旅，則間廁左右；在途事無違者。君以辛卯十有一月，偕余至京師」。本來在一般人看來，陪方苞到北京算已經完成任務了，不需要一直在北京等方苞宣判出獄才走。但宋夢蛟做事的風格或者說原則是「達於事而無欺」，所以他一定要等到案子有結果再走，為此，他不得不「乏其家事」一年。在別人都勸他說：「事不可待，請君且他圖」的時候，他不同意。而且當別人給他錢讓他養家的時候，他卻用這筆錢去北京繼續暗中照顧方苞，一直到等到方苞出獄才走，可謂「勤力」之極。本來預計幾個月就可以完成的工作，實際用了兩年多，這就是「達於事而無欺」且

〔註89〕方苞：《結感錄》，《方苞集》（下），第713～714頁。

「勤力」的宋夢蛟。宋夢蛟高尚的品格還體現在，日常生活中他本是很有性格的人，他「嘗客司空熊公所，又與學士宋公有連，皆抗禮，遇事即面爭」。但是，這樣一個「貌甚昂，發鬚皓然」的宋夢蛟為了自己的諾言，陪著方苞在獄卒中間周旋，卻「甚自屈」。有一次，當他聽說方苞要被刑罰時，他就去對執行刑罰的人進行行賄，但是後來刑罰又取消了，知道宋夢蛟送禮的人都說「金不可得矣」，但是第二天，收禮的人把錢送回來了，並且說了一句話：「宋君之義，胡可欺也。」〔註90〕這是通過側面描寫突出宋夢蛟的高大形象。

　　（4）獄中認識的：楊三炯，是方苞獄友的朋友。在方苞剛入獄的一個月內，雖然他每次來探望朋友的時候，都能見到方苞，但也只是知道名字，沒說過話。但是，偶而的一次機會，竟然使他們「一語即大相得」。正是這一「相得」救了方苞一命，沒有這一相得，前面所有朋友的幫助都會前功盡棄。因為當時「獄中地狹，自春徂秋，疫屬作，死者相望，穢氣鬱蒸，雖僕隸不可耐」，也就是說當時的重刑犯很多等不到出獄就已經因病而死在監獄裏了。而且，監獄對此概不負責。於是這楊三炯別的做不了，就儘量找時間多陪方苞，以便隨時處置突發狀況。只見他「旬日中必再三至，或淹留信宿」，而且「道古今，證以天道人事，慷慨相勖」，讓方苞「忽不知其身之危與地之惡也」。楊三炯不但能隨時照顧方苞的身體，而且在精神上給了方苞極大的安慰與鼓舞，使他安然度過了他一生中最接近死亡的日子，或者說是在談笑中和死神擦肩而過。為了陪方苞度過最危險的時期，他多次拒絕富貴人家給的工作機會，說：「必吾友獄決，始可就」。一般人是難以理解這「一語之友」的，所以一旦世人知道什麼是「一語之友」，知道了楊三炯為「一語之友」深厚的付出，楊三炯也就成了方苞所說的：「當是時，君名動京師，士友皆延頸願交」。〔註91〕

　　「南山案」中牽涉的朋友，其共同的特點就是有「義」，義之高，薄雲天。其「義」實在罕見，罕見的近乎是神話。方苞之所以寫這「義」固然是有感而發，為情而動，看似並不是胸中先有「義法」而寫，只是記錄自己一生最大的磨難，感念這磨難中的朋友。而這些傳記之所以寫得好，寫的感人，寫的栩栩如生，也正是因為方苞心中不存雜念，只為感念這些「摯友」，只為記載危難之時見識的高義。但是，方苞在寫作時仍然是符合「義法」的，他說：「今感而錄者，是輕諸君子之義，而使古為友之道不明也。考之於經，凡諸父諸舅，

〔註90〕方苞：《結感錄》，《方苞集》（下），第715～716頁。
〔註91〕方苞：《結感錄》，《方苞集》（下），第716頁。

道同而志相得者，皆名為友；既為友，則有相死之義，有復仇之禮，況急難相先後哉！」〔註92〕驅使他書寫的第一動力可能是抒情，但是他的最終目的是彰義。抒情是感性的，彰義則是理性的，彰義是目的，抒情無形中做了彰義的「工具」。彰義需要寫人，以人的言行顯出高義來。這樣，彰義實際上又成了寫人的「工具」。即方苞本想要通過寫人來抒情來彰義，這是他主觀願望。但是，在客觀上了，這些文章卻因為其刻畫人物的成功，而成了以寫人著稱的傳記文學。

3. 對忠臣義士的深情

對明代忠臣義士及遺民的描寫主要是在「忠」這一儒家思想的驅動下發生的。作為桐城派傳記最著名的作品，《左忠毅公逸事》早已家喻戶曉，這裡不再贅述。方苞在描寫抗清名臣、民族英雄黃道周也採用了「逸事」的名稱，以「逸事」的方式從側面刻畫人物。對左光斗的刻畫以其在獄中和史可法的對話為中心，而對黃道周的刻畫則以其和顧氏的交往及其臨終就義為中心。方苞之所以寫黃道周和顧氏的交往，本來是為了突出他的儒者形象，實際上卻為我們呈現了一個絕佳的故事，一篇絕美的文學，一個無比可愛的人。為了測試黃道周的恪守禮法，他的朋友請顧氏去試探他，顧氏天姿國色，「文」能「聰慧通書史」，「藝」能「撫節安歌，見者莫不心醉」，有一天，「大雨雪」，是絕佳的飲酒娛樂天氣。於是，朋友們在余氏園請黃道周喝酒，讓顧氏為黃道周陪酒。文人飲酒，妓女作陪，在當時是常例，所以黃道周「意色無忤」。朋友們看到黃道周並不排斥顧氏，以為可以得逞所欲，於是就想把黃道周灌醉，看其醜態。等到黃道周醉了，他們讓顧氏把他送到床上只有「枕衾茵各一」的臥室，顧氏脫掉衣服誘惑黃道周，朋友們躲在門外準備看戲。結果卻是：「公驚起，索衣不得，因引衾自覆薦而命顧以茵臥；茵厚且狹，不可轉，乃使就寢。顧遂暱近公，公徐曰：『無用爾！』側身內向，息數十轉，即酣寢。漏下四鼓覺，轉面向外；顧佯寐無覺，而以體傍公，俄頃，公酣寢如初。」與《左忠毅公逸事》相比，作為一篇古代傳記，《石齋黃公逸事》的內容更豐富，情節更生動，人物也更形象。在內容上，《石齋黃公逸事》有風花雪月，《左忠毅公逸事》沒有。在角色設置上，黃道周的配角是妓女，而左光斗的配角是兵部尚書。在情節上，《石齋黃公逸事》曲折，而《左忠毅公逸事》直達。在人物設計上，難有人能比顧氏更生動。

〔註92〕方苞：《結感錄》，《方苞集》（下），第717頁。

在情節設置上，方苞的安排也是傾向於寫人的。首先，敘述黃道周和顧氏二人一場「歲月靜好」的相遇是為了迎接二人殉節的到來，殉節的大悲更能增強相遇的大美，而只有大悲和大美的融合才足以完成對二人人物形象的刻畫，才足以讓後世看到他們活生生的樣子。其次，他寫黃道周注重從儒家的角度去刻畫，因為黃道周的行為可以作為儒者的典範。黃道周首先用自己的行為解釋了儒家的捨生取義而死得其所的豁達精神。黃道周被捕後，在獄中每日誦儒家經典竟然「數月貌加豐」。在臨刑前夕，竟然「故人持酒肉與訣，飲啖如平時，酣寢達旦」。儒家思想是黃道周的信仰，捨生取義在他看來是最好的歸宿，當僕人為他將就義而哭時，他嚴肅的說：「吾正而斃，是為考終，汝何哀？」誰不希望死得其所，誰不希望善終，誰又不希望死後流芳百世，這些當時人對死後的追求的想像，黃道周都有了，所以他沒有哀傷。其次，黃道周用行為詮釋的是儒家的守信精神，在獲得儒家理想的死亡歸宿之後，心胸與天地同寬的黃道周卻不能割捨一件小事。曾經有人求他的書法，他答應了，但是還沒寫。在臨刑的關頭，黃道周對家人說：「吾既許之，言不可曠也」，於是他「和墨伸紙作小楷，次行書，幅甚長，乃以大字竟之，加印章」。方苞之所以把完成書法的步驟也寫出來，而不是一筆帶過，是有「義法」的。黃道周在這副書法作品裏留下了三種書法藝術：小楷、行書和大字。這三種書法可能是黃道周所擅長的，當然也有一種可能，他只善長小楷和行書，寫「大字」確實是因為紙張太長所致，而無論是那一種可能，都反映了黃道周待人以誠的儒家人格，這樣一種人格自然對刻畫黃道周是非常重要的。首先，如果他只是為了完成一個承諾，而不在乎質量，他用大字草書寫一幅即可。其次，從他完成整個作品的環節來看，他先是寫了小楷書，然後又寫了行書，又因為紙張太長最後用大字寫完，寫完之後又蓋上印章。這一過程黃道周謹嚴的一面也被生生地刻畫出來，同時與他前面拒絕顧氏的形成一種呼應。

另外，雖然顧氏是配角，但是相比較黃道周而言，方苞對她的描寫更精彩，給讀者的印象可能也最深。這裡面有她身份的因素，忠臣殉國本在清理之中，妓女殉國則不合常理。顧氏感人之處有兩點，一個是她的殉國：「李自成破京師，謂其夫：『能死，我先就縊』。夫不能用。語在搢紳間，一時以為美談焉。」一個是她在余氏園誘惑黃道周失敗後，她對黃道周的那幫「名士」朋友說的話：「公等為名士，賦詩飲酒，是樂而已矣！為聖為佛，成忠成孝，終歸黃公。」這兩處的敘述也有方苞的「義法」在。在方苞之前，已經有很多人將明朝敗亡

歸罪於士人階層，方苞之描寫顧氏，恐怕也有此意。巾幗勝鬚眉，早在方苞描寫顧氏之前，柳如是和錢謙益，李香君和侯方域的故事早已廣為人知。而巾幗勝鬚眉不僅勝在不貪生，更勝在見識，所以方苞才會著意敘述顧氏在余氏園說的那段話。見識和殉國是分不開的，沒有事先在余氏園的鋪墊，就沒有後來顧氏的殉國。所以，方苞本篇目的之一，可能就是為了通過顧氏表達明朝亡於士人階層這一觀點。這樣，顧氏就成了主角，黃道周其實是配角。當然，無論是根據篇名，還是方苞的本意，我們都有理由認為方苞認定的主角就是黃道周，全篇的主題和目的都在於描寫黃道周。描寫顧氏也是為了襯托黃道周，因為文中有這樣一個描寫，在顧氏誘惑黃道周失敗後，方苞這樣寫道：「顧氏自接公，時自慙。」〔註93〕作者這樣描寫，意在表明：在遇見黃道周以前，顧氏只是個普通妓女，在遇見黃道周之後，她才成了巾幗英雄，是誘惑黃道周的失敗促使她形成高尚的品格。但不論怎麼說，本文描寫了兩個殉國的英雄，一男，一女；一大臣，一名妓。這樣的形象組合非常具有代表性，也非常有感染力。這意味著明亡殉國的大有人在，有男有女，有士人，有賤民，遍布社會各個階層，而他們都是英雄。

　　在刻畫左光斗和黃道周時，方苞都以人物對話為中心，在刻畫孫承宗時，依然用對話打動讀者。鑒於《史記》的地位和影響，鑒於方苞的「義法」本源自《史記》，方苞的這一以對話為中心的敘事策略，正是對《史記》的模仿。赴遼東作戰前夕，作為一個大學士，孫承宗在辭別的宴席上竟然吃粗飯，這自然讓客人們感到疑惑，於是有了這樣的對話：「『公之出，始吾為國慶，而今重有憂。封疆社稷，寄公一身，公能堪，備物自奉，人莫之非；如不能，雖毀身家，責難逭，況儉縠乎？吾見客食皆鑿，而公獨飯粗，飾小名以鎮物，非所以負天下之重也。』公揖而謝曰：『先生誨我甚當，然非敢以為名也。好衣甘食，吾為秀才時固不厭，自成進士，釋褐而歸，念此身已不為己有，朝廷多故，邊關日駭，恐一旦肩事任，非忍饑勞，不能以身率眾。自是不敢適口體，強自勖勵，以至於今，十有九年矣。』」〔註94〕方苞在這篇關於孫承宗的「逸事」文中，就說了這　件小事，而之所以說這一件小事，是為了成就一代大儒。孫承宗在準備去和後金作戰的餞別宴上自己一個人吃粗飯，這是一件小的不能再小的事。如果沒有賓客懷疑，或者有賓客懷疑卻不出聲，出聲卻沒有被方苞書

〔註93〕方苞：《石齋黃公逸事》，《方苞集》（上），第239～240頁。
〔註94〕方苞：《高陽孫文正公逸事》，《方苞集》（上），第238頁。

寫，這一件小事就只是一件小事，永遠消失在歷史中的小事，不可能成為幫助刻畫孫承宗這個人物的一件大事。但因為有賓客懷疑，質疑且發聲，發聲且被方苞書寫，書寫且被後世接受，這一件小事才成為刻畫孫承宗的一件大事。只有賓客的質疑足夠有理有據且有力，孫承宗的回答才足以震撼人心，孫承宗這個人物形象才足以在後人心中不可磨滅。在這之前，孫承宗在禮部工作，並無帶兵打仗的經驗，所以賓客的質疑可謂有理有據。正因為賓客的質疑有理有據，所以孫承宗面對這一有些冒犯的質疑時才會「揖而謝曰」，才能說「誨我甚當」。才會耐心解釋說他吃粗飯並不是為了沽名釣譽，而是他已經堅持了很多年的行為。因為他在中進士之前，也是喜歡「好衣甘食」。但是在中了進士之後，看到外敵的威脅，時刻準備著去前線帶兵殺敵。而要帶兵殺敵，在他看來必須吃粗飯，不然就不能服眾。為了有朝一日能帶兵抵抗後金，吃粗飯的習慣，他已經保持了十九年。話至此，是人，誰人能不為孫承宗感動。所以方苞才會用一半的篇幅讚美孫承宗，稱他是唯一能和諸葛亮媲美的人。這一問一答同時也是一篇精美的文學作品，所以才感人，而這樣的書寫也反映了桐城派傳記文學一個重要特徵，那就是深具文學性。

　　《田間先生墓表》是關於明代遺民錢澄之的一部傳記。錢澄之本人的非常行為和個人魅力，在方苞的白描之下，非常動人。文章一開頭先介紹認識錢澄之的過程，這一過程因為錢澄之的個人魅力顯得非常有詩意：「晨光始通，先生扶杖叩門而入，先君子驚問。曰：『聞君二子皆吾輩人，欲一觀所祈向，恐交臂失之爾！』」然後再敘述足以讓錢澄之名垂千古的一件事：「先生生明季世，弱冠時，有御史某，逆閹餘黨也，巡按至皖，盛威儀謁孔子廟，諸生方出迎，先生忽前扳車而攬其帷，眾莫知所為，御史大駭，命停車，而溲溺已濺其衣矣。先生徐正衣冠，植立昌言以詆之。騶從數十百人皆相視莫敢動，而御史方子幸脫於逆案，懼其聲之著也，漫以為病癲而捨之。」〔註95〕這一段描寫，其文也足以千古，其事足以千古，其人更足以千古。而敘述錢澄之登門拜訪方苞父子是為說明他是一非常之人，而只有非常之人才能做出來後來那一名垂千古的非常之事，這也是方苞書寫時的有意為之。

　　注重寫人，看似是出於一腔真情，是被所寫之人所感動而寫，其實還是由桐城派的「義法」書寫策略決定的。這只要看他寫的人物類型就知道，所有的人都是「善」的，而不是「惡」的；都是高尚的，而不是卑劣的。他們書寫「義」

〔註95〕方苞：《田間先生墓表》，《方苞集》（上），第336～337頁。

的目的，還是為了彰義而揚善。為了彰義則需要敘事和寫人，為了敘事和寫人，方苞在文章技法上敘事無虛詞，結構清晰有條理，情節設置上則富於戲劇性。刻畫人物形象以白描和對話為主。但總得來說，正如我們前面提到的，桐城派的傳記在寫人上的成功，雖然不是桐城派的主觀願望，但卻是追求義理的一個客觀結果。不然我們就沒法解釋何以古代有那麼多感人的故事，那麼多感人的人，但只有桐城派把他們寫了出來。桐城派的「義法」書寫策略中的注重寫人正好契合了現代傳記文學的主要特徵，是某種意義上的殊途同歸，這是桐城派傳記文學書寫作成為中國現代傳記文學史上的一環的重要原因。

（三）樸素的平等意識

桐城三祖在傳記書寫流露出很多樸素的平等意識，這主要包括「人為貴」的平等意識和巾幗不讓鬚眉的男女平等意識。之所以如此，在思想上有其源流。在《原人上》一文中，方苞引用孔子和董仲舒的話闡述「人為貴」為代表的儒家平等思想：「孔子曰：『天地之性，人為貴』。董子曰：『人受命於天，固超然異於群生。非於聖人賢人徵之，於途之人徵之也；非於途之人徵之，於至愚極惡之人徵之也。』」方苞認可孔子說的「人為貴」的思想，也認可董仲舒所說的人的可貴之處可以通過所有人展現出來。這一可貴之處就是可以稱之為有道德，有道德的人就是聖人、賢人，普通百姓一心向善也可以成為聖人、賢人。而作惡多端的人，在方苞看來是「視禽獸為有加」，〔註96〕不如禽獸，就不是人。所以儒家思想中「人為貴」的「人」，其範圍是狹窄的，只指向善的，有道德的人。在這個狹窄的「人」的範圍內，「人」是平等的。劉大櫆從人性受命於天的角度得出自己的平等意識，他認為「天地之氣不能無所鍾也」，天地之氣所鍾愛之人是有德之人，也可以理解為無德之人得不到天地之氣，這就可以解釋為什麼「近世以來，天地之氣，不鍾於士大夫，而終於窮餓行乞之人。」因為，這些「士大夫」不如「窮餓行乞之人」，是無德之人。劉大櫆之所以這樣認為是有事實依據的，「明之亡也，金陵之乞人聞之而赴水而死。丈夫不能，而女子能之；富貴者不能，而乞人能之，亦可概也夫！」〔註97〕這裡提到的窮人、女人因為德行而成為「人」，而「士大夫」、「丈夫」和「富貴者」則不是「人」，而只有「人」才是桐城派的傳記書寫對象。

〔註96〕方苞：《原人上》，《方苞集》（上），上海古籍出版社1983年，第73頁。
〔註97〕劉大櫆：《乞人張氏傳》，吳孟復標點：《劉大櫆集》，上海古籍出版社2008年，第207～208頁。

　　從人性「受命於天」的正當性和權威性就可以引出了以道德為標準的價值批判，而不是以財富、權力、地位等為標準。正如姚鼐所說：「貴賤盛衰不足論，惟賢者為尊，其於男女一也。」〔註98〕當評價人的標準是道德時，女性就能獲得和男性平等的地位，「儒者或言文章吟詠，非女子所宜，余以為不然。……言而為天下善，於男子宜也，與女子亦宜也。」〔註99〕「女子有君子之德，天下所得之以為榮者也。」〔註100〕以道德為標準，不但女子不必不如男，且可以勝過男子「丈夫不能，而女子能之」。〔註101〕方苞曾為途中遇到的陌生少年伸張正義，他以直白的描寫惹起我們對少年的同情心：「形苦羸，敞步單衣，不襪不履，而主人撻擊之甚猛，泣甚悲。」但這主人並不是少年的什麼主人，而是少年的叔叔，因為少年的父親死後留下「田一區」和「畜產什器粗具」，少年的叔叔怕少年長大後和自己分這些家產，所以才「不恤其寒饑而苦役之，夜則閉之戶外，嚴風起弗活矣。」這讓方苞非常氣憤，於是他寫信給當地官員，認為「宜檄縣捕詰，俾鄉鄰保任而後釋之。」〔註102〕姚鼐在《婺源洪氏節母江孺人墓表》一文中，寫了一個不識字而天性「貞哲」的農村婦女，而通常所謂「貞哲」之女都是讀書成就的，江孺人不識字卻能表現出「貞哲」之性，這是姚鼐為她作傳的原因。而為她寫墓表不僅僅是作傳那麼簡單，在當時還有非常大的實際意義，文中姚鼐說：「孺人亡年七十有五，其喪夫時渝三十，於例不應旌表。余嘗論女子夫亡守志，有未三十而守猶易，有逾三十而守倍難者，例有定而人所遭不可定也。……因書其實，俾鈞刻諸墓上云。」〔註103〕前面我們提到過，清代旌表婦女貞節的律例過於嚴苛，使得很多人得不到旌表。江孺人因為不符合丈夫去世時年齡不滿三十的條件而得不到旌表，這在姚鼐看來是非常不公平的，因為守節之難易不是年限決定的。所以姚鼐為其作傳的意義就顯現出來，雖然江孺人得不到朝廷的旌表，得不到貞節之「名」。但是，經過姚鼐的書寫，她可

〔註98〕　姚鼐：《旌表貞節大姊六十壽序》，《惜抱軒詩文集》，上海古籍出版社2010年，第122頁。

〔註99〕　姚鼐：《鄭太孺人六十壽序》，《惜抱軒詩文集》，上海古籍出版社2010年，第121頁。

〔註100〕姚鼐：《旌表貞節大姊六十壽序》，《惜抱軒詩文集》，上海古籍出版社2010年，第122頁。

〔註101〕劉大櫆：《乞人張氏傳》，《劉大櫆集》，上海古籍出版社2008年，第208頁。

〔註102〕方苞：《逆旅小子》，《方苞集》（上），上海古籍出版社1983年，第244頁。

〔註103〕姚鼐：《婺源洪氏節母江孺人墓表》，《惜抱軒詩文集》，上海古籍出版社2010年，第327頁。

以得到貞節之「實」。她的貞節會被民間認可，起碼會被周邊的人的認可，這是很足以安慰江孺人之心的。另外，從傳記本身作為一件獨立的作品而言，它使後代人也能知道江孺人貞節的同時也知道甚至記住了這個本應完全消亡於歷史之中的夫人。另外，桐城派還通過書寫巾幗英雄來表達一種樸素的男女平等意識。明亡時，有一戶人家，「世世受國恩至渥、後值城陷，家人以為義無復生，而主人顧遲回不忍其死」。在這種情形下，他守寡多年的兒媳婦出場，當她「察其舅終於無為國就死意」，於是便「設為盛飾」去拜見，她的公公看見大為驚訝，問她這是幹什麼，她回答說：「婦將改適他氏矣」，於是「舅愧其言然後死」，作者不禁感歎「女子猶有能明大義者，而男子則泯然惟知富貴利達之求」。〔註 104〕對於巾幗勝鬚眉，姚鼐也感歎「是何士大夫之德日衰於古，而獨女子之節有盛於周之末世也？」〔註 105〕

　　途中的農村少年、不識字的農村婦女、窮人、乞丐、女乞丐、富貴人家的兒媳，都是桐城派認為的可以顯示道德的「人」。因為這些人，他們更加堅信「人為貴」，相信「人受命於天」的道德。「人為貴」和「天命」都指向德行，桐城派樸素的人人平等意識和男女平等意識，其對象僅包括有道德之人——已經表露和沒有表露的，但不包括沒有道德之人，因為他們不是人。雖然桐城派的平等意識和現代的平等意識比起來還很狹隘，但這並不影響一個明顯的事實，即在這一意識下，桐城派為很多平民百姓寫了傳記，這是中國傳記文學的　大進步。

（四）突出傳主形象的書寫策略——「常事不書」

　　現代傳記文學的目的是寫人，而寫人是否成功則依賴於傳主能否給人留下深刻的印象。而不是像傳統傳記中的傳主，千人一面，且像木偶。要給人留下深刻的印象，這就需要傳主與眾不同。為了刻畫各個不同的傳主形象，桐城派常用的書寫策略是繼承來自中國古代史學的「常事不書」。方苞說：「春秋之事，常事不書，而後之良史取法焉。」〔註 106〕方苞在這裡闡明了「常事不書」作為一種史學書寫策略的正確性，而不使用「常事不書」書寫策略就不是合格

〔註 104〕劉大櫆：《書汪節婦事》，《劉大櫆集》，上海古籍出版社 2008 年，217～218 頁。

〔註 105〕姚鼐：《何孺人節孝詩跋後》，《惜抱軒詩文集》，上海古籍出版社 2010 年，第 79 頁。

〔註 106〕方苞：《書漢書霍光傳後》，《方苞集》（上），上海古籍出版社 1983 年，第 62 頁。

的史官。「常事不書」在方苞看來需要「於千百事不書，而所書一二事」。因為只有這樣，才能使得所描寫的人物在千百年以後，「其事之表裏可按，而如見其人」。

「常事不書」有三層含義。一、是指不寫那些對塑造傳主沒有幫助的事。這在處理傳主材料時表現為一種減法，方苞把它看作是一種「義法」。在《與程若韓書》中，他說：「來書欲於志有所增，此未達於文之義法也」〔註107〕。對這一「義法」，方苞非常看重。在為自己外甥女作傳時，方苞看到她家人提供的資料都是「孝德懿行孚於門內者」的「婦順之常」，所以他在書寫事就「故略之」〔註108〕。當有一些人希望讓他為已經寫好的傳記增加一些材料時，他回答說：「必欲增之，則置此而別求能者可也」〔註109〕。「常事不書」的策略在方苞的書寫實踐裏還演變為「常人不書」。在為一鄭姓婦女作傳時他說：「余考孺人雖艱辛，而未遭變故，所述者皆婦順之常，於文律不宜立傳。」〔註110〕在為一周姓婦女作傳時，他認為：「孺人處境順，雖有婦行，而無以過禮之中制」〔註111〕，所以不值得作傳。二、是指對材料的一種綜合剪裁，簡單的刪除一些沒用的材料，在行文表現為「簡」，而不是繁。他說：「夫文未有繁而能工者，如煎金錫，粗礦去，然後黑濁氣竭而光潤生」，這裡的減法如同煉金，不是簡單的刪除。三、是指挑選出那些最能顯出傳主的材料，如他在為康熙朝翰林院侍講喬萊作傳記時，認為喬萊最有價值的事蹟是喬萊的「亡身家以排朝廷之議」，而且認為必須把關於車邏河的「四不可之議」列入傳中，才「於義法乃安」。〔註112〕

以上三點在方苞與孫以寧討論為孫奇逢作傳的文中得到了很好的回答。他先是提到哪些「常事」不能寫，對於孫以寧提供的資料，他說：所示群賢論述，皆未得體要，蓋其大致，不越三端：或詳講學宗指及師友淵源，或條舉平

〔註107〕 方苞：《與程若韓書》，《方苞集》（上），上海古籍出版社1983年，第181頁。
〔註108〕 方苞：《盧江宋氏二貞婦傳》，《方苞集》（上），上海古籍出版社1983年，第228頁。
〔註109〕 方苞：《與程若韓書》，《方苞集》（上）年，上海古籍出版社1983年，第181頁。
〔註110〕 方苞：《林母鄭孺人墓表》，《方苞集》（上），上海古籍出版社1983年，第392頁。
〔註111〕 方苞：《劉中翰孺人周氏墓表》，《方苞集》（上），上海古籍出版社1983年，第384頁。
〔註112〕 方苞：《答喬介夫書》，《方苞集》（上），上海古籍出版社1983年，第137～138頁。

生義俠之跡，或盛稱門牆廣大，海內向仰者多，此三者皆徵君之末跡也；三者詳而徵君之志事隱矣」。在方苞看來，這些「常事」被寫進傳中，對孫奇逢這個人物的塑造是有害無益的。然後他又提出作為對材料進行剪裁的「常事不書」。對此，他引用《史記》中《留侯世家》中不書常事的例子說明，認為這是司馬遷在「明示後世綴文之士，以虛實詳略之權度也」。他認為對材料不加剪裁，則就像大街上賣的「簿籍」一樣，「使覽者不能終篇」。這點不由得讓我們想起斯特拉奇對維多利亞時代傳記的批評，雖然桐城派傳記材料的豐富性和數量、規模都不能與其相比，但對材料的堆集而不加剪裁的批判卻是一致的。再有，方苞雖然認為自己為孫奇逢作的傳記一定會有人「病其太略」，因為他們不懂得「事愈詳而義愈狹」的道理。塑造一個人物成功與否不能以記載生平的詳略而論，而依賴於傳記書寫的策略。在孫奇逢的傳記中，方苞的書寫策略是「詳者略，實者虛」，這樣才能在讀者心中留下深刻的印象。作者對自己的書寫策略非常看重且充滿自信。所以，他叮囑孫以寧說，這部傳記以後是無論放在家譜裏，還是納入正史中，千萬不能用那種材料堆集、詳略不分而不加剪裁的傳記代替：「他日載之家乘，達於史官，慎毋以彼而易此。惟足下的然，昭晰，無惑於群言，是徵君之所賴也，於僕之文無加損焉。如別有欲所論者，則明以喻之。」〔註113〕姚鼐雖然沒有明確論述「常事不書」的思想，但在其傳記書寫實踐中，也在無形的應用著。如寫他的朋友王文治，王文治在藝術上是書法家，在科舉考試中是探花同時又是御試翰林第一，在仕途上做過雲南臨安知府。但是因為要把他寫成一個特立獨行的人，和這些有關的生活他都不寫，而只寫他辭官之後的生活。因為辭官之後的他，才是真正的他，一個與眾不同的他，一個可以給讀者留下深刻印象的他。而寫辭官之後的他，又通過兩種生活方式塑造他：一方面，他沉迷於戲曲，「買僮教之度曲，行無遠近，必以歌伶一部自隨」，而且賣書法作品得到的錢也「率費於聲伎」，常常和朋友一起「張樂共聽，窮朝暮不倦」，似乎是個浪蕩士人，但是每次「浪蕩」之後，等到「客去樂散」，他卻「默然禪定。持佛戒，日食蔬果而已」。看到這些，一般人容易把王文治誤解為一個虛偽的兩面人。所以姚鼐要解釋說他與王文治「相知既久」，認為他是「莊生所謂遊方之外與造物為人者」。〔註114〕

〔註113〕方苞：《與孫以寧書》，《方苞集》（上），上海古籍出版社 1983 年，第 136～137 頁。

〔註114〕姚鼐：《中憲大夫雲南臨安府知府丹徒王君墓誌銘》，《惜抱軒詩文集》，上海古籍出版社 2010 年，第 345 頁。

（五）語言平實易懂

吳德旋在《初月樓古文緒論》中說：「古文之體，忌小說，忌語錄，忌詩話，忌時文，忌尺牘。」〔註115〕這用來形容桐城派傳記書寫的語言是很恰當的，不用「小說」、「語錄」、「時文」、「尺牘」的語言，就是平實易懂的語言。而平實易懂也是桐城派的一種書寫策略，是「法」的一種，是「文章」的一種，目的是為了「義」和「義理」的實現。方苞對行文的要求是「不俟修飾，而情辭並得，使覽者惻然有隱」。〔註116〕即使是需要採用駢偶形式的銘文，桐城派作家一樣可以寫的明白易懂，譬如姚鼐為錢陳群寫的墓誌銘：「我嘗識之，丹頰白髭，飲酒笑談，寡怒多怡。……進觀公貌，退讀公詩，詩則永留，貌不可追！刻示後來，吾言不欺。」〔註117〕方苞用接近白話文的「三字句」為人寫墓誌銘：「義從古，跡戾世，隱於方，尚其志。一憤以死避權勢，胡君之心與人異？」〔註118〕這樣的「三字句」，姚鼐也寫過，如「既多文，又秉武，……勒堅石，慰終古。」〔註119〕以及「痛無沫，伐石埋。翳姚鼐，綴此辭」〔註120〕等等。這種語言的好處在於不能「誇奢鬥靡」，所以也就不能「鋪敘『功德』」，也就「寫不出封建統治階級所需要的『大文章』」。〔註121〕

綜上所述，桐城派傳記書寫策略與現代傳記的相通之處主要體現在傳記材料揀擇、傳主選擇和語言表達三個方面。而其著重寫人，寫出活生生的人已經觸及了現代傳記文學的內核。一方面，桐城派寫人是通過敘述傳主的道義（精神）從而把人物形象刻畫出來，如獄中相識的獄友的朋友楊三炯和方苞一見如故之下，即「旬日中必再三至，或淹留信宿」，而且「道古今，證以天道人事，慷慨相勗」，讓方苞「忽不知其身之危與地之惡也」；楊三炯不但能隨時

〔註115〕鄭奠，譚全基編：《古漢語修辭學資料彙編》，商務印書館 1980 年，第 566 頁。

〔註116〕方苞：《李穆堂文集序》，《方苞集》（上），上海古籍出版社 1983 年，第 107 頁。

〔註117〕姚鼐：《光祿大夫刑部尚書贈太傅錢文端公墓誌銘並序》，《惜抱軒詩文集》，第 174 頁。

〔註118〕方苞：《陳馭虛墓誌銘》，《方苞集》（上），上海古籍出版社 1983 年，第 295 ～296 頁。

〔註119〕姚鼐：《奉政大夫江南候補府同知軍功加二級仁和嚴君墓誌銘並序》，《惜抱軒詩文集》，上海古籍出版社 2010 年，第 210 頁。

〔註120〕姚鼐：《汪玉飛墓誌銘並序》，《惜抱軒詩文集》，上海古籍出版社 2010 年，第 195 頁。

〔註121〕吳孟復：《桐城文派述論》，安徽教育出版社 2001 年，第 20 頁。

照顧方苞的身體，而且在精神上給了方苞極大的安慰與鼓舞，使他安然度過了他一生中最接近死亡的日子，或者說是在談笑中和死神擦肩而過。為了陪方苞度過最危險的時期，他多次拒絕富貴人家給的工作機會，說：「必吾友獄決，始可就」。一般人是難以理解這「一語之友」的，所以一旦世人知道什麼是「一語之友」，知道了楊三炯為「一語之友」深厚的付出，楊三炯也就成了方苞所說的：「當是時，君名動京師，士友皆延頸願交」。〔註122〕另一方面，又通過人物形象的刻畫顯現儒教高標的道義，如黃道周在醉酒之後被朋友送到「枕衾茵各一」的臥室和「文」能「聰慧通書史」，「藝」能「撫節安歌，見者莫不心醉」的顧氏獨處的時候，卻是以這樣的場景：「公驚起，索衣不得，因引衾自覆薦而命顧以茵臥；茵厚且狹，不可轉，乃使就寢。顧遂暱近公，公徐曰：『無用爾！』側身內向，息數十轉，即酣寢。漏下四鼓覺，轉面向外；顧佯寐無覺，而以體傍公，俄頃，公酣寢如初。」〔註123〕在刻畫人物形象上，桐城派通過對話、白描等文學技巧以及戲劇性的情景設置實現了傳記文學的最高追求——描寫活生生的人。桐城派的書寫策略有一個最明顯的特徵，那就是傳記作者和傳主的人格是交融的，其書寫是傳記作者在真情和高義主導下的對傳主真情和高義的描寫，這也就意味著傳記作者在刻畫傳主的同時也刻畫了自己的形象。而桐城派的寫傳主之情其實是由寫傳記之「義法」決定，他們寫傳記固然是有感而發，為情而動，看似並不是胸中先有「義法」而寫。方苞寫「南山案」種那些義薄雲天的志士仁人之所以寫得好，寫的感人，寫的栩栩如生，也正是因為方苞心中不存雜念，只為感念這些「摯友」，只為記載危難之時見識的高義。但是，他們在寫作時仍然是心存「義法」的，方苞在《結感錄》中說：「今感而錄者，是輕諸君子之義，而使古為友之道不明也。考之於經，凡諸父諸舅，道同而志相得者，皆名為友；既為友，則有相死之義，有復仇之禮，況急難相先後哉！」〔註124〕驅使他書寫的第一動力可能是抒情，但是他的最終目的是彰義。抒情是感性的，彰義則是理性的，彰義是目的，抒情無形中做了彰義的「工具」。彰義需要寫人，以人的言行顯出高義來。這樣，彰義實際上又成了寫人的「工具」。即方苞本想要通過寫人來抒情來彰義，這是他主觀願

〔註122〕方苞：《結感錄》，《方苞集》（下），上海古籍出版社1983年，第716頁。
〔註123〕方苞：《石齋黃公逸事》，《方苞集》（上），上海古籍出版社1983年，第239～240頁。
〔註124〕方苞：《結感錄》，《方苞集》（下），上海古籍出版社1983年，第717頁。

望。但是，在客觀上了，這些文章卻因為其刻畫人物的成功，而成了以寫人著稱的傳記文學。

桐城派筆下的傳記人物基本都是「善」的，而不是「惡」的。都是高尚的，而不是卑劣的。他們書寫「義」的目的，還是為了彰義而揚善。為了彰義則需要敘事和寫人。為了敘事和寫人，則需要選擇傳主，揀擇材料；需要在文章技法上敘事無虛詞、結構清晰有條理，情節設置上則富於戲劇性；需要在刻畫人物形象運用白描、對話和動作等技法，這些都和現代傳記文學思想相契合。桐城派的傳記是傳統傳記書寫繼《史記》之後又一高峰，這一高峰是無假於外來思想實現的，這就意味著它是本土傳統資源的自然生發。如果要對桐城派傳記文學思想有一個直觀的印象，吳孟復對桐城派的評價雖然沒有明確指向桐城派的傳記文學，但同樣也是適用的，他認為桐城派的文學「不涉神怪，不事阿諛，也不沾色情」，不是「廟堂文學」，也不是「山林文學」和「清客文學」〔註125〕。在語言上，「文從字順」而「異於淫靡」，在寫人上則「不妄加毀譽於人」，而「必如其實」。〔註126〕這些特性都是很契合現代傳記文學的主要特徵的，桐城派對「廟堂文學」「山林文學」和「清客文學」的否定就是一種「現代性」，這一現代性是適用於所有現代文學的，包括現代傳記文學。

四、晚清時代對於域外傳記的譯介

晚清時期對於域外傳記的譯介有以下五個特點：以救亡圖強為目的；改編而不是照本直譯；女性譯者的加入；名為著作，實為譯作；多列入史學範疇。

（一）以救亡圖強為目的

晚清域外傳記的譯介受晚清社會影響很大，顧燮光在《譯書經眼錄》的序中說：「清光緒中葉，海內明達，懲於甲午之釁，發憤圖強，競言新學，而譯籍始漸萌芽。」〔註127〕這也正如愛丁堡大學費南山教授所言：「中國遭遇西方知識，一般被視同為炮艦政治，被描述為一個外國列強用帝國主義威脅強迫中國承認和接受西方優越性的過程。按照這種觀點，中國接受西方科學首先和最

〔註125〕吳孟復：《桐城文派述論》，安徽教育出版社2001年，第101頁。
〔註126〕吳孟復：《桐城文派述論》，安徽教育出版社2001年，第21頁。
〔註127〕顧燮光：「自序」，《譯書經眼錄》，熊月之編：《晚清新學書目提要》，上海：
　　　上海書店出版社，2007年，第220頁。

重要的是對政治危機的反應。」〔註128〕徐維則在《增版東西學書錄》的敘例中說「近年海內通人志士知自強興學，非廣譯東西典籍不為功。」〔註129〕正是在這樣的危機之下，梁啟超才會認為翻譯西方書籍是「強國第一義」，是救亡圖強國的「本原之本原」〔註130〕。在這樣的思想主導下，晚清譯介的傳記幾乎全部是「英雄」傳記，傳記文學作品內容也幾乎都和救亡圖強有關。晚清公開出版的域外傳記篇目總共只有一百多部，而「英雄傳記」就有八十多部左右。其中，有些「英雄」有多部傳記，如彼得一世、拿破崙、俾斯麥有等都有五部以上。〔註131〕侯士綰在《海軍第一偉人》序言中說：「邦以一人興，以一人強，君子聞鼓鼙之聲，思將帥之臣，有國家者，干城柱石蓋可少乎哉，吾因不能不眷豔於英國，尤不能無感於我宗邦矣。……以公我同胞之恥國恥，……羞苟活、賤怯懦，視國如家，……安見鼎利孫不生於中國也夫。」〔註132〕《加里波的傳》一書中有言：「國有英雄。始可與立」，〔註133〕認為「有英雄起，吾知此腥膻敗類之政府，亦不能保其子孫帝王萬世之業也。」〔註134〕並強調說：「時勢造英雄，英雄亦可以造時勢。有志者，事竟成，凡世界奴隸之人，讀此可以亦可以興矣。」〔註135〕刊登在《中國白話報》的一篇文章直接高聲倡導英雄主義。〔註136〕這樣的倡導無疑是那個時代精神的寫照，也是那個時代影響域外傳記譯介的主流思想，否則我們就無法解釋為何這些「英雄」傳記被譯介過來。譯介英雄傳記是為了鼓蕩人心、改造社會。在晚清，以救亡圖強為翻譯目的，不但是某一個具體的翻譯者的目的，還是很多雜誌開辦的目的。夏曉虹認為當時一些雜誌在譯介歐美女性時，故意去除賢妻良母這一類型，從

〔註128〕〔德〕朗宓榭、費南山主編，李永勝，李增田譯；王憲明審校：《呈現意義：晚清中國新學領域》（上），天津：天津人民出版社，2014年，第6頁。

〔註129〕徐維則：《增版東西學書錄》「序例」，熊月之編：《晚清新學書目提要》，第6頁。

〔註130〕梁啟超：《論學校七（變法通議三之七）：譯書》，《時務報》1897年第27期。

〔註131〕見上海圖書館編的《中國近代期刊篇目匯錄》（上海人民出版社1979年版）、王韜和顧燮光等人編著的《近代譯書目》、熊月之主編的《晚清新學書目提要》（上海書店出版社2007年版）。

〔註132〕侯士綰：《海軍第一偉人序》，島田文之助著，侯士綰譯：《海軍第一偉人》，上海文明編譯印書局，1903年，第2頁。

〔註133〕廣智書局同人編譯：《加里波的傳》，上海廣智書局，1903年，第5頁。

〔註134〕廣智書局同人編譯：《加里波的傳》，第31頁。

〔註135〕廣智書局同人編譯：《加里波的傳》，第40頁。

〔註136〕見《中國白話報》1904年第3期《英雄主義》一書的出版廣告。

而可以鼓動中國產生救國的女英雄。〔註137〕所以《中國新女界雜誌》才會給描寫聖女貞德的《法國救亡女傑若安傳》以最長的篇幅，在第 3 期用 30 頁一次載完，與之相比，總共只有 10 頁的《創設萬國紅十字看護婦隊者奈挺格爾夫人傳》卻在第 1／2 期連載，救亡是大於一切的，同樣是英雄，抗擊外敵的民族英雄貞德比南丁・格爾就顯得更為重要，因為希望藉重她喚起民族自信心和抵抗力。而無論是救國還是建設新中國，都是需要「新國民」的。除了譯介民族英雄之外，更多的是譯介了很多有利於塑造「女國民」的女「英雄」。如譯介《美國大教育家梨痕女士傳》是為了推崇她「犧牲一己之生涯，為國民謀幸福」的品格。譯介《俄國女外交家那俾可甫夫人》《法國新聞界之女王亞丹夫人》是因為她們都是能救國的豪傑。同時，在文中（一般在篇末）直抒愛國胸懷也是這一時期域外傳記翻譯的最顯著的特徵。

（二）改編而不是照本直譯

需要提及的是，晚清時的譯介是編譯，而不是照本直譯。譯介者在編譯的過程中作了改編，帶有濃厚的主觀意識。譬如《世界十女傑》的編者在例言中明確說明是參考《世界十二女傑》改編的。〔註138〕一本書，不但內容大半不同，而且「文辭」也不同，已經不能算是翻譯了。據夏曉虹考證，這本書的真正參考對象是德富蘆花的《世界古今名婦鑒》，並不是《世界十二女傑》，因為十女傑之中只有五人和《世界十二女傑》相同。但是，其中卻有八名女傑和《世界古今名婦鑒》重合，而改編的目的就是為了鼓動中國讀者。〔註139〕章士釗出於推進中國改革的強烈願望，對《三十三年落花夢》改編影響很大，這有利於打造孫中山在中國革命中的領導地位。對此，潘光哲對這一改編進行了充分論述，他認為章士釗從「打造革命領袖」「康有為的污名化」「革命想像的主義化」三個方面做了改編——在某種意義上，章士釗是按照自己的想像創造了孫中山的形象。文中提到，在章士釗創造孫中山的這一形象之前，《鏡海叢報》認為孫中山 1895 年的起義是「引誘匪徒，連籌劃策」之舉，認為孫中山：「有亂天下之才，所結黨眾，半為雄傑，況又有歐人助之的孫中山，雖已出洋離

〔註137〕夏曉虹：《晚清女報中的西方女傑——明治「婦人立志」讀物的中國之旅》，《文史哲》2012 年第 4 期。

〔註138〕見《世界十女傑》「例言」，上海譯書局，1903 年，第 1～2 頁。

〔註139〕夏曉虹：《世界古今名婦鑒與晚清外國女傑傳》，《北京大學學報（哲學社會科學版）》2009 年第 2 期。

境，……後患其可勝窮耶。」1899 年的章太炎把孫中山看成是東漢的張角，或是唐朝的王仙芝一類的人物。日後國民黨的元老吳稚暉當時也把孫中山想像成大字不識的綠林好漢，甚至在日本留學的時候，還拒絕和孫中山見面。對此，潘光哲說：「正是在這樣的脈絡裏，章士釗取《三十三年落花夢》『譯錄』為《孫逸仙》出版向世之後，即為打造孫中山身為『近今談革命者之初祖，實行革命者之北辰』的『革命領袖』形象，提供無限的動力。」潘光哲認為這樣改變孫中山的形象「固然有若雄偉人傑，卻多為其筆走龍蛇的『創造』，既與《三十三年落花夢》原著距離遙遠，也非孫中山生命史的本來面貌。」〔註140〕這些改編都直接指向當時的社會改良、國家變革的需求，其目的是要把它們變成改良國家、民族、社會的工具。

（三）女性譯者的加入

　　晚清域外傳記的譯介還需要提及的是女性譯者的出現，這些女性譯者借新興的媒介——報刊——登上舞臺，譯者主要為《女學報（1903）》和《中國新女界雜誌》的撰稿人。需要注意的，這裡的提到的《女學報》是 1903 年由陳擷芬創立的，而在 1898 年，還有一個《女學報》〔註141〕創刊。單從傳記譯介的角度看，女性譯者主要集中於《女學報（1903）》。但並不是說《女學報（1898）》不重要，因為正是它把女性作者第一次推上了歷史舞臺。在當時，《女學報（1898）》「報中主筆人等，皆以女士為之」這一件事就成了「實開古今風氣之先」的大事。〔註142〕提起女譯者，薛昭徽當為第一。「晉安薛昭徽女史」在《女學報（1898）》第一期刊示的 18 名主筆中排名第一，可見薛昭徽在當時婦女界的地位之重。1897 年 11 月，維新人士在上海籌備女學堂，薛昭徽應陳季同之請，參與討論女學堂的教育問題。也正是在這一討論的基礎上，才有她的翻譯《外國列女傳》。《外國列女傳》是一本編譯之作，它採用中國史傳中的篇目「列女傳」為名，是眾多女性傳記合傳，而不是譯自外國單一的某一本傳記。這一點，在薛昭徽的丈夫陳壽彭所作的《譯例》裏有說明這本書雖然是從外國的書籍翻譯過來的，但不是對某一部著作

〔註140〕潘光哲：《宮崎滔天與 20 世紀初期中國的「革命想像」：以章士釗「譯錄」的『孫逸仙』為中心》，王宏誌主編：《翻譯史研究（2012）》，上海：復旦大學出版社出版，2012 年，第 155～177 頁。
〔註141〕為了區別，分別標記為和《女學報（1898）》，《女學報（1903）》
〔註142〕編者：《女學開報》，《新聞報》1897 年 7 月 30 日。

的翻譯，而是集合很多部著作摘譯而成。〔註143〕因為有劉向以及歷代正史的《列女傳》在前，所以《外國列女傳》的主旨很容易被誤認為是趨同的。其實不是，首先，《外國列女傳》有男女平等意識，這一點和薛昭徽建議在女學堂中以班昭代替孔子作為模範的思想是一致的。對於這一建議，薛昭徽說：「漢之曹大家續成《漢書》，教授六官，其德其學，足為千古表率；又有《女誡》……古今賢媛，無出其右。祀於堂中，以為婦女模楷，猶之書院但祀程朱，隱寓尊孔之義。」〔註144〕雖然薛昭徽的男女平等是以女學堂的實際教育目的為根據的，即適合女性教育的模範應該是班昭而不是孔子，但這就同時意味著她打破了男權主導的男性為唯一教育對象的傳統，也打破了孔子為教育唯一偶像的傳統，從而使得女性和女性教育在一定意義上都發現了主體，而發現主體之後自然會催生獨立意識，而獨立意識是男女平等的前提。其次，薛昭徽在《外國列女傳》在章節設置上對古代正史的模仿也體現出男女平等意識，薛昭徽之所以模仿中國正史「列傳」的分類，旨在通過一種巧妙的方式提倡男女平等。本應全部只被列入「列女傳」一欄的女性，卻在薛昭徽的筆下，按照正史所有傳記的類別進行了劃分。女性傳主從正史列傳的一個類別擴展到古代正史傳記的全部類別，這就使得的這本書在形式上變成了一整部「正史」。但是，它的傳主又全部是女人，它實際上成了一部全部由女性構成的「正史」和「歷史」。這部「正史」的「列傳」裏看不到男性，就像以前的很多正史「列傳」裏看不到女性一樣。〔註145〕這是一個很膽大的想像，看似是一個「女兒國」的傳記，但是歷代的正史，不也是一個「男人國」的傳記嗎？

陳擷芬通過介紹《世界十女傑》這的方式用白話文把《路易・美世兒》改譯作《美世兒》，介紹巴黎公社女英雄路易斯・米歇爾（Louis Michel，1830～1905）。〔註146〕陳擷芬雖然譯作很少，但她是《女學報（1903）》的和創辦者和主編，沒有她，就沒有《女學報》譯介的傳記。1907年在東京創刊的《中國新女界雜誌》只出版了6期，其傳記的譯介者多為女留學生，她們譯介的

〔註143〕陳壽彭：《譯例》，薛昭徽：《外國列女傳》，金陵江楚編譯官書總局，1906年。

〔註144〕薛昭徽：《創設女學堂條議並敘》，《求是報》1897年第9／10冊。

〔註145〕在《後漢書》、《晉書》、《魏書》、《隋書》、《北史》、《舊唐書》、《宋史》、《遼史》、《金史》、《明史》、《清史稿》等十三部正史中有「列女傳」。

〔註146〕楚南女子：《世界十女傑演義》，《女學報（1903）》1903年第4期。

傳記如下：《創設萬國紅十字看護婦隊者奈挺格爾夫人傳》（巾俠，第 1～2 期），《美國大新聞家阿索里女士傳》（靈希，第 1 期），《美國大教育家梨痕女士傳》（靈希，第 2 期），《法國救亡女傑若安傳》（梅鑄，第 3 期），《大演說家黎佛瑪女史傳》（灼華，第 4 期），《英國小說家愛里阿脫女士傳》（㧑，第 4 期），《博愛主義實行家墨德女士傳》（佚名，第 5 期），《俄國女外交家那俾可甫夫人》與《法國新聞界之女王亞丹夫人》（振幗，第 6 期），《後藤清子小傳》（灼華，第 6 期）。

　　女性譯者源自「女學報」的興起，而「女學報」的興起則源自「女學」的興起，「女學會是個根本，女學堂是個果子，《女學報》是個葉，是朵花。」〔註147〕所以《女學報（1898）》才會被認為具有「兼有中國中國女學會會刊與中國女學堂校刊的兩重性質」。〔註148〕「女學」興起使她們獲得了與男性平等的女權意識，但是這一女權意識的覺醒，其目標首先並不是為了女性個體權利和個人利益，而是為了民族和國家。即這一女權意識的獲得是以主動承擔本應由男性承擔的義務為前提的。通過承擔女性本無須承擔的對國家和民族的責任來獲得和男性同等的地位，進而實現男女平等，這是晚清男女平等意識的重要特色。這一意識是巾幗不讓鬚眉這一傳統意識在晚清的延續和擴大，女性的地位是通過和男性一樣參與社會活動而建立的。薛昭徽的女學運動實踐和編纂《外國列女傳》都是圍繞女性參與社會活動進行的。湯紅紱譯介的《旅順雙傑傳》宣揚「盡國民之義務」「力戰以報國」「欲建功，必冒險；欲報國，必捨身」等符合當時政治要求的價值觀，從而希望她翻譯的作品能「使吾女界中知尚武之精神，軍國民之資格，不當為鬚眉多獨擅而奮然興起焉」。〔註149〕作者對傳記文學的工具性預設是最直接的，沒有絲毫的隱藏。

（四）名為著作，實為譯作

　　還有一些傳記文學作品雖然署名是著作，實際上卻是譯作。據夏曉虹考證，《女子世界》刊發的五篇關於西方女性的傳記都是譯作。〔註150〕

〔註147〕潘璪：《上海女學報緣起》，《女學報（1898）》1898 年第 2 期。

〔註148〕夏曉虹：《晚清文人婦女觀》，北京：作家出版社，1995 年，第 32 頁。

〔註149〕湯紅紱譯述：《旅順雙傑傳》，上海世界社，1909 年。

〔註150〕見夏曉虹：《〈世界古今名婦鑒〉與晚清外國女傑傳》，《北京大學學報（哲學社會科學版）》2009 年第 2 期。

（五）多列入史學範疇

需要注意的是，傳記在當時人的眼中，仍然屬於史學範疇。如《新民叢報章程》裏寫明「史傳」欄目包括「或中史、或外史、或古史、或近史、或人物傳，隨時記載」〔註151〕。《北京女報》登載傳記的欄目也用「女鑒」「中國女界史」這類「史學」名稱，《新世界學報》把傳記歸入「史學」欄，所以當時關於域外譯作的目錄書都把傳記劃歸史學類。如《近代譯書目》把他劃為「史傳」，《增版東西學術錄》《譯書經眼錄》，《西學書目答問》都把它歸入「史志」類。《新學書目提要》把它歸入「歷史」類，認為《成吉思汗少年史》「於史學要不為無助」，《亞歷山大》可以「補通史之闕」，《古羅馬之首傑凱撒》「於史學更不為無益」，而《加里波的傳》「雖專記一人」，其實是「意大利復國記」。還有一些直接以「史」為名的傳記，如《日本維新慷慨史》《成吉思汗少年史》等。〔註152〕

五、晚清傳記文學的創作及其思想取向的初步轉變

晚清傳記文學的創作及其思想取向的轉變，實質上主要是指傳記功能的轉變。古代傳記的主要功能是勸善和揚名，晚清的新傳記的功能則指向救亡圖強。這一功能不是來自於域外的傳記文學思想，而是由國情決定的。它的功能決定了它的傳主和內容。譬如，為解放婦女，作者，傳主都得有女性，內容得有女權等。古代傳記最主要的特徵就是言之無物，無論語言、形式還是內容都無「物」。晚清的新傳記追求有「物」，語言、形式、人物、內容都有變化。語言用白話和現代詞彙；形式擺脫古代傳記範式；人物擺脫傳統帝王將相，貞女烈婦；內容為經濟，政治，平等，自由等新思想。這一轉變的明顯特徵是同一個人既寫古代傳記，也寫晚清新傳記，傳記文學創作及其思想趨向在「同一個人」身上悄悄發生了轉變。

（一）功能上的轉變——從揚善和粉飾到救亡圖強

晚清社會畢竟是「中學為體」的社會，絕大部分傳記也仍然是古代傳記。這些傳記的作者既包括反對西學者，也包括擁護西學者，如梁啟超、譚嗣同、柳亞子、馬敘倫等，這是由古代傳記的功能決定的。古代傳記一開始的主要功

〔註151〕《新民叢報章程》，《新民叢報》1902 年第 1 號。
〔註152〕沈兆禕：《新學書目提要·卷二》，熊月之主編：《晚清新學書目提要》，第 449
　　　　～486 頁。

能在揚善，後來在發展的過程中，和古代禮制結合在一起，使古代傳記文學書寫經常成為一種「禮」的行為。這時候，又多了一種功能——粉飾，粉飾傳主，通過粉飾傳主粉飾古代社會。晚清社會畢竟又是「西學為用」的社會，大量域外傳記被譯介進來，其「用」在救亡圖強。在這些傳記的影響下，晚清的傳記創作上也表現出強烈的救亡意識。這種救亡意識如此強烈，以至於沒有絲毫的版權意識，改編不作說明，抄襲也不作說明。據夏曉虹考證，梁啟超的《近世第一女傑羅蘭夫人傳》，除了「開頭一段文字以及結論部分的『新史氏曰』為自撰」，其他部分基本譯自德富蘆花《世界古今名婦鑑》中的第一篇《法國革命之花》。其改動主要有兩點，一個是「將無關大局的生活瑣事刪去」，一個是「對羅蘭夫人初期激進言行的敘述有所緩和」。而在梁啟超抄襲了德富蘆花之後，又被人演譯社抄襲。人演譯社翻譯出版的《佛國革命戰史》中有羅蘭夫人的傳記，傳中「除書中全部譯名照抄梁傳外，更將梁啟超引在傳首的羅蘭夫人臨終之言略加減省，移錄文中。」〔註153〕晚清之所以出現翻譯不是真正的翻譯，著作不是真正的著作這種情況，固然跟當時人們對於「翻譯」「著作」「版權」等認識缺失有關。但更重要的原因還是救亡意識，即在救亡意識的大前提下，沒有人會在意譯者是否是改編，著作是否是抄襲，只要帶有「救亡思想」的傳記都被看作是可以救中國的「天下之公器」，是人人可得而用之的。尤其對於梁啟超這位維新變法的推行者來說，它反倒會為人演譯社的抄襲而高興，梁啟超的文學觀就是救中國的文學觀，文學救中國必須借助於傳播，而傳播自然是越廣越好，越快越好。他寫了羅蘭夫人，就希望讀者越快讀到越好，越多的讀者讀到越好，所以對於這種抄襲，他是歡迎的，因為傳播這些救中國的思想才是他的目的，而抄襲有益於這一目的。

（二）傳主和傳記作者身份的變化——從名人到百姓

傳主群體的變化有兩個明顯的表現，一個是域外人物的出現，一個是平民的增加。而無論是域外人物還是平民進入傳記文學書寫的視野，都是由晚清的思想變化決定的。這變化有三種：「華夷之辨」的崩塌、新價值的發現和平等意識的滲入。

在西學東漸之前，「華夷之辨」「夷夏之辨」「夷夏之防」的思想普遍存在，這也可能是古代傳記中很少出現外國人，很少讚美外國人的原因之一。這一思

〔註153〕夏曉虹：《晚清女性與近代中國》，北京：北京大學出版社，2004年，第192～193頁。

想在晚清受到了巨大衝擊，很多人認識到「夷」並不是不如「夏」，而且超過「夏」。但是偌大的中華帝國不是鐵板一塊，信息溝通也遠不如現在通暢，所以儘管有很多人已經意識到「夷」並不是不如「夏」，但這「很多人」其實還是少數。為了宣傳這種思想，當時的傳記文學書寫採用了三種策略：

1. 以「夏」說明「夷」

用中國人的形象比擬外國人，是客觀上承認外國人、認可外國人的第一步。蔣敦復為凱撒作的傳記中說凱撒的偉大在於「泰西帝王，從古未有，有之，自該撒始。與秦王政相似，亦豪矣！」，所以得出結論：「天生異人，固不以中外限噫」〔註154〕，但凱撒畢竟是西方第一帝王，是「異人」，不能代表外國人整體，仍然難以破除中國人心中固有的「華夷之辯」。

2. 以「夏」變「夷」，變「夷」為「夏」

沈毓桂為英國人韋廉臣作傳，刻意把韋廉臣打造成中國的儒生形象，而且是有功名的儒生。因為儒生的理想和使命就是輔佐君王治理國家，所以他這樣寫：「先生姓韋名廉臣，英國進士也」。「進士」在清代的說服力是不言自喻的，「進士」之後，又用傳統讚美儒生那一套說辭說韋廉臣「凡於天文、格致一切正學無不罄其精微，於其國中先儒撰著暨乎朝章、國故，俱復窮其奧窔，用能深識卓見，冠絕時流而發為文章，下筆千言，不能自己。蓋學養有素，故時而剖析名理，則如水銀散地，無孔不入。時而誘掖愚蒙則如霜鐘警旦，有夢皆醒」。才華如儒生，言行也若儒生，「上交不詔，下交不瀆，殊有固君子風」。沈毓桂為什麼要把韋廉臣比作一個儒生呢，韋廉臣是一個傳教士，傳教士的作用在沈毓桂看來和儒家的「教民」是一致的，他說：「自來儒生之學術與君相之治功，同垂天壤而不朽者，豈不以其心載。蓋君相心在養民，儒生心在教民。究之，凡民之生飽食、暖衣、逸居而無教則近於禽獸，是養民固在所先，教民尤處其重。此實無分於今古，無間於中西。」雖然韋廉臣是一個英國人，但是當他的功名、才華、道德、行為全部符合儒家範疇時，自然他就不會不如儒生了，夷」也就不會不如「夏」了。所以當時的「畸人碩士、名公鉅卿」自然也就會對韋廉臣「慕其才名而樂與其晉接者所在多有」。〔註155〕也就是說，當時的人是以思想作為衡量一個人的價值標準，而不是以人種和民族為標準。

〔註154〕蔣敦復：《該撒》，《六合叢談》1857 年第 2 期。
〔註155〕上文皆引自沈毓桂：《韋廉臣先生傳》，《萬國公報》1890 年第 21 期。

3. 肯定「夷」超過「夏」

時人讚美哥倫布說：「立奇功以不朽，垂令名於無窮，上下數千載，縱橫九萬里，誰與之比，誠古今未易才也。……名著地球，功在寰宇，惟哥倫布可以當之無愧矣。」〔註156〕讚美拿破崙，說他「破幾千年專制的政治，開近百年自由的門路」「不但是近來，從古以來沒有見過的，不但是歐洲，天下萬國都沒有見過的」，被「千百年以後的史家」當作「人類新紀元」；〔註157〕讚美林樂知「天以先生賜我中國，即天將以先生新我中國。」〔註158〕讚美貞德「她處的時勢比木蘭艱難百倍，立的功業比木蘭高百倍」，認為貞德是「世界第一女傑」。〔註159〕這些對西方人的讚美，結合積貧積弱的晚清國民心理，自然可以促使「夷」超過「夏」思想的形成。

新價值的發現也影響著晚清時人對西人的認識，進而也促進傳記文學書寫的改變。王國維在其《論哲學家與美術家之天職》一文中開頭就宣明哲學和美術是天下「最神聖」和「最尊貴」的，通過哲學和美術給人類的快樂是世間尊貴榮華無法企及的──「決非南面王之所能易者也。」而王國維讚美這新名詞「哲學家」和「美術家」，其目的是為了批判中國的官本位思想，「我中國之哲學史，凡哲學家無不欲兼為政治家者，斯可異已。」〔註160〕而無論是教育家、哲學家、發明家，還是實業家，晚清有識之士之所以欣賞他們，都是為了批判中國之所以無，而讚美域外之所以有。這些域外所獨有的人物自然也是當時翻譯傳記和創作傳記的對象。

新價值觀最為明顯的就是平等意識，體現在傳記文學書寫中，其最直接的表現就是傳記名稱直接體現的人物身份和傳記直接以傳主名字命名。前者指的人物屬性以一系列新名詞為主，如「教育家」「哲學家」「實業家」「發明家」「音樂家」等等。如《美國女教育家麗痕女士逸話》（《婦女時報》1911 年第 3 期）、《泰西教育家略傳夢》（《直隸教育雜誌》1907 年第 1 期）、《美國教育家巴嘉傳》（《教育世界》1905 年第 97 期）、《德國文豪格代希爾列爾合傳》（《教育世界》1904 年第 70 期）、《幼稚園創始者弗烈培傳》（《教育世界》1904 年第 73 期）、《哲學家聖西門》（《國華報》1908 年第 1 期）、《泰西實業家佳李亞德小傳》（《中

〔註156〕王韜：《哥倫布傳贊》，《萬國公報》1892 年第 42 期。
〔註157〕朱元：《拿破崙傳》，《童子世界》1903 年第 26 期。
〔註158〕范禕：《林樂知先生傳》，《萬國公報》1907 年第 222 期。
〔註159〕適之：《貞德傳》，《競業旬報》1908 年第 27 期。
〔註160〕王國維：《論哲學家與美術家之天職》，《教育世界》1905 年第 99 期。

報》1910 年 8 月 19 日）、《德國教育家普勒卑傳》（《大陸（上海 1902）》，1903 年第 5 期）、《汽機大發明家瓦特傳》（《萃新報》1904 年第 2 期）、《文學勇將阿密昭拉傳》（《大陸報》1904 年第 1 期）、《德國六哲傳》（《經濟叢編》1903 年第 23 期）《記法國教育大家盧騷傳》（《教育世界》1904 年第 89 期）、《音樂家傳略》（《音樂界（江寧）》1910 年第 1 期）。另外，當時的人們對這些新名詞的定義還有些模糊，所以會把釋迦牟尼看成是哲學家（《世界大哲學家釋迦牟尼傳敘》，《遊戲報》1903 年 3 月 22 日）把王陽明看成是教育家（《祖國大教育家王陽明先生遺像》，《新民叢報》1904 年第 3 卷第 8 期）等等。以名字直接命名傳記這在古代是難以見到的，直呼其名在古代是一種不禮貌的行為。到晚清，傳記名直接用傳主姓名首先在基督教徒的傳記中出現，如《楊文冕先生行狀》（《中國教會新報》，1869 年第 55 期）、《劉備夫傳》（《中國教會新報》1870 年第 70 期）、《薛金宋小傳》（《中國教會新報》1871 年第 155 期）、《沈婉秀傳》（《聖心報》1907 年第 20 卷第 238 期）等，這和基督教的教義以及西方人直呼姓名的習慣有關。域外傳記的譯介對以傳主名字命名傳記應該也有很大的影響，雖然這些譯名絕大多數都是傳主的「姓」而非「名」。但是對於當時的中國讀者來說，都是在不知情的情況下，把它們當成了傳主的名字，如羅斯福、盧騷、華盛頓等，並且影響到現在。晚清的傳記在這些因素影響下，直接以傳主姓名命名的傳記也就出現了，如《奚春娟傳》（《瀛寰瑣紀》1873 年第 5 期）、《羅瑛女士傳（《中國新女界雜誌》1907 年第 5 期）、《梁子清傳》（《中華報》1905 年第 347 期）、《洪惺惺苗秀珍合傳》（《圖畫報》1911 年第 75 期）等。當然我們要注意到，這些傳記之所以直接用傳主的名字命名，有一個客觀因素就是這些傳記的傳主在當時都是沒有「字」和「號」的普通百姓。劉備夫是個鐵匠，薛金宋是個普通人家的女孩，梁子清是赴美勞工。但是，直接以傳主名字命名直接反映了傳主群體的擴大，晚清的傳記不再只書寫「名人」，開始書寫普通人，書寫女性，是這一時期傳記的顯著變化。傳主群體擴大也促進了人人平等、男女平等意識的傳播，促使更多百姓進入傳記家的視野。

古代傳記的作者大多是有功名、有地位、有身份的士人，而且絕少女性。到了晚清，沒功名、沒地位、沒身份的普通人也可以寫傳記，如《劉備夫傳》的作者閔教友，《豐女士傳》的作者陳夔，《陳文斌小傳》的作者謝元芳，《薛金宋小傳》的作者福州教友等。同時女性也可以寫傳記，以前面提到的《女學報》和《中國新女界雜誌》撰稿人及其同志為主。但這些新的傳記作者的加入

不代表傳記文學在整體水平上提高，他們創作的很多傳記依然是古代傳記，上文提到的薛昭徽，其古代傳記多以壽文為主，多言之無物。

（三）英雄概念的轉變——從忠君到愛國，從貞女節婦到女傑

古代傳記中「英雄」以「忠君」為標識，而晚清時期的「英雄」則以「愛國」為標識。中國人只「忠君」而不「愛國」，是晚清時外國人對中國人的一種看法，這讓很多人深以為恥。「歐美日本人有言，支那歷史，不名譽之歷史也。又曰中國人無愛國心，吾聞其言而恥之」。說中國人沒有愛國心，這讓很多人難以接受，但是事實是明擺著的，因為「讀一部二十四史，忠君者有之，愛國則未也。」現代民族國家誕生之前的古代社會，國君就是國家，忠君就是愛國，忠君就是愛國。而在西方思想傳入之後，中國的知識分子認識到國家和國君不是同一的，忠君和愛國完全不同。忠君大可不必，而「天下盛德大業，孰有過於愛國者乎」。〔註161〕傳統社會中女性的模範「英雄」是貞女節婦，沈兆褘認為這種「以勤儉為賢，以無才為德」的「女子之主義」是「以父、姑、父母為應盡之天職」。這就使得在古代傳記的女性書寫中的貞女節婦大部分是「矯情從事以博名譽於鄉里」，也就是為禮教所壓迫而非自願的行為。這些女性白白犧牲自己寶貴的生命在他看來應該為「倫理家，教育家所不取」。所以他讚美《世界十女傑》一書，認為他是「女學者之標本，於世界甚有裨益」，〔註162〕因為這些域外的「女傑」，不是為貞節而存在的。

（四）傳記形式的轉變——「仿西人傳記之體」和「西書體例」

梁啟超的《李鴻章》開啟了中國傳記文學「評傳」的新篇章。之所以說是新篇章，這要從梁啟超在《李鴻章》一書的序例說起。他說：「一、此書全仿西人傳記之體，載述李鴻章一生行事，而加以論斷，使後之讀者，知其為人。二、中國舊文體，凡記載一人事蹟者，或以傳，或以年譜，或以行狀，類皆記事，不下論贊，其有之則附於篇末耳。然夾敘夾論，其例實創自太史公，《史記》：《伯夷列傳》《屈原列傳》《貨殖列傳》等篇皆是也。後人短於史識，不敢學之耳。著者不敏，竊附斯義。」〔註163〕這裡梁啟超一方面說「夾敘夾論」是西方的傳記形式，一方面又說是司馬遷始創。雖然西方的評傳和《史記》中

〔註161〕戴蘊璋：《潘烈士略傳》，《直隸教育雜誌》1906 年第 9 期。

〔註162〕沈兆褘：《新學書目提要（卷二）》，熊月之編：《晚清新學書目提要》，第 490 頁。

〔註163〕梁啟超：《中國四十年來大事記》，湯志鈞、湯仁澤編：《梁啟超全集》第二集，第 388～459 頁。

的評傳差別很大，但是不管怎麼說，梁啟超在這裡要宣揚的是，他所採用的傳記形式，對當時人來說是新的。司馬遷所創的「評傳」消失已久，域外的新評傳則乘西風而來。梁啟超引進的這一新傳記形式很快就流傳開來，如柳亞子的傳記大多也是採用這一形式，因為這種夾敘夾議的傳記形式適合作者發揮自己的思想，這對於急於通過文學來宣傳救國的人們來說，再適合不過了。

　　《史記》中傳記寫作的夾敘夾議固然沒有得到很好的繼承，但在傳記結尾，作為全篇論斷的「太史公曰」這一形式卻在古代傳記中繼承了下來，成為固定的一部分。梁啟超傳記中的「新史氏曰」是例證之一，不過這也正好迎合了梁啟超認為「夾敘夾論」創自司馬遷的觀點。這一形式在晚清的傳記文學書寫中應用非常普遍，譬如蔣敦復的「逸史氏曰」、陳去病的「南史氏曰」和「陳去病曰」、劉師培的「劉光漢曰」、柳亞子的「亞盧氏曰」等。在宣揚作者觀點和思想上，這些「XXX曰」的句式有它不可取代的作用。一般來說，「XX史氏曰」希望藉重古代正史的「威權」，即通過這一句式加強內容的合法性、官方性、正確性。而蔣敦復之所以用「逸史氏曰」、陳去病之所以用「南史氏曰」，意在表明一種與正史不同的觀點，但卻同樣要求有「史傳」的威權在。至於直接以自己名字或救亡意識明顯的筆名「XXX曰」句式，則意在旗幟鮮明地表明自己的觀點和思想。如「光漢曰」的光漢二字是光復漢族的意思。

　　這樣，「XXX曰」作為《史記》中出現、流傳並固定下來的這一句式在晚清得到了發揚。這一發揚是對上面提到的梁啟超的「竊附斯義」的模仿與擴大。這一早已存在於古代傳記文學書寫中又在晚清得以發揚的句式，其優點在宣揚作者的觀點和思想，其缺點則是破壞了傳主本應有的形象。很明顯，這類評傳雖然號稱學習西方，其實已經和西方評傳大不同。而且評傳也不是西方傳記的主流，更不是唯一的形式。相比較於有作者議論的評傳，更多的是沒有作者議論的傳記。所以陳壽彭在編譯《外國列女傳》的時候才刪去了薛昭徽原本撰述的論贊，原因則是為了「符西書體例」。這表明他所看到的西方傳記，他所欣賞的西方傳記，也包括《外國列女傳》用以改編的傳記原作，和梁啟超喜歡的評傳不同，是沒有作者議論的。而刪去薛昭徽論贊的《外國列女傳》才能在形式上和西方那些沒有作者議論的傳記保持一致。這種傳記的好處是讓「公論」可以「聽之天下」，從而才能達到「傳人傳事」的目的。〔註164〕儘量客觀

〔註164〕陳壽彭：《譯例》，薛昭徽：《外國列女傳》卷首，金陵江楚編譯官書總局，1906年。

的去敘事寫人，而不妄作評論，讓傳記本身去感染讀者，讓讀者本人去感受傳記的中人和事，不得不說，這一思想已經屬於現代傳記文學理論的範疇，比梁啟超的傳記文學思想更進了一步。

第三節　現代傳記文學理論的初步確立——梁啟超的「傳記文學」理論

梁啟超是中國系統提出「傳記文學」理論的第一人，在時間上，梁啟超是最早的，在同時代的成果上，梁啟超是最豐富的。其理論涉及了現代傳記文學兩大主要特徵：重視寫人和重視文學性。因為這兩大特徵，他的理論象徵著現代傳記文學理論的初步確立。

一、梁啟超傳記文學理論的主要觀點

梁啟超傳記文學理論的主要觀點主要散佈在他的傳記著作以及《新史學》《中國歷史研究法》《中國歷史研究法補編》《清史商例初稿》《作文教學法》等著作及文章中，涉及傳記文學的定義、分類、對象、功能和創作方法等。

（一）傳記文學作品的分類——以中國古代傳記為參照物

在《中國歷史研究法補編》「人的專史」一節中，梁啟超將傳記分為列傳、年譜、專傳、合傳、人表五種。需要指出的是，梁啟超對傳記的這一分類是以中國古代傳記文本為參照物的。其中列傳、年譜、人表都是中國古代傳記已有的名稱，而專傳和合傳則是梁啟超根據中國古代傳記文本已有形式給出的定義。其中合傳、人表和列傳一樣，都是從《史記》發源的，並為中國歷代正史書寫所繼承。而專傳和年譜則無論從形式上還是內容上都更接近真正意義上的傳記。

（二）傳主——大人物

雖然梁啟超處在晚清新舊思想的交替時期，且是維新派的代表人物，但是他的傳記對象依然是「大人物」。但是，梁啟超所說的「大人物」並非是指我們通常認為的「大人物」，而專指對歷史的影響而言。〔註165〕我們通常認為的「大人物」一般都是人格崇高的，使人崇拜，能做人類榜樣的人，是正面的、

〔註165〕見湯志鈞、湯仁澤編：《梁啟超全集》第十四集，北京：中國人民大學出版社，2018 年，第 94～95 頁。

褒義的。在梁啟超這裡則不是，袁世凱和西太后都不是能使人崇拜，做人類榜樣的人。而且作為梁啟超本人來說，這兩人應該是他痛恨的人，因為這二人使維新變法失敗，使他的好兄弟、好朋友們丟了身家性命。梁啟超在這裡不考慮個人恩怨，而是理性的看待歷史，理性的思考和書寫歷史。我們知道，由於歷史偶然性的存在，一些「小人物」往往對歷史影響重大，而這些「小人物」就是梁啟超眼裏「大人物」。如果不是身處晚清的亂世，袁世凱很可能一生都不能成為歷史上的大人物，但以他的官職而論，在浩瀚的歷史長河中，他自然是個小人物。但是從 1898 年 9 月 21 日袁世凱決定不幫助維新派開始，就意味著袁世凱作為大人物正式在歷史中登場。在某種意義上，在那之後半個世紀的中國走向是由他決定的。從這個角度看，袁世凱可能是梁啟超眼裏中國近現代史最「偉大」的人物。

在這裡，梁啟超強調的是怎樣以一個大人物為中心寫出一個時代的政治，寫出一個時代的思想。這不是寫「人」，而是寫「史」。這也不是傳記文學觀，而是史學觀。人格不再是衡量偉大與否的標準，人格不偉大的人物可以是梁啟超傳記裏的「大人物」，人格偉大卻不是時代或學問中心的就不能成為梁啟超傳記裏的「大人物」。以李杜為例，杜甫是他的「大人物」，李白則不是。他看中的是傳主的歷史地位，而不是才華和人格。為杜甫作傳，可以「將唐玄宗、肅宗時代的事實歸納到他身上」，為李白作傳則做不到這一點。〔註 166〕這一點充分說明了梁啟超傳記文學觀──寫人是為了著史，這一史學的傳記文學觀依然是史傳作史傳統的延續。

梁啟超以他的「新史學」視野，打破「舊史學」的人物評價體系。認為漢代主張裸葬的楊王孫、唐代民族英雄張議潮、清代不入世俗的才子吳敬梓、沒有謀反的范曄、並未改嫁的李清照、不止鞠躬盡瘁的諸葛亮、有利於國家變革和發展的王安石、李斯、曹操、劉裕等，都應該重新為他們作傳。另外，他提到了古代傳記忽略的外國人和傳記作者同時代的人，外國人因為國籍的關係，很難進入中國史的書寫。受中國「蓋棺論定」的書寫傳統的影響，和傳記作者同時代的人生前難以立傳，不能以「史傳」的對象進入正史的書寫視野。梁啟超認為這兩種人也應該為其作傳，是對中國古代傳記的革新和超越。

〔註 166〕梁啟超：《中國歷史研究法補編》，湯志鈞、湯仁澤編：《梁啟超全集》第十四集，第 96 頁。

（三）以傳主的身份選擇傳記內容

　　以傳主的身份為標準選擇傳記內容是梁啟超傳記文學思想中的現代性因子之一。因為傳主身份是標明傳主特性的，書寫傳主的特性自然容易刻畫一個有個性的人，而不是像古代傳記那樣寫出的人千人一面，這自然也就通向了現代傳記文學思想中的主要特性——「寫人」的目的。梁啟超認為給文學家作傳，要錄入他本人的代表作，譬如給司馬相如和杜甫寫傳記必須寫他們的文學作品。〔註167〕給政治家作傳，要突出他的功業。但是中國古人的身份基本都是多重的，古代政治家多是學者，而古代學者又多非某單一專業的學者，多是雜家。梁啟超認為給這些人作傳要注意從古人的多重身份裏甄別出最能體現傳主特徵的身份。譬如對於王陽明，他認為：「《明史》敘陽明的功業，說他偉大，誠然可以當之無愧。但是陽明所以不朽，尤其因他的學說。《明史》本傳全講事業，而於學問方面極其簡略，而且有許多不好的暗示，其實失策。」所以他認為邵廷采的《王陽明傳》作得很好，因為「平均起來，學問占三分之二，功業占三分之一。」〔註168〕而無論寫文章、學問還是功業，我們可以發現，梁啟超所注重的始終是一個人的外在成就，這對於傳記的目的——寫人——來說，自然是片面的。這是梁啟超傳記觀的一個缺點，但也正是他的特點。在梁啟超眼裏，外在的成就是一個傳主的全部，和傳主是同一的，為一個人作傳記就是寫出這個人的外在成就，但必須是能區別於他人的成就。

（四）謹慎的傳記文學書寫態度

　　不瞭解一個人無法為其作傳，這似乎是容易理解的，但是無論古代還是當代，很多傳記的作者不瞭解傳主也是普遍存在的事實。這一種不謹慎的書寫態度固然有各種原因，或為利益，或為人情，或對傳記沒有任何期待等等。梁啟超熟讀古代傳記，看到了這一點，所以主張書寫傳記的前提是瞭解傳主。他以為戴震作傳舉例說：「假使東原原文喪失，我們專看王、錢、段、阮諸人著作，根本上就不能瞭解東原了。……要我在《清史》中作《戴東原傳》，把他所有著作看完，尚可作得清楚。」然後他以為惲南田作傳舉例說：「要我作《惲南田傳》，我簡直沒有法子，因為我對於繪畫一道，完全是外行。想把惲傳作好，

〔註167〕見梁啟超：《中國歷史研究法補編》，湯志鈞、湯仁澤編：《梁啟超全集》第十四集，第 102 頁。
〔註168〕梁啟超：《中國歷史研究法補編》，湯志鈞、湯仁澤編：《梁啟超全集》第十四集，第 103～104 頁。

至少能夠瞭解南田如像瞭解東原一樣。」然後得出結論說：「所以作列傳不可
野心太大，篇篇都想作得好。頂好專作一門，學文學的人作文學家的列傳，學
哲學的人作哲學家的列傳」〔註169〕一個顯而易見的事實是：在古代，傳記屬
於史學，所以傳記多由史官作，而在現代，在傳記被認為屬於文學的前提下，
傳記就被認為應該由文學工作者來作，這樣的傳記在梁啟超看來顯然是做不
好的。

（五）提倡合傳

現代傳記文學通常只有一個傳主，也就是梁啟超所定義的專傳。但在梁啟
超看來，合傳才是最好的傳記體裁。〔註170〕合傳是司馬遷的發明，是對中國
古代傳記文學書寫的優秀技法。梁啟超認為它好是因為它有助於顯示歷史真
相，這是從歷史角度出發的，而不是從傳記的角度——寫人——出發的。

其次，我們可以從梁啟超對合傳類別的劃分及其目的上看到這一思想的
史學特性。即作合傳有利於著史，只有合傳才能使一些歷史問題變的清晰。如
漢武帝和唐太宗雖然「不同時代的人」，但是「事業相同，性質相同」，所以「應
該合傳」。因為這樣就可以「愈見明瞭」他們各自在「中國文化上的位置及價
值」；而苻堅、北魏孝文帝、北周武帝、金世宗、清聖祖，「都是以外國入主中
國，努力設法與漢人同化，合為一傳，可以看出這種新民族同化到中國的情形，
全部歷史上因為有這幾個人，變遷很大」；而給劉知幾、鄭樵、章學誠三位都
在中國歷史哲學上有重要貢獻的史學家作合傳，則可以看出史學「淵源的脈
絡」，並使「中國歷史哲學就容易敘述清楚了」；給鳩摩羅什與玄奘作合傳，為
的是「可以說明印度佛教宗派的大勢力，中國譯經事業的情形」；給公孫述、
劉備、李雄、王建、孟知祥幾個在四川割據稱雄的人作合傳，則「可以看出四
川在中國的地位」；為陳東與張溥作合傳，則「可以看出地位不高而事業偉大
的中國青年，在歷史活動的成績及所以活動的原因」；為孔子和蘇格拉底作合
傳，為的是「比較出歐亞對於人生問題的異同及解決這類問題的方法」。梁啟
超看中的是「他們」作為一個整體的價值，而不是他們之中某獨一個體的價值，
他說：「我們萬勿以人物不大，事情不多，一個個分開看無足輕重，便認定其

〔註169〕 梁啟超：《中國歷史研究法補編》，湯志鈞、湯仁澤編：《梁啟超全集》第十四
集，第 105 頁。
〔註170〕 見梁啟超：《中國歷史研究法補編》，湯志鈞、湯仁澤編：《梁啟超全集》第十
四集，第 106 頁。

活動為無意義，便不得占篇幅。須知一個人雖無意義，人多則意義自出。少數的活動效果雖微，全體的活動效果極大」。這「全體的活動」顯然不是個體的，而是整體的，顯然不是私人的，而是公共的，顯然不是文學的，而是歷史的。所以為明末的東林、復社等會黨中人作合傳是為了「觀其政治上影響，並可以考見明亡的原因」；為東晉清談的高士作合傳「不特可以看出當時思想的趨勢，並可以看出社會一般的情形」；為清代的藏書家、印書家作合傳，「可以知道當時書籍的聚散離合，一代文化的發達與衰謝亦可以看出一斑。這和學術上的關係極為重大」；為淮揚鹽商、廣東十三行的商人作合傳，「可以看出這部分的經濟狀況及國內外商業的變遷」。為柳如是、陳圓圓、顧橫波作合傳，程長庚、譚鑫培、梅蘭芳作合傳，是因為他們都是「歷史上極好的配角」，歷史上的「許多地方」，「須靠他們來點綴、說明」。儘管梁啟超提出合傳的思想是從著史角度出發的，但是其中的一些觀點卻對傳記文學書寫是非常有價值的。這價值首先體現在在行文上可以避免重複和拖沓，「省許多筆墨，而行文自見精彩」，這是梁啟超的看法。所以他認為應該為王安石、司馬光、陸九淵和朱熹四人作合傳，因為可以避免重複時代背景。而為李白和杜甫作合傳，可以「講李時連帶說杜，講杜時連帶說李」，可以避免「拖沓割裂的痕跡」；其次，可以在書寫上避免偏見，王安石和司馬光的政治觀點相左，而陸九淵和朱熹學術思想也不同，兩個人一起寫，「搜求事蹟亦較公平」，而且「就不至於恭維這個，瞧不起那個了」。曹操與劉裕，都因為「未能統一中國」而「遂令後世史家予以不好的批評」，給他們做合傳就可以使著者在「加判斷的時候亦比較的容易公平」。書寫的公正是求真的前提，沒有公正，也就沒有真實，這樣的合傳是有利於傳記求真的；再次，合傳更容易渲染情緒，感動讀者，給項羽、李密、陳友諒這類失敗的英雄們做一部合傳，能使「情形倍覺可憐」。〔註171〕因為渲染情緒、感動讀者是傳記文學的文學性追求，所以在現代傳記文學的實踐中，合傳未嘗不是可以大膽嘗試的傳記文學形式。

　　梁啟超的合傳思想還蘊藏著傳記文學書寫中配角對於塑造主角的價值。兩人「同作一件事」，兩人「都有獨立作傳的價值」，但是「一個是主角，一個是配角」，這時候就「應當合傳，不必強分」，但是雖然確定了作合傳，但還是要看「分在何人名下最為適當」。《史記》中的《韓信列傳》其實等於是韓信和

〔註171〕梁啟超：《中國歷史研究法補編》，湯志鈞、湯仁澤編：《梁啟超全集》第十四集，第108～112頁。

蒯通的兩人合傳，韓信是主角，蒯通是配角，兩人合傳放在了韓信的名下，這是司馬遷的高超之處，也是《史記》備受歷代推崇之處。而《漢書》卻把《韓信列傳》拆分為《韓信傳》和《蒯通傳》，梁啟超認為這是不合適的，因為《韓信列傳》的韓信和蒯通是一個有機互補的整體，而不是可以對半分的部分，是合則兩利，分則兩傷的關係，班固勉強把二人分開，就使得「配角固然無所附麗，主角亦顯得單調孤獨了」，從而「弄得兩面不討好」，兩個人都寫不好，造出兩部糟糕的傳記。方苞《左忠毅公逸事》中提到的情節，在梁啟超看來，「以錄在左傳中為是。史可法人格偉大，不因為這件事情而加重。左光斗關係較輕，如無此事，不足以見其知人之明。」烘托「主角」的「配角」不僅限於一人，一部傳記可以有多個配角，這有多個配角的傳記在梁啟超眼裏就是多人合傳。這種傳記的好處，他以《史記·信陵君列傳》舉例說明以配角烘托主角的藝術技巧〔註172〕。技巧雖然擺在這裡，但是在具體實踐上卻取決於創作者的天賦，這是司馬遷的烘托技法千古傳唱卻難以模仿的原因。

（六）看重傳記文學的教育功能

梁啟超認為閱讀傳記是培養人格的重要方法，〔註173〕而培養人格就是傳記的教育價值或教育功能，而教育功能則對應著晚清普遍存在的救亡意識。作為戊戌變法的主要參與者，梁啟超在他的大多數傳記裏，都表露著他的救亡意識。有興俠氣以振國，興「仁」以變革、興英雄以救國、興女學以強國、興自由民主以救國等等。

1. 興俠氣以振國

在《記東俠》中，梁啟超說道：「余以為不觀於醫俠、僧俠、婦俠，而以俠為國之用不著」並感歎：「中國被服儒術者，不下教十萬人，胡不聞有持月性之說，昌明吾教以結吾民心者也。」〔註174〕認為：「一夫倡，百夫和；一夫趨，百夫走；一夫死，百夫繼。「鑒於彼而己可以懼矣，記東俠。」〔註175〕在《意大利興國俠士傳序》中，他說：「雪大恥，復大仇，起毀家，興亡國，非俠者莫屬。⋯⋯方今文明之運，西逝而東升，震旦之氣，日摩月蕩，必有俠君

〔註172〕見梁啟超：《中國歷史研究法補編》，湯志鈞、湯仁澤編：《梁啟超全集》第十四集，第105～106頁。

〔註173〕見梁啟超：《中國歷史研究法補編》，湯志鈞、湯仁澤編：《梁啟超全集》第十四集，第85頁。

〔註174〕湯志鈞、湯仁澤編：《梁啟超全集》第一集，第259頁。

〔註175〕湯志鈞、湯仁澤編：《梁啟超全集》第一集，第258頁。

俠相俠士起而雪大恥、復大仇，以開新治、禦外侮者。爰取《意大利興國俠士傳》譯之，以告邦人，以驗吾言焉。」〔註176〕大俠，代表一種民間的、非正統的生力軍，其價值主要體現在官方、正統的力量不能有效治國安邦時。興俠氣以振國，是對官方、正統的力量一種絕望的表現，只能把救國的希望放在有俠氣的民眾身上。

2. 興仁義以變革

在《三先生傳》中，梁啟超提倡興「仁」以變革，他說：「吾聞三先生者，其行孔、墨之行也，其心佛菩薩之心也，豈嘗有所絲毫求於天下？但率其不忍人之心，乃忘其身之困頓危死、眠焉坂焉以赴之，倘所謂『安仁』者邪？三先生皆不識一字，其以視讀書萬卷、著作等身者，何如矣？」在這段話裏，一方面提倡行仁，一方面指出人與人的區別只在於是否「安仁」，而不在識字與否。這就告訴我們天下興亡，匹夫有責，要救中國，不能只把希望放在讀書人身上，還要依靠懂得「仁」，懂得「安仁」的百姓們。他說：「富貴而不仁，不如餓殍；衣冠而不仁，不如優孟；完人而不仁，不如廢疾。三先生者，一丐、一伶、一閹，豈非世所謂下流之人，而士大夫所羞與為伍者耶？及其行誼，則士大夫之能之者何其少也！使天下得千百賢如三先生者，以興新法，何事不舉？以救危局，何艱不濟？以屬士氣，何氣不揚？而惜乎士大夫之能之者無其人也！吾聞日本變法之始，其黨人若松本衡、藤本真金、阪本龍馬、中山忠光、武田山國等數百人，咸有三先生之流風，日本之浡強宜哉！」〔註177〕寫於戊戌變法後的《殉難六烈士傳》更是倡導為救國而捨生取義的精神，論及楊深秀，他說：「彼逆後賊臣，包藏禍心，蓄志既久，先生豈不知之？垂簾之詔既下，禍變已成，非空言所能補救，先生豈不知之？而乃入虎穴，蹈虎尾，抗疏諤諤，為請撤簾之迂論，斯豈非孔子所謂愚不可及者耶？八月初六之變，天地反常，日月異色，內外大小臣僚以數萬計，下心低首，忍氣吞聲，無一敢怒之而敢言之者。而先生乃從容慷慨，以明大義於天下，寧不知其無益哉？以為凡有血氣者固不可不爾也。」〔註178〕楊深秀之舍生而取義是一種選擇，貪生則「義」死，舍生而「義」生。「義」之亡在於眾生尤其是知識分子群體的貪生，「義」之生則繫於民眾的舍生。他所謂的「義」不只是繫於推翻獨裁政權這一件事上，更主要的是為了

〔註176〕湯志鈞、湯仁澤編：《梁啟超全集》第一集，第 681 頁。
〔註177〕湯志鈞、湯仁澤編：《梁啟超全集》第一集，第 273～276 頁。
〔註178〕湯志鈞、湯仁澤編：《梁啟超全集》第十四集，第 587 頁。

喚醒民眾，即喚醒民眾之「義」大於直接從事革命推翻獨裁政權之「義」，民眾的覺醒比革命的成功更重要，如果沒有民眾的覺醒，革命的成功也只是暫時的，後來幾十年的中國革命證實了楊深秀的遠見，楊深秀所求之「義」終難實現！

3. 興「英雄」以救國

在《中國殖民八大偉人傳》中，梁啟超說：「國民失其崇拜英雄之性，而國遂不可問；國民誤其崇拜英雄之途，而國遂更不可問」。〔註179〕在《匈加利愛國者噶蘇士傳》中，梁啟超認為噶蘇士：「其理想，其氣概，其言論、行事，可以為黃種人法，可以為專制國之人法，可以為失意時代之人法。孟子不云乎：奮乎百世之上，百世之下，聞者莫不興起也。而況於親炙之者乎！噶蘇士之沒，距今不過十年，吾儕去豪傑若此其未遠也。嗚呼！讀此傳者可以興矣。」〔註180〕而在《意大利建國三傑傳》中，梁啟超的救亡意識說的最為直接，最為徹底，他說：「歐洲近數百年，其建國之歷史可歌、可泣、可記載者，不一而足；其愛國之豪傑為吾生平所思、所夢、所崇拜者，不一而足。而求其建國前之情狀，與吾中國今日如一轍者，莫如意大利；求其愛國者之所志、所事，可以為今日之中國國民法者，莫如意大利之三傑。……今日之中國，夫安所得有如三傑其人者？吾窨而歎之，吾寐而言之……作《意大利建國三傑傳》。」〔註181〕這就把作傳的目的——救國——直接明瞭地說了出來。

4. 興女學以強國

在寫於戊戌變法前一年的《記江西康女士》一傳中，梁啟超呼籲興女學以強國：「中國女學之廢久矣，海內之女二萬萬……《記》曰：『人不學，不知道。』群二萬萬不知道之人，則烏可以為國矣。」傳中的康女士因為接受了教育才「無他志念，惟以中國之積弱，引為深恥，自發大心，為兩萬萬人請命，思提挈而轉圜之。」梁啟超從康女士進而想到「海內丈夫亦二萬萬，其有志於是者，蓋亦希矣」，所以他感到女性受教育的重要性：「吾雖未識康女士，度其才力智慧，必無以懸絕於常人。使其不喪父母，不伶仃無以自養，不遇昊格矩，不適美國，不入墨爾斯根大學，則至今蚩蚩然塊塊然戢戢然，與常女無以異，烏知有學，烏知有天下。嗚呼，海內二萬萬之女子，皆此類矣！」〔註182〕梁啟超看到中

〔註179〕湯志鈞、湯仁澤編：《梁啟超全集》第五集，第 52 頁。
〔註180〕湯志鈞、湯仁澤編：《梁啟超全集》第三集，第 125 頁。
〔註181〕湯志鈞、湯仁澤編：《梁啟超全集》第三集，第 483 頁。
〔註182〕湯志鈞、湯仁澤編：《梁啟超全集》第一集，第 186～187 頁。

西的差異不在人，而在於制度，只有在制度上變革，才能救國。而興女學就是制度變革的內容之一，而教育同時又是推進制度改革的主要動力，因為它可以塑造提出制度改革的載體——人。

（七）對傳記的定義

梁啟超的傳記觀是從史學出發的，所以梁啟超對傳記的定義自然帶有濃厚的史學性，這些觀點主要散落在他的史學著作《中國歷史研究法補編》中。首先，他認為傳記就是個人的歷史。他說：「人的專史，即舊史的傳記體、年譜體，專以一個人為主。」〔註183〕從史學的角度出發，中國的正史在他看來就是傳記組成的歷史，他說：「老實講起來，正史就是以人為主的歷史。」因為「自從太史公作《史記》，以本紀列傳為主要部分，差不多占全書十分之七，而本紀列傳又以人為主。以後二千餘年，歷史所謂正史，皆躡其例。」〔註184〕這樣看來，正史在梁啟超眼裏也幾乎等於傳記史。

西風東漸背景下，梁啟超對傳記的定義已經有了中西比較的視野，在中西比較的視野中，他看到了歷史和傳記的不同，他看到西方史學界已經把歷史和傳記文學做了區分，歷史不再著重寫人，史書中也不再某一人單獨的傳記。同時在西方的傳記文學中，他發現他們的文學價值，通過作品本身的藝術打動人。〔註185〕

二、梁啟超傳記文學理論的「新」質

梁啟超之所以被很多學者認為是中國現代傳記文學第一人，主要是因為梁啟超的傳記文學思想中有許多不同於中國古代傳記的「新」質。首先，這些「新」質因時代而生，沒有當時古今、中西的交匯，便不會有這些新質。其次，這些「新」質因梁啟超而生。處在古今、中西交匯點上的梁啟超，先要知「古」通「中」。而後目接、耳聽「今」「西」才能生出「新」質。時代因素和梁啟超個人因素，缺一不可。而且，梁啟超的個人因素可能更重要一些。一個顯而易見的事實是在梁啟超所處的時代，知「古」通「中」的人大有人在，知「古」

〔註183〕梁啟超：《中國歷史研究法補編》，湯志鈞、湯仁澤編：《梁啟超全集》第十四集，第63頁。

〔註184〕梁啟超：《中國歷史研究法補編》，湯志鈞、湯仁澤編：《梁啟超全集》第十四集，第83～84頁。

〔註185〕梁啟超：《中國歷史研究法補編》，湯志鈞、湯仁澤編：《梁啟超全集》第十四集，第84頁。

通「中」而又能目接、耳聽「今」「西」的人也不少。但是，卻很少人關注傳記研究，正是在這樣的情形下，梁啟超才成為中國現代傳記文學史第一人。

梁啟超傳記文學理論思想的「新」質主要體現在以五個方面：

（1）對中國古代傳記的批評

（2）傳記文學人物價值判斷標準的變化

（3）傳記文學資料價值判斷標準的變化

（4）傳記文學的書寫實踐

（5）傳記文學的創作思想

梁啟超的傳記文學理論理論或思想是在傳記文學還沒有成為一個獨立文類／文體／學科時提出的。所以它們主要隱藏在梁啟超的各類著作裏，而不是以含有「傳記」或「傳記文學」等字眼的面目出現，需要從梁啟超的文章中被提煉、歸納、總結出來。

（一）梁啟超對中國古代傳記的批評

有「新」質就必然有「舊」質，梁啟超傳記文學理論思想的「新」質，首先是相對於「舊」的中國古代傳記而言的，這首先體現在對中國古代傳記的批評上。

1. 隱惡揚善的目的限制傳記的發展

中國古代的傳記文學書寫和史學書寫相始終，古代傳記和舊史學的關係密切。作為「新史學」的倡導者，梁啟超首先批評的就是舊史學。而對舊史學的批評自然涉及和舊史學關係最為密切的古代傳記。只有批判舊史學，梁啟超才能闡發他的「新史學」。而只要他闡發「新史學」，自然就會闡發出關於傳記文學理論的「新」質，因為他的「新史學」所主張的著史方式仍然包括紀傳體。既然中國古代的傳記文學書寫和史學書寫相始終，且傳記又是正史的主體，舊史學的目的自然也就是古代傳記的目的。這一目的在梁啟超看來主要是隱惡揚善，而隱惡揚善則由古代人主和史官促成。

對於古代人主的影響，梁啟超溯源史官一職給出說明，他認為古代人主設立史官是為了他們的豐功偉績說給子孫聽，其敘事策略則是隱惡揚善。這一目的決定著古代史學的走向，也決定著古代傳記的走向。「隱惡揚善」這一古代史學、古代傳記的目的通過古代人主、宮廷、正史進而主導了民間的傳記文學書寫，「上有好者，下必有甚焉者矣。（《孟子·滕文公章句上》）」隱惡揚善由宮廷中的為人主諱變為民間的為親者諱，其影響最明顯、最直接，時間最長，範圍最廣。後來，隱惡揚善這一傳記文學書寫策略又被古代人主用作統治工

具：「馴至帝者以此為駕馭臣僚之一利器。試觀明清以來飾終之典，以『宣付史館立傳』為莫大恩榮，至今猶然」。這一統治工具的應用對古代傳記文學的書寫是決定性的，經過這一改變，隱惡揚善的傳記文學書寫策略奠定了其在宮廷和民間的統治地位，被整個社會普遍接受。所有人「最後榮辱，一系於史」，以至於「各史及各省、府、縣志，對於忠義節孝之搜訪，惟恐不備。」這也就導致「後世獎厲虛榮之塗術益多，墓誌、家傳之類，汗牛充棟。」〔註186〕死後立傳成了古代人的一種人生追求，且首先追求在官史立傳，次之在方志，再次在家譜，這也是古代傳記體量異常巨大的一大原因。不管什麼人立傳，為誰立傳，幾乎所有古代傳記作者都遵循同樣的書寫體例：隱惡揚善、只褒不貶，乃至弄虛作假。在人物形象塑造上，造成千人一面。在整體上表現為失真，這就違背了傳記文學書寫的第一要義——真實。

　　古代人主對傳記的影響是從統治角度考慮，通過官方權力實現的。古代史官對傳記的影響則是從道德角度考慮，通過學術傳統實現的。古代史官的學術傳統就是我們前面提到的「春秋筆法」。現代傳記文學的標準是傳主形象刻畫是否成功，古代傳記的評價標準則是「春秋筆法」。梁啟超認為「春秋筆法」對古代傳記的發展是不利的，因為古代史官把「春秋筆法」作為唯一天職，他說：「吾特厭大作史者以為捨書法褒貶外無天職、無能事也。」〔註187〕古代史官把「春秋筆法」作為唯一天職是有原因的，「後人評史良穢，亦大率以其書對於死人之態度是否公明以為斷。」〔註188〕古代傳記家對傳主的態度是褒還是貶，褒貶又是否得當，這都屬於「春秋筆法」的範疇，古代傳記家在書寫傳記時以對人物的褒貶為天職，為第一要義，褒貶成了唯一目的，唯一功能，也成了唯一的內容，這就極大的限制了古代傳記的發展。

2. 形式僵化、內容簡略

　　「大概從前的專傳，不過一篇長的行狀。」〔註189〕梁啟超這樣定義古代的個人傳記。行狀又稱行述，也就是對傳主行為的描述，一般表現為「事略」

〔註186〕梁啟超：《中國歷史研究法》，湯志鈞、湯仁澤編：《梁啟超全集》第十一集，第281頁。

〔註187〕梁啟超：《新史學‧論書法》，湯志鈞、湯仁澤編：《梁啟超全集》第二集，第518頁。

〔註188〕梁啟超：《中國歷史研究法》，湯志鈞、湯仁澤編：《梁啟超全集》第十一集，第281頁。

〔註189〕梁啟超：《中國歷史研究法補編》，湯志鈞、湯仁澤編：《梁啟超全集》第十四集，第92頁。

的形式。對於「行狀」，劉勰給的定義是這樣的：「體貌本原，取其事實，先賢表諡，並有行狀，狀之大者也。(《文心雕龍‧書記》)」這句話可以理解為：「行狀」作為古代傳記的一種，通過真實描寫傳主的生平事蹟以讚美、表揚先賢，是描寫個人德行非常重要的一種文體。「行狀」雖然屬於古代傳記範疇，是古代傳記的一種形式。但在當時，作為一種文體，它實際上只是傳記文學書寫的粉本。梁啟超之所以用「長的行狀」來形容古代傳記，那是因為二者在傳記內容、傳記文學書寫體例上大致相似。譬如，一般先寫傳主的家世、籍貫，然後寫傳主的生平，生平又專寫大事、善事，最後以虛詞總結傳主一生、虛飾讚美傳主作為結尾。大多數古代傳記一般只是對「行狀」有限的擴充，有的甚至改動極小，尤其是那些無論在體例上還是內容、篇幅都接近傳記的行狀，幾乎不需要改動。和古代傳記一樣，「行狀」目的也是記事，不是寫人。所以，行狀和專傳都不能表現活生生的人，這是古代傳記的重大缺陷，也是現代傳記文學和古代傳記的重要區別。

本紀、列傳、年譜、小傳、碑銘等古代傳記雖各有體例，但是其體例大多固定以至僵化，不利於傳記的發展。以年譜為例，在古代傳記範疇裏，年譜是很有成就的一類，具有較高的傳記學價值，但是它的形式，在梁啟超看來，依然過於僵化，傳主的人生只能以線性發展的軌跡被展現。〔註190〕現代傳記文學的一個方向就是擺脫古代傳記的既有書寫範式，尤其是形式上，形式上的自由，能有效促進內容上的自由──即容納更多的內容。

內容簡略是中國古代傳記的另一大弊病，也是古代傳記的主要特徵之一。在《清史商例初稿》一文中，梁啟超這樣批評正史中作為帝王傳記的本紀：「單辭短章，駢舉離立，索然寡味，有類朝報。」〔註191〕同是古代傳記，和列傳相比，本紀離傳記更遠，更不像傳記。但是梁啟超對本紀的認識卻可以看作是古代傳記內容簡略的極致表現──既沒有可讀性，也缺乏內容。在古代傳記文學書寫中，內容簡略和形式僵化是不可分的。古代傳記的形式大多表現為固定模式的敘事，而敘事則往往簡略，這就使得傳記一般呈現為傳主的人生事略。在這裡，梁啟超通過對舊傳記形式和內容的批判，自然的引出了他傳記文學理

〔註190〕 見梁啟超：《中國歷史研究法補編》，湯志鈞、湯仁澤編：《梁啟超全集》第十四集，第 92 頁。

〔註191〕 梁啟超：《清史商例初稿》，湯志鈞、湯仁澤編：《梁啟超全集》第九集，第 127頁。

論的一些新質：首先，傳記不能淪為事略，成為「小傳」類的傳記。而是需要納入更多、更詳細的、直接的、間接的跟傳主有關係的內容；其次，敘述傳主生平可以也需要打破順序；再次，需要插入議論和批評。

3. 敘事範圍狹窄

古代傳記敘事範圍狹窄原因很多，避諱是其中之一。避諱之外，還有書寫體例的問題。正史作為中國古代傳記的主要載體，其內容上表現為朝廷多而民間少，政治多而生活少。對於古代史官的只寫朝廷，只寫政治。梁啟超認為是「知有朝廷而不知有國家」之故。他說：「吾黨常言《二十四史》非史也，二十四姓之家譜而已。其言似稍過當，然按之作史者之精神，其實際固不誣也。吾國史家，以為天下者君主一人之天下，故其為史也，不過敘某朝以何而得之，以何而治之，以何而失之而已，捨此則非所聞也：昔人謂《左傳》為『相斫書』，豈惟《左傳》，若《二十四史》，真可謂地球上空前絕後之一大相斫書也。雖以司馬溫公之賢，其作《通鑒》，亦不過以備君王之瀏覽。（其論語無一非忠告君主者）」。〔註 192〕這段話顯露了這樣幾個信息：首先，二十四史非史，是從新史學的角度出發進行批評的。「二十四史」只是帝王的傳記而不是全體國民的傳記，傳主範圍狹窄必然導致敘事範圍狹窄。其次，二十四史只是一大部「相斫書」，很少寫政治以外的事情，故而敘事範圍狹窄。再次，二十四史的目標讀者是帝王。事實上，帝王也是正史唯一的權威審查人，把歷史看成是自己的私有物，而不是全體國民的歷史。所以正史在內容上便只記載朝廷的內容，而很少或者乾脆不記載民間的內容，這就造成了中國古代傳記文學作品在內容上的極度單一和貧乏──毫無可讀性。

4. 只敘事，不闡因

中國古代傳記在敘事時不說明原因，事與事之間缺乏聯繫。梁啟超認為古代傳記文學因為只鋪陳事實，不說明原因，「故汗牛充棟之史書，皆如蠟人院之偶像，毫無生氣。」這一現象，他進而引用英國哲學家斯賓塞的話進行批評──即以著名的「鄰貓產子」的故事比喻史書寫作。〔註 193〕在這裡，梁啟超引用斯賓塞的話意在說明「鄰貓生子」式的敘事策略是中西舊史學的共同弊

〔註 192〕梁啟超：《新史學》，湯志鈞、湯仁澤編：《梁啟超全集》第二集，第 498～499頁。

〔註 193〕見梁啟超：《新史學》，湯志鈞、湯仁澤編：《梁啟超全集》第二集，第 499～500 頁。

病，而新史學，新的傳記則需要避免出現這個問題。

5. 只因襲、不創造

「中國萬事，皆取『述而不作』主義，而史學其一端也。」〔註 194〕梁啟超用「述而不作」來批評中國古代傳記的缺乏創造。在《論語》中，「述而不作」和「信而好古」聯繫在一起。其中的邏輯大概是先有「信而好古」的思想，才有「述而不作」的實踐。孔子對中國的影響之大無需多言，中國人的思想普遍好古、守舊也無須多言。無論是好古還是守舊都有它的積極意義，這是孔子說這番話的價值。但是，好古、守舊也有它的消極意義。「好古」如果作為一種僵硬的法則被遵守，作為一種潮流被追捧，作為一種虛名去標榜。「述而不作」如果是這樣的「好古」，也就失去了它的本義。具體到中國古代傳記文學書寫，因為《史記》是中國史書的頂峰、中國古代傳記的頂峰。所以《史記》的書寫策略就成傳記文學書寫中的「古」，具有法則一樣的約束力，對它只能因襲，不能創造。梁啟超說：「《史記》以後，而二十一部皆刻畫《史記》；……何其奴隸性至於此甚耶！若琴瑟之專壹，誰能聽之？」〔註 195〕在梁啟超看來，只因襲不創造的結果首先是單一、單調、枯燥、無味，就像只有一個音調的樂曲，沒人願意聽。需要注意的是，中國古代史家因襲的只能是《史記》的形式，《史記》的內容、思想、精神等司馬遷的天才創造是沒法因襲的。這樣的一種只因襲形式的書寫方式還是和前面提到的「鄰貓生子」式的敘事方式一樣，只抄寫《史記》的形式，而不思考司馬遷為什麼採用這些形式，只看到《史記》的內容，而不去思考藏在內容背後的司馬遷的精神和思想是怎樣，更不會去思考司馬遷創造《史記》的能力是從哪裏來的。

6. 皇權影響下的失真

古代傳記失真的原因是多方面的，在家天下的時代，古代人主對傳記文學書寫的影響自然是最大的，尤其是在官修史書之後。古代人主最大的欲望是皇權永固，只有皇權永固才能滿足他們的一己之私。為了滿足這一己之私，首先，古代人主通過賞忠罰奸以鞏固皇權。對此，梁啟超說：「霸者之所最欲者，則臣妾之為之死節也，其次則匡正其子孫之失德而保其祚也；所最惡者，臣妾之

〔註 194〕梁啟超：《新史學》，湯志鈞、湯仁澤編：《梁啟超全集》第二集，第 500 頁。
〔註 195〕梁啟超：《新史學》，湯志鈞、湯仁澤編：《梁啟超全集》第二集，第 500～501頁。

背之而事他人也；其尤甚者，則發難而與己為敵也。故其一賞一罰，皆以此為衡」。這一種欲望是一種極度的自私，這一種自私導致人主衡量所有人的唯一標準就是對自己是否忠誠。也就是說，所有人只要效忠於他即可，其他個人行為和道德一概可以不管不顧。古代人臣，只要忠君，他就可以在史傳中獲得一個光輝的形象。這樣塑造出來的傳主必然是失真的，沒有公信力的。為了滿足這一己之私，古代人主不惜破壞人類共有的道德規範，對此，梁啟超用劉邦封背叛自己的雍齒為侯，殺自己的救命恩人丁公舉例說明：「漢高豈有德於雍齒而封之？豈有憾於丁公而殺之？所謂為人婦則欲其和我，為我婦則欲其為我罵人耳。而彼等又知夫人類有尚名譽之性質，僅以及身之賞罰而不足以懲勸也。於是鼎革之後，輒命其臣妾修前代之史，持此衡準以賞罰前代之人，因以示彼群臣群妾曰：爾共效此，爾其毋效彼。此霸者最險最黠之術也。」作為一國之主，劉邦這樣做無疑是在向天下宣示：為了目的，可以不擇手段。常人的行為，一定是封丁公為侯而殺雍齒，劉邦卻反其道而行之。封雍齒為侯，是為了安撫群臣，殺丁公是為了使臣下盡忠。雍齒是幸運的，丁公是不幸的，但是這幸運和不幸是雍齒和丁公無法預料的，因為如果背叛可以封侯，那麼人類將無人守信。如果救人一命會招來殺身之禍，人類離滅亡也就不遠了。劉邦這一行為對整個民族、整個國家、整個人類的傷害是深遠的，上行下效，少有人比人主的影響力更大，少有人的模範作用，能超過人主。這樣的行為，於劉邦本人，是最徹底、最虛偽、最無恥、最卑鄙的自私。於大眾，構成了最大的謊言，最徹底的欺騙。因為他不批判雍齒的惡，不讚美丁公的善，從而使得善惡不分，虛假橫行。古代人主的這一己之私，這徹底的虛偽、卑鄙和無恥對穿古代傳記文學的書寫影響深遠，對此，梁啟超不禁感歎：「問二千年來史家之書法，其有一字非為霸者效死力乎？無有也。霸者固有所為而為之，吾無責焉；獨不解乎以名山大業自期者，果何德於彼，而必以全力為之擁護也？故使克林威爾生於中國，吾知其必與趙高、董卓同詬；使梅特涅而生於中國，吾知其必與武鄉、汾陽齊名。何也？中國史家書法之性質則然也。」〔註196〕在古代人主一己之私的影響下，古代傳記的失真是必然的，這一必然由中國古代制度決定，任何一部古代傳記都無法逃脫這一必然，這就使得失真成為古代傳記第一問題，最大弊病。

〔註196〕梁啟超：《新史學・論書法》，湯志鈞、湯仁澤編：《梁啟超全集》第二集，第519～520 頁。

（二）人物價值判斷標準的變化

傳記是寫人的，傳記的主體是人，傳記人物價值判斷標準的變化是傳記文學發展史上的重要節點，是區分現代傳記文學和古代傳記的重要標識。我們說梁啟超傳記文學理論思想中有「新」質，他對傳記人物價值的判斷是一個重要考量，他對很多古代人的評價都標識著他在中西、古今比較視野中的「新」質：「若古代之管子、商君，若中世之荊公，吾蓋遍征西史，欲求其匹儔而不可得。而商君、荊公，為世詬病，以迄今日；管子亦毀譽參半，即譽之者，又非能傳其真也。」〔註197〕梁啟超關於傳記人物價值的判斷標準透露很多「新」的思想，這些構成他傳記文學理論思想中的「新」質。這些思想總體來說貫穿著樸素的平等意識，譬如他在《祖國大航海家鄭和傳》中說：「論人不可有階級之見存，刑餘界中，前有司馬遷，後有鄭和，皆國史之光也！」〔註198〕司馬遷受過宮刑，鄭和則是太監，古代對他們這類人的偏見很深，但梁啟超認為他們是中國人的驕傲。只有在人類平等的前提下，在傳主對象範圍擴大到全體人民的前提下，傳記才有可能發展，傳記才能從古代走向現代，梁啟超傳記文學理論思想中的平等意識主要存在於他關於英雄的論述、傳主的選擇、古代人物價值的再評判中。

1. 古代人物的再評價

前面我們提到，古代傳記的主要目的是懲惡揚善，判斷古代史官的標準是對人物的褒貶。無論是懲惡揚善還是對人物的褒貶，都涉及對古代人物的評價。而古代傳記中的評價標準在梁啟超看來，自然是落後於時代的。古代傳記文學書寫受古代人主影響最大，古代人主對臣僚的賞罰以盡忠、死節為標準，這一標準也深深影響著古代傳記文學的書寫。而在梁啟超看來，「死節」之可貴，在於為國，而不在於「忠君」。他說：「若是乎死節之所以可貴者，在死國，非在死君也。試觀二十四史所謂忠臣，其能合此資格者幾何人也？」〔註199〕他以楊雄和魏徵為例來批評「忠君」思想。在他看來，以「忠君」而論，曾為隋代官僚的魏徵與在西漢未曾做官而在新朝做官的楊雄相比，實有過之。他說：「《綱目》書『莽大夫揚雄死』，後世言書法者所最津津樂道也。吾以為揚

〔註197〕梁啟超：《管子傳》「自序」，湯志鈞、湯仁澤編：《梁啟超全集》第六集，第497頁。
〔註198〕湯志鈞、湯仁澤編：《梁啟超全集》第五集，第142頁。
〔註199〕梁啟超：《新史學·論書法》，湯志鈞、湯仁澤編：《梁啟超全集》第二集，第519頁。

雄之為人，自無足取耳，若其人格之價值，固不得以事莽不事莽為優劣也。……雄之在漢，未嘗得政，未嘗立朝，即以舊史家之論理律之，其視魏徵之事唐，罪固可未減焉矣。而雄獨蒙此大不韙之名，豈有他哉？李世民幸而王莽不幸，故魏徵幸而揚雄不幸而已。」在這裡，梁啟超先是提到對楊雄的評價屬於備受古代史官推崇的「春秋筆法」。但是，在梁啟超看來，春秋筆法缺乏公正性，因為它經常為帝王開綠燈。按照梁啟超的觀點推理，假設王莽有唐太宗的成就，楊雄也可以像魏徵一樣，流芳千古。這裡面需要說明的是，魏徵固然因為貞觀之治而流芳千古，但只要細心的想一想，讓魏徵流芳千古的不只有魏徵的敢諫，還有李世民的納諫。而且，唐太宗的納諫很可能佔據更重要的位置，即沒有李世民的善於納諫，就沒有魏徵的敢諫。所以在古代史官眼裏，魏徵最大的成就還是輔助李世民，而不是推動國家的繁榮和人們的安居樂業。輔助李世民是魏徵千古留名的第一原因，良臣之名因賢君而得，而不是因百姓而得，這才是事實。古代史家在書寫魏徵時，有意的忽略了魏徵作為大臣的不忠君和事二主，有意的突出他的政治才能。但這樣做，不是為了突出魏徵，而是為了突出李世民，魏徵的不能忠君和為李世民所用是彰顯李世民美德的需要，這是古代史家書寫魏徵的主要目的。對於這一點，梁啟超說：「其間稍有公論者，則犯顏死諫之臣時或表彰之是已。雖然，其所謂敢諫者，亦大率為一姓私事十之九，而為國民公義者十之一，即有一二，而史家之表彰之者，亦必不能如是其力也」。忠君是古代正史人物褒贊的最高標準，叛逆則是貶低的最高標準，古代史官對於叛逆的標準也是以古代人主的意志為轉移，從有利於維護古代人主專制統治出發。梁啟超以中國歷史上享有盛名的漢高祖、唐太宗、宋太祖為例說明叛逆罪名是否成立的關鍵是成敗。同一個人，成則為王，敗則為寇。同樣人的同一行為，何來褒貶。對此，梁啟超說：「至於叛逆云者，吾不知泗上之亭長，何以異於漁陽之戍卒；晉陽之唐公，何以異於宸濠之親藩；陳橋之檢點，何以異於離石之校尉。乃一則夷三族而復被大憝之名，一則履九五而遂享神聖之號，天下豈有正義哉，惟權力是視而已。」〔註200〕這一段話是中國古代「英雄」傳記的最好寫照，「英雄」是美名的決定因素。

2. 英雄界限的外延

曾參與戊戌變法，一生以救國、強國為使命的梁啟超是喜歡英雄，盼望英

〔註200〕梁啟超：《新史學·論書法》，湯志鈞、湯仁澤編：《梁啟超全集》第二集，第519頁。

雄出現的。他書寫的很多傳記也都是為英雄而寫。但他並不是簡單的、一味的崇拜英雄，他清醒的看到了英雄與時代的關係，英雄與文明的關係——即時代越是進步，英雄的數量越少；時代越是落後，英雄的數量越多。〔註201〕英雄和文明發展、時代進步的關係密切，崇拜英雄、呼喚英雄是人類身處愚昧、落後的時代的被迫選擇，而不是文明、進步的時代人類的主動選擇。從傳記學的角度考慮，梁啟超這一傳記文學思想的「新」質體現在書寫英雄的傳記大多發生在愚昧、落後的時代。在文明、進步的時代，傳記文學的書寫對象自然會從英雄轉移到大眾身上，即傳記不再只把英雄當作書寫對象，傳記的對象應擴大到全體人民。

雖然梁啟超在書寫傳記時也寫了很多英雄，但是他寫的英雄是很廣泛的。即我們通常說的，英雄不問出身，人人都可成為英雄。這體現的也是一種平等意識，體現了梁啟超在傳記人物評判標準上不同於古代傳記。譬如在《記東俠》一傳中，梁啟超這樣說道：「余以為不觀於醫俠、僧俠、婦俠，而以俠為國之用不著。」〔註202〕雖然一般人都知道俠客、英雄對國家作用很大，但是一般人所謂的大俠卻不會包括梁啟超所讚賞的醫俠、僧俠、婦俠，這就是梁啟超和別人的不同之處，而梁啟超之所以對俠的定義與別人不同，大概是他抓住了俠的本質。《史記·遊俠列傳》對俠的描寫為「其言必信，其行必果，已諾必誠，不愛其軀，赴士之厄困……不矜其能，不伐其德。」也就是說梁啟超看中的是決定俠客的這些美德，有這些美德者就是梁啟超眼裏的俠客。這樣以道德為標準作為人類平等要素的思想貫徹到了《三先生傳》裏，在傳中他先是引用陸九淵的話：「我雖不識一字，亦須還我堂堂地做個人。」然後用自己「識字良易，做人信難哉！」「三先生皆不識一字，其以視讀書萬卷、著作等身者，何如矣？」這些話來說明「人」的定義關乎道德而不是知識。而人的道德在梁啟超眼裏則歸結為儒家的「行仁」，他說：「若不行仁，則不得為人，且不得為知愛同類之鳥獸。」這樣，梁啟超就從道德角度上解釋了人類何以平等，何以是平等的。因為佛教昌言眾生平等，梁啟超就把佛教和儒家思想聯繫起來，用以解釋人類因求仁而平等，他說：「佛說無我相。聞之古之定大難、救大苦、建大業、造大福、度大眾者，於其一身之生死利害、毀譽苦樂，芒然若未始有覺，而惟皇

〔註201〕見梁啟超：《中國歷史研究法》，湯志鈞、湯仁澤編：《梁啟超全集》第十一集，第 348 頁。

〔註202〕湯志鈞、湯仁澤編：《梁啟超全集》第一集，第 259 頁。

皇曰優人，於人之生死利害苦樂，憂之如常。夫自憂其身也，是之謂『仁』，是之謂『人』。憂其親者謂之『孝子』，憂其君者謂之『忠臣』，憂其國者謂之『義士』，憂天下者謂之『天民』。墨子謂之『任士』，佛謂之『菩薩行』，無所為而為之者，謂之『安仁』，有所為而為之者，謂之『利仁』，學而能者謂之『強仁』」。〔註203〕這裡，梁啟超把我儒家的「求仁」和佛教的「無我」聯繫起來的，求仁得到的「仁」指向的是「無我」；求仁的核心是心中「人」──悲憫情懷，同情每一個人，也即只有同情每一個人，才能達到「無我」的狀態──「成佛」。

（三）傳記資料價值判斷標準的變化

梁啟超首先從新舊史學的不同目的上看到了史料價值標準的變化，他說：「舊史著作之目的，與吾儕今日所需求者多不相應。吾儕所認為極可寶貴之史料，其為舊史所擯棄而遂湮沒以終古者實不知凡幾」。〔註204〕其次，梁啟超當時進步的史學中看到在史料價值的變化，他看到，首先是史實的標準發生了變化，今天認為史實的，在過去不被認為是史實；其次是史學家的思想發生了變化，現代史學家著史的目的不是為了給皇帝寫家譜，而是為了寫全體國民，而寫全體國民則是為了提高民族凝聚力。〔註205〕作為梁啟超傳記文學理論思想中的「新」質，傳記資料價值判斷標準的變化主要表現為：事的大小、事的善惡、史的正雜。

1. 事的大小

梁啟超注重生活細節的描寫，他認為為一個人寫傳記，不但要寫大事，而且要寫小事。在梁啟超看來，這可以成為刻畫人物的關鍵，他認為從小事上可以看發現傳主人類魅力所在。〔註206〕即小事經常是傳主人格中最出彩的部分，是傳主的重要特徵。古代傳記大多過簡，過簡的一個明顯特徵就是只寫大事，不寫小事。由於不注重小事，缺乏很多細節，傳記人物的很多言行都缺乏基本的、必要的聯繫，也顯現不出梁啟超所期待的這種力量。

〔註203〕湯志鈞、湯仁澤編：《梁啟超全集》第一集，第273頁。

〔註204〕梁啟超：《中國歷史研究法》，湯志鈞、湯仁澤編：《梁啟超全集》第十一集，第284頁。

〔註205〕見梁啟超：《中國歷史研究法》，湯志鈞、湯仁澤編：《梁啟超全集》第十一集，第256頁。

〔註206〕見梁啟超：《中國歷史研究法補編》，湯志鈞、湯仁澤編：《梁啟超全集》第十四集，第85頁。

2. 事的善惡

隨著時間的前移，作為史家書寫的重要標準——善惡——也一直在變化著。「舊史家所謂功罪、善惡，亦何足以為功罪、善惡？」因為古代史家的善惡標準常由帝王決定。梁啟超說：「大率一切行誼，有利於時君者則謂之功，謂之善；反是者則謂之罪，謂之惡。其最所表彰者，則死節之臣也；其最所痛絕者，則叛逆及事二姓者也。」〔註207〕這就意味著古代傳記文學書寫中的善惡標準是單調的、固定的、統一的、僵化的，以這樣的標準去書寫傳記，也必然導致傳主群體的固定，且所有傳主宰形象上表現為千人一面。

3. 史的正雜

史分正雜，正史多為官修，雜史多為私修。梁啟超肯定雜史的價值，他說：「所謂別史、雜史、雜傳、雜記之屬，其價值正與正史無異，而時復過之。……然正史曷嘗一語道及？欲明真相，非求諸野史焉不可也」。〔註208〕中國文史哲不分的書寫傳統造成中國傳記文學的範疇十分寬廣。以史學而論，正史而外，所有雜史都包有中國古代傳記，梁啟超對雜史的肯定也是中國古代傳記的肯定。梁啟超認為雜史常有正史沒有的真相，離開雜史難以求真，這是對傳記求真這一屬性的肯定。這對於發掘中國古代傳記中的真，探究中國古代民間傳記文學書寫的傳記學價值具有重要意義。最有價值的中國古代傳記不在官方的傳記文學書寫而在民間的傳記文學書寫中。

梁啟超之所以重估傳記資料的價值，則是為了史書的第一屬性——真實。他說：「舉從前棄置散佚之跡，鉤稽而比觀之；其夙所因襲者，則重加鑒別，以估定其價值。如此則史學立於『真』的基礎之上，而推論之功乃不至枉施也。」〔註209〕為什麼史學要建立在「真」的基礎上，因為「真」不只是歷史的基礎，也是一切存在的基礎，沒有「真」，就沒有一切存在。

（四）傳記文學的書寫

傳記文學書寫的態度和技巧是傳記文學理論的重要組成部分。書寫態度主要是求真，書寫技巧則既求真又求美。求真是傳記的史學特徵，求美是傳記

〔註207〕 梁啟超：《新史學·論書法》，湯志鈞、湯仁澤編：《梁啟超全集》第二集，第518頁。

〔註208〕 梁啟超：《中國歷史研究法》，湯志鈞、湯仁澤編：《梁啟超全集》第十一集，第285頁。

〔註209〕 梁啟超：《中國歷史研究法》，湯志鈞、湯仁澤編：《梁啟超全集》第十一集，第256頁。

的文學特徵。史學書寫雖然也求美，但不會因不美而喪失其史學性。文學也求真，但不會因失真而喪失其文學性。唯有傳記文學，既求真又求美，必然真美兼顧、真美兼有。

1. 求真——書寫態度

梁啟超的求真思想首先來自於他的史學思想，其次來自於他的傳記文學書寫實踐。

求真不但是傳記的第一屬性，也是史書的第一屬性，梁啟超傳記文學理論思想中的求真意識首先由其史學思想而來。歷史是客觀的，而史書只能由擁有主觀情感的人來書寫，這就需要書寫歷史者的求真意識和態度，梁啟超說：「吾儕今日所渴求者，在得近於客觀性質的歷史。」〔註210〕這裡的「吾儕今日」表明歷史的客觀性是「新史學」而不是舊史學追求的。史家追求歷史的客觀性，不可避免的要遇到很多阻撓，所以梁啟超說：「我以為史家第一件道德，莫過於忠實。」〔註211〕史家是歷史的書寫者，只有以忠實的態度書寫歷史，才能獲得真實、客觀、公正的歷史。客觀對應的是主觀，忠實書寫最大的敵人是主觀情感，梁啟超認為在書寫時，「萬不可用主觀的情感夾雜其中，將客觀事實任意加減輕重。」〔註212〕但是中國古代傳記文學書寫往往受主觀影響，難以客觀。這在梁啟超看來是由我國文以載道的傳統造成的，這也是中國傳記文學和西方傳記文學的重要區別所在，因為把載道當作第一目的，求真屈服於載道，自然要失實。〔註213〕梁啟超這一論斷非常貼切，古代傳記因為追求文以載道從而成為個人修身教科書或帝王治國參考書。因為追求文以載道而放棄忠實的求真態度，必然導致失真。這樣的傳記並不是真正的傳記，徒有表象，沒有實質。中國古代之所以形成文以載道的傳統在梁啟超看來是由孔子造成的，他說：「此惡習起自孔子，而二千年之史無不播其毒。……孔子作《春秋》，別有目的，而所記史事，不過借作手段，此無可疑也。坐是之故，《春秋》在他方面有何等價值，此

〔註210〕梁啟超：《中國歷史研究法》，湯志鈞、湯仁澤編：《梁啟超全集》第十一集，第283頁。

〔註211〕梁啟超：《中國歷史研究法補編》，湯志鈞、湯仁澤編：《梁啟超全集》第十四集，第72頁。

〔註212〕梁啟超：《作文教學法》，湯志鈞、湯仁澤編：《梁啟超全集》第十一集，第627頁。

〔註213〕見梁啟超：《中國歷史研究法》，湯志鈞、湯仁澤編：《梁啟超全集》第十一集，第283頁。

屬別問題，若作史而宗之，則乖莫甚焉。例如二百四十年中，魯君之見弒者四（隱公、閔公、子般、子惡），見逐者一（昭公），見戕於外者一（桓公），而《春秋》不見其文，孔子之徒猶云『魯之君臣未嘗相弒』。（《禮記·明堂位》）。又如狄滅衛，此何等大事，因掩齊桓公之恥，則削而不書。（看閔二年《穀梁傳》「狄滅衛」條下）。晉侯傳見周天子，此何等大變，因不願暴晉文公之惡，則書而變其文。（看僖二十八年「天王狩於河陽」條下《左傳》及《公羊傳》）諸如此類，徒以有「為親賢諱」之一主觀的目的，遂不惜顛倒事實以就之。又如《春秋》記杞伯姬事前後凡十餘條，以全部不滿萬七千字之書，安能為婦人去分爾許篇幅，則亦日藉以獎厲貞節而已。其他記載之不實、不盡、不均，類此者尚難悉數。故漢代今文經師謂《春秋》乃經而非史，吾儕不得不宗信之。蓋《春秋》而果為史者，則豈惟如王安石所譏斷爛朝報，恐其穢乃不減魏收矣。顧最不可解者，孔叟既有爾許教育大義，何妨別著一書，而必淆亂歷史上事實以惑後人，而其義亦隨之而晦也，自爾以後，陳陳相因，其宗法孔子愈篤者，其毒亦愈甚。」〔註214〕孔子、《春秋》和「春秋筆法」的影響實在太大，古代中國的大多數書寫都難逃其約束，文學的、史學的、傳記文學的書寫無不如是。不客觀，不求真的《春秋》既然被奉為中國古代史學書寫、傳記文學書寫的典範，中國古代史書、傳記的不客觀、失真也就在所難免。梁啟超將中國書寫的這一弊病歸結於孔子，這只是梁啟超對客觀事實的描述，並不代表梁啟超認為這是孔子的主觀意願。對於《春秋》對後世的影響，對自己的影響，孔子或許是早料到的，所以才會說：「知我者其惟《春秋》乎，罪我者其惟《春秋》乎！《孟子·滕文公下》」而對於梁啟超來說，一方面他怪罪《春秋》導致中國古代的書寫不客觀、失真。另一方面，他又引用《春秋》以論證求真的意義和價值，認為《春秋》促進了古代書寫對求真的追求。求真這一史學屬性，在梁啟超看來，無須外求，也不是現代專有，而是源自《春秋》，《春秋》的求真思想對傳記文學書寫的影響很大。他以「春秋筆法」中的「字可體例」論證孔子對客觀的尊重，對求真的重視，證明古代史學的求真屬性也是從孔子而來。他說：「《春秋》既專用字可體例來表示義法，所以用字最謹嚴。第一步講的就是正名主義。董子的《春秋繁露》，有《深察名號篇》，專發明此理。他說：『春秋辨物之理以正其名，名物如其真，不失秋毫之末。故名隕石則後其五，言退鷁則先其六。聖人之謹於

〔註214〕 梁啟超：《中國歷史研究法》，湯志鈞、湯仁澤編：《梁啟超全集》第十一集，第283頁。

正名如此，君子於其言，無所苟而已矣』。觀此可知《春秋》用字，異常謹嚴，不惟字不亂下，乃至排字成句，先後位置，都極斟酌。將此條與前文所舉星隕如雨條合觀，可知所謂名物如其真，確費苦心。」〔註215〕隕石落地，先是看見，再去查看才能發現是五塊，所以孔子寫為「隕石於宋五」，鳥飛過去，先看見是六隻鳥飛過去，細看才能發現是鷁，再看其飛不是直往前飛，而是由於風大阻力，倒退著、迂迴著飛，所以孔子寫為「六鷁退飛」。孔子之求真若此，令人歎為觀止，孔子之追求名正言順若此，令人歎為觀止，春秋大義顯乎於微，其義在此。梁啟超說：「《春秋》將種種名字詳細剖析，而且規定他應用的法則，令人察名可以求義。」〔註216〕察名求義就是據實求真，孔子通過《春秋》做了示範而且規定了書寫方式，希望後代遵循這樣的方式，據實寫真。所以孔子對中國傳記文學書寫的影響是矛盾的兩面，既要求真，又要載道。這需要在兩者之間求得一種絕妙的平衡，這樣的平衡在事實上是做不到的。但是，我們與其批判孔子，不如承認一個事實：以有主觀情感之人類書寫客觀之史，不能獲得絕對的真相。所以，所謂「求真」，貴在一個主觀的「求」字，既然是主觀的求，那麼傳記的真實性就必然取決於書寫者的態度，而書寫者之所以必須有求真的態度，這是由史學的性質決定的。〔註217〕這樣的態度在梁啟超看來也是一種責任，對歷史的真實負責，同時對讀者負責。〔註218〕而只有負起這兩種責任，才能有求真的創作態度，才能寫出真實的傳記文學。

　　梁啟超認為書寫傳記文學必須存疑以求真，他認為一個忠實的歷史學家在著史時應該對既有的史實保持一種懷疑的態度。〔註219〕而在描寫傳主時梁啟超認為必須自覺保持據實描寫，這一據實書寫還包括傳主本人容貌的描寫。他在為康有為和傳時李鴻章作傳時，都引用了英國著名宰相剋林威爾對給他畫像的畫家說的那句話——Paint me as I am（畫我須像我）。〔註220〕梁啟超之

〔註215〕梁啟超：《孔子》，湯志鈞、湯仁澤編：《梁啟超全集》第十集，第367頁。

〔註216〕梁啟超：《孔子》，湯志鈞、湯仁澤編：《梁啟超全集》第十集，第368頁。

〔註217〕梁啟超：《中國歷史研究法》，湯志鈞、湯仁澤編：《梁啟超全集》第十一集，第284頁。

〔註218〕梁啟超：《作文教學法》，湯志鈞、湯仁澤編：《梁啟超全集》第十一集，第627頁。

〔註219〕梁啟超：《中國歷史研究法補編》，湯志鈞、湯仁澤編：《梁啟超全集》第十四集，第73頁。

〔註220〕梁啟超：《中國四十年來大事記》，湯志鈞、湯仁澤編：《梁啟超全集》第二集，第388～389頁。

所以克倫威爾這段故事，一方面說明他瞭解西方，他的傳記學理論思想是受西方啟發而生，一方面也試圖利用繪畫藝術來說明文學創作，即按照事物本來的樣子去描寫，像繪畫一樣如實描繪事物本來的樣子。另外，目前我們還不知道梁啟超對西方繪畫的認識有多深，可以知道的是，無論是在中國還是在日本、歐洲，梁啟超都必然對西方繪畫有所接觸，所以我們可以大膽推測梁啟超在引用這段話的時候跟他對西方繪畫的認識有關係。很明顯的，中國繪畫不是據實描繪為目的，而西方繪畫的據實描繪和他傳記文學理論思想的中據實描寫是異曲同工的。

2. 求真──刻畫人物求「態」

在刻畫傳記人物上，梁啟超提出了「態」的概念。他認為描寫一個人外在形象相對簡單，而描寫一個人的神態──精氣神──卻很難，因為一個人的神態和那一瞬間的生理和心理狀態密切聯繫，稍縱即逝。〔註 221〕梁啟超這段話無疑是極高超的文藝創作理論，從時間和空間兩個維度提出了刻畫人物需要描態以得真，適用於文學、戲劇、美術、舞蹈等所有需要塑造人物的藝術。能提出有這樣的文藝創作思想，自然是和梁啟超的文藝修養是分不開的，其中，時間方面的描態是文學擅長的，空間方面的描態是繪畫擅長的，而對於「態」的追求則根基於「神似」「氣韻生動」等中國古代藝術思想，這一思想自然是梁啟超傳記文學理論思想中的「新」質，即使到了今天，能綜合各類藝術，從求真的角度，對刻畫人物提出創作思想的人也是罕見的。

3. 求真──主張以「態」顯真

無論是梁啟超引用克倫威爾的 Paint me as I am，還是他強調描繪人物在空間上的動態，都是梁啟超繪畫思維的結晶，這一方面顯示了他的藝術修養，一方面也顯示了他善用「他山之石」的能力。最真實、最確定、最客觀的歷史是歷史的再現。歷史不可再現，再現歷史只能成為書寫歷史的最高要求。從這一要求出發，再現歷史便應成為歷史書寫者的第一道德和第一責任。為了再現歷史，梁啟超還應用他對電影的認識加以說明：「吾不嘗言歷史為過去人類活動之再現耶？夫活動而過去，則動物久已消滅。曷為能使之再現，非極巧妙之技術不為功也。故真史當如電影片，其本質為無數單片，人物逼真，配景完整而復前張後張緊密銜接，成為一軸，然後射以電光，顯其活態。夫

〔註 221〕 見梁啟超：《中國歷史研究法》，湯志鈞、湯仁澤編：《梁啟超全集》第十一集，第 284 頁。

捨單張外固無軸也。然軸之為物，卻自成一有組織的個體，而單張不過為其成分。若任意抽取數片，全沒卻其相互之動相，木然隻影，黏著布端，觀者將卻走矣。」〔註222〕之所以用電影來說明「活態」的再現，那是因為相比較於文學和美術，電影的表現形式首先是「活態」的，既有時間也有空間的「動態」。到目前為止，以展現人物的「活態」而言，電影依然是「活態」再現最合適的藝術、最好的藝術，以傳記藝術而言，現在也有傳記類的電影。看過電影，這在當時中國的學者群中已屬罕見，看過電影而又能用於自己的學術研究，絕無僅有，梁啟超是唯一的一個，正是這一唯一才足以撐起梁啟超傳記文學理論思想中的「新」質，足以讓梁啟超成為中國現代傳記文學第一人。

　　梁啟超之所以用電影來說明歷史「活態」的重要性，也基於他樸素的哲學思想，即事物是普遍聯繫的整體。他從個體人的特徵——整體性、生命性、機能性、方向性——出發，認為人類活動、人類史也是一個整體，也有生命，有機能，有方向，而在這一整體中各種事物在時間和空間上都是相互聯繫的，空間上的聯繫為人類一活動的「背景與其交光」，時間上的聯繫為「來因與其後果」。〔註223〕這意味著，只有釐清時間和空間上的聯繫，才能認識事物，而只有認識了事物，「看見」事物的真實，才能傳記文學書寫中真正刻畫出一個活生生的人。

4. 真美兼具——既要注重史學性，又要注重文學性

　　從中國的史學思想中，梁啟超看到了傳記文學書寫的客觀性，他說：「鄭樵之言曰：『史冊以詳文該事，善惡已章，無待美刺。讀蕭、曹之行事，豈不知其忠良？見莽、卓之所為，豈不知其凶逆？……而當職之人，不知留意於憲章，徒相尚於言語。正猶當家之婦不事饔飧，專鼓唇舌』《通志・總序》此言可謂痛切。」〔註224〕鄭樵這番話清楚的斷定在史學書寫中不需要修飾，也不需要帶入著者的主觀妄作評價，只需要客觀的記錄史實就可以了。一如我們前面所說，站在中西古今之交叉點上的梁啟超還沒有現代分科意識，他習慣的表達方式仍然屬於中國古代書寫的話語體系，這意味著梁啟超所謂的史學書寫

〔註222〕梁啟超：《中國歷史研究法》，湯志鈞、湯仁澤編：《梁啟超全集》第十一集，第284頁。

〔註223〕梁啟超：《中國歷史研究法》，湯志鈞、湯仁澤編：《梁啟超全集》第十一集，第285頁。

〔註224〕梁啟超：《中國歷史研究法》，湯志鈞、湯仁澤編：《梁啟超全集》第十一集，第284頁。

適用於文學書寫，適用於傳記文學書寫。

注重文學性就是要感人，梁啟超認為文章的目的是感人，因為作文章是為了給人看，給人看的文章如果不能感動人，在梁啟超看來就沒有什麼價值。傳記文學是兼有史學性和文學性的文體，如果沒有文學性，史學性再強，也沒有人看，價值就會減少。梁啟超把文學性比作傳記文學價值增長的助推器，對此，梁啟超認為在寫作傳記時，既要嚴謹，也就是追求史學的真實性。也要靈活，把文章寫得飛動。這一助推器有時甚至起決定作用，不然史學性再怎麼好，也沒有人看，文章也就失去了它的價值。他還一直到，有時候文學性甚至有決定性的作用，即一個一般的故事會以為好看而感染人。而一個好的故事卻會因為書寫的不精彩而沒有人看。對此，他通過比較兩部史書——《資治通鑒》和《續資治通鑒》——做出了說明。〔註225〕梁啟超注重文學性的思想不只是對中國古代傳記的思考，還深受西方影響。他認為好的傳記「當如布爾特奇之《英雄傳》，以悲壯淋漓之筆，寫古人之性行事業，使百世之下聞其風者，讚歎舞蹈，頑廉懦立，刺激其精神血淚，以養成活氣之人物，而必不可妄學《春秋》，侈衰鉞於一字二字之間，使後之讀者，加注釋數千言，猶不能識其命意之所在。……當如吉朋之《羅馬史》，以偉大高尚之理想，褒貶一民族全體之性質，若者為優，若者為劣，某時代以何原因而獲強盛，某時代以何原因而致衰亡，使後起之民族讀焉，而因以自鑒曰：吾儕宜爾，吾儕宜毋爾，而必不可專獎厲一姓之家奴走狗，與夫一二矯情畸行，陷後人於狹隘遍枯的道德之域，而無復發揚蹈厲之氣。」〔註226〕在這裡，他對文學性的看重，是著眼於文學性可以增強傳記文學的救亡功能，在其背後是其在西學背景下形成的「民族／國民」與個體的關係意識。

三、「民族／國民」與個體的關係意識

梁啟超的傳記文學思想有一種強烈的意識，那就是注重「民族／國民」與個體的關係。這一意識首先來自於他的史學思想，他認為中國的國民性之所以如此畸形，歷代史學家具有不可推卸的責任。〔註227〕這裡提到的史家當

〔註225〕 見梁啟超：《中國歷史研究法補編》，湯志鈞、湯仁澤編：《梁啟超全集》第十四集，第82～83頁。

〔註226〕 梁啟超：《新史學‧論書法》，湯志鈞、湯仁澤編：《梁啟超全集》第二集，第520頁。

〔註227〕 見梁啟超：《中國歷史研究法》，湯志鈞、湯仁澤編：《梁啟超全集》第十一集，第281頁。

然是指舊史家，而新史家的任務則是改變這一現狀，「導國民」是「史家之職」。〔註228〕但這一意識最重要的來源恐怕還是他的救亡意識，他所強調個體的獨立性、自由、榮譽、才華、學識等等，都旨在塑造一個的合格的國民，而只有理想的國民才能使民族獨立、自強。梁啟超塑造國民需要四個條件：第一，國家由個人組成，個人不能成為健全的國民，國家也難以健全；第二，國家的依靠是全體國民而不是個別英雄；第三，個人要成為一個完全能夠自我認知、自我負責，充滿勇氣和責任感的個體；第四，一個健全的國民需要有名譽心、敢於爭取自由、充足的學識以及健康的身體。

　　梁啟超說：「國也者，積民而成。國之有民，猶身之有四肢、五臟、筋脈、血輪也。未有四肢已斷，五臟已瘵，筋脈已傷，血輪已涸，而身猶能存者；則亦未有其民愚陋、怯弱、渙散、混濁，而國猶能立者。」〔註229〕國家由國民構成，國家的獨立、富強，全繫於國民的獨立、富足，別無他途。長期生活在一個男權社會裏，人們自然會把國民的範疇僅限於男性。梁啟超不同，他已經看到了女性國民的價值，在《記江西康女士》中梁啟超說：「群二萬萬不知道之人，則烏可以為國矣」。〔註230〕梁啟超的這一意識在當時無疑是領先的，他能意識到，離開女性，只憑男性，國家、民族無從獨立、自強。在《文明與英雄之比例》文中，梁啟超說：「吾敢下一轉語曰：英雄者，不祥之物也。人群未開化之時代則有之，文明愈開，則英雄將絕跡於天壤。」〔註231〕只有不再把國家和民族的希望放在個別英雄身上，個體才能和國家、民族聯繫起來，才能由野蠻時代進入文明時代。而個體要想和國家、民族建立起有效的聯繫，首先要實現個體獨立，梁啟超在《三先生》傳中所引用陸九淵和康有為的話說明怎樣的人才是一個獨立的個體：「陸子曰：『我雖不識一字，亦須還我堂堂地做個人。』啟超始學於南海，即受此義，且誡之曰：『識字良易，做人信難哉！』又曰：『若不行仁，則不得為人，且不得為知愛同類之鳥獸。』」〔註232〕這就意味著只有獨立的個體才是人，才是真正的人，而不獨立的個體則不是人。不是人的人自然不是國民，也自然和民族和國家無法建立聯繫，更不能使民族獨立、國家富強。

〔註228〕梁啟超：《新史學》，湯志鈞、湯仁澤編：《梁啟超全集》第六集，第497頁。
〔註229〕梁啟超：《新民說》，湯志鈞、湯仁澤編：《梁啟超全集》第二集，第528頁。
〔註230〕湯志鈞、湯仁澤編：《梁啟超全集》第一集，第186頁。
〔註231〕湯志鈞、湯仁澤編：《梁啟超全集》第二集，第141頁。
〔註232〕湯志鈞、湯仁澤編：《梁啟超全集》第一集，第273頁。

　　人作為一個獨立的個體是需要許多填充物的，康有為說的「仁」就是填充物，除此之外，還有名譽心、恥辱心、爭自由之心，學識等等。自由是獨立個體最重要的填充物，沒有自由，就沒有個體的獨立，更沒有民族、國家的獨立。他說：『不自由毋寧死！』斯語也，實十八、九兩世紀中，歐美諸國民所以立國之本原也。」〔註233〕梁啟超對自由的遠見卓識在於對放棄自由之罪的認識，因為這放棄自由之罪在中國最為普遍，可謂源遠流長。他說：「西儒之言曰：天下第一大罪惡，莫甚於侵人自由。而放棄已之自由者，罪亦如之。余謂兩者比較，則放棄其自由者為罪首，而侵人自由者乃其次也。何以言之？蓋苟天下無放棄自由之人，則必無侵人自由之人，此之所侵者，即彼之所放棄者，非有二物也。……夫孰使汝自安於劣，自甘於敗，不伸張力線以擴汝之界，而留此餘地以待他人之來侵也？故曰：苟無放棄自由者，則必無侵人自由者。其罪之大原自放棄者發之，而侵者因勢利導，不得不強受之。」〔註234〕放棄自由之罪的原因在於自由是精神的產物，它的存在與否取決每個人的內心，他認為一個人的心靈不自由是他在行為上成為奴隸的根源，國民很多看似無奈的行為其實是作繭自縛。〔註235〕自由之外，另一重要的填充物是名譽心。在《偉人訥耳遜軼事》中，梁啟超說：「人苟無名譽心則已，苟有名譽心，則雖有千百難事橫於前途，以遮斷其進路，而鼓舞勇氣，終必能排除之。……訥公其後造赫赫之偉業，轟風雲於大地，雖其器量膽略超軼尋常，抑豈不以此名譽心旁薄而宣洩矣乎？」〔註236〕他希望用世界近代史上的名人納爾遜的故事鼓起中國人的榮譽心。名譽心之重要體現在，假設一個人才華橫溢而沒有名譽心，則難以成就事業。假設一個人的才華不夠，名譽心卻能讓他奮發圖強，成為一個有才華的人。所以無論對於有沒有才華的人，都是非常重要的，或者說，名譽心也是一個健全國民的必備條件。追求獨立、爭取自由、愛好名譽，這些都是精神填充物，是促使人做事的精神動力。還有一些填充物則是做事所必備的，這主要包括學識和人的精神賴以存在的場所——身體。對於學識，梁啟超以他所瞭解的史學出發，認為不懂歷史則不能成為合格的國民，民族、國家也沒有希望，他認為在當

〔註233〕梁啟超：《新民說》，湯志鈞、湯仁澤編：《梁啟超全集》第二集，第564頁。
〔註234〕梁啟超：《自由說》，湯志鈞、湯仁澤編：《梁啟超全集》第二集，第69頁。
〔註235〕梁啟超：《新民說》，湯志鈞、湯仁澤編：《梁啟超全集》第二集，第569頁。
〔註236〕梁啟超：《自由說》，湯志鈞、湯仁澤編：《梁啟超全集》第二集，第68頁。

時想要提倡民族主義，想要國家富強，在必須進行史學革命——提倡新史學，反對舊史學。〔註237〕此外，梁啟超還提倡尚武精神，希望喚起中國人對體格的重視，他認為中國過去很多慘痛的歷史都是沒有尚武精神導致的：「中國民族之不武也。神明華胄，開化最先，然二千年來，出而與他族相遇，無不挫折敗北，受其窘屈，此實中國歷史之一大污點，而我國民百世彌天之大辱也。」〔註238〕病、貧、弱是當時中國國民的主要特徵，而這三者無一不是缺乏尚武精神的原因，一個長期陷入病、貧、弱的民族，是難以發展出尚武精神。而病、貧、弱的根源不在百姓，而在專制政權，是專制政權造就了孱弱的國民。只有推翻專制政權才能真正救國，而提倡尚武精神，培養健康的國民其最終目的還是為了推翻專制制度。

　　總的來說，梁啟超對國民的最大期待是成為一個愛國者，但是這愛國者不是帝王馴化的，而是一個國民作為獨立的個體自己去發現的。只有愛國者鑄就的國家才是一個強大的國家。救國的前提是國民有愛國之心，在國君把國民當作草芥的長期歷史傳統下，欲喚起老百姓的愛國精神，成為一個切實的愛國之民，而不是以愛國知名求自己的生存與私利——任重而道遠。

四、「重構歷史」——「重人」思想的產生

　　「重人」的傳記文學思想是梁啟超傳記文學思想的主要組成部分，或者也可以說是梁啟超傳記文學思想的主要特徵，這一思想產生的主要原因在於重構歷史，而重構歷史則由兩個動機：救亡意識和開創新史學，救亡意識是政治的，開創新史學是學術的。

（一）救亡意識的動機

　　梁啟超認為史學對於國家的生存發展非常重要，他認為史學是國人的「明鏡」，是愛國精神的源泉，而當日西方愛國心之所以發達，在梁啟超看來就是西方新史學的功勞。〔註239〕舊中國史書在梁啟超看來就是「耗民智之具」。〔註240〕因為舊史的目的是「為專制帝王養成忠順之臣民」，〔註241〕是為了帝王「自固

〔註237〕　梁啟超：《新民說》，湯志鈞、湯仁澤編：《梁啟超全集》第二集，第 632 頁。
〔註238〕　梁啟超：《新民說》，湯志鈞、湯仁澤編：《梁啟超全集》第二集，第 625 頁。
〔註239〕　梁啟超：《新史學》，湯志鈞、湯仁澤編：《梁啟超全集》第二集，第 497 頁。
〔註240〕　梁啟超：《新史學》，湯志鈞、湯仁澤編：《梁啟超全集》第二集，第 499 頁。
〔註241〕　梁啟超：《中國歷史研究法》，湯志鈞、湯仁澤編：《梁啟超全集》第十一集，第 281 頁。

而愚民」。〔註 242〕這些舊史家「自為奴隸根性所束縛，而復以煽後人之奴隸根性而已」。〔註 243〕所以他們衡量人物的唯一標準「惟權力是視而已」，〔註 244〕使歷史變成了「鬼蜮之府和」「勢利之林」，從而「率天下而禽獸」，〔註 245〕造成了二千年來「國民性之畸形的發達」。〔註 246〕所以梁啟超認為舊史家有「陸沉我國民之罪」。〔註 247〕但是，舊史的責任只是表面上的，其根源其實在於古代社會的專制制度，舊史只是古代人主奴化百姓的諸多工具之一。

在梁啟超看來，新史不同於舊史，他既不是「皇帝教科書」，也不是「士大夫之懷才竭忠以事其上者所宜必讀」的書。它目的是為了培養人們「為一國民為一世界人之資格」，其讀者是新的「國民」。因為新的國家「以民治主義立國」，在這樣的國家裏，舊史的讀者──皇帝和士大夫都不存在了。所以「今日所需之史」，不再是皇帝和士大夫的「資治通鑒」，而是「國民資治通鑒」和「人類資治通鑒」。既然新史完全不同於舊史，所以歷史是要重構的。既然以新史的標準衡量，中國無史，所以這一種重構，也是一種全新的書寫。而這一書寫的目的主要由讀者而定，也就是說，新舊史的區別在於為誰而寫；在中國由古代進入現代的過程中，為誰而寫集中的表現為是否為真正的「人」──寫真正的「人」。

（二）開創新史學的動機

梁啟超重構歷史兩個動機常常糾纏不清是由時代決定的。在國家、民族日益危亡的大環境下，幾乎沒有不受政治影響的學術。但不管怎樣，政治的總歸是政治的，學術也總歸是學術的。政治的動機而外，依然不乏學術的動機。而且，很明顯的，在政治上的目標達成之後，歷史研究總是要回歸為純粹的學術，這時候影響歷史書寫的就不是政治而是學術追求了。梁啟超在學術追求上要求重構歷史的論述主要有兩個出發點：一個是否定舊史；一個是「重人」思想。梁啟超否定舊史，這是重構歷史的前提，他認為舊的史學實際上是「年代學」「人譜學」。〔註 248〕然後他又提出了歷史定義，他重構歷

〔註 242〕梁啟超：《新史學》，湯志鈞、湯仁澤編：《梁啟超全集》第二集，第 520 頁。
〔註 243〕梁啟超：《新史學》，湯志鈞、湯仁澤編：《梁啟超全集》第二集，第 506 頁。
〔註 244〕梁啟超：《新史學》，湯志鈞、湯仁澤編：《梁啟超全集》第二集，第 519 頁。
〔註 245〕梁啟超：《新史學》，湯志鈞、湯仁澤編：《梁啟超全集》第二集，第 510 頁。
〔註 246〕梁啟超：《中國歷史研究法》，湯志鈞、湯仁澤編：《梁啟超全集》第十一集，第 281 頁。
〔註 247〕梁啟超：《新史學》，湯志鈞、湯仁澤編：《梁啟超全集》第二集，第 499 頁。
〔註 248〕梁啟超：《中國歷史研究法》，湯志鈞、湯仁澤編：《梁啟超全集》第十一集，第 282 頁。

史的根據，他認為歷史是記載人類活動軌跡的，而且其目的是為了給現代人鑒戒。另外，他認為新史學有兩個重要特徵，一個就是客觀資料的整理，這指向歷史的真實，也是歷史的基礎。其次是主觀的書寫態度，也即為全人類而寫史，而不是只寫少數人的歷史。〔註249〕重構歷史的最大意義其實在於重構歷史的可能，這一可能發生的前提是持續一千多年的官修史制度的失範。而無論是曾經的官修史還是梁啟超的重構歷史，其目的都是為了塑造一種類型的國民。

（三）「重人思想」的產生

「重人」思想是梁啟超傳記文學思想的最有價值之處，因為它是和現代傳記文學最相通之處。但這一相通只是表面上的，因為從梁啟超的「重人」思想和現代傳記文學的重人思想完全不同，現代傳記文學的重人思想是目的，而梁啟超的「重人」卻是手段／方法。「重人」是手段／方法，著史——「重構歷史」才是他的目的，即他認為只有「重人」，才能「重構歷史」。而重人思想體現在實踐中則是借用人物把「歷史」顯現出來——傳記是顯示歷史的工具，也就是說，歷史是主角，人物是配角。以傳記為手段／方法，這就和桐城派的傳記文學思想有了某種異曲同工之妙，在桐城派那裏，傳記也是手段／方法，不是目的。梁啟超和桐城派都是在對手段／方法的追求上，接近了傳記的現代性。梁啟超「重人」的思想主要體現在以下三個方面。

1. 傳記對於著史的價值

雖然在表面上看來，以傳記為主體著史是古代史學書寫傳統的延續。「史」仍然由「人」構成，而不是由「事」構成。但古代著史雖然以傳記為主體，但只是對《史記》著作形式的因襲，並未意識到傳記對於歷史的價值。梁啟超主張以傳記作為著史的主體，但卻不是對《史記》以史傳為主體這一形式的因襲，而是看到了傳記作為著史工具的獨特價值。因為這樣的歷史可以通過一個人的傳記顯現出來。譬如要明瞭文學史，那就通過為一個文學家作傳，而把「當時及前後的文學潮流分別說明」〔註250〕，同時通過「把種種有關的事變都歸納到他身上」，從而既可以看到「時勢及環境如何影響到他的行為」，又可以看

〔註249〕梁啟超：《中國歷史研究法》「自序」，湯志鈞、湯仁澤編：《梁啟超全集》第十一集，第256頁。

〔註250〕梁啟超：《中國歷史研究法補編》，湯志鈞、湯仁澤編：《梁啟超全集》第十四集，第92頁。

到「他的行為又如何使時勢及環境變化」。〔註251〕梁啟超有個宏大的計劃，那就是用一百人的傳記去囊括整個中國文化史。〔註252〕一百個人的傳記就可以組成整部中國文化史，可見傳記作為著史的工具有多麼重要，用傳記作為著史的工具顯然是再合適不過了，沒有比它更好的工具。一個明顯的事實是，廿四史中的人物傳記數以萬記，卻並不能包括全部中國文化的歷史，原因也是明擺著的，因為這不是古代著史的目的。古代史的目的首先是成為皇帝的教科書，其次是成為臣民的修身教科書。這既看不到傳記對於歷史的價值，更不可能看到個人對於歷史的價值。從重視列傳——傳記——作為史書的主體，到主張全部用傳記來著史，是梁啟超「重人」傳記文學思想最顯著的特徵。

2.「人」對於歷史的價值

首先，「夫史蹟為人類所造，吾儕誠不能於人外求史。」〔註253〕這是一個顯而易見的事實，任何史書的內容都不能離開「人」。其次，「一個人方寸之動而影響及於一國，一民族之舉足左右而影響及於世界者，比比然也。」〔註254〕對於歷史，對於著史有重要影響的人格外重要，他們是梁啟超眼裏所謂的「歷史的人格者」。梁啟超認為「歷史的人格者」即是那和歷史密切相關，其一舉一動皆對歷史有重大的影響的人。〔註255〕對於這類人他舉例說：「試思中國全部歷史如失一孔子，失一秦始皇，失一漢武……其局面當何如？佛學界失一道安、失一智顗、失一玄奘、失一慧能，宋、明思想界失一朱熹、失一陸九淵、失一王守仁，清代思想界失一顧炎武、失一戴震，其局面又當何如？其他政治界、文學界、藝術界，蓋莫不有然。」〔註256〕如果歷史不書寫能為「歷史的人格者」的一批人，歷史自然也就不存在了。而這些人之所以成為「歷史的人格者」是因為他們每一個人都能作為一個中心

〔註251〕梁啟超：《中國歷史研究法補編》，湯志鈞、湯仁澤編：《梁啟超全集》第十四集，第85頁。

〔註252〕梁啟超：《中國歷史研究法補編》，湯志鈞、湯仁澤編：《梁啟超全集》第十四集，第133頁。

〔註253〕梁啟超：《中國歷史研究法》，湯志鈞、湯仁澤編：《梁啟超全集》第十一集，第281頁。

〔註254〕梁啟超：《中國歷史研究法》，湯志鈞、湯仁澤編：《梁啟超全集》第十一集，第339頁。

〔註255〕梁啟超：《中國歷史研究法補編》，湯志鈞、湯仁澤編：《梁啟超全集》第十四集，第84頁。

〔註256〕梁啟超：《中國歷史研究法》，湯志鈞、湯仁澤編：《梁啟超全集》第十一集，第348頁。

串聯起一部歷史。譬如玄奘，梁啟超說他：「法相宗的創造者是玄奘，翻譯佛教經典最好最多的是玄奘，提倡佛教最用力的是玄奘。中國的佛教，若只舉一人作代表，我怕除了玄奘，再難找第二個。我們想做一個人的傳，把全部佛教說明，若問那個最方便，我敢說沒有誰在玄奘上面的。」〔註257〕所以他認為作一部《玄奘傳》就可以說明中國佛教的發展史，而成功的做出中國佛教的發展史也是作《玄奘傳》目的，作《玄奘傳》只是說明中國佛教發展史的工具。而要為明代明代的思想家作傳，梁啟超認為以王陽明為中心，為他一個人做傳就夠了，因為「明代的思想家委實不少，但因為王守仁太偉大了，前人的思想似乎替他打先鋒，後人的思想都不能出他的範圍，所以明代有他一個人的傳，便盡夠包括全部思想了」。〔註258〕很明顯的，在這裡，梁啟超提倡為王陽明作傳的目的是為了闡述明代思想史，是思想史的一個闡述工具。

3. 以人物傳記為主體著史的便捷性和有效性

以人物傳記為主體著史梁啟超認為至少兩種類型的歷史可以作為代表。第一種是難懂的學術史，他以哲學史為例說，如果不用哲學家傳記作為工具，則這樣的哲學史在普通人看來「必難發生趣味」。而如果以哲學家傳記的形式把哲學史寫出來，就可以深奧難懂的哲學普及到大眾當中去。而以此類推，其他學科都是如此，都可以通過傳記的形式普及本學科難懂的知識。第二種是「用年代或地方或性質支配」難以講清楚的歷史，「若集中到一二人身上，用一條線貫串很散漫的事蹟，讀者一定容易理會」。他以鮮卑和漢族的融合史為例說：「編年體的《資治通鑑》不能使我們明瞭，《紀事本末》把整個的事團分成數部，也很難提挈鮮卑人全部的趨勢。假使我們拿鮮卑人到中原以後發達到最高時的人物做代表，如魏孝文帝，替他做一篇傳；凡是鮮卑民族最初的狀況，侵入中國的經過，漸漸同化的趨勢，孝文帝同化政策的厲行，以及最後的結果，都一齊收羅在內，就叫做《魏孝文帝傳》；那麼，讀者若還不能得極明瞭的觀念，我便不相信了」。〔註259〕這一書寫策略看起來有利於著

〔註257〕 梁啟超：《中國歷史研究法補編》，湯志鈞、湯仁澤編：《梁啟超全集》第十四集，第146頁。

〔註258〕 梁啟超：《中國歷史研究法補編》，湯志鈞、湯仁澤編：《梁啟超全集》第十四集，第134頁。

〔註259〕 梁啟超：《中國歷史研究法補編》，湯志鈞、湯仁澤編：《梁啟超全集》第十四集，第133頁。

史，其實操作難度很大，即通過一個人的傳記帶起一段歷史，考驗的仍是著作者本身。在著作者本人不足的情形下，這一書寫策略只能被束之高閣。一個顯而易見的事實，除了梁啟超自己寫的《李鴻章傳》/《晚清四十年》，還難再有第二部這樣的著作。

五、「重人」思想的「新質」

梁啟超看到傳記對於著史的價值，看到個人對於歷史的價值，所以自然也就有了「重人」的傳記文學思想，但是，不得不看到，這一思想只是梁啟超史學思想的副產品，因為這一思想是由著史的手段／方法決定的，而不是著史的目的決定的。但正因為不是著史的目的決定的，才能使這一「重人」的思想離史學更遠，離傳記文學更近。這一「重人」的思想主要表現為三點。

（一）第一次系統論述「人」的獨特價值

梁啟超認為歷史中的人不應該「與一幅之畫、一座之建築物相等」，只是「供史之利用」，而應該「史供其利用」。〔註260〕這意味著歷史的書寫對象是「人」，而不再是「史」，這一觀點對於傳記文學書寫帶有某種革命性質，它使歷史書寫的方向發生了根本轉向，轉向傳記文學。這一轉向根源於梁啟超的「歷史的人格者」論，歷史的面貌取決於某一「人格」。〔註261〕這一「歷史的人格者」論取決於歷史「常為個性的」，即歷史的進程常為一個別人個性的發揮而決定。他說：「人類只有一個孔子，更無第二個孔子；只有一個基督，更無第二個基督。拿破崙雖極力摹仿該撒，然拿破崙自是拿破崙，不是該撒。吾儕不妨以明太祖比漢高祖，然不能謂吾知漢祖，同時即已知明祖。蓋歷史純為個性發揮之製造品，而個性直可謂之無一從同」。〔註262〕歷史是人類活動痕跡的歷史，不同的人，其活動的痕跡也不同。雖然梁啟超在這裡是用人的不同，強調歷史的不同。但是其在著史／書寫傳記文學作品時，為了表現出不同的歷史，必然以不同的人物活動作支撐，這就必然要寫出不同人的不同個性——重視每一個人的獨特價值。

〔註260〕梁啟超：《中國歷史研究法》，湯志鈞、湯仁澤編：《梁啟超全集》第十一集，第281頁。

〔註261〕梁啟超：《中國歷史研究法》，湯志鈞、湯仁澤編：《梁啟超全集》第十一集，第352頁。

〔註262〕梁啟超：《中國歷史研究法》，湯志鈞、湯仁澤編：《梁啟超全集》第十一集，第347頁。

（二）第一次系統討論傳主的選擇並做出分類

因為梁啟超把傳記看作著史的工具，所以梁啟超選擇傳記人物的標準是史學性的，注重人物和歷史的關聯。這些人物的作用是作為歷史的一部分，完成歷史宏大敘事，而不是展現個體的命運及其精神。梁啟超將這些人分為兩大類：一類以專傳的形式書寫，一類以合傳的形式書寫。適合作專傳的人物被梁啟超分為七類。〔註263〕適合作合傳的人物被梁啟超分為五類〔註264〕。這五種類型的人又被梁啟超分為兩個大類：「超群絕倫的偉大人物」和「代表社會一部分現象的普通人物」。〔註265〕梁啟超不但做出了分類，還對各個類別都做了詳細的闡釋，這裡不再贅述。需要注意的是，這些分類是建立在梁啟超對舊史學，舊傳記的全盤認識之上，這是一般學者和傳記作者難以企及的。

（三）第一次系統的討論塑造傳主形象

首先，梁啟超主張詳細、全面的刻畫傳主。第一，他認為，不但要寫傳主的大師，還要寫小事和細節。〔註266〕第二，他認為不但要描寫他的外在，還要寫他的外在，這樣才能得到傳主的「真相」〔註267〕這一真相同時也是歷史的真相。

其次，梁啟超主張要寫出人的個性，也就是寫出一個傳主的特別之處。梁啟超認為這是由人類性格的特殊性決定的。現代傳記文學的目的是寫人，寫出人的個性，寫出個性的人，寫出一個個不同的、活生生的人。梁啟超以描寫人的個性為「唯一職務」的思想跟現代傳記文學思想是同一的，這無疑是梁啟超傳記文學理論思想最重要的「新」質。在描寫個性上，梁啟超提倡一種所謂「通用的技術」：即凡是有利於刻畫傳主個性，都要寫出來，這樣才能使傳主栩栩如生。他進而以廉頗的故事說明：司馬遷寫廉頗不寫他的戰功和寫他的嫉妒藺相如以及之後的謝罪。同時也吃飯這一件事襯托他的愛國之心。注重描寫人物而外，梁啟超還從比較的角度論述了小說和傳記在塑造人物上的不同。他說

〔註263〕詳見梁啟超：《中國歷史研究法補編》，湯志鈞、湯仁澤編：《梁啟超全集》第十四集，第95～100頁。

〔註264〕詳見梁啟超：《中國歷史研究法補編》，湯志鈞、湯仁澤編：《梁啟超全集》第十四集，第110～112頁。

〔註265〕見梁啟超：《中國歷史研究法補編》，梁啟超：《中國歷史研究法》，第204頁。

〔註266〕見梁啟超：《中國歷史研究法補編》，湯志鈞、湯仁澤編：《梁啟超全集》第十四集，第84～85頁。

〔註267〕見梁啟超：《作文教學法》，湯志鈞、湯仁澤編：《梁啟超全集》第十一集，第627頁。

「小說體的文，寫個人特性，全憑作者想像力如何；傳記體的文，寫個人特性，全憑作者觀察力如何。有了相當的想像力、觀察力，怎樣才能把所想像、所觀察儘量的恰肖的傳出」〔註268〕這裡提到的觀察力一方面觸及現代傳記文學的求真要素，另一方面又觸及了現代傳記文學的寫真要素。

（四）第一次從心理角度論述人的價值

深處中西交匯的歷史渡頭，梁啟超已經有了民族心理學意識，他認為這是歷史演繹的秘密所在。〔註269〕梁啟超發現的是歷史的秘密，其注重民族心理、社會心理都是為了研究歷史。但是不管怎樣，這一秘密的發現在客觀上促使梁啟超開始研究個人心理。於是他才能發現心理的特殊性——「心理之發動，極自由不可方物」。發現心理和環境的關係——「心的運動，其速率本非物的運動所能比擬，故人類之理想及欲望常為自然界所制限。倘使心的經過之對於時間的關係純與物的經過同一，則人類征服自然可純依普通之力學法則以行之。惟其不能，故人類常感環境之變化，不能與己之性質相適應。對於環境之不滿足，遂永無了期」，認識到心理的力量——發動極偶然而又影響力極大。〔註270〕而這些關於心理的認識無一不指向人的特殊性，生命、生活的偶然性，而書寫個人的特殊性、偶然性正是現代傳記文學書寫的重要內容。

中國古代傳記浩如煙海卻乏善可陳，這是由古代傳記者的思想決定的。古代傳記文學書寫者的思想基本由古代社會決定，在現代社會來臨之前，古代書寫者的思想不可能發生質的改變，這是一種歷史的必然。但是，歷史在必然之外，還有很多偶然。中國現代傳記文學思想，或者說中國傳記文學的現代性萌發於晚清，有必然也有偶然。其萌發的途徑有二：一為不假外來思想的自我演進，具有偶然性。無論是章學誠還是方苞，他們作為「古代人」是必然的，但是他們能生發出現代傳記文學思想的因子是偶然的，這取決於他們自己獨特的人生經歷和個人天賦；因為域外思想撞擊下的自我審視和改良，具有必然性。思想外來必然引起思想碰撞，思想碰撞也必然會產生「現代人」，不是梁啟超，就會是其他人。不在梁啟超的時代，就會在他之後的時代出現。不管是

〔註268〕梁啟超：《作文教學法》，湯志鈞、湯仁澤編：《梁啟超全集》第十一集，第636～637頁。

〔註269〕詳見梁啟超：《中國歷史研究法》，湯志鈞、湯仁澤編：《梁啟超全集》第十一集，第349頁。

〔註270〕詳見梁啟超：《中國歷史研究法》，湯志鈞、湯仁澤編：《梁啟超全集》第十一集，第350頁。

章學誠、桐城派、梁啟超，還是那些侵染晚清新學的不知名的小人物，他們在寫人這一現代傳記文學最重要的屬性的認識上都有很大的突破。以傳記文學理論而言，無論章學誠的「史」還是桐城派的「文」，他們的傳記文學書寫策略在本質上是為儒家經學服務的。而梁啟超的「新史學」雖然脫離了舊史學，但是其目的仍然不出儒家經學的範疇，即追求一種對「群體生活」的「有用」。這意味著，他們並沒有發現個體的獨特價值，個體精神的獨特價值，也沒有從個體內在的角度去發現人。這也意味著，按照他們的發展方向，他們幾乎不可能發現個體的、內在的人，也就無從在真正意義上去刻畫個體的、內在的人。另外，古代傳記文學書寫的語言和體例仍然在他們身上留有很深的印痕，這些問題的解決都需要等到下一個時代的來臨。

第二章　白話文時代的傳記文學理論建構（1919～1927）

　　語言是書寫的工具，很明顯的，中國古代傳記所用的語言工具是文言文，而中國現代傳記文學所用的語言工具是白話文。1917 年開始的白話文時代是由一場新文化運動開啟的，這場運動的第一戰場就是白話文和文言文之爭並以白話文的全面勝利結束。語言工具的徹底改變對書寫的影響是巨大的，白話文開啟了中國現代文學，也開啟了中國現代傳記文學的時代。隨著新文化運動的開展和心理學研究的陸續引進，中國傳記文學書寫進入了一種全新的領域。在這一時期，胡適對於傳記文學的推進無疑是至關重要的，這不但是由他在新文化運動中的影響決定的，也是由他本人的學識鑄成的。

第一節　新文化運動對傳記文學的影響

　　新文化運動是 20 世紀初一場由知識分子發起的思想解放運動，眾所周知，這場運動對中國影響巨大。它的內容主要有三方面：提倡白話文、提倡科學、提倡民主。與之對應的，對傳記文學的影響也主要體現在三個方面：語言變革的世俗化趨向、報刊文體的普及性和現實新聞人物的片段式傳記文學書寫；「實證／考據」方法的影響；「從道德轉向社會乃至政治」的價值評判立場的轉換。

一、內容／語言變革的世俗化趨向、報刊文體的普及性和現實新聞人物的片段式傳記文學書寫

　　推崇白話文，反對文言文的文學革命，帶來最直接的影響就是語言作為書

寫工具的世俗化傾向，世俗化的一大驅動力則是白話文的簡易適用。始於 1917
年的文學革命借助 1919 年的五四運動才得以走向成功，使簡易適用的白話文
得到普及，並促進了新文學的發展，對於這一進程，時人是這樣說的：「民國
八年因外交之失敗有『五四』的學生運動，潮流播及全國，各省學生團刊布無
數小報章及一種小雜誌，完全用白話文，分布各地。而白話文之勢力遂借『五
四』運動而播遍全國。一時國民之心理，對於新文學之趨勢，由反對之態度，
而或有漸趨於容忍。」〔註1〕在這裡我們可以看出，白話文的普及離不開它的
主要載體──報刊，報刊和白話文是互相促進的關係，白話文越普及，報刊也
越發達；報刊越發達，白話文越普及，而且報刊在和白話文也有一個共同的目
的──傳播，報刊這種新興的媒體和白話文這一新興的文字工具都有利於促
進新思想的傳播，這是辦報者和主張白話的目的。從傳播的現實因素來看，報
刊對傳播的促進是通過它的廉價易得獲得的，白話文對傳播的促進是通過語
言的世俗化實現的；語言只有走向世俗化才能有利於傳播，就成為當時的共
識。語言之所以要走向世俗化，是從讀者接受的角度出發的──「我們做白話
文的宗旨，無非是要人看得明白，能夠通俗罷了。」〔註2〕從讀者接受的角度
考慮語言的通俗化是因為有了報刊這種新媒體才會發生，在報刊出現之前，主
要的傳播媒介是「僅能行於上等社會，而下等社會不知」的書籍，之所以出現
這樣的情況是因為「只為一己設想，而不為閱者設想。只為一己立意，而不為
閱者立意。」〔註3〕1927 年，王國維自沉昆明湖，為了紀念王國維和擴大他的
影響力，利用報刊和通俗文來記述一位對時代和民族具有特殊貢獻的重要人
物的事蹟成為時人共識。《東方雜誌》為其開闢「專欄」：「東方雜誌又於本號
特開闢一欄，刊布紀念先生之文字而徵文於余，竊以東方此舉應有二義。……
先生之足以令人感歎興起者，正有待於通俗文字之傳佈。此一義也。」《文學
週報》為其開闢「專號」，而且「王國維追悼專號」文章中的標題全部通俗化：
有顧頡剛的《悼王靜安先生》，徐中舒的《靜安先生與古文字學》，周予同的《追
悼一個文字學的革命者──王靜安先生》，賀昌群的《王國維先生整理中國戲
曲的成績》，陳乃乾的《關於王靜安先生逝世的史料》，徐中舒的《追憶王靜安
先生》，史達的《王靜安先生致死的真因》，陸侃的《關於王靜安的死》，所有

〔註1〕盤澤：《新文學發展之概觀》，《聖教雜誌》1924 年第 6 期。
〔註2〕徐民謀：《通俗文與白話文》，《東方雜誌》1920 年第 17 卷第 5 期。
〔註3〕林隱衡：《我對於文字改革之意見》，《平遠留省學報》1919 年第 1 期。

的標題都直接了當的對應著內容，而且用白話書寫，一目了然。〔註4〕這一系列文章在整體上構成了「王國維傳」——當時的閱報者通過閱讀報刊所載的關於王國維的紀念文章在心中建立起關於王國維的形象。進而，傳記文學這一獨立的文體形象隨著王國維紀念文章的發酵得到增強，即人們發現，可以通過這樣一種形式——在報刊發表，通過這樣一種文體——當時刊載各種傳記文學性質的文章，實現古代傳記文學追求的兩大功能：紀念和流芳百世。

　　此外，在內容／語言變革的世俗化取向上，《農民》雜誌刊登的兩位總統的傳記體現得非常明顯：《前任美國總統哈丁》和《孫中山先生傳》。因為要契合《農民》雜誌擬定的受眾，作者刻意用農民的思維去書寫，刻意拉近總統和農民的距離。描寫哈丁時，作者說：「當他十一歲的時候，他還替人看牛；替人割草；替人砍柴；替人種稻。」從傳記求真的角度來說，這樣的描寫是失實的，這只是對哈丁少年在農場長大的一個推斷。從19世紀俄亥俄州的農業狀態看，作者的推斷多半是不符的。因為俄亥俄州的主要農作物是玉米、燕麥、乾草，而且農場耕地是用馬而不是用牛，所以砍柴、種稻、放牛這些中國農民常做的事情，美國人是幾乎不太可能做的。作者還說：「在美國的政治歷史上，有一個看牛的孩子而為新聞記者，起而當大總統要算哈丁為第一。」〔註5〕首先，哈丁不是一個看牛的孩子，只是小時候生活在農場。接受教育之後，他的職業先是教師、然後是記者，由記者進入政界。其次，他的父母也和中國的農民不同，他們是農場主。而且他的父親曾做過教師，母親做過醫生。對於孫中山的書寫，雖然沒有說他砍柴、割稻、放牛等，但通過他的父母和農民聯繫在一起。作者說：「先生的父親是種田做農的，母親的娘家姓楊，也是種田作農的，由此可見我們農民中間也能生出大偉人來，這是我們農民應該勉勵的。」此外文中對三民主義的解釋也是通過語言的通俗化實現的：「民族主義就是教我們中國同世界上各國都平等，外國人不能欺侮我們中國。民權主義就是我們國家要把百姓做主，大家都平等。誰不比誰小。民生主義就是個個人都有飯吃。照這樣看來，孫先生真是我們農民的好朋友。」〔註6〕這種寫作方式都是可以通過語言的凹俗化、內容的世俗化拉近與讀者的距離達到傳播的目的。

　　報刊這一新生事物作為連接作者和讀者的媒介直接促進了報刊文體的普

〔註4〕見徐中舒：《王靜安先生傳》，《東方雜誌》1927年第24卷第13期。
〔註5〕農：《前任美國總統哈丁》，《農民》1925年第30期。
〔註6〕友仁：《孫中山先生傳》，《農民》1925年第24期。

及，讀者越喜歡讀簡易明瞭的白話文，作者越傾向於用簡易明瞭的白話文寫作；作者用白話文寫作的文章越多，報刊文體就越是在讀者中得到普及。而報刊文體普及在傳記文學領域引起了直接的現象就是出現一種新的傳記文學書寫方式——現實新聞人物的片段式傳記文學書寫。這種書寫有兩個特點：記錄當時社會的新聞人物和片段式的描寫——僅敘述人物的一兩個時間段的一兩件事。1922 年11 月 10 日，在安徽省「六二」運動中被軍警刺為重傷的周肇基去世，周肇基是安徽省立一中的學生。他去世後，他的同學為他寫了一篇傳記登在報上。傳記比較短，約只有二千字。記載的事情也很少，除了記載了一點周肇基幼時的經歷外，大部分都是敘述周肇基參加「六二」運動而被軍警刺傷進而病逝的經歷。這樣的敘述方式也是這篇傳記的目的決定的。作者在開篇說：「我同他同學多年，特將他的歷史詳述一下，做我們青年的模範。」在篇中他呼喊：「諸位呵！他流的血，染遍了議會；他嘔的血，染遍了安慶全城，才換得一個教育經費通過案。諸位呵！幸福的代價是犧牲，犧牲的結果即是幸福。」在篇尾，他號召：「我們當繼續他的精神，接續他的使命，這就是我們追悼的意思，也就是我們以後唯一的目標和責任。」〔註7〕此外，這一類的傳記還轉向了當時在世的科學家、文學家、學者，這些人也屬於當時的新聞人物，譬如愛迪生、諾貝爾文學獎得主波蘭作家萊蒙特、中國女權運動的先驅者鄭毓秀、來中國講學長達兩年的杜威、美國演員桃羅斯・德爾里奧（Dolores DelRio）等。這些在名稱上或者內容上屬於傳記範疇的文章，還不能算是真正的傳記，都只是片段式的書寫。之所以出現這樣的書寫方式，主要有兩個原因：一是這些傳主當時都還在世，無法書寫其一生；一是這些傳記的目的也僅止於對簡單介紹傳主。譬如茅盾在介紹萊蒙特時說：「英國還沒有充分的介紹他過，美國人對於他更生疏。」〔註8〕英美兩國是中國認識西方的主要國家，英美兩國都不熟悉的作家，中國自然也不熟悉，所以作者在文中簡要介紹了他的作品和個人生活。在描寫鄭毓秀時，提到了鄭毓秀的現狀：「現吾國司法部特聘女士為駐歐司法調查員，從事搜羅治外法權等資料，一俟拼擋了事，即擬歸國云。」〔註9〕而提到愛迪生時也說：「他現在已經七十四歲，還是接連不斷的發明他的電氣機械。」〔註10〕這些對傳主現狀的片段描寫雖然不能給讀

〔註7〕 凌昌策：《周肇基傳》，《民國日報・覺悟》1923 年第 1 卷第 9 期。
〔註8〕 雁冰：《波蘭的偉大農民小說家萊芒忒》，《文學旬刊》1925 年第 155 期。
〔註9〕 佚名：《中國第一法學女博士》，《婦女雜誌》（上海）1926 年第 12 卷第 3 期。
〔註10〕 佚名：《愛狄孫》，《少年（上海 1911）》1923 年第 13 卷第 4 期。

者提供一個整體的人物形象，但是卻為讀者提供了一個活生生的形象，讀者能感覺到傳主和自己生活在同一個時代，同一個星球，感覺是親近的，而不是遙遠陌生的。

二、「實證／考據」方法的影響

開展新文化運動就要變革舊文化，而無論是新文化本身還是推進新文化的人，都是從舊文化中來。考據，作為一種中國本土學術研究的方法和思想，它提倡據實以求真。儘管在具體實踐上，它涉及的範疇遠不如新文化運動提倡的科學那樣豐富，但不可否認的是，它是新文化運動的一個思想因子。正如胡適所說的：「中國舊有的學術，只有清代的漢學可以當得其『科學』的名稱。」〔註11〕考據思想在新文化運動中得以延續，它對學術研究的影響也一直延續到現在，很多學者的學術路線依然不出清代「漢學」的範疇。傳記的核心是求真，無論在傳記材料的收集還是傳記文學的書寫中，都需要據實求真，需要考據以求證其真，考據是一種實證主義，實證的方法包括考據。刊登於1926年《河南省立第一女師學校月刊》上的《屈原傳》中就詳細說明了作者在寫作中的考據思想，在一開始，作者先說明本傳的內容分為兩部分：「本篇分兩層，前半篇證明傳中異點，後半篇脫離證明而作一簡單的小傳。」進而從「生年及生地」「政治生活以後」「卒年及卒地」三個方面以考據求證，然後做出屈原的小傳。從篇幅上看，大部分都是考據，約4000字，而傳記所佔篇幅很少，只約有400字。〔註12〕

「科學」是新文化運動的主要內容，這一時期的知識分子普遍認識到科學與實證的關係，所謂「實證時代」，就是「所謂科學思潮，充進來」。〔註13〕也普遍認識到科學和中國近代學術的關係，「近代的自然科學者，根據著這種精神去做，所以產生出近代的文化來。那麼，我們要想灌輸近代的文化，不可不根據實證哲學去做。……實證論在哲學上的位置怎樣？雖未可論定，而在中國，卻是對症良藥。」〔註14〕而在文學理論上，他們也認識到新文學和科學的關係，認為：「現在的新文學非從科學哲學出來，即不能成立」。〔註15〕作為新

〔註11〕胡適：《清代漢學家的科學方法》，《科學》1920年第5卷第2期。
〔註12〕魯玉燦：《屈原傳》，《河南省立第一女師學校月刊》1926年第4／5期。
〔註13〕曹子水：《什麼是寫實主義》，《雪片》1923年第1期。
〔註14〕懺華：《實證哲學和中國》，《時報》1920年5月16日。
〔註15〕朱希祖：《白話文的價值》，《新青年》1919年第6卷第4期。

文學理論的「自然主義」和「寫實主義」都是在科學的影響下產生的。「自然主義，經過了科學陶成的文學，以冷靜的理智，求自然底真。」〔註16〕自然主義要求寫實，寫實也是科學思想的基本要求，「寫實文學的第一特色是科學的態度。」〔註17〕當時人所認為的一些寫實主義的特徵都是和傳記文學重疊的，如書寫上的求真——「有則有，無則無，是則是，非則非，不必畫蛇添足」「徹底暴露」，如內容上的「庸常」——「完全描寫平常生活」「善寫瑣瑣的事情」，如塑造人物的特點——「描寫自我」「注重個性的描寫」等。〔註18〕這樣，寫實主義、自然主義就和科學精神——求真——聯繫起來，從而促進傳記文學書寫的求真。

三、「從道德轉向社會乃至政治」的價值評判立場的轉換

　　新文化運動對傳記文學書寫的影響還表現在價值評判立場的轉換上，即從主要以傳統道德——以忠孝為主體——為唯一標準轉向新時期的多種標準。這些標準通常以其人在當時社會的影響力而言。簡單來說，當一個人在當時社會有影響力時，他的行為，以及時人對他的評價自然就會成為當時的價值評判標準。這一轉向的主要表現就是商人、學人、科學家傳記的出現，與之對應的是這一時代對商業和學術的重視，而無論是對商業的重視，還是對學術的重視都和當時的時代渴望救國強國聯繫在一起。傳統的重農抑商思想不能「富國強兵」，不重視學術也無以強國，當時的學術已經普遍和科學聯繫在一起，梁啟超說：「只要夠的上一門學問的，沒有不是科學。我們若不拿科學精神去研究，便做哪一門子學問也做不成。」〔註19〕而科學本身自然更是救國強國的利器。《商業雜誌》的「商界名人傳」專欄，錄有楊斯盛、穆藕初、陳嘉庚等中國企業家的傳記。《山西商業雜誌》的「傳記」專欄不但載有中國的企業家，還載有外國企業家的傳記。而且這些傳記中不但記錄企業家的商業成就，還記錄企業家的商業思想。商業可以富國，商業思想也有利於治國，「治國者苟師此意，何有於富強哉。」〔註20〕不但敘述中國企業家的德行，也敘述外國企業家的德行，之所以寫肥皂大王威廉黎浮是因為「其足述者，則以肥皂之創業與

〔註16〕佚名：《自然主義的中國文學論（續）》《文學旬刊》，1922年第47期。
〔註17〕愈之：《近代文學上之寫實主義》，《東方雜誌》1920年第17卷第1期。
〔註18〕曹子水：《什麼是寫實主義》，《雪片》1923年第1期。
〔註19〕梁啟超：《科學精神與東西文化》，《昆明教育月刊》1923年第5卷第5期。
〔註20〕佚名：《中國實業家曹憲略傳》，《山西商業雜誌》1919年第1卷第11期。

其惠工之歷史為最，茲故樂述之。」敘述威廉黎浮「彼具正義觀念，能以一己所獲之鉅利，分配於勞動之工人。……以博愛之精神，行慈善之事實，雇主不妄自尊大，以感發被傭者之良心。」〔註21〕這樣書寫外國企業家至少反映了作者兩方面的考量：一方面，是沿襲中國古代傳記文學的書寫體例，即書寫傳主的「事功」與「德行」。當然，對於外國企業家來說，「事功」與「德行」的內容都於中國古代傳記中內容大不同了；另一方面，是對時人誤解西洋文明、近代文明、商業文明的一種回應。時人對於西方現代文明的態度，胡適的觀點可作為代表，總得來說，他認為西方文明其目的為百姓的幸福，同時其在經濟發展、醫療保障、教育、體育等都是東方難以想像的。〔註22〕

對於學術的重視，從當時報刊界對王國維自沉昆明湖的反應可見一般，當時頗有影響力的《東方雜誌》和《文學週報》都特闢專欄紀念王國維，用紀念王國維來擴大王國維的影響力，用王國維的影響力來推進中國的學術研究。「繼今以往，使國人咸知先生治學之方，於以發揚先生未竟之學。此又一義也。故此舉於今後國內學術之興替關係至鉅。」〔註23〕對於科學的重視既關乎科學精神，也涉及科學的研究過程，這從程小青為居里夫人寫的傳記中可以看出。開篇不久作者就說：「夫人的科學學識，超絕塵寰，固然足以使人欽佩，而她的研究科學的旨趣，更足令人起敬。原來她研究科學，不是為了一己的勝利，或金錢的報酬，卻是為了全世界人類的幸福。因此之故，她不但是科學界上的明星，實在是人類全體的福星！」作者在這裡一方面褒揚居里夫人的科學精神，認為這種科學精神是中國古代少有的。另一方面借助居里夫人說明科學對人類的重要價值。然後作者又借助居里夫人在美國的受歡迎說明科學的價值：「他們歡迎這位淡泊自甘的女科學家熱誠，比較歡迎不論什麼外國的公使貴人要勝過數倍，這真是所謂空前未有的盛舉了。」同時也有借助居里夫人提倡研究科學價值，投身科學事業的價值，號召國人也像居里夫人一樣，把「所有的一切都犧牲在科學上。」〔註24〕在充分褒揚居里夫人的科學精神而外，作者

〔註21〕稼軒：《肥皂大王威廉黎浮略傳（未完）》，《山西商業雜誌》1919 年第 1 卷第 11 期。

〔註22〕詳見胡適：《我們對於西洋近代文明的態度》，《現代評論》1926 年第 4 卷第 83 期。

〔註23〕徐中舒：《王靜安先生傳》，《東方雜誌》1927 年第 24 卷第 13 期。

〔註24〕程小青：《科學界的偉人居里夫人》，《婦女雜誌》（上海）1921 年第 7 卷第 9 期。

又花大量的篇幅說明居里夫人發現鐳的過程以及鐳對於人類的意義，這些都是在加強國人的科學意識。

第二節　心理學研究的興起及其對傳記文學理論的影響

一、心理學在中國的引介歷程

　　據閻書昌的《中國近代心理學史（1872～1949）》載，教會學校登州文會館（Tengchow College）在我國最先開設心理學課程，該校 1876 年的畢業生李青山等三人的文憑中列有「心理學」科目。1889 年顏永京將美國心理學家海文（Joseph Haven）的《精神哲學》上半部分譯成《心靈學》並出版，是我國第一部心理學譯著。1898 年，美國傳教士丁韙良用中文寫成的《性學舉隅》出版，是第一部融入許多近代西方心理科學知識的中文心理學著作。1902 年，王國維翻譯元良勇次郎的《心理學》編入《哲學叢書》初集出版。在這一年，《普通學報》發表了亞泉的《心理學略述》，《新世界學報》設立了「心理學」專欄，在這一年，「心理學」的名稱得以明確定制，心理學的教學工作得以開展，以「心理學」命名的譯著得以出版，以「心理學」命名的文章在報刊上開始廣泛傳播。〔註25〕據燕國材的《中國心理學史》載，1907 年，王國維將丹麥心理學家海甫定（Harold Hoffding）《心理學概論》英譯本翻譯並出版，1910 年，王國維將美國心理學家祿克爾《教育心理學》日譯本翻譯並出版。在這之後，心理學在中國慢慢發展著，從 1917 年開始，發生了在燕國材看來標記著我國現代心理學誕生的五件大事，這五件大事是：

　　　　1917 年，北京大學籌建了我國第一個心理學實驗室；

　　　　1918 年，陳大齊撰寫的我國第一本大學心理學用書《心理學大綱》；

　　　　1920 年，南京高等師範建立了我國第一個心理學系；

　　　　1921 年，中華心理學會在南京成立，張耀翔為首任會長；

　　　　1922 年，我國第一種心理學雜誌──《心理》，由張耀翔主編。

〔註25〕詳見閻書昌：《中國近代心理學史（1872～1949）》，上海：上海教育出版社，2015 年，第 11～45 頁。

　　從此，他認為這標誌中國的心理學已經和西方接軌——全面系統的學習西方心理學。〔註 26〕這一全面而系統地接受西方心理學各學派思想首先表現在西方西理學著作的翻譯引介上，在 1919～1927 年間翻譯引介的西方主要心理學專著如下：

　　Bon：《群眾心理》，吳旭初杜師業譯，上海商務印書館，1921 年；

　　Marbe：《審判心理學大意》，陳大齊譯，上海商務印書館，1922
年；

　　Bagley Colvin：《教育心理學大意》，廖世承譯，上海中華書局，
1922 年；

　　Wundt：《心理學導言》，吳頌皋譯，上海商務印書館，1923 年；

　　Hart：《瘋狂心理學》，潘梓年、李小峰譯，北京大學出版部，
1923 年；

　　Ellwood：《社會心理學》，解壽緒、金本基譯，上海商務印書館，
1923 年；

　　Wallas：《社會心理之分析》，梁仲策譯述，上海商務印書館，1923
年；

　　Woodworth：《動的心理學》，唐鉞譯，潘梓年校訂，上海商務印
書館，1924 年；

　　斐立特屆雷西：《青年期心理學》，湯子庸譯，上海商務印書館，
1924 年；

　　Hollingworth Pefferberger：《應用心理學》，莊澤宣譯，上海商務
印書館，1924 年；

　　Gaupp：《兒童心理學》，陳大齊譯，上海中華學藝社，1925 年；

　　Moore：《現代心理學之趨勢》，舒新城編譯，上海中華書局，1925
年；

　　斯丹大爾：《戀愛心理研究》，任白濤譯，上海亞東圖書館，1926
年；

　　Woodworth：《吳偉士心理學》，謝循初譯，上海中華書局，1927
年；

　　Pyle：《學習心理學》，夏承楓譯，朱定鈞校，上海中華書局，

─────────
〔註26〕詳見燕國材：《中國心理學史》，杭州：浙江教育出版社，1998 年，第 636 頁。

1927 年；

寺田精一：《犯罪心理學》，張廷健譯，上海商務印書館，1927
年；

McDougall：《社會心理學緒論》，劉延陵譯，上海商務印書館，
1927 年。〔註27〕

此外，這一時期的報刊對西方心理學也有大量的介紹和翻譯。如《新潮》
雜誌的《心理學之最近的趨勢》（1920 年第 2 卷第 5 期）、《行為主義的心理》
（1922 年第 3 卷第 2 期）；《中華教育界》雜誌的《最近心理學的兩大學派》
（1920 年第 10 卷第 6 期）、《法國心理學的現狀》（1927 年第 16 卷第 9 期）；
《心理》雜誌的《介紹美國出版之心理雜誌》（1922 年第 1 卷第 4 期）；《民鐸
雜誌》的《關於心理學之名著介紹》（1921 年第 2 卷第 4 期）、《對於介紹心理
學書籍的建議》（1926 年第 8 卷第 1 期）等。其中，《關於心理學之名著介紹》
一文中，介紹了 61 部心理學專著，其中必讀的有 21 部。雜誌有 17 種，其中
法國出版的有 10 種，英國有 2 種，美國 5 種，《對於介紹心理學書籍的建議》
一文中列出了 20 種非譯不可的西方心理學著作。創刊於 1922 年 1 月的《心
理》雜誌，作為隸屬於中華心理學會的專業雜誌，對西方心理學的引進和介紹
做出了巨大的貢獻。雜誌分為歷史、傳記、普通心理、兒童心理、變態心理等
多個專欄，茲列其第一期目錄為例：

歷史：心理學史、現代心理學之運動

傳記：近代心理學大師詹姆斯傳

普通心理：幻想之心理、工作與疲勞

兒童心理：研究兒童的知識及方法

變態心理：分析心理學

智力測驗：智力測驗緣起、智力測驗的歷史、智力測驗的用處

教育測驗：教育測驗緣起、識字試驗

介紹：中國學者之心理學研究

雜誌引介之外，中外學者之間的交流也日漸增多，如美國威脫爾女士
〔註 28〕、波蘭心理學教授郎諾爾〔註 29〕來中國演講，中國的心理學家劉廷

〔註27〕 資料來自上海圖書館：民國時期期刊全文數據庫（1911～1949）（全國報刊索引）。
〔註28〕 見《心靈學家明晚演講》，《時報》1926 年 11 月 6 日。
〔註29〕 見《波蘭心理教授來津》，《大公報》（天津）1926 年 11 月 8 日。

芳赴美交流等。〔註30〕

二、心理分析對於「人」的內在「精神」因素的探索

　　心理學的引介和新文化運動中對個體的發現，促成了心理分析對人的內在精神因素的探索。在西方產生重大影響的弗洛伊德精神分析學派自然也引起中國學者的重視，並應用於傳記文學書寫。「自我」的概念深入人心，人們開始廣泛探究「自我」，「自我」一詞也流行起來，在傳記文學上表現為很多自我心理分析形式的自傳出現。

（一）弗洛伊德精神分析學派的影響

　　在 1920 年代，國內的學者已經充分認識到了弗洛伊德學派帶來的影響，朱壓抑的欲望光潛就曾撰文專門介紹，認為它文藝創作的影響很大。〔註31〕當時的報紙已經普遍提到「潛意識」「心理分析」「無意識」這些新名詞。〔註32〕最先將弗洛伊德學說應用於傳記文學的可能是潘光旦，1924 年，他在《婦女雜誌（上海）》發表《馮小青考》一文，文中提到「精神分析派出後，醫學而外，最先應用其學理而得比較圓滿之結果者為文學。……精神分析派之學說在歐美心理學，醫學，文學界頗占勢力，其學說是否完全合科學原則，尚是問題；但其實際上應用的勢力卻已不小。」〔註33〕梁實秋認為：「自從精神分析學近幾年漸為國人注意以來，我還沒有見到一篇著作像《小青之分析》這樣的精闢透徹，這樣的親切有味，這樣的證據確鑿。」並認為：「小青這個人與其作品，非用精神分析的學說來解釋不可」。〔註34〕這說明精神分析的方法在當時已經深入人心，是被當時人普遍認同的一種文學批評方法。

（二）「自我」的研究和心理分析

　　除了直接應用精神分析學派的思想探索「人」的心理之外，此一時期還興起了一股「自我」的研究和心理分析。1920 年，《解放與改造》雜誌登載了一篇名為《自我（The Self）的研究》的文章，對「『我』到底是什麼？是由什麼

〔註30〕見《心理學家劉廷芳赴美》，《時報》1926 年 10 月 25 日。
〔註31〕詳見朱光潛：《福魯德的隱意識說與心理分析》，《東方雜誌》1921 年第 18 卷第 14 期。
〔註32〕見余文偉：《佛洛特派心理學及其批評》，《民鐸雜誌》1926 年第 7 卷第 4 期。
〔註33〕潘光旦：《馮小青考》，《婦女雜誌》（上海）1924 年第 10 卷第 11 期。
〔註34〕徐丹甫（梁實秋）：《「小青之分析」》，《時事新報》（上海）1927 年 10 月 16日。

東西構成的？」〔註35〕做出了分析和回答，從「主我」的角度探討了人內在的精神因素；《旅歐週刊》登載的《自己研究與自我實現》〔註36〕一文中，引用盧梭、托爾斯泰、中澤臨川的例子來說明人的內在精神因素。1923年，《學燈》雜誌登載的《自我的分析》一文，從「精神我」的角度探討了人的內在的精神因素。此一時期的傳記文學範疇內的文學創作也表現出關注「自我」，關注人的內在精神因素的傾向。如《懺悔》（《民國日報》1923年8月31日）、《病中的回憶》（《少年（上海1911）》1924年第14卷第8期）、《我的墮落史》（《錫報》，1924年6月13日）、《一個軍官的筆記》（《曙光（定海）》1924年第1期）、《模特兒自述》（《棠社月刊》1925年第8期）、《我的悔過》（《花花世界》1927年6月1日）、《她的良心自述》（《盛京時報》1926年4月21日）等。在《懺悔》一文中，作者描述自己因為看不起黃包車夫的心理受到的自我內心譴責：「我忽又暗想：『黃包車夫是生成壞脾氣的，非但銅元不肯找足，而且還有掉換鉛角的慣技；……』這便怎樣好呢？於是把雙角捏在自己手裏，叫他先找給我；他先摸給我一個單角，我十二分仔細地看了一看，果然不是鉛的；他又數銅元給我，我數了一數，也一個不少。我交雙角給他的時候，也叫他仔細看看清楚，他倒看不看，很和氣地拉著車子去了。啊！我不放心他，他可以竟如此放心我呢？仔細一忖，真覺得對不住自己的良心呀！我的氣量何以這樣小呢？」〔註37〕這樣對小人物、小事的細節的心理描寫在古代傳記文學書寫中是難以想像的。《女子為什麼要嫁》一文中，作者通過「嫁人」這一生活分析了自己關於「嫁」的心理，她說：「我小小的時候就聽說女子要出嫁的。究竟『嫁』是為什麼？過了幾年真要嫁了。哎呀，那時候真是害怕呀。嫁到了夫家，才曉得這就叫做嫁。這就叫做為人婦了。家裏上上下下，也很和氣很親愛的。雖不算很富足，也還能夠安安閒閒的過日子。有好些姐妹還替我道喜。說我命好，嫁的丈夫好。」〔註38〕這樣的心理描寫在古代傳記中是難以想像的，尤其是用白話文的語言去表達，可以想像，時人在看到這樣的心理描寫時該是多麼驚訝。

三、「個體精神史／心靈歷程」視點的出現

傳記文學是描寫、記錄個體生命歷程的文學，其對個體精神歷程的描寫和

〔註35〕舒新城：《自我（The Self）的研究》，《解放與改造》1920年第2卷第1期。
〔註36〕愚公：《自己研究與自我實現》，《旅歐週刊》1920年第26號。
〔註37〕鼎元：《懺悔》，《民國日報》1923年8月31日。
〔註38〕慧：《女子為什麼要嫁》，《人》1920年第5期。

記錄尤為重要。畢竟在某種意義上，人類個體的獨特性，主要體現在精神上。
探索「人」的內在「精神」因素是現代傳記文學的一大特徵，對於中國人關注
自己的精神世界，描寫和記錄自己的精神世界自然是意義重大的。西方心理學
的介入，促使中國人開啟心理學意義上的自我審視，在這一審視下，自我的書
寫就出現了「個體精神史／心靈歷程」視點，這在古代傳記文學書寫中是難以
想像的。在這一時期的傳記類作品中，最能體現這一視點的是施存統的《回頭
看二十二年來的我》，作者通過對以往生命歷程的回顧，梳理了自我的心靈歷
程，呈現出個體精神史的色彩。施存統的書寫是通過對個體生命歷程的赤裸公
開進行的，施存統說：「我是主張人格公開的，我以為什麼事都可以告人家，
用不著無謂的隱諱。」而施存統之所以將自己的生命歷程公開裸露的呈現是為
了方便梳理自我，而梳理自我則是為了讓讀者全方位的認識作者：「我很希望
人家對我所敘述的事實，有批評，有研究，使我可以明白『我是怎樣一個人？』
的道理。」而讓讀者全方位的認識作者，其目的則是為了改造社會。〔註39〕在
文中，施存統對自我的裸露是空前的，他曾經想做官、中狀元、想做「小生」、
想做總統。而做官的目的不是為人民服務，卻是為的報仇，他說：「要想『報
仇雪恥』是非做官不行的？於是我立志要做一個大官。但是做官，又非讀書不
行的？於是我決計要想讀書。我那時想：等到我做了官的時候，且看你們這些
奴才能不能夠不向我低頭。……我想我中了狀元，第一本要奏的就是殺那些和
我或我底父母有冤仇的人。」而想做「小生」則是為了有個「好老婆」：「後來
又看了許多戲，看見做小生的，不管他中不中狀元，總有很好的老婆，而且有
時還有三四個，心理羨慕到了不得，也要去做小生。」他希望同學生病、偷同
學筆墨、希望小姨做自己的老婆，希望造反殺盡天下富貴人、希望被捕的學生
被槍斃以激起民變方便自己造反；他被男老師「強姦」、他賭博、他以自慰為
娛樂、他發表《非孝》抨擊父親。他希望同學生病是為了當學堂的領袖，偷同
學筆墨的原因是「為什麼他有好筆好墨用，我卻沒有。」被老師強姦而不敢聲
張的原因是：「我那時只怕大家知道，於我底名譽不好聽，所以只得吞聲隱忍。」
〔註40〕所有這些自我的「揭發」都是空前的，為我們展示一個看似獨一無二的
「施存統」，卻又不免使我們相信，在那個時代還有很多個這樣的「施存統」，
而沒有這樣一個充滿自我批評意識，用於「揭發」自我，認識自我的「施存統」，

〔註39〕存統：《回頭看二十二年來的我》，《民國日報》1920 年 9 月 20 日。
〔註40〕存統：《回頭看二十二年來的我》，《民國日報》1920 年 9 月 20 日。

我們對那一個時代的「施存統」們就無從認識。

此外，孫少侯的《我對於一切人類的供狀》也記錄了作者的心靈歷程，作者說：「趁著一息尚存的時候，把我從前人格墮落的情況，照實寫出來，絲毫都不隱瞞，做我對於一切人類的一篇供狀。至於讀者如何批評，我一概不管了。」〔註41〕雖然他沒有提及本人的創作思想，但是他很可能對基督教的懺悔意識和懺悔精神已經有所瞭解和認同，其篇名已經具有濃厚的懺悔意識。

四、「獨白／自敘傳」的傳記式「小說」的「現代」啟發：實證生平史料與「心理描述」的結合、「文學想像」與事實描述

傳記文學這一體裁本身使傳記文學作者難以自由書寫個體的全部、真實的自我（包括精神世界在內），所以在這一時期，有一些人用傳記式的「小說」書寫、表達自我，這一書寫方式通常以隱藏作者的方式呈現。

《我的悔過》的作者以戀芳為筆名，從而可以大方說隱私：「我們處此最繁華的上海，誰都免不了這『嫖賭吃着』四個字，如果沾了上面這個嫖字，那麼這下面三個字也不用說。……說起這嫖的玩意兒，除了少數抱著舊道德的老學究外，誰都不喜歡嫖呢？鄙芳也是嫖過來的人，所以敢說一聲，這嫖之利害。」〔註42〕此外還有用筆名 Y.S. 發表的《二十年來的家庭生活》（《婦女雜誌》1923 年第 9 卷第 9 期），用筆名 CC 發表的《兩年前的回憶》（《婦女雜誌》1926 年第 12 卷第 6 期），以及用筆名「MY 女士」發表的《我的家庭》（《大公報（天津）》1927 年 9 月 8 日）等等。相對於中文筆名，英文筆名的隱藏性更強，且更像小說，這樣就可以讓作者隱藏起來，大膽書寫自己的痛苦和個人隱私。

鄒恩潤在《一位美國人嫁與一位中國人的自述》一文的開頭說：「這篇記事裏所說的都是事實，不過兩位主人翁梁章卿與麥葛萊女士都是隱名，不是原來的真姓名。這位男主人翁曾經教過我英文文學，……」〔註43〕《一個校友的自述》（《清華週刊》1926 年第 26 卷第 4 期）則直接不署名，通篇第一人稱「我」書寫，篇中內容分為我的生活、我的大事、我的學歷、我的作品、我的

〔註41〕季陶：《我對於一切人類的供狀（附評）》，《星期評論（上海 1919）》1919 年第 29 號。

〔註42〕戀芳：《我的悔過》，《花花世界》1927 年 6 月 1 日。另，「着」字，原文如此。

〔註43〕鄒恩潤：《一位美國人嫁與一位中國人的自述》（一），《生活》1927 年第 2 卷第 17 期。

服務、我的性情、我的困厄、我的朋友、我的雜事、我的志願師十個部分，算是一部相當完備的個人自傳。《一個婦人的感想》（《新群》1919 年第 1 卷第 2 期）作者用了筆名ＫＳ，文中人物用了化名「柳二姨太」。

　　在上個世紀初年，傳統社會的弊病，個人平等和自由戀愛等價值觀等在傳記式小說的創作中都有體現，如為母親在大家庭受到的傷害而痛哭的匿名者 Y.S.說：「我在婦女雜誌八卷三號中，讀了枕石女士的大家庭的慘史，一字一淚，不知怎的同情心增到了一百度；原來我所過的家庭生活，也是苦悶的萬狀，說出來恐怕也有人要替我落淚呢！」〔註44〕如盲目追求自由戀愛的「黃女士」：「我從上海寄家中的信有六七封，才算達到解約的目的。可是家中給我三千元，便脫離父女的關係了。……在篇尾，作者評論道：「戀愛乃是神聖不可侵犯的，那知男子竟拿神聖的名詞，來行詐騙的事情，真是人類的蟊賊，社會進步的障礙呵！黃君因為實行戀愛結婚，不惜和家庭脫離關係，對王君的情，不為不深，乃竟得相反的結果，真是危險極了。」〔註45〕同樣因為盲目追求自由戀愛的「沈媽媽」說：「他從前對我那種溫和的性情，誠懇的態度，都只為想騙我的金錢，實行他的獸欲罷了。」〔註46〕另一位被冷落的「柳二姨太」說：「我父母拿我當貨物一般；老爺看我更不是一個人。我父母是忍不住肚皮餓了，才把我當貨賣了；老爺簡直是拿用不了的造孽錢隨便買一個人來玩玩。我父母不得已才拿我換錢；老爺簡直是專拿女人來開心。先把太太拋了；再把大姨太拋了；又把我拋了；過些日子，又要將三姨太拋了。人都以為三姨太太是個婊子，瞧不起她。哪知道太太和我們姨太太都供老爺開心取樂的，同婊子一般的，不過婊子接的客多，太太和我們只接老爺這一個客人罷了！哎！女人不是同男人一樣的人麼！什麼時候男人才看女人是人呢！」〔註47〕而這些主題明顯的傳記式小說或傳記文學的出現，大多是為了改造社會，正如 A.King 在《亡姊的日記》中所說。「回首二月前，伊死時，家人都以為是誤服安眠藥水，今乃知是自殺的。我此刻拿伊底日記約略抄些出來，寄給你們，望披露在覺悟欄內，也可以告知一般社會；曾有一個無告之人，為惡社會所殺！希望各位先覺者，速速興起，與惡社會奮鬥，急急改造，有以慰我亡姊！」〔註48〕通過傳

〔註44〕Y.S.：《二十年來的家庭生活》，《婦女雜誌》（上海）1923 年第 9 卷第 9 期。

〔註45〕劉維坤：《黃女士的自述》，《婦女雜誌》（上海）1924 年第 10 卷第 2 期。

〔註46〕朱松盧：《沈媽媽的秘密日記》，《半月》1925 年第 4 卷第 23 期。

〔註47〕ＫＳ：《一個婦人的感想》，《新群》1919 年第 1 卷第 2 期。

〔註48〕A. King：《亡姊的日記》，《民國日報・覺悟》1920 年 8 月 1 日。

記文學的感染人心從而改造社會，其效果要比空喊口號強得多，這是梁啟超在提倡小說革命時早就言明的。

不具傳主姓名的代述模糊了傳記和小說的界限，同時給了傳記文學書寫以極大的自由。這些小說式的傳記一方面是作者代傳主做自我表達，另一方面也是作者借傳主表達自我。在《模特兒自述》中，首先，作者表明自己對人體模特的態度，他說：「暴露自己的色相，把肉體赤裸做畫家的模特兒，可算得輔助藝術的忠臣，呀，這神聖的生涯，誰謂不宜。但是頑固的老先生們多說這是『誨淫的勾當』，『藝術的背徒』，是沒廉恥的，沒貞操的，一定要加以十二分的反對。」人體模特在當時屬於新文化運動的一部分，作者借傳記式的小說宣告自己對於人體模特的觀點，是符合時代的特徵的。新文化運動雖然看似風行，實則守舊的力量十分龐大，龐大的難以想像。其次，作者借模特兒的自述展開對人體模特這一行業的闡述，文中先說：「現在有一個曾經充當模特兒的女子，她將經過情形，從實的表白，供看官們用真確的眼光來研究和評判。」然後作者引用模特兒的話說：「因為近來藝術界上模特兒的呼聲鬧得甚高，人體上富於天然的曲線美，凡是藝術界，多應該要十二分的研究。……藝術是神聖的，像我這樣已經失卻了貞操的女子。就是再犧牲一些色相，值得什麼呢。……」〔註49〕本文發表的1925年正是人體模特事件在中國鬧得沸沸揚揚之時，所以本文的「真實性」就更值得考量。在《黃女士的自述》中，作者開頭這樣說：「我讀了澹如君的戀愛結婚的失敗（載本志九卷十號），便想起我同學黃女士的慘史來，……她自己願意把這事實發表出來以供他人的借鑒，以下都是黃女士所說的話：……」〔註50〕代述還有一種形式就是通過披露書信或日記來表達，《亡姊的日記》的作者在文章的開頭一第一人稱「我」寫道：「校中已放暑假。閒時，總到我亡姊底書屋裏去吃煙閱書。今天正在翻閱書籍時，有幾張很美麗的白紙，落在地下；趕快拾起，已被煙頭燃了一角；顯出一些痕跡在上面，試用火薰它，字跡顯然；竟是我底亡姊用藥水寫的日記。我細細讀去，未竟，眼淚流個不止。回首二月前，伊死時，家人都以為是誤服安眠藥水，今乃知是自殺的。我此刻拿伊底日記約略抄些出來，寄給你們，望披露在覺悟欄內，……」柳鍾文的《懺悔》（《南開週刊》1922年第47期），以披露好友「波若」的日記，表現一個因為戀愛而自殺的人。《沈媽媽的秘密》一文中，作者亦真亦假的以代替沈媽媽自述的方式

〔註49〕鍾飛石：《模特兒自述》，《棠社月刊》1925年第8期。
〔註50〕劉維坤：《黃女士的自述》，《婦女雜誌（上海）》1924年第10卷第2期。

寫一個普通人的人生：「伊（沈媽媽）被逼不過，方才從身邊掏出一把鑰匙來，把伊那只小箱子打開，取出一個紙包，外面嚴封密固，遞給我說道。我一生可歌可悲的隱事都在這裡面，請少爺細細的瞧吧。……當下就從頭至尾的看了一遍，真是可泣可歌可悲可歎，所以就揀內中緊要的幾段抄下來投寄本志，也算替沈媽媽出了一生怨氣，以下便是日記的原文。」〔註51〕接下來就通過敘述沈媽媽的日記敘述沈媽媽的人生，這樣的方式無疑是極具文學性的，和小說的創作手法並無二致，其究竟是小說還是傳記也很難鑒別。我們只能從當時的社會環境看，即使真有這樣一個沈媽媽，以這樣的方式把她的人生寫出來（她本人很可能不姓沈，即姓是假的，故事是真的），可能是最好的方式。

　　自傳體的小說是最接近自傳的，而且，在某種意義上，它可能比自傳還真實。說到中國現代文學史上的自傳體小說，郁達夫可謂久享大名。1920年代，郁達夫創造了大量的自傳體小說，單行本也有，總的文集也有，在當時文壇上可謂罕見。而讓郁達夫顯得可貴的，不只是他寫了這些自傳體的文字，更是以為他為這些自傳體的文字留下了許多創作的解釋，而這些解釋給我們理解作者生平史料與「心理描述」的結合、「文學想像」與事實描述具有重要價值。

　　首先，毫無疑問的，對於文學作品和作者的關係的討論是經久不息的。在《五六年來的創作回顧》一文中，郁達夫則毫不遲疑的認為：「我覺得『文學作品，都是作家的自敘傳』這一句話，是千真萬真的。」〔註52〕而他自己也是這麼做的，而且是做的最徹底的。他的成名之作《沉淪》，他最真實的自傳體日記作品《日記九種》都他自己的「自敘傳」。他的創作都是基於他個人的實際生活，在《友情與胃病〈附記〉》中，他說：「這一篇東西，起初打算做成一篇病中隨感錄的，後來做做像其小說來了。所以就改成了一篇短篇小說。」〔註53〕郁達夫的作品和他自己境遇的映照，也是用他自己的話概括最貼切：「昨天寫完了《還鄉記》的最後一頁，重新把《蔦蘿集》的稿子看了一遍，我的眼淚竟同秋雨似的濕了我的衣襟。朋友，你們不要問我這書中寫的是事實不是事實，你們看了這書也不必向這書的主人公表同情，因這書的主人公並不值得你們的同情的。」〔註54〕而且《五六午來的創作回顧》　文本身也是一部郁達夫的自

〔註51〕朱松廬：《沈媽媽的秘密日記》，《半月》，1925年第4卷第23期。

〔註52〕郁達夫：《五六年來的創作回顧》，《達夫全集》第三卷，上海開明書店，1927年，第10頁。

〔註53〕郁達夫：《友情與胃病〈附記〉》，《平民週刊》1921年第77期。

〔註54〕郁達夫：《寫完了〈蔦蘿集〉的最後一篇》，《郁達夫文集》第七卷，第156頁。

傳，通過他的自傳敘述他的文學創作之路，敘述文學作品和作者的關係，更容易看出文學作品和作者的關係。

心理學研究的興起對傳記文學影響最明顯的表現莫過於以「心理」為篇名的傳記性質的文學，如散文形式的內心獨白、心理剖析、小說、詩歌形式的故事等。《一個新嫁娘的心理》的作者則通過剖析自己的心理來完成對自己的認知，並達成自洽，她說：「一般的女子，為什麼要嫁給一個上學堂的丈夫呢？我從前也這般想。轉恐自己不曾讀書，夠不上嫁給有學問的人。又巴巴的買筆買紙，購書購帖。不分晝夜念寫起來。果然有師範學堂儲先生來替我和他的學生說合了。偏偏又不曾成功。現在嫁給他了。他卻沒有讀過書罷。要依我從前的心理。我真不贊成了。現在我向來人生世上。畢竟還是錢好。有錢什麼事辦不到呢。讀書難道不是為的錢嗎？……世上無難事，只怕少洋錢。」〔註55〕詩歌《心理》，則敘述了一種很微妙的心理：

秀雯是我的未婚妻，

但我從未與她晤面，

更未曾聽見她的聲音，

只知道她叫秀雯。

前年春底，

人說她已死掉，

竟為甚這樣悲哀？

還能流淚？

人說為美色，

我不認得？

人說為她的聲音歌詩，

我一些不知

更可奇，

已是兩年相隔，

這神秘的楚淒，

還叫我寫這首心理。〔註56〕

這樣微妙的心理描寫，在形式和韻味上顯得文學性十足，同時又有很強的

〔註55〕王瘦生：《一個新嫁娘的心理》，《最小》1925年10月15日。
〔註56〕渺小：《心理》，《小說月報》1923年第14卷第4期。

社會意義——是對當時婚姻制度的一種批判。作者對未謀面的未婚妻死去的哀婉有三種心理構成：一個是婚姻制度的不滿，一個是對女性的普遍同情，還有一個就是莫名的潛意識。

《我的心理》一文中，作者敘述了自己的七種心理，其中有普遍存在於我們心中卻在以前的傳記中很少被敘述的心理，如他說：「我平素對於苦力非常憐憫，看見警察打黃包車夫時，心中很恨他們仗勢凌人。但是有一次被車夫敲了一記竹槓後，我的觀念就改變了。」以及「自己做一件事，見人家在那兒談笑，那時候好像自己的夕事已被他們偵知，他們在那兒談論自己似的。」也有屬於個別群體的心理，作者是一個作家，所以他說了作家的兩種心理，他說：「做小說的時候，字數愈多愈好，但是到謄清的時候，卻少一個好一個了。」又說：「做成一篇稿子，自以為很好，到寄出去的時候，恐怕被郵差遺失。」〔註57〕作者對心理的描述是如此豐富，這都是本時期出現的新現象。這些心理的描寫一經在報紙上公開發表就會被自傳文學寫作者們借鑒，進而促進自傳文學的發展。

另外，這一時期的心理學的接受程度參差不齊，且有一種傾向，就是把想法、感受、欲望、目的等表層心理活動看作心理學的全部內容，等同於心理學。這也許算作是一種心理學的庸俗化，譬如《嫖的心理》一文中，作者先是說：「心理學，是一種很深的學問，往往一般碩士學士，也有說不透，……何況小少爺年紀輕輕，……這不過是我單獨的說說罷了。」然後作者說的心理卻是：「慣吃慣做的老槍，他們的嫖，只要開心熱鬧，……初次出馬的嫩搶，……他們先想打聽或學習各門檻及價錢」。〔註58〕這裡把當時心理學之所以被庸俗化的原因也說明白了，在這樣的前提下，心理描寫真正進入中國傳記文學並成為主要部分，還需要漫長的等待。

第三節 胡適的傳記文學思想

從 1908 年 5 月創作《姚烈士傳略》到 1960 年 11 月為《詹大佑先生年譜》作序，胡適的傳記活動長達半個多世紀，可以說胡適的傳記活動是和他一生相始終的，所以對胡適傳記文學思想的理解要結合他一生的傳記活動。新文化運

〔註57〕陸洸：《我的心理》，《蘇民報》1924 年 3 月 27 日。
〔註58〕小少爺：《嫖的心理》，《荒唐世界》1927 年 3 月 4 日。

動造就胡適強大的個人影響力，胡適在中國現代傳記文學發展史的影響力主要是由他個人影響力促成的，而不是由其傳記文學理論本身的水平促成的；胡適傳記文學思想中的「新」質和新文化運動的內容和目的趨同，即解放思想，打破舊的，追求新的。胡適一生的主要傳記文學思想可以概括為：保存史料，用史學的工夫寫傳記，注重傳記的教育（啟蒙）價值、提出中國傳記文學不發達的原因（缺乏崇拜偉大人物的風氣、多忌諱、語言障礙）、重視傳記的文學性等。在 1919 年寫就的《〈曹氏顯承堂族譜〉序》中，胡適已經表露了重視保存史料，重視求真的思想；同年寫就的《李超傳》表露了重視傳記啟蒙價值的思想；在 1920 年寫就的《吳敬梓傳》中，胡適已經表露崇拜偉大人物的思想且也有對舊思想的抨擊；在 1921 年，胡適在給自己的母親作傳記時，已經看到文言文對傳記文學書寫的局限；1922 年寫就的《章實齋年譜》已經表露了不忌諱以及考據以求真的思想；在 1921 年寫就的《〈林肯〉序》中，以及在同年 8 月 13 日的日記中，已經表露了重視傳記文學性的思想。除了上面提到的傳記文學思想，胡適還有在中國現代傳記發展史上意義重大的兩件事：一個是勸朋友寫傳記，一個是提出「傳記文學」一詞。雖然胡適的傳記活動貫穿其一生，但是胡適傳記文學思想的主體都是在 1927 年以前形成的，所以將胡適放在本節討論。論述將從四個方向展開。

一、以 1919～1927 年間胡適關於傳記文學的論述作為梳理胡適傳記文學理論和思想的依據

胡適一生的大部分傳記文學理論思想都是在本時期發端的，如對保存史料的重視，用史學的方法從事傳記文學實踐，用白話文寫傳記以及重視傳記文學的文學性等等。

（一）重視保存資料

1919 年寫就的《〈曹氏顯承堂族譜〉序》已經表露了重視保存資料的思想。他認為「中國舊譜的一大恨事」就是「沒有什麼民族史料的價值」。他又說：「將來中國有了無數存真傳信的小譜，加上無數存真傳信的志書，那便是民族史的絕好史料了」〔註59〕胡適之所以重視保存史料，原因有三：

〔註59〕 胡適：《〈曹氏顯承堂族譜〉序》，季羨林編：《胡適全集》第 1 卷，合肥：安徽教育出版社，2003 年，第 760 頁。

1. 作傳的角度：史料是作傳記的基礎

胡適在寫就於 1929 年的《南通張季直先生傳記》序言中提到，張孝若有了張謇全部的著作、書信、日記這些史料，然後作傳記「便有了穩固的基礎和堅實的間架了。」〔註60〕需要說明的是，因為很多人主張胡適的傳記文學思想屬「史」，所以這段話也很容易成為論據。但是，筆者認為，這裡所謂的史料，其所指僅僅是材料，並不牽涉史學屬性；所謂的「基礎」和「堅實的框架」指向傳記文學的真實性，也不牽涉史學屬性。

2. 著史的考慮：搜集資料重於修史

1953 年 1 月，在臺灣省文獻委員會歡迎會上，胡適做了「搜集資料重於修史」的講演，對此，他以《宋史》為例說：「因為《宋史》所保藏的原料最多，經過整理刪除的最少。有人以為《宋史》不好，要重新寫過一部；我卻以為幸而《宋史》替我們保留了許多材料。」這是因為在修史過程中，不管用什麼方法，都需要揀擇材料，而材料的揀擇無疑帶有濃厚的主管色彩，這就會不可避免的造成材料的流失──丟失歷史真相。〔註61〕他認為主觀的選擇材料，尤其是由某些史學「大家」決定材料的存留對史學傷害很大，因為這價值標準是變化的，以前重要的，現在可能不重要。相反，以前不重要的，現在反倒變的重要了。〔註62〕之所以有這樣的觀點，原因有二：一個是材料難於保存的現實；一個是修史的艱難。在優秀的史學家不常有的現實下，搜集材料以待優秀的史學家出現當然是最好的選擇。即使是孔子，其「刪詩」的行為引起後世多少人的感慨和歎息，從這個意義說，保存、搜集材料永遠很重要，不管一個史學家多優秀，他就不能隨意刪除史料。

3. 史料的多學科價值

史料的價值是適用於各類學科的，譬如胡適勸梁士詒寫自傳，是因為梁士詒在民國時期是一個重要的人物，和那一段是歷史關係密切。〔註63〕認為葉紹袁的年譜的最有價值之處在其中關於明代末年士大夫階層生活的描寫是重要的社會學資料，而對其思想的描對研究其當時的思想史也很有意義。〔註64〕他

〔註60〕胡適：《南通張季直先生傳記序》，《吳淞月刊》1930 年第 4 期。
〔註61〕詳見胡適：《搜集史料重於修史》，季羨林編：《胡適全集》第 13 卷，第 600～601 頁。
〔註62〕詳見胡適：《〈上海小志〉序》，季羨林編：《胡適全集》第 13 卷，第 94 頁。
〔註63〕見胡適：《〈四十自述〉自序》，季羨林編：《胡適全集》第 4 卷，第 655 頁。
〔註64〕見胡適：「1934 年元旦日記」，季羨林編：《胡適全集》第 32 卷，第 251～253 頁。

寫《海濱半日談——紀念田中玉將軍》是為了「供史家的參考」〔註65〕。而《克難苦學記》「寫一個人，寫一個農村家庭，寫一個農村社會，寫幾個學堂，就都成了社會史料和社會學史料、經濟史料、教育史料。」〔註66〕汪輝祖的自傳（《病榻夢痕錄》及《夢痕餘錄》）可以使「我們讀了以後，不但可以曉得司法制度在當時是怎樣實行的，法律在當時是怎樣用的，還可以從這部自傳中，瞭解當時的宗教信仰和經濟生活。所以後來我的朋友衛挺生要寫中國經濟史，問我到哪裏去找材料，我就以汪輝祖的書告訴他。因為我看了這本書，知道他在每年末了，把這一年中，一塊本洋一柱的換多少錢，二柱三柱的又換多少錢，穀子麥子每石換多少錢都記載得很清楚。我當時對本洋的一柱二柱三柱等名目，還弄不清楚。衛挺生先生對這本書很感興趣。研究以後向我說，書中所謂一柱二柱三柱，就是羅馬字的 I II III，為西班牙皇帝一世二世三世的標記，中國當時不認識這種字，所以就叫它一柱二柱三柱。」〔註67〕沈宗翰自傳在胡適看來一方面可以提供社會政治資料，「因為他的三十三歲到五十一歲正當中華民國十六年到三十四年，正當公曆一九二七年到一九四五年，——這十八年是我們國家和民族的歷史上一個非常重要的時期，是值得一切做過一番事業的人們各各留下一點記錄的。」所以他說：「我很感謝沈先生，感謝他在這九章裏給這個悲壯的八年留下了一些很可紀念的史料。」一方面又可以提供珍貴的專業的農學資料，因為「寫的是中國抵抗日本侵略的八年苦戰時期的一個農業學者在後方的工作。」所以他感歎：「最可惋惜的是，這二十多年裏的許多農業科學工作者至今都還沒有留下多少有系統的記載。沈宗瀚先生的兩部《自傳》裏記錄的許多農學家，——從已死的金仲藩、過探先，到青年一輩的蔣彥士、馬保之——他們都太懶於執筆了，或太謙虛了，到今天還沒有寫出他們知道最多又認識最深的工作記錄。」〔註68〕這裡胡適強調的是多學科的價值，這一多學科的價值在大多數文學作品都有，例如「紅學」的很多研究都立足於文學研究之外。

（二）用「大刀闊斧與繡花針」的史學工夫寫傳記

在 1922 年 2 月 26 日的日記中，胡適提到寫作《章實齋年譜》時用的是

〔註65〕胡適：《海濱半日談——紀念田中玉將軍》，《獨立評論》，935 年第 173 號。

〔註66〕胡適：《〈克難苦學記〉序》，季羨林編：《胡適全集》第 13 卷，第 631 頁。

〔註67〕胡適：《傳記文學》，季羨林編：《胡適全集》第 12 卷，第 426～427 頁。

〔註68〕胡適：《〈四十自述〉序》，季羨林編：《胡適全集》第 13 卷，第 639～646 頁。

史學工夫。〔註69〕在《南通張季直先生傳記》序言中提到為近代史的幾個大人物作傳記時，也提到用史學的工夫寫傳記〔註70〕。1952 年，胡適在《傅孟真先生遺著序》一文中又提到了這一史學工夫，他說：「孟真是人間一個最稀有的天才。他的記憶力最強，理解力也最強。他能做最細密的繡花針工夫，他又有最大膽的大刀闊斧本領。」〔註71〕傅斯年是著名史學家，所以胡適才會用史學工夫讚美他。

（三）注重傳記的教育／啟蒙價值

在 1919 年寫就的《李超傳》中，胡適明確表露了其重視傳記教育／啟蒙價值的思想，在他看來，這部傳記文學作品既可以用於研究當時中國的家庭制度，也可以研究中國長期存在的女權問題。〔註72〕在這之前，胡適第一次創作注重教育／啟蒙價值的傳記是在 1908 年。雖然看似隔了十一年，但是其思想卻是一貫的，因為這中間有八年（1910～1917）時間，胡適在美國留學。1908 年胡適創作的傳記之所以注重其教育／啟蒙價值，是出於當時普遍存在的愛國意識，他說：「我想起我們中國現在到了這步地位，要滅了，要亡了」。所以他認為孔子、岳飛、班超、玄奘、李白、杜甫、秦良玉、木蘭這些民族偉人是「我們國民天天所應該紀念著的。」〔註73〕在《顧咸卿》中，他說：「我們中國人有幾條大毛病。第一條就是貪生怕死；第二條是沒有愛人心，沒有惻隱心（惻隱是慈悲的意思）；第三條是見義不為。看官，兄弟現在所說這位顧咸卿，卻是不怕死的好漢，又是慈悲的仁人君子，又是見義勇為的英雄。」〔註74〕在《姚烈士傳》中，他說：「列位看官呵！姚烈士死了，姚烈士的責任盡了，但是我們的責任呢？你們的責任呢？唉！大家請想想我們這位姚烈士罷！大家請學學我們這位姚烈士罷！」〔註75〕在《中國第一偉人楊斯盛傳》中他說：「兄弟現在又要說一位大豪傑了。這一位豪傑，空了雙手，辛辛苦苦做了幾十年，積了幾十萬家私，到了老來，一一的把家私散了大半。來得艱難，去得慷慨，這種人，兄弟要是不來表揚表揚，兄弟這支筆可不是

〔註69〕 胡適：「1922 年 2 月 26 日的日記」，季羨林編：《胡適全集》第 29 卷，第 525 頁。
〔註70〕 胡適：《南通張季直先生傳記序》，《吳淞月刊》，1930 年第 4 期。
〔註71〕 胡適：《傅孟真先生遺著序》，季羨林編：《胡適全集》第 20 卷，第 695 頁。
〔註72〕 詳見胡適：《李超傳》，季羨林編：《胡適全集》第 1 卷，第 740～741 頁。
〔註73〕 鐵兒（胡適）：《愛國》，《競業旬報》1908 年 34 期。
〔註74〕 鐵兒（胡適）：《顧咸卿》，《競業旬報》1908 年第 24 期
〔註75〕 鐵兒（胡適）：《姚烈士傳（完）》，《競業旬報》1908 年第 26 期。

不值錢了麼？」〔註76〕他寫王昭君，是為了標識其愛國女英雄的身份從而鼓動中國人的愛國精神。〔註77〕其寫李超傳，其意識也是愛國的，愛國需要打破舊制度，建立新制度。1920年為吳敬梓作的傳記也是因為愛國意識，也是看中了傳記的教育／啟蒙價值，他從吳敬梓身上看到真正的自由和平等精神。〔註78〕1932年，他以個人的經歷論述傳記文學的教育感化作用——陶淵明對待一個工人的態度使胡適一輩子都謹慎對待幫他做事情的人。進而，自然的，胡適也就提倡這樣的傳記文學〔註79〕1936年，他為高夢旦作傳是因為高夢旦是一個人格高尚能做大眾行為模範的人。〔註80〕1953年，他在臺灣省立師範學院「傳記文學」講演中，明確表示傳記的教育作用，所以才要提行多寫模範人物的傳記，而古代的傳記文學因為不能寫好模範人物，所以是一個大的損失。〔註81〕可見重視傳記文學的教育作用在胡適一生中是如一的。

（四）中國傳記文學不發達的原因

提出中國傳記文學三點不發達的原因〔註82〕是胡適傳記文學思想的一大標識，胡適傳記文學實踐中自覺的從這三點出發。他為吳敬梓作傳是崇拜偉大人物的表現。因為他覺得吳敬梓是他們故鄉故鄉最偉大的文學家，其地位在他看來比當時地位最高的桐城三祖（方苞、劉大櫆、姚鼐）還要高。〔註83〕對於第避諱的問題，胡適認為章實齋作年譜既要寫他的出場，還要寫他的短處。〔註84〕寫吳敬梓時，他把吳敬梓的上青樓和參加博學鴻詞科這些被後人認為的缺點都寫了出來。〔註85〕對於吳敬梓的參加博學鴻詞科，時人認為他是因為高傲不參加，胡適考證出的原因卻是因為生病。對此，胡適說：「我這樣說法，並不是要降低吳敬梓的人格，做秀才希望被薦做博學鴻詞，這也算不得什麼卑鄙的事。」〔註86〕對於第三點，1921年，胡適在給自己的母親作傳記

〔註76〕適之：《中國第一偉人楊斯盛傳》，《競業旬報》1908年第25期。
〔註77〕見鐵兒（胡適）：《中國愛國女傑王昭君傳》，《競業旬報》1908年第32期。
〔註78〕胡適：《吳敬梓傳》，季羨林編：《胡適全集》第1卷，第745頁。
〔註79〕適之：《領袖人才的來源》，《獨立評論》1932年第12期。
〔註80〕胡適之：《高夢旦先生小傳》，《東方雜誌》1937年第34卷第1期。
〔註81〕胡適：《傳記文學》，季羨林編：《胡適全集》第12卷，第423頁。
〔註82〕1.不崇拜偉大人物；2.多忌諱；3.文字的障礙。
〔註83〕見胡適：《吳敬梓傳》，季羨林編：《胡適全集》第1卷，第742頁。
〔註84〕見胡適：《〈章實齋年譜〉自序》，季羨林編：《胡適全集》第2卷，第183頁。
〔註85〕見胡適：《吳敬梓年譜》，季羨林編：《胡適全集》第2卷，第624～637頁。
〔註86〕胡適：《吳敬梓年譜》，季羨林編：《胡適全集》第2卷，第630頁。

時，經過新文化運動的胡適早已看到文言文的局限，但是由於當時鄉下排版印刷的條件，只用文言文寫，但是當時即決定在將來再用白話寫一篇詳細的傳記。〔註87〕這一篇詳細的傳就是後來的《四十自述》。

（五）重視傳記的文學性

胡適在 1921 年寫就的《〈林肯〉序》中，表露了其重視傳記文學文學性的思想。在文中，胡適通過德林瓦脫的觀點來申明自己對「傳記文學」的文學性的看法。德林瓦脫說：「我的目的並不是做歷史，是做戲。歷史家的目的，已有許多林肯傳記很忠實的做到了。……」這句話裏面起碼強調傳記文學性的兩點特性，第一個是不以歷史學家的目的為目的；第二是通過「縮攏」「變動」歷史事實發揮出傳記的文學意味。胡適贊同這一傳記文學書寫技巧，因為這樣描寫一個任務，能在不違背歷史真實的情形下，把任務活靈活現的刻畫出來。胡適這樣的評價是有事實依據的，這一部在胡適看來「平常人向來是不大歡喜」且「全本沒有男女愛情的事」的政治歷史戲「居然受了英美兩國的大歡迎，居然轟動了幾千萬人，居然每晚總能使許多人感動下淚！」〔註88〕這裡強調的是文學性的藝術價值，如果一部傳記文學作品缺少或沒有這樣的價值，它就不能打動人。

說到傳記的文學性，想像力是必不可少的。在 1921 年 8 月 13 日的日記中，胡適寫下了想像力和著史的關係，他認為雖然著史必須求真，但也需要想像力，否則就不能利用有限的史料把想要呈現的歷史完整的呈現出來。〔註89〕這裡提到的想像力一方面指向的史材料的剪裁，一方面指向的是材料的解釋。中國史只有史料而沒有歷史的觀點，也就是梁啟超所說的「鄰貓產子」之事，胡適在這裡所說的缺欠解釋的能力，也就是梁啟超所說的「今中國之史但呆然曰：某日有甲事，某日有乙事。至此事之何以生，其遠因何在，近因何在，莫能言也。其事之影響於他事或他日者若何，當得善果，當得惡果，莫能言也。故汗牛充棟之史書，皆如蠟人院之偶像，毫無生氣，讀之徒費腦力。」〔註90〕鑒於胡適和梁啟超指稱的中國舊史，傳記是其主體，所以他們這一對於著史的

〔註87〕 見胡適：《先母行述》，季羨林編：《胡適全集》第 1 卷，第 752 頁。
〔註88〕 胡適：《〈林肯〉序》，季羨林編：《胡適全集》第 1 卷，第 764～770 頁。
〔註89〕 胡適：「1921 年 8 月 13 日的日記」，季羨林編：《胡適全集》第 29 卷，第 416 頁。
〔註90〕 湯志鈞、湯仁澤編：《梁啟超全集》第二集，第 499～500 頁。

思想是適用於傳記文學書寫的。

二、「勸朋友寫傳記」的起始時間、原因及影響

「勸朋友寫傳記」是胡適傳記學術活動的主要標識且影響很大，這一行為是貫穿胡適一生的，唐德剛先生曾說：「胡適之先生一輩子勸人寫傳記和自傳。」〔註91〕胡適自己也說：「我是到處勸告朋友寫自傳的」〔註92〕，「我是提倡傳記文學的，常常勸朋友寫自傳」〔註93〕。這一活動的傳記學價值需要從以下三個方面進行認識：1.勸朋友寫傳記的起始時間；2.勸朋友寫傳記的原因；3.「勸朋友寫傳記」的影響力能夠擴大的原因。

（一）「勸朋友寫傳記」起始時間的考證

從已經出版的《胡適全集》（安徽教育出版社，2003年）推斷，胡適最早勸朋友寫傳記大約在1920年代。1953年，胡適在臺灣省立師範學院的一次演講中說：「我這二三十年來都在提倡傳記文學。以前，我在北京、上海曾演講過幾次，提倡傳記文學；……」〔註94〕1960年，在給沈亦云的一封信中，胡適說：「我在這三四十年裏，到處勸朋友寫自傳，……」〔註95〕按照胡適這兩段話推斷，胡適最早開始勸朋友寫傳記約在1920年代，而在1920年代有確定時間記載的是1927年，他在《〈施植之先生早年回憶錄〉序》一文中提到：「一九二七年我在華盛頓第一次勸施植之先生寫自傳。」〔註96〕雖然這裡記載了確定的時間，但還不是最早的，根據胡適的《〈四十自述〉自序》推斷，在1925年以前他就開始勸朋友寫傳記了，因為他勸的朋友中有林長民，而林長民是在1925年去世的，文中說：「最可悲的一個例子是林長民先生，他答應了寫他的五十自述作他五十歲生日的紀念；到了生日那一天，他對我說，『適之，今年實在太忙了，自述寫不成了；明年生日我一定補寫出來。』不幸他慶祝了五十歲的生日之後，不上半年，他就死在郭松齡的戰役裏，他那富於浪漫意味的一生就成了一部人間永不能讀的逸書了！」〔註97〕所以胡適勸朋友寫傳記的起

〔註91〕唐德剛：《胡適雜憶》，上海：華東師大出版社，1996年，第103頁。
〔註92〕胡適：《〈師門五年記〉序》，季羨林編：《胡適全集》第13卷，第632頁。
〔註93〕胡適：《〈中年自述〉序》，季羨林編：《胡適全集》第20卷年，第638頁。
〔註94〕胡適：《傳記文學》，季羨林編：《胡適全集》第12卷，第414頁。
〔註95〕胡適：《致沈亦云》（1960.10.9），季羨林編：《胡適全集》第26卷，第502頁。
〔註96〕胡適：《〈施植之先生早年回憶錄〉序》，季羨林編：《胡適全集》第19卷，第750頁。
〔註97〕胡適：《〈四十自述〉自序》，季羨林編：《胡適全集》第4卷，第654頁。

始時間雖然不能確定具體在哪一年，但可以確定一個大概的時間，那就是在
1925 年以前。

（二）「勸朋友寫傳記」的原因

　　胡適為什麼勸朋友寫傳記呢，正如他在《〈四十自述〉自序》說的：我在
這十幾年中，因為深深的感覺中國最缺乏傳記的文學，所以到處勸我的老輩朋
友寫他們的自傳。」〔註98〕胡適說出這一感覺的時候是在 1933 年，一直到了
1953 年，在臺灣省立師範學院的公開演講中，他還認為「傳記文學」是「中國
最缺乏的一類文學」。那為什麼胡適認為「傳記文學」是「中國最缺乏的一類
文學」呢，這要從胡適對傳記的思考說起。從目前公開的資料看，胡適最早對
傳記思考始於 1914 年，這一年 9 月 23 日的日記通篇都是關於傳記的論述，
一開始胡適就寫道：「昨與人談東西文體之異。至傳記一門，而其差異益不可
掩。」〔註99〕接著他對東西傳記進行了一些比較，列舉了它們之間的差異。可
以肯定的是，在胡適眼裏，中國最缺乏的「傳記文學」是當時他看到的西方的
那些傳記，而不是中國古有的傳記。1929 年，胡適在《〈南通張季直先生傳記〉
序》中提到，他認為「傳記的最重要條件是紀實傳真」但是「幾千年的傳記文
章，不失於諛頌，便失於詆誣，同為忌諱，同是不能紀實傳信。」他認為「傳
記寫所傳的人最要能寫出他的實在身份，實在神情，實在口吻，要使讀者如見
其人，要使讀者感覺真可以尚友其人。」但「六朝唐人的無數和尚碑傳，其中
百分之九十八九都是滿紙駢儷對偶，讀了不知道說的是什麼東西。」「只有爛
古文，而決沒有活傳記」。所以他認為：「二千年來，幾乎沒有一篇可讀的傳記。」
所以「傳記文學」在胡適看來，自然是「中國最缺乏的一類文學」了。〔註100〕

　　既然最缺乏，那麼一個是找到缺乏的原因，一個是提倡寫傳記。而只有找
到原因，才能寫好傳記。對於這一原因，胡適從分別在 1929 年、1933 年、1953
年提到過三次。在 1929 年 12 月 14 日〔註101〕寫就的《南通張季直先生傳記》
的序中，他說原因有三：「第一是沒有崇拜偉大人物的風氣，第二是多忌諱，
第三是文字的障礙。」〔註102〕在 1933 年 12 月 26 日的日記中，他提到原因有

〔註98〕胡適：《〈四十自述〉自序》，季羨林編：《胡適全集》第 4 卷，第 654 頁。
〔註99〕胡適：「1914 年 9 月 23 日的日記」，季羨林編：《胡適全集》第 27 卷，第 515
　　　　頁。
〔註100〕胡適：《南通張季直先生傳記序》，《吳淞月刊》，1930 年第 4 期。
〔註101〕見季羨林編：《胡適全集》第 31 卷，第 532 頁。
〔註102〕胡適：《南通張季直先生傳記序》，《吳淞月刊》，1930 年第 4 期。

五：「1.沒有崇拜偉大人物的風氣；2.多忌諱；3.文字上的障礙；4.材料的散亂缺失；5.不看重傳記文學，故無傳記專家。」〔註103〕1953 年 1 月 12 日，在臺灣省立師範學院的演講中，他提到原因有三點：「1.忌諱太多；2.缺乏保存史料的公共機關；3.文字的關係。」〔註104〕從這三次的論述中我們可以看到，胡適在 1933 年的提法是最完備的，它在 1929 年的提法上加多了兩條。而 1953 的提法並不是新觀點，只是把 1933 年的提法去掉了兩條。考慮到 1929 和 1933 年相距的時間不算長，我們可以認為胡適這一觀點在 1930 年代左右達到成熟，且再沒有變化。而沒有變化的原因一個是胡適太忙，一個是因為中國的傳記創作從他提倡傳記的 1920 年代一直到 1950 年代，不能讓他滿意。所以他才會說：「我過去對中國傳記文學感到很失望」〔註105〕所以他才要在那過去二三十年間一直提倡傳記，所以才會給我們一個印象——胡適一生都在提倡傳記。

（三）「勸朋友寫傳記」的影響擴大的原因

　　胡適一生的傳記文學作品眾多，而影響最大，傳播最廣的是他的《四十自述》。只要論及胡適傳記文學思想，莫不論及他的《四十自述》，而只要論及他的《四十自述》，又莫不論及他勸朋友寫傳記這段話：「我在這十幾年中，因為深深的感覺中國最缺乏傳記的文學，所以到處勸我的老輩朋友寫他們的自傳。……我有一次見著梁士詒先生，我很誠懇的勸他寫一部自敘，……此外，我還勸過蔡元培先生，張元濟先生，高夢旦先生，陳獨秀先生，熊希齡先生，葉景葵先生。我盼望他們都不要叫我失望。」〔註106〕所以說，胡適的《四十自述》對其勸朋友寫傳記這一活動的影響是毋庸置疑的。胡適在這部自傳裏勸朋友寫傳記的言說通過這部書的傳播，成了胡適重視傳記文學、推廣傳記文學的一個重要標籤。再有，胡適勸朋友寫自傳這一行為之所以影響大還在於胡適個人的影響力。這一影響力是由胡適作為新文化運動的領袖地位決定的，也只有這一地位才能促使他的《四十自述》廣為流傳。只有這一地位，才有他勸的那些有影響力的朋友，而勸他們寫傳記才能形成足夠的影響力。胡適勸朋友寫傳記這一行為的影響力是由胡適所處的文化場域決定的。

〔註103〕　胡適：「1933 年 12 月 26 日的日記」季羨林編：《胡適全集》第 32 卷，第 242 頁。

〔註104〕　胡適：《傳記文學》，季羨林編：《胡適全集》第 12 卷，第 423～425 頁。

〔註105〕　胡適：《傳記文學》，季羨林編：《胡適全集》第 12 卷，第 429 頁。

〔註106〕　胡適：《〈四十自述〉自序》，季羨林編：《胡適全集》第 4 卷，第 654～655 頁。

三、胡適提出「傳記文學」一詞的考證

鑒於學界對胡適提出「傳記文學」一詞的時間不明、含義不明，有必要一探究竟。

（一）胡適傳記文學札記中「傳記」和「傳記文學」的區別

胡適在講演中、日記中、文章中多次提到「傳記」和「傳記文學」，它們的區別在哪裏？針對胡適 1953 的一次演講，譚宇權認為胡適「對於傳記文學與是史料之間的區別，也是不清楚。……對傳記文學與文學之間的區別，也不甚清楚。」並認為這可能是因為胡適「缺乏文學理論的知識」〔註107〕導致。首先，在這次演講中，胡適自己說他對傳記文學並沒有特別的研究，而且演講中也未引用傳記名家如莫洛亞、斯特拉奇等的觀點。所以他對「傳記」和「傳記文學」的概念是模糊的，導致在用詞上的不嚴謹。其次，胡適不太關注「傳記」和「傳記文學」的概念可能跟他「多研究些問題，少談些主義」的思想有關。在《問題與主義》中，他說：「請你們多多研究這個問題如何解決，那個問題如何解決，不要高談這種主義如何新奇，那種主義如何奧妙。」如果把胡適的這句話和傳記文學聯繫在一起，這句話可表述為：請你們多多研究傳記文學在中國最缺乏的問題如何解決，不要高談域外傳記文學理論如何新奇。一方面，他發現中國傳記的三大問題一直沒有得到解決。另一方面他發現解決問題時「沒有成例可援，又沒有黃梨洲、柏拉圖的話可引，又沒有《大英百科全書》可查，全憑研究考察的工夫」是「難事」，而「買一兩本實社《自由錄》，看一兩本西文無政府主義的小冊子，再翻一翻《大英百科全書》，便可以高談無忌了」是「極容易的事」。〔註108〕當時關於傳記文學理論的研究很少，這意味著開展相關研究只能靠胡適自己；此外，既然時人對「傳記」「傳記文學」的定義、內涵、屬性等「主義」不瞭解也不關心，所以胡適會認為在解決已經存在的基本「問題」之前談論「主義」沒有意義。既然談「主義」不能推動傳記文學的發展，那麼在胡適看來，也是被事實證明的，「提倡傳記」作為一種「解決問題」的實踐是推動中國傳記文學發展的最好方法。學者朱文華認為：「新文化運動以來，在胡適的影響下，……在三十年代和八十年代的大陸，五六十年代的臺灣，三次形成『傳記熱』。試看郁達夫、許壽裳、孫毓棠、朱東潤、湘漁、寒曦、鄭天挺、曹

〔註107〕譚宇權：《胡適思想評論》，臺北：文津出版社，1996 年，第 384～389 頁。
〔註108〕胡適：《問題與主義》，《太平洋》（上海）1919 年第 2 卷第 1 期。

聚仁和劉紹唐等人的傳記文學理論，以及鄭振鐸、吳晗、朱東潤、李長之、蔡尚思和沈雲龍（如鄭振鐸著《梁任公先生傳》，吳晗著《胡應麟年譜》，朱東潤著《張居正大傳》，李長之著《司馬遷之人格與思想》和蔡尚思著《蔡元培學術思想傳記》等，均在學術界產生影響，而沈雲龍為臺灣文海出版社編輯的大型《近代中國史叢刊》，對近代中國的各類傳記資料收集甚全，為學者提供了極大便利）等學者，乃至一批受胡適直接勸說而寫作的傳記（自傳）的人們的作品，事實上都不同程度地受了胡適傳記文學理論的影響，而不管他們本身是否承認。這充分說明了胡適「解決問題」實踐的影響力。

同時，朱文華也看到胡適傳記文學理論的局限性：「胡適對於西方近代傳記文學理論——從高斯（E‧Gosse）到斯特拉屈（L‧Strachey）、尼科爾森（H‧Nicolson）再到莫洛亞（A‧Maurois）以及日人鶴見佑輔等人的傳記文學理論，缺乏一種全面、系統的介紹評判，同時對於西方傳記文學理論界的幾個爭論不休的問題，如傳記的史學筆法與文學筆法的相互關係、傳記寫作與精神分析法的關係等，也未作明確的回答。而根據胡適的學力，他是能夠這樣做的。」〔註109〕既然胡適缺乏傳記文學理論，經常模糊「傳記」和「傳記文學」的界限，讓我們無從把握他的「傳記文學」概念，所以需要回到原始文本中，分析他所使用的「傳記」和「傳記文學」究竟所指。

1.「傳記」

1908 年，胡適在《中國愛國女傑王昭君傳》首次使用「傳記」一詞：「列位看我這篇傳記……」，很明顯這裡的「傳記」一詞指的是和本文同類的「傳」——通常以「某人傳」為篇名，他在同年發表的還有《姚烈士傳》《中國第一偉人楊斯盛傳》《世界第一女傑貞德傳》。在性質上，這些傳記屬於古代傳記，工具性明顯。胡適在 1914 年又提到「傳記」一詞：「昨與人談東西文體之異。至傳記一門，而其差異益不可掩。」〔註110〕這裡的「傳記」指的是東西方所有傳記文學性質的文章。1922 年，胡適在《章實齋年譜》自序中，胡適說「我認定年譜乃是中國傳記體的一大進化。……如王懋竑的《朱子年譜》，如錢德洪等的《王陽明先生年譜》，可算是中國最高等的傳記。」。〔註111〕在這裡，

〔註109〕朱文華：《胡適與近代中國傳記史學》，《江淮論壇》1992 年第 2 期。
〔註110〕胡適：《傳記文學》（1914 年 9 月 23 日的日記），季羨林編：《胡適全集》第27 卷，第 515 頁。
〔註111〕胡適：《〈章實齋年譜〉自序》，季羨林編：《胡適全集》第 2 卷，第 181 頁。

胡適認為年譜是傳記，屬於中國傳記體，是中國傳記體的一種，中國傳記體包括但不限於年譜。

　　這裡的「傳記」也是指所有傳記文學性質的文章，而「中國傳記體」則指中國古代傳記。所以，從一開始，胡適的「傳記文學」概念就是非常寬泛的，指所有傳記文學性質的文章。而且，他對傳記文學的文體是不設限的，1948 年，他在《師門五年記》說：「爾綱這本自傳，據我所知，好像是自傳裏沒有見過的創體。從來沒有人這樣坦白詳細描寫他做學問的經驗，從來也沒有人留下這樣親切的一副師友切磋樂趣的圖畫」〔註112〕。

　　2.「新體傳記」「中國傳記文學」「傳記的文學」

　　在《〈南通張季直先生傳記〉序》中，胡適提到了「新體傳記」（崇拜英雄、用白話文書寫、紀實傳真的傳記）以區別於舊體傳記。既然傳記有新舊之分，所以文中「傳記是中國文學裏最不發達的一門。」〔註113〕這句話應該表述為「新體傳記是中國文學裏最不發達的一門」，說浩如煙海的中國古代傳記不發達顯然不成立。卞兆明認為這句話意義重大，因為胡適「明確把傳記說成是『中國文學裏』的一門，這表明此時的胡適已有了將傳記納入文學領域的思想，這種看法可說是超越前人的。因為傳記在中國歷來被認為是歷史的範疇，此前他的前輩朋友梁啟超倡導『史學革命』和創作的『近代傳記』，『屬於在歷史範疇中的內容和體例上的革新』」〔註114〕但是，胡適既然隨口就把「新體傳記」說成了「傳記」，那麼這裡「中國文學」的外延有多廣只有他自己清楚。胡適是有「六經皆文」思想的，他說：「現在有許多人提倡讀經：我希望大家不要把《詩經》《論語》《孟子》當成經看。我們要把這些書當成文學看，……」〔註115〕在《四十自述》自序中，胡適又提到同樣作為「新體傳記」的「傳記的文學」，他說：「我在這十幾年中，因為深深的感覺中國最缺乏傳記的文學，所以到處勸我的老輩朋友寫他們的自傳。……我很盼望我們這幾個三四十歲的人的自傳的出世可以引起一班老年朋友的興趣，可以使我們的文學裏添出無數的可讀而又可信的傳記來。」〔註116〕這「傳記的文學」是「可讀又可信的傳記」，強調的是「文學」；而「文學」是「內容」，「傳

〔註112〕胡適：《〈師門五年記〉序》，季羨林編：《胡適全集》第 20 卷，第 632 頁。

〔註113〕胡適：《南通張季直先生傳記序》《吳淞月刊》1930 年第 4 期。

〔註114〕卞兆明：《論胡適的傳記文學理論及創作》，《江蘇社會科學》2006 年第 6 期。

〔註115〕胡適：《傳記文學》，季羨林編：《胡適全集》第 12 卷，第 418 頁。

〔註116〕胡適：《〈四十自述〉自序》，季羨林編：《胡適全集》第 1 卷，第 654～656 頁。

記」是「形式」。正如卞兆明所言：「這裡『文學』是中心詞，『傳記』是修飾詞起限制界定的作用。」〔註 117〕胡適在 1933 年 12 月 25 日的日記中說：「重讀汪輝祖的《病榻夢痕錄》：此為中國傳紀文學中第一部自傳，毫無可疑。」這裡的「中國傳紀文學」也是「新體傳記」的意思，不然胡適就不會稱《病榻夢痕錄》為第一部，因為如果不分舊體、新體，單就自傳來看，起碼《太史公自序》可能才是第一部自傳。《病榻夢痕錄》的題目和形式都是舊的，但它的內容卻是新的，是以前的舊體傳記中沒有的，所以才能被胡適稱為第一部。

3.「中國的傳記文學」「中國傳記文學」「傳記文學」

1933 年 12 月 26 日，在北大史學會的講演中，胡適將「中國的傳記文學」分為兩大類：他傳和自傳。他傳有小傳、墓誌、碑記、史傳、行狀、年譜、言行錄、專傳等；自傳包括自序、自傳的詩歌、遊記、日記、信札、自撰年譜等。〔註 118〕這些「中國的傳記文學」所有類型按照「形式」可直接分為兩類：一類是傳記，一類是傳記文學性質的文章（嚴格來說，不是傳記）；小傳、墓誌、碑記、史傳、行狀、年譜、專傳、自序（自紀）的小傳、自撰年譜屬於傳記（古代／舊體傳記）。而言行錄、自傳的詩歌、遊記、日記、信札則屬於傳記文學性質的文章。因為是史學會的講演，也因為古代傳記和史學密不可分的關係，胡適之所以把傳記文學性質的文章列為「中國的傳記文學」，可能是考慮到它們既是傳記資料，也是史學資料。

這篇演講中提到的傳記，除了《南通張季直先生傳記》這部「新體傳記」，其他都是舊體傳記，也即這裡的「中國的傳記文學」絕大部分是胡適反對的傳記。所以胡適才會說：「二千五百年中，只有四部傳記可算是第一流的。」四部傳記即《病榻夢痕錄》《朱子年譜》《王荊公年譜考略》《大慈恩寺三藏法師傳》。在《領袖人才的來源》中，胡適也使用了「中國的傳記文學」：「中國的傳記文學太不發達了，所以中國的歷史人物往往只靠一些乾燥枯窘的碑版文字或史家列傳流傳下來」。〔註 119〕由「太不發達」推理，這裡的「中國的傳記文學」和前面講演中「中國的傳記文學」含義截然不同。在這裡，其

〔註 117〕 卞兆明：《胡適最早使用「傳記文學」名稱的時間定位》，《蘇州大學學報（社會科學版）》2002 年第 4 期。
〔註 118〕 見季羨林編：《胡適全集》第 32 卷，第 242～244 頁。
〔註 119〕 季羨林編：《胡適全集》第 4 卷，第 536 頁。

所指仍然是「新體傳記」，以區別於「乾燥枯窘的碑版文字或史家列傳」等
舊體傳記。

胡適在講演中同時使用了「中國傳記文學」一詞：「我說中國傳記文學不
發達的原因有五」。結合前面論述，我們知道其當指「新體傳記」，因為它「不
發達」。另外，他又說：「不看重傳記文學，故無傳記專家」。這裡的「傳記文
學」也指「新體傳記」，因為中國古代對「史傳」這一傳記的「主體」非常看
重。接著，胡適在 1953 年的演講中多次使用「中國傳記文學」一詞：他認為
「《晉書》搜集了許多小說——沒有經過史官嚴格審別的材料——，成為小說
傳記，給中國傳記文學開了一個新的體裁……中國傳記文學第一個重大缺點
是材料太少」、「我過去對中國傳記文學感到很失望」、「語錄可說是中國傳記文
學中比較好的一部分」。〔註 120〕很明顯，這裡的「中國傳記文學」指舊體傳記。

4. 傳記文學性質的文章

胡適關於「傳記」或「傳記文學」的論述中，經常把傳記文學性質的文章
歸入「傳記」或「傳記文學」，這是造成我們認為胡適缺乏傳記文學理論知識
的主要因素。他說：「日記屬於傳記文學」。〔註 121〕在 1953 年那次關於「傳記
文學」的演講中，他把《論語》《新約》四福音、《蘇格拉底辯護錄》《紅樓夢》
都當作傳記文學，並認為《蘇格拉底辯護錄》「為世界上不朽的傳記文學」而
蘇格拉底臨死以前的三種記錄則是「世界文學中最美、最生動、最感人的傳記
文學」。我們知道，《論語》和《新約》四福音是言行錄，而《蘇格拉底辯護錄》
是對話錄，《紅樓夢》則是小說，他們都是帶有傳記性質的文學，但卻都被胡
適稱之為「傳記文學」。他還認為：「禪宗和尚的語錄，在文學上也開了一個新
的紀元，在傳記文學上開闢了一個新的天地，提倡了一種新的方法。」同時，
這些「傳記文學」又被他當作傳記資料：「這些大和尚的語錄，的確留下了一
批傳記的材料。」〔註 122〕「古時的許多大哲學家，思想界的領袖，他們的言
行錄，也是一批傳記的史料。」〔註 123〕在同一次演講中裏，對同一個作品，
胡適既稱之為「傳記文學」，又把它當作傳記資料，其使用「傳記文學」一詞
的不嚴謹可見一斑。再有，這次演講中的「傳記文學」一詞時而指「新體傳記」，

〔註 120〕季羨林編：《胡適全集》第 12 卷，第 416～420 頁。
〔註 121〕胡適：《書舶庸譚》，季羨林編：《胡適全集》第 4 卷，第 649 頁。
〔註 122〕季羨林編：《胡適全集》第 12 卷，第 419 頁。
〔註 123〕季羨林編：《胡適全集》第 12 卷，第 420 頁。

時而指所有傳記。「我這二三十年來都在提倡傳記文學」〔註124〕「我們的傳記文學為什麼不發達呢」「古代歷史中對傳記文學的貢獻很少」〔註125〕這幾句話裏的「傳記文學」指「新體傳記」；而「傳記文學寫得好，必須能夠沒有忌諱。」〔註126〕「以這樣的文字來記錄活的語言，確有困難。所以傳記文學遂不免吃了大虧。」「這兩部書，是我多少年來搜求傳記文學得到的。」〔註127〕這幾句話裏的「傳記文學」則指所有傳記。

（二）胡適在哪一年提起「傳記文學」——「傳記文學」的名實之辯

因為胡適使用「傳記」和「傳記文學」的不嚴謹，所以有一個問題必須討論：胡適在哪一年最早提出「傳記文學」。討論的意義如卞兆明所說：「本來一般對於某個歷史人物最早使用某種概念（或名稱）具體時間的追溯和討論似無什麼特殊意義。但是當它同一個國家的某種學術思潮的掀起和某種文體發展演變有著直接聯繫時那這種研討就顯得十分的重要。」〔註128〕這一時間定位的關鍵在於釐清「傳記文學」一詞使用時涉及的「名」與「實」。首先，卞兆明從「名」的角度推翻學界長期以來把胡適提出「傳記文學」的時間定在1914年9月23日這一「結論」。他說：「長期以來在我國大陸和臺灣學術界都有學者把這則札記看作是胡適最早提倡和使用『傳記文學』名稱的佐證。……這實在是一個大失誤。造成誤解的直接原因是現在人們所看到的這條札記有個『傳記文學』的標題。事實上《藏暉室札記》是胡適在留美時期的日記和雜記集，我們現在看到的『傳記文學』這四個字作為分條題目，是上個世紀30年代初在這些札記交給亞東圖書館印行出版前，由胡適的朋友章希呂在幫助整理這批札記時擬加上去的。」〔註129〕卞兆明反對的是學界對《傳記文學》這一札記篇名的因「名」生義。同時，他認為胡適的這篇札記不但沒有「傳記文學」之名，也沒有「傳記文學」之實，所以他把胡適第一次提出「傳記文學」的時間定在1930年6月28日。因為胡適這一次使用「傳記文學」，既有「名」也有「實」：有「名」是因為胡適的一句——「日記屬於傳記文學」；有「實」則

〔註124〕季羨林編：《胡適全集》第12卷，第414頁。
〔註125〕季羨林編：《胡適全集》第12卷，第423頁。
〔註126〕季羨林編：《胡適全集》第12卷，第423頁。
〔註127〕季羨林編：《胡適全集》第12卷，第425頁。
〔註128〕卞兆明：《胡適最早使用「傳記文學」名稱的時間定位》，《蘇州大學學報（社會科學版）》2002年第4期。
〔註129〕卞兆明：《論胡適的傳記文學理論及創作》，《江蘇社會科學》2006年第6期。

是胡適解釋了日記為什麼屬於傳記文學：「日記屬於傳記文學，最重在能描寫作者的性情人格，故日記愈詳細瑣屑，愈有史料的價值。」〔註130〕而描寫人格和史料價值在卞兆明看來是「傳記文學」的特徵。卞兆明從傳記文學之「實」論證胡適提出「傳記文學」的時間這一邏輯沒有問題，這是基於胡適的傳記文學思想出發的。因為胡適提倡的就是「傳記文學」之「實」，即前面提到的「新體傳記」。但是，正如我們前面提到的，很明顯，「傳記文學」一詞在「日記屬於傳記文學」這句話裏實際上指的是傳記文學性質的文章，和卞兆明認為的「傳記文學」相差太遠，並沒有「傳記文學」之「實」，自然也不足以讓「傳記文學」作為一種文學體裁或作為一門獨立的學科名正言順地登上學術舞臺。而且，通讀這一段文字可以發現，胡適提到的「性情人格」描寫的價值，其所強調的依然是史料價值。因為日記的作者董康是中國近代著名的政客、藏書家、法律家、大律師，與中國近代史聯繫密切，這和胡適從史學的角度提倡他的名人朋友寫傳記如出一轍。

（三）1928年，吳宓首次提出「傳記文學」

如果按照卞兆明的邏輯，以「傳記文學」的「名」和「實」定位「傳記文學」一詞的提出時間，那麼，吳宓應是提出「傳記文學」的第一人。1928年，吳宓在《大公報·文學副刊》發表一篇名為《論傳記文學》的譯介文章。與卞兆明認為的「傳記文學」之「實」比較，吳宓更早也更準確的認識到了「傳記文學」之「實」，而且還應用了「傳記文學」之「名」，「名」「實」相符。由此，吳宓才應該是中國提出「傳記文學」的第一人。〔註131〕另外，同在1930年，

〔註130〕胡適：《董康〈書舶庸譚〉序》季羨林編：《胡適全集》第4卷，第649頁。
〔註131〕吳宓的《論傳記文學》（《大公報（天津）》1928年6月25日第九版）一文是對莫洛亞的譯介，認為它「頗足供今日中國作傳記者之借鏡」。文中首先提到「近代傳記」這一概念，從時間上指「指喬治時代（英王喬治五世即位以後）之作品也」，區別於「舊傳記」的「維多利亞時代」。並提到了兩種傳記的不同：「舊日之傳記作者，大抵藉以為善惡之資鑒，德行之模型。或以表揚先烈前賢。使留芳於百代。……作者有隱惡揚善之責任。以鋪張粉飾為常例。其結果受傳者皆成為百行俱美無暇可擊之人。……近世之作者則反是。每以扯破面具打倒偶像為務。若Strachey之作維多利亞時代名人傳，以無孔不入之透視，以冷酷客觀之筆墨，表露傳主之真容。不著一褒貶之詞，而使讀者笑罵難禁。……」文章未署名，但是從《大公報·文學副刊》前期編輯自撰稿多不署名推論，作者只能是當時編輯（吳宓、張蔭麟、浦江清、趙萬里）中的一人。筆者查閱相關文獻（《浦江清文史雜集》,《趙萬里文存》,《張蔭麟全集》,《吳宓評傳》等目前公開出版的資料）沒有發現此文。根據黃彥偉《〈大

在卞兆明的「時間定位」前四個月，名為《被歡迎之傳記文學》的文章也已發表，不但標題有「傳記文學」之「名」，而且內容也有「傳記文學」之「實」。〔註132〕卞兆明當時應該沒有看到這些資料，所以才會說：「繼胡適之後，郁達夫在1933年9月4日《申報·自由談》上發表隨筆《傳記文學》，又在1935年寫過《什麼是傳記文學》一文。茅盾先生也曾於1933年11月在《文學》雜誌上發表過題為《傳記文學》的文章。從此以後，我國傳記文學才名副其實地進入了一個新的歷史發展時期。」〔註133〕

當我們再一次回顧胡適1914年的傳記文學札記時，可以發現胡適其實已經涉及「傳記文學」之「實」——傳記文學的主要屬性和特徵，並且具有一定的理論品質。這一名詞的使用建立在與別人討論的基礎上——「昨與人談東西文體之異。至傳記一門，而其差異益不可掩。」既然是討論，就有學術研究的性質，而且，研究也有了結果，即「余以為吾國之傳記，惟以傳其人之人格（Character）。而西方之傳記，則不獨傳此人格已也，又傳此人格進化之歷史（The development of a character）。」〔註134〕並詳細列出了東西傳記之別，這就加強了這一「學術研究」的理論品質。這其中，顯示著他對傳記文學的西方（現代）意識——對傳記文學現代性的認識，他說：「若近世如巴司威爾之《約翰生傳》，洛楷之《司各得傳》，穆勒之《自傳》，斯賓塞之《自傳》，皆東方所未有也。」〔註135〕與卞兆明認為的傳記文學的主要特徵——描寫人物性格——相對照，札記提到的「傳此人格進化之歷史」，其文學屬性更足，現代傳記

公報·文學副刊〉（1928～1933）內部生態及其中筆名考實》（《中國現代文學研究叢刊》2021年第6期）以及沈衛威《〈大公報·文學副刊〉與新文學姻緣》（山東師範大學學報（人文社會科學版）2055年第2期）推論，作者可能是吳宓或張蔭麟。另外，據吳宓研究學者肖太雲教授分析，本文的行文風格是吳宓的風格，而且文中將「韋爾斯利女子學院」翻譯為「威爾士雷女子大學」也是吳宓的寫作特徵，所以作者當是吳宓。

〔註132〕見燕谷《被歡迎之傳記文學》（《申報》1930年2月21日，申報本埠增刊），其中提到：「傳記文學之特點，在其能立腳於各人物之現實生活狀況上，如欲介紹某種狀況人物時，即將某人物之產生時代及其精神，傳述詳盡。故讀古今中外偉人豪俊之傳記，即能明瞭世界之歷史、反之、能貫通世界之歷史時、則於偉人奇士之勳績、亦可瞭如指掌……」作者或為劉燕谷，建國前曾任中山大學法學院教授。

〔註133〕卞兆明：《胡適最早使用「傳記文學」名稱的時間定位》，《蘇州大學學報（社會科學版）》2002年第4期。

〔註134〕季羨林編：《胡適全集》第27卷，第515頁。

〔註135〕季羨林編：《胡適全集》第27卷，第516頁。

文學的意味更濃厚。人格本身就包括人物的性格，而描寫包括人物性格的變化是現代傳記文學的主要特徵。人是複雜、變化的，唯有刻畫出這複雜和變化才能保證傳主的獨特性和唯一性。另外，札記提到的「瑣事多而祥」也是現代傳記文學的主要特徵，即寫小事、寫細節，其效果或者目的之一也正如札記裏提到的「讀之者如親見其人，親聆其談論」，而這也是現代傳記文學的目的之一。可以看出，卞兆明論證胡適1930正式提出「傳記文學」這一概念之「實」的依據是在總體上把握傳記的標誌屬性——史與文、真與美的結合——的結果，而沒有看到這篇札記中其實蘊藏著更多的現代傳記文學特徵。所以，如果單以卞兆明的邏輯——從「傳記文學」之「實」推論胡適提出「傳記文學」的時間，1914年9月23日當為胡適正式提出「傳記文學」的時間。

四、胡適傳記文學思想的屬性辨析

　　胡適本身是史學家，也有很多史學著作，他對《紅樓夢》的考察也是史學的。他的史學特質很容易使他的傳記文學思想偏向史學，也很容易誘導研究者傾向於把他的傳記思想屬性歸為史學。同時，在胡適的傳記思想中，注重傳記的史料價值和教育功能所佔的分量很重，這也很容易使人將胡適的傳記思想屬性歸為史學。周質平先生和朱文華先生都傾向於胡適的傳記的思想屬「史」，並提出了他們的論據，這是值得商榷的。

（一）對周質平認為胡適傳記文學思想屬「史」的疑問

　　周質平先生認為：「無論就理論而言，還是就實際作品而言，胡適的傳記文字都是較偏歷史的，……胡適所提倡的『傳記文學』，其實是『以文為史』……胡適的傳記文學，名為『文學』，而實為『史學』。」〔註136〕其論據主要有下面七點，茲將這七點列出並一一提出質疑。

1. 以胡適的史學追求作為根據

　　論據：胡適有「歷史癖」、「考據癖」和「傳記熱」。周質平先生認為「傳記熱」只是「歷史癖」中的一小部分，是為「歷史癖」與「考據癖」服務的。因為「傳記無非就是個人的歷史，胡適的興趣在以小窺大，從個人的發展看出世代的變遷，是「知人論世」之學。因此，在胡適看來，所有的傳記都是一種

〔註136〕周質平：《「以文為史」與「文史兼容」——論胡適與林語堂的傳記文學》，《荊楚理工學院學報》2011年第4期，以下關於關於周質平論據論點的引用，除特別注明外均皆直接或間接引自本文。

史料」。他進而引用 1943 年胡適在紐約為 Arthur W・Hummel 所主編的《清代名人傳略》（Eminent Chinese of the Ching Period，1644～1912）寫的序言作為證明，胡適說：「《清代名人傳》不只是一套傳記字典，也是目前所能找到最詳細，最好的過去三百年來中國的歷史。這部歷史是由八百人的傳記所組成的，這一做法是符合中國史學傳統的」。周質平先生認為：「在這篇序中，胡適很清楚的將傳記歸入了史學的範疇，並說明傳記是為史學研究服務的。」

　　質疑：「歷史癖」、「考據癖」和「傳記熱」並不是胡適在同一篇文章提出的。胡適在《水滸傳考證》一文中提到「歷史癖」和「考據癖」，在《四十自述》的序言中提起「傳記熱」。它們沒有在一個地方出現並且呈現出一定的「從屬」關係，這可能是周質平先生需要引用《清代名人傳》的序言加以佐證他這一推斷的原因之一。但是既然是推斷，就意味著「從屬」關係並不是唯一的答案，至少還有一種可能，那就是平行的對等關係，即胡適「傳記熱」和「歷史癖」互相影響卻並行不悖。也就是說，滿足他的「歷史癖」是他「傳記熱」的一個目的，卻不是唯一的目的。「傳記熱」由「歷史癖」引發卻獨立生長，這跟傳記文學起源於史學卻要脫離史學路徑同一。但很顯然，周質平先生卻把這當作了唯一的目的，所以他才會引用《清代名人傳》的序言來證明。用傳記著史、用「名人」傳記著史是梁啟超早就主張了的，並不算胡適的發明。而且這一主張從形式上看無非還是中國正史的書寫傳統——以列傳著史。但胡適喜歡符合中國史學傳統的傳記，主張用傳記著史，並不代表他排斥非史學傳統的傳記。以建築為例，傳記書寫是相當於土木構建，而史學傳統的傳記是宮殿，非史學傳統的傳記則是民居。胡適既然喜歡傳記，對傳記有一定的研究，尤其是對西方的傳記有研究，他就難以只喜歡史學傳統的傳記。就像一個喜歡土木結構建築的人，也不可能只喜歡宮殿。

2. 以家傳和國史的關係為論據

　　論據：周質平先生引用胡適「做家傳便是供國史的材料」這一句話推斷「胡適對傳記的看法，基本上是『以文為史』，不難找出章學誠的影子。」

　　質疑：首先，對於，「以文為史」，正如我們前面提到的，把胡適傳記只作為著史的工具，只為歷史而存在，史學價值是它唯一的價值，是片面的。其次，這裡之所以提到章學誠，其推理過程是這樣的——因為章學誠是史學家，所以當一個人提出了和章學誠一樣觀點的時候，那麼他的觀點也是史學的。而「章學誠的影子」這一句更容易誘導讀者相信胡適的傳記思想是繼承了章學誠的史學思想，即使不是全部，但至少是部分繼承了。以家傳作國史的材料，這是

史學的觀點，也是胡適的觀點。但是，這一史學觀點並不是胡適思想的全部，而只是一部分，又或者可以說胡適的傳記思想有一些史學要素。再有，家傳是國史的材料，是中國史學早就有的，章學誠並不是首倡者，章學誠自己就說：「唐劉知幾討論史志，以謂族譜之書，允宜入史。」〔註137〕而據潘光旦考證，在劉知幾之前，家傳入國史也早已存在：「劉孝標，司馬貞，張守節，顏師古，李賢（章懷太子），裴松之之輩數數以譜牒為不可少之參考資料，作史家若魏收，牛鳳，歐陽修等抑且直接以譜牒為作史之根據。」〔註138〕胡適不是因為章學誠的影響，才有這樣的觀點，這一觀點是中國史學固有的，無論是胡適還是章學誠，只要對古代文化深知的學者都知道的常識，並不能作為胡適傳記思想的特質。只能說胡適的傳記思想有中國固有文化的烙印，而這是再自然不過的事，一點也不新奇。周質平先生想利用章學誠的史學地位和影響，硬把胡適的傳記思想套在史學範疇裏，是勉強的。

3. 以傳記和史學的關係為論據

論據：因為胡適認為寫傳記是「大學的史學教授和學生」的「實地訓練」，是「實際的史學工夫」，所以周質平先生做出推斷：「寫傳記，在胡適看來，是史學，而不是文學。」

質疑：古代正史的主體是列傳／史傳──傳記，這意味著，作傳記在古代是一種史學工作，所以胡適才會有這樣的觀點。和前面提到的家傳入國史一樣，這些都屬於傳統史學思想。把胡適的這一觀點還原在原來的章節中更容易看清這一觀點的來源，胡適說：「近代中國歷史上有幾個重要人物，很可以做新體傳記的資料。遠一點的如洪秀全，胡林翼，曾國藩，郭嵩燾，李鴻章，俞樾；近一點的如孫文，袁世凱，嚴復，張之洞，張謇，盛宣懷，康有為，梁啟超，──這些人關係一國的生命，都應該有寫生傳神的大手筆來記載他們的生平，用繡花針的細密工夫來搜求考證他們的事實，用大刀闊斧的遠大識見來評判他們在歷史上的地位。許多大學的史學教授和學生為什麼不來這裏得點實地訓練，做點實際的史學工夫呢？是畏難嗎？是缺乏崇拜大人物的心理嗎？還是缺乏史才呢？」〔註139〕中國古代正史列傳的特色就是由重要的大人物構

〔註137〕章學誠：《文史通義全譯》（下），嚴傑、武秀成譯注，貴陽：貴州人民出版社，1997 年，第 839 頁。

〔註138〕潘光旦：《章實齋之家譜學論》，《人文（上海 1930）》1931 年第 2 卷第 8 期。

〔註139〕胡適：《〈南通張季直先生傳記〉序》，季羨林編：《胡適全集》第 3 卷，第 782 頁。

成，所以胡適主張為大人物寫傳記只是古代正史書寫傳統的延續。但是胡適在這裡提到「史學工夫」並不是為了強調作傳記是一種史學工夫，這屬於古代史學思想，根本無須特別提出。胡適之所以在這裡提出「史學工夫」，是因為這一「史學工夫」因為「新體傳記」的出現而有了新的使命和內容——用白話文書寫，紀實傳真以及喚起崇拜英雄的民族精神。即這一「史學工夫」是為「新體傳記」——現代傳記文學——服務的，而不是為舊體傳記——史傳——服務的。也就是說，這一「史學工夫」只是傳記文學的工具，和胡適傳記文學思想屬性無關。所以，周質平先生以此作為胡適傳記思想屬「史」的證據，有斷章取義之嫌，而且其論證胡適傳記思想屬「史」的根據都來自於古代史學思想，這自然就會把胡適傳記思想限制古代史學思想之內，降低了胡適對傳記文學的貢獻和價值。

4. 以「創造」作為判斷文史之別的根據

論據：周質平認為胡適傳記思想屬「史」另一個根據是「胡適所說的『傳記文學』，其文學的部分並非著重在文辭或文采，而是偏重在剪裁。換言之，『傳記文學』是復活一個人物，而不是創造一個人物。」

質疑：周質平先生這段話的意思或許是想作這樣的陳述：「文辭和文采」可以創造一個人物，使傳記屬「文」。而「剪裁」則只是復活一個人物，意味著傳記屬「史」。

首先，文辭和文采只是一種文學技巧，適用於多種文體，並不是一種文體屬性的決定因素，這就意味著即使胡適的傳記思想確定是屬史的，其傳記作品文學的部分依然可以重視文采，只要不影響傳記的史學目的即可。其次，復活一個人物是很多藝術形式的目的，小說、繪畫、音樂、戲劇、電影，甚至是詩歌的目的都是復活一個人物，能否復活一個人物是衡量藝術的一個重要標準。成功復活一個人物表現在文學藝術上，需要一定的創造，越是偉大的文學藝術，其創造性就越明顯。但是創造並不是區分真實與虛構的唯一尺度，真實也需要某種程度的「創造」，就像寫實繪畫也需要創造一樣，不然，冷軍先生的很多人物畫就沒有價值；創造的對立面是複製，如果否定了創造，在一定意義上就是肯定複製，這樣的複製在傳記書寫上表述為：把一個人原原本本的寫出來。但是，任何一種「真實」一旦經過一種「語言」的轉述必然會「變形」，即本就存在的「真實」和被轉述的「真實」不可能是完全相同的真實——他們本是不同「質地」的。這就意味著，經過語言轉述的「人的真實」和「真實的

人」也一定會變形，也必然需要「創造」。周質平先生簡單地把「復活」對應「真實」，「創造」對應「文學」，並說：「從現有的材料來看，胡適對傳記『真實』的要求遠遠超過他對『文學』的嚮往。他在《南通張季直先生傳記序》中所說，『傳記寫所傳的人最要能寫出他的實在身份，實在神情，實在口吻，要使讀者如見其人。他之所以讚賞沈宗瀚的《克難苦學記》，全在於作者『肯說老實話』。」寫出一個人的「實在身份，實在神情，實在口吻，要使讀者如見其人」確實達到了「復活」的標準，是「真實」的再現，但顯然再現這樣的一種「真實」是非常難的，是長期以來古今中外大部分文學工作者的共同目的，僅僅靠說「老實話」是斷然做不到的。沈宗瀚說老實話被胡適讚賞，並不能說明說老實話是再現真實，復活一個人物的唯一途徑。同時，很顯然的，求真和求美可以並行不悖，求美往往有助於求真，而只有通過一定的「創造」才能得到當時／並非完全客觀的「實在」。

5. 以胡適《四十自述》文學性書寫的淺嘗輒止作為論據

論據：周質平先生說：「我們可以把《四十自述》看作是胡適在傳記文學上的『嘗試集』。但他只是『淺嘗』，而『嘗試』的結果，並沒有清楚地界定什麼是『傳記文學』，卻反而模糊了文學和史學的界限。」

質疑：胡適的這一淺嘗輒止是胡適「提倡有心，創作無力」的反映，是胡適理論和實踐背離的反映，是胡適傳記思想奔向現代，而實踐卻留在古代的反映，是精神飛昇，肉身沉重的反映。但是，胡適的這一淺嘗輒止卻並不是模糊，而是清醒的劃分，是用創作實踐清醒的告訴我們——屬「文」的傳記是怎樣的，屬「史」的傳記又是怎樣的。同時，他似乎也是在故意為我們敲響一記警鐘，那就是肉身如此沉重，傳統如此沉重，史學如此沉重。沉重的讓他只能是「提倡有心，創作無力」。否則他不會將這一嘗試作如此的訴說：「關於這書的體例，我要聲明一點。我本想從這四十年中挑出十來個比較有趣味的題目，用每個題目來寫一篇小說式的文字，略如第一篇寫我的父母的結婚。這個計劃曾經得死友徐志摩的熱烈的贊許，我自己也很高興，因為這個方法是自傳文學上的一條新路子，並且可以讓我（遇必要時）用假的人名地名描寫一些太親切的情緒方面的生活。但我究竟是一個受史學訓練深於文學訓練的人，寫完了第一篇，寫到了自己的幼年生活，就不知不覺的拋棄了小說的體裁，回到了謹嚴的歷史敘述的老路上去了。這一變頗使志摩失望，……」而且還有一個細節足以證明胡適並不反對這樣的書寫，對其中「小說式」的文字，他說：「寫那『太子會』

頗有用想像補充的部分，雖經董人叔來信指出，我也不去更動了。」〔註140〕
這看似對小說式描寫的一種不經意，其實是一種肯定。這一個細節的意義在
於，胡適通過自傳的方式告訴讓我們去探尋他真實的傳記思想。他有心嘗試，
卻又無力。所以，他這一嘗試便表現為這樣一種敘事策略——故意留下一個疑
案讓後來者去探尋。如果說他的傳記思想果然屬史，確然屬史，他斷不會寫這
樣的文字，即使寫了也不會拿出來刊印。而他既然寫了，又拿出來刊印，不只
是為了向世人宣告他那著名的嘗試精神，而且也意在於它早已心許或者是潛
意識裏的對文學性傳記的肯定。另外，或許他之所以寫這段話，或許正在於擔
心後來者把他的傳記思想劃歸史學。而一旦劃歸史學則很容易和傳統史學思
想混同，作為新文化革命的主要推動者，作為「新體傳記」的推動者，這顯然
是胡適無法接受的。

6. 以胡適的治學傾向為論據

論據：周質平利用胡適的文學研究作為胡適傳記思想屬「史」的證據，他
說：「胡適的傳記文學，名為『文學』，而實為『史學』。文學『史學化』，文學
為史學服務，是胡適治文學一貫的取向。他的小說考證大多是研究版本和作者
的身世及其時代，對作品本身的結構或文學價值則甚少措意。最好的例子莫如
近代『紅學』的奠基之作，1921年出版的《紅樓夢考證》。正是在這樣的基礎
上，胡適在《克難苦學記》的序中，明白的指出：『這本自傳在社會史料同社
會學史料上的大貢獻，也就是這本自傳在傳記文學上的大成功。』換句話說，
傳記文學的成功必須體現在對史料的保存和史學研究的貢獻上。」

質疑：首先，胡適身上固然有中國傳統文化中學科模糊的烙印，但胡適所
處的時代，正是現代學術分科的時代，胡適之所以提出「文學」就有他的學科
意識在。而且，他寫了很多關於文學屬性的文章，譬如《什麼是文學》。同時，
胡適又是文學革命的主要推動者，說胡適的「文學」是「史學」，胡適的文學
為史學服務，是很難成立的。其次，很明顯的，胡適強調史料價值只是他的「歷
史癖」和「考據癖」的一種體現，用史學工夫研究文學是胡適的特色。胡適用
史學方法研究文學完全不足以說明文學的價值依附於史學，更不足以說明傳
記的價值依附於史學，更不能說明文學的唯一價值在於其中蘊藏的史學價值。
而其所引用胡適看重的《克難苦學記》中的社會史料和社會學史料價值，只能
說明這樣的史料價值可以標識一部傳記的成功，但卻不是傳記成功唯一的標

〔註140〕 胡適：《〈四十自述〉自序》，季羨林編：《胡適全集》第4卷，第655～656頁。

識。以作者所舉證的《紅樓夢》為例，胡適確實沒有研究《紅樓夢》的文學價值，確實用了很多史學方法研究紅樓夢，而且正是在史學研究的幫助下，認為《紅樓夢》是傳記文學。但是，很顯然的，胡適對《紅樓夢》史學性的研究並不是只把《紅樓夢》看成是史學作品，也不是只看重他的史學價值，而只是他的歷史癖而已。他認為《紅樓夢》有「文學的價值」，希望他關於《紅樓夢》的「歷史考據」，對「廣大的聽眾」瞭解《紅樓夢》「有點用處」。〔註141〕

7. 以林語堂的傳記思想為論據

論據：周質平先生在論述林語堂的傳記思想時說：「在林語堂傳記作品中，最受爭議的是1928年在《奔流》發表的《子見南子》獨幕劇，此劇在山東省立第二師範演出後，曾引起官司。這齣獨幕劇發表之後，引起的討論大多集中在對孔子敬不敬這一點上，據我所知，還沒有從傳記文學的角度來討論過。就文學形式而言，用話劇來刻畫一個古人，這還是創舉。話劇利用場景，服裝，對話等種種手段來復活一個古人，能帶給觀眾許多傳記所做不到的『臨場感』。但這樣的臨場感是增加了還是減低了傳記的真實性，卻是大可討論的一個話題。當然，利用對話，場景來寫傳記，是古已有之的。司馬遷《項羽本紀》中的『鴻門宴』一段，就是千古以來，中國傳記文學的典範作品。但從今日嚴謹的學術角度來看，這樣的傳記手法也許不免過分『繪聲繪影』，作者給讀者的感覺，似乎人在現場，親眼目睹。就胡適所發表有關傳記文學的理論來看，這樣的傳記手法，並不是他所能首肯的。在我看來，這也是他寫《四十自述》，在寫完第一章之後，回到了『嚴謹的歷史敘述的老路』的真正原因。」

質疑：首先，周質平承認他不能確定《子見南子》一劇中「臨場感」是「增加了還是減低了傳記的真實性」。也就是說，起碼在他看來，都有可能。這就回應了前面提到的「復活一個人物」的討論，即具備文學性、藝術性的「臨場感」可能會增加真實性，有利於再現真實，復活一個人物。其次，周質平先生認為還沒有人從傳記文學的角度討論林語堂作於1928年的戲劇，其實，早在1921年，胡適就從傳記文學的角度討論了戲劇。在這一年寫就的《〈林肯〉序》〔註142〕中他談到了涉及傳記文學創作的六個問題。

〔註141〕　胡適：《談〈紅樓夢〉作者的背景》，季羨林編：《胡適全集》第4卷，第461頁。
〔註142〕　胡適：《〈林肯〉序》，季羨林編：《胡適全集》第1卷，第764～770頁，以下相關引用除注明外皆引自本文。

（1）怎樣寫政治人物

胡適說：「這本戲可算是一件空前的大成功。為什麼呢？因為這本戲一來是一種政治歷史戲，平常人向來是不大歡喜政治歷史戲的；二來全本沒有男女愛情的事，更不應該受歡迎；然而這本戲居然受了英美兩國的大歡迎，居然轟動了幾千萬人，居然每晚總能使許多人感動下淚！」胡適之所以有這樣的感觸，是因為中國的政治人物往往「只靠一些乾燥枯窘的碑版文字或史家列傳流傳下來」，沒有一個可以像這部劇中的林肯一樣被描寫。這就意味著，胡適期待中國的政治人物也應該這樣書寫，主張用「寫生傳神的大手筆」〔註143〕來書寫他們的一生。

（2）傳主資料的剪裁

胡適重視人物資料的剪裁，認為書寫傳記時要「剪裁的得當」。〔註144〕德林瓦脫面對林肯「為近代史上一個大人物」，「年代太近」「事蹟又太繁重」，材料難以揀擇的情況下，「從林肯一生的事蹟裏，只挑出五年；這五年之中，他只挑出幾件事」，但是這這幾件事卻可以「使我們懂得林肯的人格和美國南北之戰的大事」，這自然契合著胡適對傳記的追求，譬如他認為為丁文江傳記要通過剪裁傳記資料寫出他的幾大人格：「最良善最有用的中國人之代表」、「歐化中國過程中產生的最高的菁華」、「用科學知識作燃料的大馬力機器」、「抹殺主觀，為學術為社會為國家服務者」、「為公眾之進步及幸福服務者」。〔註145〕

（3）細節描寫的價值——生動

胡適注重「描寫的生動」，〔註146〕注重「描寫作者的性情人格」，〔註147〕而這都離不開細節描寫，所以他才會讚美德林瓦脫用「細小瑣碎的事」作「替林肯寫生的顏料」。

（4）客觀描寫

客觀的描寫指向是據實書寫，指向的是求真，這對於有歷史癖

〔註143〕 胡適：《〈南通張季直先生傳記〉序》，季羨林編：《胡適全集》第3卷，第782頁。

〔註144〕 胡適：《領袖人才的來源》，季羨林編：《胡適全集》第4卷，第536頁。

〔註145〕 胡適：《丁文江的傳記》季羨林編：《胡適全集》第19卷，第378頁。

〔註146〕 胡適：《領袖人才的來源》，季羨林編：《胡適全集》第4卷，第536頁。

〔註147〕 胡適：《董康〈書舶庸譚〉序》，季羨林編：《胡適全集》第4卷，第649頁。

的胡適來說是書寫傳記的基本修養。所以，他讚美德林瓦脫這樣的一番話：「我是一個戲劇家，並不是政治哲學家。聯邦的各邦有沒有分離的權利，這個問題很可以有種種不同的意見；但我個人贊成或反對林肯的政策，絕不關緊要，我只顧得他的人格在戲劇裏的趣味，我只曉得這個用高尚的精神和理想來主持戰事的人是一個很感動人的模範。」

（5）敘事的技巧——對文學性的追求

德林瓦脫說：「我的目的並不是做歷史，是做戲。歷史家的目的，已有許多林肯傳記很忠實的做到了。……我雖不曾錯亂歷史，但我不得不把歷史事實縮攏來，稍稍加上一點變動，使戲劇的意味得儘量發揮出來」。這裡的做戲，並不是虛構，並不需要「錯亂歷史」，而是一種技巧——縮攏和變動。胡適是肯定傳記書寫的技巧的，在評價一篇名為《給父親》自傳性質的文章時，他說：「此文若完全作追憶式，也許更好，更動人」，〔註148〕他發現《論語》中「用了完備的虛字，就能夠把孔子循循善誘的神氣和不亢不卑的態度都表現出來了」。〔註149〕

（6）傳記書寫文學性的尺度

胡適認為德林瓦脫「既不背歷史事實」又能使「兩個英雄的神情態度在戲臺上活現出來」的「描寫法」值得學習。

之所以說這一篇序言可以從傳記文學的角度進行思考，首先，胡適曾讚美柏拉圖「用戲劇式寫出了他的老師蘇格拉底和朋友及門人的對話」，寫成了「世界文學中最美、是生動、最感人的傳記文學」是「世界上不朽的傳記文學」，〔註150〕所以在他對傳記文學寬泛的定義內，戲劇也是傳記文學；其次，作者德林瓦脫是一個詩人，所以胡適對他的評價並不僅僅是對一個戲劇家的評價，同時也意味著他對這一個戲劇的評價超越了戲劇本身，而指向「寫人」這一眾多文學藝術體裁的目的，當然也包括傳記文學。再次，胡適既然經常在論述傳記的時候摻雜其他的思想，自然也容易在論述其他的時候摻雜傳記思想。而且，胡適在這篇序言中所強調「不背歷史事實」也符合周質平先生以及一眾主

〔註148〕胡適：《致孫伏園》（1937.5.9）季羨林編：《胡適全集》第24卷，第330頁。
〔註149〕季羨林編：《胡適全集》第12卷，第419頁。
〔註150〕季羨林編：《胡適全集》第12卷，第421～422頁。

張胡適傳記思想屬「史」的學者們的期待，所有這些都足以說明胡適這篇序言的傳記文學屬性。這裡彰顯的對傳記學最有價值的思想其實是被學界普遍接受的現代傳記文學屬性——史文兼有，這一屬性聯繫這樣一個結果／目的：那就是在不違背歷史的前提下，將一個人物塑造的活靈活現，栩栩如生，如見其人。在一定意義上，傳記戲劇、傳記電影都屬於「傳記文學」的範疇。我們可以暢想，如果胡適看到現在的傳記電影，他一定會用他的傳記思想進行解讀。

（二）對胡適傳記文學思想屬史的疑問——與朱文華先生商榷

和周質平先生不同，朱文華先生以傳記屬於史學的先入之見，認為胡適的傳記思想屬史。在《論傳記作品的本質屬性》一文中，朱文華提到關於傳記的屬性有四個說法，分別是：歷史屬性說、文學分離說、文史結合說、文學屬性說。在「文學屬性說似乎被更多的中國學者所接受」的情況下，朱文華先生主張歷史屬性說，他聲稱「傳記作品的本質屬性歸於史學範疇」。〔註151〕在《傳記文學作品的史學性質與文學手法的度》一文中，他說：「傳記的寫作屬於歷史學的課題」，並認為「傳記學界所歡迎的當是訓練有素的歷史學家」，只有這樣，傳記才能「充分體現作品的基本的史學性質」。〔註152〕這就把傳記牢牢的和史學綁在了一起，所以他才會在《胡適與近代中國傳記史學》一文中認為胡適「把傳記視為史學作品」；並且詳細闡述胡適在各部傳記書寫體現出的史學思想：在論述《四十自述》時，他強調史學性的「直書」——「真實地揭示了家庭身世和本人少年生活的實際情形，既不避父母之諱，也不掩飾自己曾有過的不光彩的歷史，⋯⋯自我評判能夠尊重客觀歷史」；強調史學性的史料價值——「有意識地記載了中國近代教育史的重要史料」；強調著史的技巧——「整體上採用『謹嚴的歷史敘述』的筆法」；認為《菏澤大師神會和尚傳》「提供了考證性的傳記作品的寫作範例」；認為《丁文江的傳記》的主旨是「通過對傳主生平思想活動的介紹來反映中國現代思想文化中（包括地質學及其教育的發展史）的某些重要的歷史情況」；將胡適傳記理論的要點總結為史學性的，即「強調傳記作品要留下有關思想史的線索，充分反映傳主所處時代的各種特殊的政治文化背景」、「強調傳記作品對於各方面的史料要盡可能的充分保存，並把這視為評判傳記質量優劣的一條重要標準」、「重視以『模範人物』為傳主

〔註151〕 朱文華：《論傳記作品的本質屬性》，《江蘇社會科學》1990 年第 6 期。
〔註152〕 朱文華：《傳記文學作品的史學性質與文學手法的度》，《理論與創作》2004 年第 3 期。

的傳記作品在人格教育方面的特殊功用，讚賞並支持中國的當代史學家編撰
《士大夫集傳》和《外國模範大物集傳》一類的書稿」、「在內容上應該高度的
真實」、「傳記寫作的史學方法論的訓練」等。由此，「胡適所說的傳記文學」
在朱文華先生看來「可稱之為傳記史學」，胡適傳記思想的價值也就定義為「對
中國近代資產階級史學發展的一大貢獻」。〔註153〕

　　從朱文華的論述中我們可以看到，胡適傳記思想的屬性取決於胡適對傳
記屬性的認識。所以，對朱文華觀點的質疑可以用這樣一個方式——梳理胡適
本人關於傳記屬「文」的論述予以反駁。

1. 傳記屬於文學

　　胡適一生關於傳記的論述中多次提到傳記屬於「文學」。1930 年，在《南通
張季直先生傳記》序中，他說：「傳記是中國文學裏最不發達的一門」；〔註154〕
1933 年，他在《四十自述》的自序中說多寫自傳時「可以使我們的文學裏添
出無數的可讀而又可信的傳記來」，〔註155〕認為梁啟超沒有寫成自傳是「中
國現代文學」的「一椿無法補救的絕大損失」；〔註156〕1953 年，他在臺灣省
立師範師院的演講中，他說：「今天我想講講中國最缺乏的一類文學——傳
記文學」，〔註157〕又說：「我覺得二千五百年來中國文學最缺乏最不發達的
是傳記文學」，〔註158〕還說：「中國的文學中，二千五百年來，只有短篇的
傳記，偉大的傳記很少很少」；〔註159〕在論及西方傳記的時候，他說：「我
們再看西洋文學方面是怎樣的呢？最古的希臘時代，就有許多可讀的傳記文
學」，說明他認為西方的傳記屬於文學，他稱柏拉圖，是「一個天才的文學
家」，「用戲劇式寫出了他的老師蘇格拉底和朋友及門人的對話」是「為世界
上不朽的傳記文學」，是「世界文學中最美、是生動、最感人的傳記文學」。
〔註160〕一個天才的文學家用戲劇式寫的對話式的文章，自然是文學作品而
不是史學作品。

〔註153〕朱文華：《胡適與近代中國傳記史學》，《江淮論壇》1992 年 2 期。
〔註154〕胡適：《南通張季直先生傳記序》，《吳淞月刊》1930 年第 4 期。
〔註155〕胡適：《〈四十自述〉自序》，季羨林編：《胡適全集》第 4 卷，第 656 頁。
〔註156〕胡適：《〈四十自述〉自序》，季羨林編：《胡適全集》第 4 卷，第 654 頁。
〔註157〕季羨林編：《胡適全集》第 12 卷，第 414 頁。
〔註158〕季羨林編：《胡適全集》第 12 卷，第 416 頁。
〔註159〕季羨林編：《胡適全集》第 12 卷，第 420 頁。
〔註160〕季羨林編：《胡適全集》第 12 卷），第 420～421 頁。

2. 所列舉傳記非史學作品

1914 年，在胡適那著名的名為「傳記文學」的札記〔註161〕中，胡適提到的中國的司馬遷之《自敘》、王充之《自紀篇》、江淹之《自敘》和西方的鮑斯威爾的《約翰遜傳》、穆勒、斯賓塞和富蘭克林的自傳，顯然也都不是史學作品；1933 年 12 月 26 日，胡適在北大作了一個名為「中國的傳記文學」的演講，在這個演講中，無論是提到的各種形式的古代傳記如墓誌、碑記、行狀、年譜、言行錄、自序、自傳的詩歌、遊記、日記、信札、自撰年譜等，還是提到的具體傳記，如《明道行狀》、《論語》、《慈恩法師傳》、《南通張季直先生傳記》、譚嗣同的《三十自述》、白居易的《醉吟先生傳》、《離騷》、《哀江南賦》、杜甫的《北征》和《自京赴奉先》、玄奘的《西域記》、丘處機的《西遊記》、徐霞客的遊記、《曾文正公家書》、孫奇逢的《日譜》，以及他認為的二千五百年中國歷史中四部第一流的傳記《病榻夢痕錄》、《朱子年譜》、《王荆公年譜考略》、《慈恩大法師傳》等，也都不是都史學作品，相反的，卻是明顯的文學作品。

3. 遠離史學屬性的傳記文學範疇認定

胡適對於傳記文學的定義是非常寬泛的，1953 年，胡適在臺灣省立師範學院名為「傳記文學」講演中，認為《論語》、《紅樓夢》、《新約全書》前三個福音、《朱子語類》、《傳習錄》、禪宗和尚的語錄都是傳記文學，也都屬於文學，以《論語》為例，他說「《論語》這部書，在中國文學史上占最重要的地位。……應該把《論語》當作一部開山的傳記讀。」〔註162〕作這篇講演的時候，胡適已經 63 歲，不論從年齡上，還是從胡適一生的傳記活動來看，這次講演中的內容足可以代表胡適對傳記文學範疇的認識。而以上所列的各個傳記性質的文學，尤其是把《紅樓夢》也列為傳記文學，顯然已經和史學離得太遠，不但歷史學者無法接受，就是文學學者也是難以接受的，它只能是帶有傳記性質的文學。

4. 但開風氣不為師——《四十自述》中點到即止的文學性嘗試

《四十自述》有兩個明顯的文學特徵：第一，它是在當時著名的文學雜誌《新月》上發表的，這可以作為當時人對這部著作屬性的一個共識；第二，構思上呈現出濃鬱的文學意味，他說：「我本想從這四十年中挑出十來個比較有

〔註161〕季羨林編：《胡適全集》第 27 卷，第 516 頁。

〔註162〕胡適：《傳記文學》，季羨林編：《胡適全集》第 12 卷，第 415～425 頁。

趣味的題目，用每個題目來寫一篇小說式的文字，略如第一篇寫我的父母的結婚。這個計劃曾經得死友徐志摩的熱烈的贊許，我自己也很高興，因為這個方法是自傳文學上的一條新路子，並且可以讓我（遇必要時）用假的人名地名描寫一些太親切的情緒方面的生活。」〔註163〕胡適的這一構思是非常大膽的，雖然我們沒有胡適在1933之前接觸西方傳記的資料，但鑒於1927年的《小說月報》已經刊登《法國學者對於小說式的傳記的意見》〔註164〕這樣的文章，我們可以設想此時胡適對於現代西方傳記尤其是小說式的傳記已經有所瞭解，所以才會有這樣一種構思。另外，鑒於胡適在1921年已經做出了《〈紅樓夢〉考證》，而且認為「《紅樓夢》這部書是曹雪芹的自敘傳」，所以他的這一構思也可能是受了《紅樓夢》的啟發，即通過小說的方式寫自傳。不管怎麼說，胡適都已經意識到了文學性對於傳記的價值和意義，而傳記文學獨立是以脫離史學走向文學為標誌的，傳記的屬性也就表現為一種雙重屬性————兼有史學性和文學性。而《四十自述》中胡適「給史家做材料，給文學開生路」的思想正好和這一雙重屬性相吻合，這是胡適的傳記思想之所以貼近現代傳記文學思想，之所以被稱為現代傳記文學第一人的根據。

尤為重要的是，胡適在這一部傳記嘗試了兩種形式——現代的（史文兼有）和傳統的（史學的）。在他嘗試了現代的方式之後，他說：「但我究竟是一個受史學訓練深於文學訓練的人，寫完了第一篇，寫到了自己的幼年生活，就不知不覺的拋棄了小說的體裁，回到了謹嚴的歷史敘述的老路上去了。」〔註165〕這是胡適傳記創作現代化的唯一的一次嘗試，也是最成功的一次嘗試。可惜，他並沒有嘗試下去，在後來為自己的好朋友丁文江寫傳記時，他依然遵循的是嚴謹的歷述敘述：「胡適在此傳中大發『考據癖』。每就一事，比較有關記載，作一番考據，再得出自己的判斷。」〔註166〕所以這部傳記自然也缺乏傳記文學的主要現代性特徵——小說性（文學性），而「太缺乏小說家說故事的本領」，這部傳記給人的感覺是「胡適經常為我們證明什麼，而不是描寫什麼，……只能說是一部歷史的記錄冊；因為它完全不具備藝術

〔註163〕 胡適：《〈四十自述〉自序》，季羨林編：《胡適全集》第4卷，2003年，第655～656頁。

〔註164〕 徐霞村：《法國學者對於小說式的傳記的意見》，《小說月報》1927年第18卷。

〔註165〕 胡適：《〈四十自述〉自序》，季羨林編：《胡適全集》第4卷，第656頁。

〔註166〕 耿雲志：《略評胡適的傳記文學理論與實踐——〈胡適傳記作品集〉序》，《中國社會科學院研究生院學報》1998年第3期，第78頁。

的美。」〔註167〕對此，唐德剛也認為胡適在創作時「筆端缺乏感情」，「文章不夠『渲染』」。〔註168〕雖然胡適這文學意味十足的創作過於短暫，但也足以證明他不會認為傳記只屬於歷史而不屬於文學，否則就不會做這樣的嘗試。這樣的嘗試也不符合朱文華所說的傳記書寫策略，即只用白描，不允許任何虛構。

5. 1914 年關於中西傳記之體的比較

胡適在 1914 年那篇著名關於「傳記文學」的札記中對中西傳記作了比較，這也意味著胡適沒有把傳記的屬性只歸於史學，因為作為比較的對象——西方傳記——的屬性不是史學的。或者說，正是西方傳記使胡適衝出了中國傳統的固有繩索——史學屬性，拓寬了他的史學視野，才有他後來把《論語》和《紅樓夢》看成是傳記的主張。

以上所列五則既不是否認胡適傳記思想的史學特徵，更不是要否認胡適傳記思想沒有史學性。而只是為了質疑胡適把傳記當做史學作品，胡適的傳記思想屬史，進而也要質疑傳記屬於歷史學這一說法。這也自然的要引到接下來要論述的，即判斷傳記屬性的主要根據是什麼，因為這涉及胡適傳記文學思想屬性的勘定。

（三）判斷傳記屬性的主要依據是什麼——內容還是目的

朱文華判斷的主要依據是傳記內容——因為傳記書寫的是「歷史上真實人物的真實事蹟」，所以它屬於「歷史學的課題」〔註169〕；而傳記作家「追溯歷史、評價歷史生活內容和選擇歷史上的原始資料」這一行為在朱文化看來是「歷史學課題而不是文學的課題」，並認為這一「內容課題」決定了「傳記的基本屬性是史學而非文學」。〔註170〕真實確實是傳記的內容屬性，而歷史學的第一屬性、最大的屬性、最明顯的屬性就是真實，所以朱文華從傳記的內容屬性推論出傳記屬史。進而，朱文華又從歷史的其他屬性出發，認為胡適在傳記論述中提到的保存史料、求真和教育功能等都屬於歷史學範疇，所以認定胡適是把傳記看成史學作品的，胡適的傳記思想屬史。

〔註167〕譚宇權：《胡適思想評論》，臺北：文津出版社，1996 年，第 392 頁。
〔註168〕唐德剛：《胡適雜憶》，上海：華東師大出版社，1996 年，第 105 頁。
〔註169〕朱文華：《傳記文學作品的史學性質與文學手法的度》，《理論與創作》2004 年第 3 期，第 26 頁。
〔註170〕朱文華：《論傳記作品的本質屬性》，《江蘇社會科學》1990 年第 6 期，第 79 頁。

朱文華之所以主張把史學性作為傳記的本質屬性，是認為「從理論上明確傳記作品的『史學』性質，據此強調傳記寫作不能過於受到文學的誘惑的問題，對於維護傳記作品的『紀實傳真』，的基本原則，具有十分重要的意義。」而「認定傳記作品的本質屬性歸於史學範疇，其實際意義在於，堅定不移地強調傳記作品的寫作應當貫徹歷史科學所必須遵循的事實和材料的真實性，可靠性原則。這是關係到傳記作品的生死存亡的關鍵問題。」〔註171〕朱文華看到了求真是傳記的第一屬性，是傳記的存在基礎。但是，朱文華把真實、求真等同於史學性，且認為失去這一史學性，傳記就會消失，顯然是經不起推敲的。首先，求真不是史學的專利，其他學科也可以求真，且不說科學求真，新聞報導、報告文學、非虛構文學也都求真，顯然我們不能認為它們的本質屬性也是史學性；其次，歷史書寫毫無疑問要遵循其史學性要求的求真。但是，中外古今的歷史反覆證明，史學的求真屬性並不能做歷史書寫求真的保障；再次，傳記一大源頭是歷史，傳記的求真屬性由歷史而來，是對史學「求真」特性的繼承。但這只是傳記求真誕生的先天條件，它並不能規定傳記後來可能發展的所有屬性。求真的態度、方法和精神是學術研究、科學研究的公器，既不是歷史所專有，也不是傳記所專有。所以我們只能說求真是傳記的第一屬性和基礎。但卻不能說史學性是傳記文學的第一屬性和基礎。而朱文華之所以認為胡適的傳記思想屬於傳記史學，是因為他把胡適對傳記歷史性的追求當作了胡適傳記思想的全部，顯然，這也是片面的，否則就沒法解釋胡適那著名的「給史家做材料，給文學開生路」的傳記思想。

判斷傳記文學的屬性應該以它的目的為根據，梁啟超的傳記思想是依附於他的史學思想的，是在他的史學著作中提出的，他重視傳記是基於重構歷史的要求，目的是為著史，那麼我們可以說他的傳記思想屬於歷史學的。但是和梁啟超不同，儘管胡適也看到傳記中的史料對於歷史的價值，看到傳記的史鑒作用和教育功能；儘管他也讚美恒慕義主編的《清代名人傳略》，是因為它是一部「一部最詳實最好的近三百年中國史」。〔註172〕但是傳記的歷史價值並不是傳記價值的全部，否則就沒法解釋白居易的《醉吟先生傳》、《項羽本紀》、

〔註171〕 朱文華：《傳記文學作品的史學性質與文學手法的度》，《理論與創作》2004 年第 3 期，第 26 頁。
〔註172〕 胡適：《序》，〔美〕Ａ・Ｗ・恒慕義主編，中國人民大學清史研究所《清代名人傳略》翻譯組譯：《清代名人傳略》，西寧：青海人民出版社，1990 年，第 10 頁。

《離騷》、《論語》、《紅樓夢》等作品的文學價值；沒法解釋胡適的「給文學開生路」一語；沒法解釋胡適重視人的描寫，沒法解釋胡適關於寫人的傳記思想——「傳記寫所傳的人最要能寫出他的實在身份，實在神情，實在口吻，要使讀者如見其人，要使讀者感覺真可以尚友其人。」沒法解釋他為什麼感歎「二千年來，幾乎沒有一篇可讀的傳記。因為沒有一篇真能寫生傳神的傳記，所以二千年中竟沒有一個可以叫人愛敬崇拜感發興起的大人物！」〔註173〕而寫人則是現代傳記文學的主要目的，也可以說是唯一目的，求真雖然是第一屬性，但卻只是寫人的方法和工具，當然也是基礎，離開了求真，傳記無法實現寫人的目的。文學的目的恰好是寫人的，尤其是寫人的文學。也正是在寫人的意義上，我們可以認定，傳記的屬性是文學性而不是史學性。

傳記的文學性並不是像朱文華所說的，只是一種「文學筆法」，是「記述的形態、手法和技巧等方面趨於豐富而多變化」的表現，結果是使傳記帶有「若干文學色彩」，但「只是變其形式而不是變其內容」。文學筆法朱文華看來只有兩種形態：一是「語言修辭」，一是「虛構編造，想像誇張」。朱文華把傳記的敘事限定在傳真紀實，把文學的敘事限定在虛構編造、想像誇張。所以他認為傳記中文學手法的運用是「在相當的範圍和相當的程度上，主要體現為注重語言文字方面的修辭色彩」。而「純粹的文學作品中的文學手法（技巧）的運用，則不受任何限制，任憑文學家的創造。」所以傳記不屬於文學，「因為屬於文學範疇的文體，其載荷內容是不會也不應該有任何限定性的。」〔註174〕朱文華以虛構為「純文學」第一屬性，並進而從這一屬性出發，認為傳記不屬於文學。首先，文學的範疇太廣了，詩歌、小說、散文、報告文學、非虛構文學，都是文學，不是所有的文學內容都是沒有限定的，可以隨意虛構的。其次，傳記的文學性指向的是傳記的目的而不是他的文學表現形式。所以他的論斷是不成立的。

（四）胡適傳記思想的屬性究竟是什麼

結合上面的論述，我們基本可以肯定胡適傳記思想的屬性介於古代傳記屬性和現代傳記文學屬性之間，這與胡適在中國現代傳記文學發展史連接古

〔註173〕 胡適：《〈南通張季直先生傳記〉序》，季羨林編：《胡適全集》第3卷，第782頁。
〔註174〕 朱文華：《傳記文學作品的史學性質與文學手法的度》，《理論與創作》2004年第3期，第26頁。

今，因舊迎新的角色定位正相吻合。「給史家做材料，給文學開生路」是胡適傳記思想的最好注解，這一思想在胡適的傳記論述中多次展現，在《董康〈書舶庸譚〉序》一文中，胡適說：「日記屬於傳記文學，最重在能描寫作者的性情人格，故日記愈詳細瑣屑，愈有史料的價值。」〔註175〕而最有名的就是他感歎梁啟超自傳的未能完成：「梁啟超先生也曾同樣的允許我。他自信他的體力精力都很強，所以他不肯開始寫他的自傳。誰也不料那樣一位生龍活虎一般的中年作家只活了五十五歲！雖然他的信札和詩文留下了絕多的傳記材料，但誰能有他那樣「筆鋒常帶情感」的健筆來寫他那五十五年最關重要又最有趣味的生活呢！中國近世歷史與中國現代文學就都因此受了一樁無法補救的絕大損失了。」〔註176〕這段話的意義很是豐富，首先，它是對學界普遍認為胡適傳記思想屬「史」的一種回應，如果胡適只從著史的角度考慮，結合胡適「搜集史料重於修史」〔註177〕的觀點，梁啟超已然留下了很多的材料，梁啟超自傳沒有完成就不能算是一個絕大的損失。其次，胡適明確說損失是兩方面的——中國近世歷史與中國現代文學。原因則是「誰能有他那樣『筆鋒常帶情感』的健筆來寫他那五十五年最關重要又最有趣味的生活呢！」這就明確了傳記文學性的重要，明確了傳記的文學價值和文學屬性。在臺北省立師範學院名為「傳記文學」的講演中他說：「禪宗和尚的語錄，在文學上也開了一個新的紀元，在傳記文學上開闢了一個新的天地」，〔註178〕也是強調傳記的文學價值和文學屬性。

雖然我們讚美胡適，因為他對中國現代傳記文學發展做出了重大貢獻，意義重大。但是我們也無法否則胡適看似帶有「現代性」的傳記思想其實還是一種傳統傳記思想的變形，這種傳統傳記思想就是《史記》中的思想。「給史家做材料，給文學開生路」正是「史家之絕唱，無韻之離騷」的變形。梁啟超的未能完成自傳之所以是中國近世歷史和中國現代文學的損失，正是從傳記的雙重價值——史學價值和文學價值——考慮的。這看似是一種「復古」，但歷史上借「復古」以變革是中國文化的一大特性。這一「復古」的意義首先在於《史記》之後的傳記書寫對《史記》中傳記思想的無視和無知。所以胡適的這

〔註175〕 胡適：《董康〈書舶庸譚〉序》，季羨林編：《胡適全集》第4卷，第649～650頁。

〔註176〕 胡適：《〈四十自述〉自序》，季羨林編：《胡適全集》第4卷，第654頁。

〔註177〕 胡適：《搜集材料重於修史》，季羨林編：《胡適全集》第13卷，第598頁。

〔註178〕 胡適：《傳記文學》，季羨林編：《胡適全集》第12卷，第425頁。

一對《史記》傳記思想的「復古」，正如宋儒直接繼承孟子的思想一樣，是對一種早已存在卻又被歷史塵埃湮沒的「價值」和「真理」的再發現。同時，這一再發現也必然產生新的成果，宋儒融合外來的佛教思想凝成理學，而胡適也融合域外的傳記思想，凝成自己的，也是中國現代的傳記思想。畢竟，胡適不僅能把《史記》中表現的文學思想做出理論性的表達：「文學有三個要件：第一要明自清楚，第二要有力能動人，第三要美。」而且他也有司馬遷沒有的文藝理論修養，譬如對文學之美的解釋：「孤立的美，是沒有的。美就是「懂得性」（明白）與「逼人性」（有力）二者加起來自然發生的結果。」而「逼人性」則是「我要他高興，他不能不高興；我要他哭，他不能不哭；我要他崇拜我，他不能不崇拜我；我要他愛我，他不能不愛我。」；譬如他對「文」分類：「無論什麼文（純文與雜文、韻文與非韻文）都可分作「文學的」與「非文學的」兩項。」〔註179〕也就是說，傳記文學既然是「文學的」，它就要滿足他為文學所規定的三個條件。這樣的思想始於胡適傳記思想中的重視寫人，重視文學性遙相呼應，一脈相連的。

胡適傳記思想的複雜／中間性，後人對胡適傳記文學思想屬性的分歧，是他傳記活動的現實──「提倡有心，創作無力」〔註180〕──的必然結果，即除了《四十自述》，我們無法有更多的證據說明胡適主張「文學性傳記」，《四十自述》中曇花一現的嘗試遠不足以支撐起胡適發展傳記文學性的主張。《四十自述》之外，胡適晚年的傳記力作《丁文江傳》是胡適在傳記文學上「提倡有心，創作無力」的最好注解，這是因為「由於作者在作傳時採用了嚴格的『科學方法』，盡可能地容納了所找到的材料，使傳記明顯地體現出它的歷史性和史料價值，但同時也因此而大大地削弱了傳記文學的趣味性和可讀性。這是胡適在傳記文學創作上又一次與其理論的脫節，並且較《四十自述》更為嚴重和明顯。胡適晚年在臺北的另一次題為《中國文藝復興運動》的講演中說到：『我們是提倡有心，創作無力。』拿它來作為對胡適在傳記文學方面的評語，也是頗為恰當的。」〔註181〕至此，可以斷定，胡適提倡的是文學性的傳記，他的傳記文學思想是屬「文」的。

〔註179〕 胡適：《什麼是文學──答錢玄同》，季羨林主編：《胡適全集》第 1 卷，第 206～209 頁。
〔註180〕 胡適：《胡適講演》，北京：中國廣播電視出版社，1992，第 233 頁。
〔註181〕 卞兆明：《論胡適的傳記文學理論及創作》，《江蘇社會科學》2006 年第 6 期。

第三章　現代傳記文學理論的初步
確立（1927～1937）

第一節　域外傳記文學理論的廣泛譯介

　　中國現代傳記文學理論的園地在經過梁啟超、胡適為代表的先行者開拓
一番以後，慢慢有了一點收穫，但這還遠遠不夠。從現代傳記文學發展的世界
版圖來看，域外現代傳記文學的理論成果還沒有正式進入中國。而到 1927 年，
這一現象發生了變化，域外傳記文學理論被廣泛譯介進來。譯介域外文學理論
早就是新文化運動的訴求，1918 年，胡適在其《建設的文學革命論》一文中
說：「中國文學的方法實在不完備，不夠作我們的模範。……西洋的文學方法，
比我們的文學，實在完備得多，高明得多，不可不取例。……包士威爾（Boswell）
和莫烈（Morley）等的長篇傳記，彌兒（Mill）、弗林克令（Franklin）、吉朋
（Gibbon）等的《自傳》，……都是中國從不曾夢見過的體裁。」〔註1〕胡適在
這裡已經提到了鮑斯威爾和莫洛亞，即使胡適是當時關注域外傳記最重要，也
是最有影響力的人，可惜他後續對他們倆並沒有作相關的介紹。也就是譯介西
方文藝理論儘管是新文化運動的訴求，但傳記文學領域卻未能引起足夠的關
注，這一情況一直要等到 1927 年才發生改變，從這一年開始，越來越多的域
外傳記文學理論被國人翻譯介紹進來。這主要表現為兩點：傳記文學名家的譯
介和交叉學科研究的譯介。

〔註1〕胡適：《建設的文學革命論》，《新青年》1918 年第 4 卷第 4 號。

一、傳記名家的譯介

1927 年 12 月，《小說月報》刊登《法國學者對於小說式的傳記的意見》一文，這是中國第一次公開討論「小說式的傳記」。當其時，是小說、詩歌、戲劇等現代文學快速發展的階段，相對於它們，傳記的發展要慢的多，影響力也遠遠不夠。在傳記文學尚未發展，而小說已日趨成熟的時候，「小說式的傳記」是個很容易引起關注且有利於促進傳記創作的話題，因為，如果能用小說的方法創作傳記，或者將傳記文學按照小說的體裁去書寫，這對於當時已經對小說創作相對熟悉的知識界來說，自然是個好消息。文中引用法國歷史學家 Funck Brentano 的話對「小說式的傳記」作了描述，說它是「用小說的形式寫的古人的傳記」，「也許比較有趣，然而同時卻比較難作。它需要許多心理學和很大的學問。」，「它能成為一種歷史作品而有更大的刺入力和活動力；但卻不能成為一種科學作品，供給別的作家，像那些專門的歷史家的工作一樣。」〔註 2〕文中提到了現代傳記文學名家莫洛亞和他的名作《雪萊傳》。1928 年 6 月，天津《大公報》刊載的《論傳記文學》一文，對莫洛亞的《近代傳記作者》一文做了比較詳細的介紹。1930 年，邵洵美通過《談自傳》一文介紹莫洛亞的自傳理論：「我們知道傳記文學的目的，是在真確地敘述一個人的真相，那麼，這是否是可能的呢？一個人的真相究竟要別人寫還是自己寫呢？當然最瞭解自己的是自己，那麼，猶有什麼障礙呢？莫洛華在本文裏很詳盡地答覆著我們的問句。」〔註 3〕莫洛亞關於傳記文學的代表作是《傳記文學面面觀》，黃燕生在 1933 年的《南大半月刊》第 8、9 期中發文介紹了這部作品，這可能是中國最早介紹這本書的文章。黃燕生在文中說到：「這本書本原是法蘭西著名的傳記家慕瑞瓦集合他 1928 年在劍橋的推尼泰大學的六份演講稿而成，我讀的這本，是由英人羅柏司（S.C.Roberts）將莫瑞瓦的原著譯成英文的英譯本，譯者的技巧，好像很不錯。現在我把這本書的內容大概介紹一下……」〔註 4〕莫洛亞之外，此一時期傳記文學理論被譯介比較多的外國學者還有鶴見佑輔的兩篇文章，分別是《傳記文學論：〈拿破崙傳〉的序文》（白樺譯，《黃鍾》1933 年第 26 期）和《傳記的意義》（豈哉譯，《宇宙風》1937 年第 51、52、54 期）。

〔註 2〕 徐霞村：《法國學者對於小說式的傳記的意見》，《小說月報》1927 年第 18 卷第 11 期。
〔註 3〕 A.Maurois：《談自傳》：邵洵美譯，《新月》1931 年第 3 卷第 8 期。
〔註 4〕 黃燕生：《介紹「傳記的各面觀」》，《南大半月刊》1933 年第 8／9 期。

鶴見佑輔在這兩篇文章中對傳記文學的定義、他傳與自傳的劃分、傳記文學的
創作、傳記文學的意義等問題都作了探討。關於莫洛亞和鶴見佑輔的理論譯介
是直接的翻譯，另外，斯特拉奇、路德維希「理論」的則是通過間接介紹引進
的。

（一）斯特拉奇、莫洛亞、鶴見佑輔及其核心觀點

這一時期，雖然翻譯引進了不少國外傳記文學名家的思想，但是介紹最
多，影響最大的有三個人，分別是：斯特拉奇、莫洛亞、鶴見佑輔。

1. 里頓・斯特拉奇（Lytton strachey，1880～1932）

斯特拉奇是英國著名傳記文學作家，傳記代表作《維多利亞》和《維多利
亞女王時代名人傳》聞名世界。域外學界對斯特拉奇的評價最早是通過莫洛亞
的評論譯介過來的。1928 年，莫洛亞在其發表於《耶魯評論》（Yale Review）
《近代傳記作者》的一文就對斯特拉奇做出了很高的評價：「若 Strachey 之作
維多利亞時代名人傳，以無孔不入之透視，以冷酷客觀之筆墨，表露傳主之真
容。不著一褒貶之詞，而使讀者笑罵難禁。」〔註5〕這一評價也在當年被中國
學者介紹過來。而 1932 年 1 月 21 日，斯特拉奇因病逝世，他的傳記文學理論
隨著他的去世在中國得到了充分的譯介。先是，法國的一家雜誌對斯特拉奇的
評價很快被中國學者介紹進來，文中說他「重個人，重生活，重藝術」，以「諷
刺之態度，攻訐彼時代過重形式之虛偽的道德」，「故斯氏首為觀察精緻，諷刺
婉妙之傳記作者。其敘帝王卿相，耆宿名儒，皆直揭其精神之內幕。以確實可
據之瑣屑情事或書札、日記中之片語，表見其性格，栩栩如生。」〔註6〕然後，
梁遇春以斯特拉奇的英文全名為標題寫了一篇紀念文章發表在《新月》雜誌
上，文章的一開頭，梁遇春就說：「今年一月二十一日，英國那位瘦稜稜的，
臉上有一大片紅鬍子的近代傳記學大師齊爾茲・栗董・斯特剌奇死了。他向來
喜歡刻畫人們彌留時的心境，這回他自己寄餘命於寸陰了；不知當時他靈臺上
有什麼往事的影子徘徊著。……」〔註7〕雖為紀念文章，但是文中對斯特拉奇
傳記文學思想和傳記文學作品做了深刻的評論，而這篇文章可能也是迄今為
止評價斯特拉奇最精到的。斯特拉奇傳記文學思想被世人提及的主要有兩點：

〔註5〕轉引自吳宓：《論傳記文學》，《大公報（天津）》1928 年 6 月 25 日。
〔註6〕轉引自《英國傳記作家斯特來奇逝世》，《大公報》1932 年 7 月 25 日。
〔註7〕秋心（梁遇春）：《GILES LYTTON STRACHEY（1880～1932）》，《新月》1932
　　　　年第 4 卷第 3 期。下文相關引用除注明外，皆引自本文。

一個是他反對只有大量資料而缺乏組織的舊傳記，在這篇文章裏，梁遇春是這樣表述的：「他所最反對的是通常那種兩厚冊的傳記，以為無非是用沉悶的恭維口吻把能夠找到的材料亂七八糟堆在一起，作者絕沒有費了什麼鎔鑄的苦心。」另一個就是他認為寫新傳記需要做到的兩點，梁遇春是這樣表述的：「他以為保存相當的簡潔——凡是多餘的全要排斥，只把有意義的搜羅進來——是寫傳記的人們第一個責任。其次就是維持自己精神上的自由；他的義務不是去恭維，都是把他所認為事實的真相暴露出來，這兩點可說是他這種新傳記的神髓。」這兩點在另外一篇紀念斯特拉奇的文章中被表述為：「作傳記者之第一責任，即須有剪裁史料之工夫。第二則須有保持其自己自由之精神。其天職不在頌譽，而在就其所瞭解者率真以寫出之耳。」〔註8〕斯特拉奇傳記文學思想的基本內容，就是他自我闡述的創作技法和創作思想。他先是一個傳記作家，然後因為他所闡述的創作技法和思想成為一個傳記文學思想家。他的傳記文學作品的影響力遠遠大於他的傳記文學思想，而他的傳記文學思想之所以如此有影響力也全因為他的傳記文學作品，他的傳記文學作品不但使他自己發現了很多傳記文學思想，而且使梁遇春等讀者發現了很多傳記文學思想。對斯特拉奇的處理傳記材料，梁遇春在文中這樣說：「他先把他所能找到的一切文獻搜集起來，下一番扒羅剔括的工夫，選出比較重要的，可以映出性格的材料，然後再從一個客觀的立場來批評，來分析這些砂礫裏淘出的散金，最後他對於所要描寫的人物的性格得到一個栩栩有生氣的明瞭概念了，他就拿這個概念來做標準，到原來的材料裏去找出幾個最能照亮這個概念的軼事同言論，末了用微酸的筆調將這幾段百鍊成鋼的意思綜合地，演繹地娓娓說出，成了一本薄薄的小書。」這一段話說出了斯特拉奇創作傳記的四個步驟：第一，搜集盡可能多的文獻、資料；第二，對文獻和資料進行篩檢、閱讀、研究，構建自己心中的傳主形象；第三，按照自己構建的傳主形象，再一次篩檢、閱讀、研究傳主的文獻和資料，找出加深、豐富傳主形象的文獻和資料；第四，利用已經篩選好的文獻和資料創作出自己想像的傳主形象。

斯特拉奇在傳記文學思想上的突出特徵，就是看重「傳主」的獨特價值。看重「傳主」作為一個「人」，作為個體的人、主體的人的價值，永恆的價值。對此，梁遇春在文中這樣表述：「他又反對那班迷醉於時代精神的人們那樣把人完全當做時間怒潮上的微波，卻以為人這個動物太重要了，不該只當做過去

〔註8〕佚名：《英國傳記作家斯特來奇逝世》，《大公報刊》1932 年 7 月 25 日。

的現象看待。他相信人們的性格有個永久的價值，不應當跟瞬刻的光陰混在一起，因此彷彿也染上了時間性，弄到隨逝波而俱亡。其實他何嘗注意時代精神呢，不過他總忘不了中心的人物，所以當他談到那時的潮流的時候，他所留心的是這些跟個人性格互相影響的地方，結果還是利用做闡明性格的工具。」再有一點就是斯特拉奇注重寫出傳主的本來面目，文中梁遇春引用斯特拉奇自己的話來說明：「找出這些偉人，把他們身上的塵土洗去，將他們放在適當的——不，絕不是柱礎上頭——卻是地面上」。

在斯特拉奇去世的前一年，費鑒照以斯特拉奇的姓名為標題的寫了一篇文章介紹斯特拉奇的傳記文學思想。對斯特拉奇的選擇材料，他這樣說到：「他寫傳記時選擇的材料唯一的標準便是應用的材料是否能產生一部藝術的作品。」而且「抱著這個目的和在這個目標之下，他當然有時不能完全顧到歷史的真實，有時他會用歷史的想像來推想過了歷史真實的境域。……有時，他因為達到他的目的起見，他觀察一件歷史的事完全為他的目的所左右……」〔註9〕這裡提到了斯特拉奇在處理材料，利用材料進行創作時會利用想像，而不是全據史實。這一點是梁遇春沒有提到的。

2. 安德烈‧莫洛亞（André Maurois，1885～1967）

莫洛亞是法國著名的傳記文學作家，著名傳記文學作品有《雨果傳》《巴爾扎克傳》《雪萊傳》《拜倫傳》等。莫洛亞的傳記文學理論主要是通過《近代傳記作者》《論自傳》和《傳記的面面觀》譯介過來。

在《近代傳記作者》一文中，莫洛亞通過比較「近代傳記」和「舊日之傳記」，傳記文學作者作傳的動機與目的，作傳之方法間接地給近代傳記的定義劃出了範疇。對於古人作舊傳記的動機和目的，他認為「舊日之傳記作者，大抵藉以為善惡之資鑒，德行之模型。或以表揚先烈前賢。使留芳於百代。或則出於出版家之請託。借傳者之名，提高被傳者之聲價。以暢其著作之刊行。」〔註10〕從這裡我們可以看出，在舊傳記創作的動機和目的上，東西方大抵是相同的。和中國古代傳記相同的還有「凡遇大人物逝世。其家族或戚友，輒物色相當人物為死者做讚譽之傳記。」以及「作者有隱惡揚善之責任。以鋪張粉飾

〔註9〕 費鑒照：《史曲雷希利登（LYTTON STRACHEY）》，《文藝月刊》1931 年第 2 卷第 10 期。

〔註10〕 轉引自吳宓：《論傳記文學》，《大公報（天津）》1928 年 6 月 25 日。下文相關引用除特別注明外，皆轉引自本文。

為常例。其結果受傳者皆成為百行俱美無暇可擊之人。」以及「其所描寫者大抵為偉人之面具。面具之下，作者從不肯探窺也。」東西古代的傳記文學書寫如此相似，這更讓我們堅信對於傳記文學來說，重要的是古今之別，而不是東西之別，而我們日常提到的「東西」之別，其實是古今之別。舊的傳記在莫洛亞看來只是「一完備之記錄」的史料，只具備史料價值，沒有可讀性也難以打動人，而新傳記，則「每以扯破面具打倒偶像為務」，「每借他人之傳記為自我之表現」，「故其所作恒親切動人」。

在比較了古今作傳的動機與目的以後，莫洛亞又針對傳記創作提出了六條規則：

（1）須依編年之順序，以闡明個人性格之進化歷程。勿入舊日之史家之顛倒時次，或抽出一遺聞軼事以為敘述之開端。

（2）勿作善惡褒貶之詞，事實俱陳，是非自見。

（3）與題目有關之資證，須儘量搜集。並一一加以細察，隻字不遺。（採用時自須加以選擇）

（4）人生行事，鮮有全為意志之自覺的成就（即所謂有志者事竟成）者。機緣之作用恒占重要位置，作者須予以相當之地位。

（5）傳主之朋友及敵人，對於傳主之意見各異其趣，宜兩著之。使讀者得從其中窺見傳主之為人。

（6）最後為選擇傳主之問題，尋常大抵以傳記資料之有無多寡為標準。然尚有宜先決之問題，即某人物之一生有無為之作傳之價值是也。昔 G.H.Palmer 氏（曾任哈佛大學哲學教授多年）傳其妻 Aliee Freeman Palmer（未嫁時為威爾士雷女子大學校長有聲）之生平。於傳末有言「使吾描寫吾妻之面目而正確無差，則此傳當挾有振奮激揚之力，使神志頹喪之人為之鼓舞，為之壯膽焉。」一切有價值之傳記，皆當如是。〔註11〕

需要提及的是，莫洛亞這裡說的近代傳記也是我們現在說的現代傳記文學，而且具體指的是「他傳」。而作為現代傳記文學裡的另一部分「自傳」，在邵洵美翻譯的《談自傳》裡，莫洛亞有詳細的闡述，他先是肯定約翰生博士的一句話「每一個人生活，最好讓他自己寫」，因為他認為「每一個人的生活他自己一定知道得比較準確，他只要忠實地完全記下來就好了。尤其是，當他要寫一本心理的傳記的時候，他一定比別人更能夠去記起當時內心的掙扎，行為

〔註11〕轉引自吳宓：《論傳記文學》，《大公報（天津）》1928 年 6 月 25 日。

的動機，還有那些他希望要成就而環境使他失望的事情的秘密。」〔註12〕但是他又認為「有許多原因可以使自傳的記述不準確，或竟是虛偽。」這原因包括遺忘、隱蔽和更正過去，遺忘的原因包括「我們免不了要遺忘」這個客觀事實，和「我們為了唯美的觀念而故意有的遺忘」這個主觀行為。對於「我們免不了要遺忘」這個事實，莫洛亞說到日記的重要性，因為日記可以幫我們記住我們難免遺忘的過去，其次，他提到要注意「夢」的遺忘，因為「一本真的自傳裏，夢是完全不記載在內的，而我們的生活和思想卻很多是由夢來造成的。」對於「我們為了唯美的觀念而故意有的遺忘」，從創作的角度考慮，他認為「假使自傳者同時是個有才華的作家，不論他自己願意不願意，他總會被引誘了想去把他生活的故事寫成一部藝術作品。」同時他認為人們在書寫傳記時「決不會想到那些日常的生活，那些簡單的事實，以及那些安安靜靜地過去的日子」，而「勢必從他的記錄裏把那種平凡的日常生活摒除而單留意於那些超越的遭遇、動作或言辭」，莫洛亞認為「刪去了那些和別人生活差不多的平凡的事情而專去記載那些特異的遭遇以更顯得他和別人的不同」，則「這個缺點是坐實了的」，這個缺點即是它「使每一個男子或者每一個女人弄得他或她的回憶錄變成一件藝術的作品」的同時也是「一個不忠實的記述」。

對於隱蔽，他提出兩個原因，一個為了「把心靈上感到不舒服的事情隱蔽掉」，他分析這一心理過程及其後果說：「我們要記得的事情才會記得；一切使我們難受的我們都委諸遺忘了——我們起初是有意地把來修改：使我們的記述比真的事情較為有趣，較為生動，較為愉快。這樣一來，我們便越走越遠。漸漸地我們只會記得我們的記述而竟把真的事情遺忘了，日子既久，我們理想的作品便佔據了模糊的真相的地位。」一個是畏羞心造成的，譬如對於個人私生活，他認為「很少有人那麼勇敢去訴述他們的性生活的真情的。」對於記憶的更正，他說：「記憶非特會衰頹或者為了時光的進展，或者為了故意的隱蔽，她竟然還會更正；她會在一件事情發生以後，創造出當時促成這件事情的一種感覺或是觀念。」他分析更正這樣一個心理時認為當一個人老了，「他當會見到他自己（即使他查查他的過去）是在一種繼續的矛盾的狀態中；他又不肯說他自己不能瞭解自己，於是他便硬在他的生活中尋求種種的線索，勉強把來連成一個有系統的組織。」這個勉強連成的有系統的組織無疑也是失真的，是自

〔註12〕A.Maurois：《談自傳》，邵洵美譯，《新月》1931 年第 3 卷第 8 期。下文相關
　　　　引用除注明外，皆引自本文。

我更正的結果。

此外他提到一種導致自傳失實的原因是為了保護自傳裏他人的隱私，他說：「盡使我們決意來誠實地訴述我們自己的生活，但是我們卻沒有那種權利去記載人家的秘密——至少我們不相信我們會有那種權利。」這一保護別人隱私的意識是現代社會的常識，屬於現代傳記文學應該考慮的範疇。

最後他總結寫自傳的困難是：「追敘過去的事情是不可能的了；難免無意的改動，難免有意的修改。」而成功的自傳卻有這樣幾個特徵：動機是「一種對於自由和解放的願望」；敘述的是「關於心靈的發展」；目的包括「想為一個但是最有趣的角色留一些科學的史料」。那麼莫洛亞對於自傳的分析是否已經剖析無遺了呢，對於自傳書寫，他是否還有困惑。筆者認為文中引用的賴德（Forrest Reid）和脫落羅普的話或許是一個不錯的解釋。賴德說：「一個藝術家的感情的衝動，我想，是出於他對生活的不滿，而他的藝術便是他希求著天國的喊叫。我可以答應來把這個（真世界）和住在裏面的人一些不掩飾地寫出，但是我知道我是要失信的。」脫落羅普說：「來把他自己的一切都講出來，我以為是不可解的。誰敢承認他所做的卑鄙的事情呢？誰猶沒有卑鄙的事情呢？」〔註 13〕

莫洛亞最負盛名的傳記文學理論著作當屬《傳記面面觀》了，1933 年，《南大半月刊》刊登了黃燕生介紹這部著作的文章，在開篇中，黃燕生對這部著作做出了說明：「這本書本原是法蘭西著名的傳記家慕瑞瓦集合他 1928 年在劍橋的推尼泰大學的六份演講稿而成，我讀的這本，是由英人羅柏司（S.C.Roberts）將莫瑞瓦的原著譯成英文的英譯本，譯者的技巧，好像很不錯。現在我把這本書的內容大概介紹一下：……」〔註 14〕這篇譯介文裏有幾點是前面兩篇文章裏沒有的：

（1）傳記材料真實性的判斷

文中提到：「當一個作家在大多數或所有的作品中，時常用不同的名字來描寫同一個人物時，這個人物，大約就是他自己的本來面目。」以及「和他同時的人，對於他的事蹟的著作或記載。大多是可靠的。」這是兩個很好的判斷方法，也是很好的判斷依據，看似簡單，實則清晰。

〔註 13〕轉引自 A.Maurois：《談自傳》：邵洵美譯，《新月》1931 年第 3 卷第 8 期。
〔註 14〕黃燕生：《介紹「傳記的各面觀」》，《南大半月刊》1933 年第 8／9 期。下文關於莫洛亞的引用，除另外注明外，均引自本文。

（2）傳主和歷史的關係

文中提及：「個人的行動事業，雖然常常會影響到一國的盛衰存亡，但作傳記的人都應該想至：傳記不過是某一個人類生命的進展的記載而已，歷史只是他取材的背景。這就是說：傳記家為人寫傳時，不可太偏重到當時的歷史環境上去，里頓司垂其（指斯特拉奇）的《維多利亞女王傳》之所以成功就是為了他能避免歷史的色彩，把她的一切完全當作個人的事物描寫。」

（3）傳記和抒情的關係

文中引用莫洛亞的話說：「當一個傳記家為了滿足他自己的某種需要而為某人作傳時，這個傳記，便也是一種抒情文。而『真』便是作者對讀者最大的貢獻。」

（4）傳記的教育作用

文中提及：「傳記是不當有道德的目的的，但卻應當使讀者耳中不時的聽到些命運的呼聲。」

（5）現代傳記文學的定義、內涵及意義

關於這一點，筆者認為可能是這篇譯介文中最精彩的部分。除了前面文章提到的，傳記是描寫一個人個體生命發展成長的記錄而外，又是藝術與科學的結合體。科學則是要用「客觀的態度來觀察事實」，以及要「富有懷疑的精神並永不為主觀的情感所左右」，藝術化則需要在取材上「設法使他的取材不陷於乾燥一途。選擇事實時，他更須去其精粗，設法把所有能夠代表這個主人翁的真象的事實都生動的描寫出來」。在結構上則要「用作者所要描寫的那位主人翁自己的眼光來看一切事物。總之，著者說：一個傳記家是應當和一個小說，或一個詩人站立在同一條水平線上。」藝術化就是我們常說的文學性，而很明顯的，只有當一個傳記家以創作詩歌和小說的視角來創作傳記，才能實現傳記文學的文學性，也即只有當一個傳記作者具有小說家和詩人的本領時，他才有能力創作真正的現代傳記文學。而關於現代傳記文學的價值，莫洛亞的評斷則更具價值，他認為其「把許多高過而非不可攀，驚人而非不可信的偉大的生活方式擺在我們面前，它是一種最可靠的藝術，一種最接近人生的宗教。」〔註15〕傳記通過向我們展示一種生活方式而成為一種藝術，且是最可靠的；而成為一種宗教，則是最接近人生的。人類是太需要藝術了，

〔註15〕黃燕生：《介紹「傳記的各面觀」》，《南大半月刊》1933年第 8／9 期。

這是真理了，可惜太多藝術不可靠了，不是讓人誹謗藝術，就是讓人拋棄藝術；人類是太需要宗教了，這也是早就證明的真理了，可是宗教大多不夠接近人生，於人生過多限制。傳記作為一種藝術、一種宗教；和藝術、宗教一樣，對個體來說具有導向自我省察的作用，具有導向真善美的作用。

綜上所述，莫洛亞的傳記文學思想涉及了現代傳記文學的方方面面，如定義、內涵、意義、他傳與自傳、傳記文學與歷史、傳記文學與抒情、傳記文學與科學、傳記文學書寫的動機與目的等等。與其他兩人相比，莫洛亞是當之無愧的現代傳記文學理論大師。

3. 鶴見佑輔（1885～1973）

鶴見佑輔是日本的傳記文學作家，代表傳記文學作品有《拿破崙傳》《拜倫傳》，其傳記文學思想主要見於《傳記文學論：〈拿破崙傳〉的序文》和《傳記的意義》兩篇文章中，其中的傳記文學思想主要有以下幾點：

（1）現代傳記文學的名稱、定義

鶴見佑輔的傳記文學思想屬於現代傳記文學範疇，前面也提到，莫洛亞從自己所處的時代出發，以時間維度把當時出現的「現代傳記文學」稱之為「近代傳記」，而鶴見佑輔則從區別於古代史傳的視角出發稱之為「新史傳」，他說：「近代的史傳即被稱為新史傳的這東西」。〔註16〕而對於現代傳記文學的定義，他認為「一方面是科學，他方面又必須是文學」，〔註17〕「以自己之哲學判斷其價值的材料，加以新的組織，且以美的文章描寫，是乃必要。於此，始有能打動許多讀者心胸的優秀傳記。」〔註18〕

（2）現代傳記文學的特徵

鶴見佑輔論及了現代傳記文學的五個特徵，分別是科學與文學的結合、注重心理描寫、具備一種批判的諷刺的精神和以「人格的發展記錄」為中心。

在鶴見佑輔看來，書寫傳記文學時對真相和史實的追求——搜集材料——是科學，把而搜集到的材料小說家的方法組織起來是文學。〔註19〕進而，他認為現代傳記文學之所以有感染力因為它激起了讀者的同感，感染了讀者的

〔註16〕鶴見佑輔：《傳記文學論——〈拿破崙傳〉的序文》，白樺譯，《黃鐘》1933 年第 26 期。

〔註17〕鶴見佑輔：《傳記的意義》，亘哉譯，《宇宙風》1937 年第 51 期。

〔註18〕鶴見佑輔：《傳記的意義（續）》，亘哉譯，《宇宙風》1937 年第 52 期。

〔註19〕鶴見佑輔：《傳記文學論——〈拿破崙傳〉的序文》，白樺譯，《黃鐘》1933 年第 26 期。下文本小節鶴見佑輔的論述除另外注明外，均引自本文。

心靈。在近代讀者眼中，偉人和凡人有共同之處，而不是不食人間煙火的神仙。因為認識到偉人也是人，所以他們的偉大，才能激發讀者「奮發的向上心」，而對於這種刺激，心理描寫的作用要遠遠大於史實的描寫，所以新的傳記文學必然重視心理描寫。鶴見佑輔認為「近代人的心理，比較起中世古代的人間來，是十分客觀的，批判的，旁觀的、諷刺的。並不是像古代人和中世人那樣的人對於神，對於自然，對於人間，對於社會習慣都寄於渾身的信仰和禮讚。」而「新史傳的作者，是並不把傳中的人物作為半神的存在而謳歌的。一切的缺點和弱點，都在這對象的人物中發見。這就是客觀的科學者的態度。」他認為：「這一種批判的諷刺的精神，就是近代史傳的特徵。」

在《傳記的意義》一文中，鶴見佑輔認為「新史傳的中心者，是人格的發展記錄。」而這一中心是受小說啟發而來，認為小說和傳記文學的目的一致——呈現人格的發展。這在鶴見佑輔看來也是傳記文學和歷史的一大區別，歷史是鋪陳一個「集體」的史蹟，而傳記文學則是書寫某一個人的人生。〔註20〕

（3）傳記文學書寫

在傳記文學書寫上，鶴見佑輔主要在選擇材料、心理描寫、創作態度、創作技巧上提出了自己的看法。

他認為選擇材料本身就是創作：「以何者為重要以何者為輕微的選擇，是從作者的人生觀為出發點。所以一卷的史傳不得不受了作者的人生哲學的影響。基於這意味，史傳是一個的創作。」〔註21〕他認為「傳記作家不能光敘述現於外表的行為，而非檢討此行為起因的動機，判斷此行為的價值不可，非批判此行為之個人的價值於社會的價值不可。這就是說，傳記作家必得立腳於自己的意識世界，批判和說明其對象人物的意識世界。」〔註22〕鶴見佑輔認為作傳記需要加入作者的批評，因為「除此即難得人物之記錄」而要做到能加以批評則要求傳記作家「自身非有一種哲學乃至理想不可，也就是非由一種精神的尺度來說明其人物的性行言動不可。」〔註23〕他認為在創作中，作者應該隱身而為讀者與傳主相對，他說「在新史傳中，有時賞讚，有時冷笑，有時謳歌，有時憫笑。但是這個並不是從表面加以賞歎和攻擊，這是從事件的敘述中，作

〔註20〕見鶴見佑輔：《傳記的意義（續）》，豈哉譯，《宇宙風》1937 年第 52 期。

〔註21〕鶴見佑輔：《傳記文學論——〈拿破崙傳〉的序文）》，白樺譯，《黃鐘》1933 年第 26 期。

〔註22〕鶴見佑輔：《傳記的意義》，豈哉譯，《宇宙風》1937 年第 51 期。

〔註23〕鶴見佑輔：《傳記的意義（續）》，豈哉譯，《宇宙風》1937 年第 52 期。

者變成讀者而加以賞歎攻擊和冷笑的。作者全然把自己隱沒，讓傳中的人物與讀者相對會談的，就是新史傳作家所開闢的新境地。史傳之所以在現代作為文學中獨立的一部門，日日增加它的重要性的正是這個原故。」〔註24〕鶴見佑輔以傳記為「用」思想是很明顯的，明確指出閱讀傳記的兩個目的──得到感化和獲取知識。〔註25〕他說：「古之人傑的成功，無不始於一卷之傳記在手」，並認為讀傳記是為了「求展我所長，補我所短，為模範又為殷鑒也。」〔註26〕雖然他也意識到他對傳記功用的認識有點「文以載道」了，這樣對傳記是有傷害的，難以創作出好傳記，所以他用普盧塔克的英雄傳舉例：「他決不在傳記中說教，但流湧於其文詞之底的雄大道德觀，卻惻然動人。」〔註27〕

（4）現代傳記文學的文學性

文學性是現代傳記文學區別於古代傳記的最重要特徵，現代傳記文學理論大家們無一例外也都是強調傳記的文學性，把握好傳記的文學性也是定義現代傳記文學，寫好現代傳記文學的重要標識。鶴見佑輔對傳記文學性的論述涉及三個方面。第一個是闡述文學性對傳記的重要性，首先他認為一部傳記「如果不能夠持有作為文學的價值，那麼一定不能吸引讀者的。」也就是說，即使一部傳記文學作品既注重事實描述，又引用現代傳記文學思想注重心理描寫，但是「如果行文沒有趣味也仍然是沒有人加以閱讀的。」而只有把傳記的科學性和文學性這兩者「很巧妙的調和運用著，於是作為不朽的名篇的史傳就成功出來了。」〔註28〕因為「惟構造與文章二者具備，史傳才能撥動讀者的心靈。」而且「無優美的文章即不能成為傑作。」〔註29〕第二個是闡述傳記和小說的關係，用小說的筆法寫傳記是現代傳記文學的一大特徵，也曾是一大潮流，鶴見佑輔論證了其內在的關係。首先從作用上看，小說和傳記是相同的：「我們從偉大的小說所受到的感激，正和從卓出的史傳所受到的感激是相同的。因為二者都是從人間個人的描寫而生的感激。」其次從內容上看：「正和一切個人的生活都可以作為小說的對象一樣的，一切

〔註24〕鶴見佑輔：《傳記文學論──〈拿破崙傳〉的序文）》，白樺譯，《黃鐘》1933 年第 26 期。

〔註25〕鶴見佑輔：《傳記的意義（續）》，豈哉譯，《宇宙風》1937 年第 52 期。

〔註26〕鶴見佑輔：《傳記的意義》，豈哉譯，《宇宙風》1937 年第 51 期。

〔註27〕鶴見佑輔：《傳記的意義（續）》，豈哉譯，《宇宙風》1937 年第 52 期。

〔註28〕鶴見佑輔：《傳記文學論──〈拿破崙傳〉的序文）》，白樺譯，《黃鐘》1933 年第 26 期。

〔註29〕鶴見佑輔：《傳記的意義（續）》，豈哉譯，《宇宙風》1937 年第 52 期。

個人的行動，也都可以作為史傳的內容」。而「無論是小說也好，史傳也好。如果那底裏是流動這真實的東西，那麼一定能夠感動讀者的。」其次是在創作手法上的同質：「一件是對於忠實的事實的收集與記錄。另一件是把這收集到的事實，用了順序與統一與選擇種種方法而描寫出來——正和小說家把故事組織出來同樣，是文學。」〔註30〕

雖然鶴見佑輔的思想也屬於外來思想，但是他的思想顯然不能出歐洲幾位傳記大師的範疇，是吸收歐洲傳記大師們思想的結果。這從他在書中提及的莫洛亞、斯特拉齊、路德維希，且熟讀他們的著作不難想見。

（二）國人對域外傳記文學理論思想的評價——關於「三大師」的敘事

國人對域外傳記文學理論、思想的評價首先主要表現在歐洲傳記文學理論、思想的評價上，而對歐洲傳記文學理論、思想的評價上第一個表現是「三大師」的稱呼的出現。

1.「三大師」是誰

「三大師」指英國的斯特拉奇、法國的莫洛亞和德國的路德維希，最早提及三大師的文章刊登在 1928 年 12 月 24 日《申報》上，文中說：「新傳記文學與舊傳記文學之不同，全在於手法上，這只要看了新傳記派作家底作品就可以知道。這一派有三大作家：英國的司屈來楷（Lytton Strachey）、德國的路特威格（Emil Ludwig）、法國的莫洛懷（André Maurois）」〔註31〕1929年，梁遇春在《新月》雜誌發表的一篇文章也提到了這三位作家，文中說：「在近十年裏西方的傳記文學的確可以說開了一個新紀元。這段功勳是英法德三國平分。德國有盧德偉，法國有莫爾亞，英國有我們現在正在談的施特拉齊，說起來也奇怪，他們三個不約而同地在最近幾年裏努力創造了一種新傳記文學。」〔註32〕接下來在 1931 年《文藝週刊》的一篇文章有了相似的說法和口吻：「現代傳記文學發生一個新的趨勢和以前不同。它不單是歷史並且也是藝術。這種歷史和藝術的融合是現代傳記文學的一個特點。在德國有 Emil Ludwig，在法國有 André Maurois，在英國便是我現在要講的 Lytton

---

〔註30〕鶴見佑輔：《傳記文學論——〈拿破崙傳〉的序文》，白樺譯，《黃鐘》1933 年第 26 期。
〔註31〕曼如：《歐洲作家近著鳥瞰》，《申報》1928 年 12 月 24 日。
〔註32〕春（梁遇春）：《新傳記文學譚》，《新月》1929 年第 2 卷第 3 期。

strachey。」〔註33〕等到斯特拉奇去世後，這「三大師」的定義便更穩固了，「他與現尚生存的德國之魯德維及法國之摩洛斯為歐洲現代三大傳記作家。」〔註34〕「近十餘年來，歐洲有三大傳記作家，（一）為德國之路德威 Emil Ludwig（二）為法國之摩拉 André Maurois（三）為英國之斯特來奇。」〔註35〕1934 年，林語堂也在一篇文章中提到了三位大師，只是用鮑斯威爾代替了斯特拉奇，他說：「西洋傳記學，比中國傳記好，單舉三派：Boswell，Morley，Strachey 都是中國所無的。」〔註36〕這是從傳記文學流派的角度做出的劃分，英國佔有兩派：鮑斯威爾的繁複細膩和斯特拉奇的清新出奇；法國有一派——莫洛亞小說一樣的傳記。

2.「三大師」簡論

本時期關於「三大師」的傳記文學思想，中國學者的研究不夠，只有一些相對粗略的「簡論」。首先，這包括體現在以下的五點中他們保持了一致性：1.他們共同創造了一種「新傳記文學」；2.他們用小說的筆法作傳；3.他們用戲劇的藝術作傳；4.他們並不捏造事實；5.他們重視傳主的人格和人性。〔註37〕這五點其實已經囊括了現代傳記文學的三大元素：寫人、求真和文學性。當然，在創作上，三人各自也有明顯的特徵，斯特拉奇是「找出某人底特殊之點來表現某人底性格」，路德維希是「路特威格是愛用幻想法去建造某人一生的故事」，莫洛亞是「則倚賴某人一生底幾件特殊事件去做成一篇故事」。〔註38〕

三大師地位在中國的傳播中也體現出差別，其中聲名最盛、評價最高的還是斯特拉奇，在當時的中國被認為是「英國新派傳記文學之首領」〔註39〕「新史傳之鼻祖」〔註40〕「新傳記派」的「開山老祖」〔註41〕。而且因為他的作品「皆獨具異彩，為後起傳記作家之圭臬。」因為他「能見人之所未見，以同樣之題材，傳出異樣之人物。」能「以諷刺之筆，使其傳記顯明人格。不求人物

〔註33〕 費鑒照：《史曲雷希利登（Lytton Strachey）》，《文藝月刊》1931 年第 2 卷第 10 期。

〔註34〕 潘修桐：《英國傳記記作家司特萊契逝世》，《新時代》1932 年第 3 卷第 1 期。

〔註35〕 佚名：《英國傳記作家斯特來奇逝世》，《大公報》1932 年 7 月 25 日。

〔註36〕 林語堂：《三談螺絲釘》，《宇宙風》1935 年第 5 期。

〔註37〕 見春：《新傳記文學譚》，《新月》1929 年第 2 卷第 3 期。

〔註38〕 曼如：《歐洲作家近著鳥瞰》，《申報》1928 年 12 月 24 日。

〔註39〕 曼如：《歐洲作家近著鳥瞰》，《申報》1928 年 12 月 24 日。

〔註40〕 鶴見佑輔：《傳記的意義（再續）》，豈哉譯，《宇宙風》1937 年第 54 期。

〔註41〕 秋心：《Giles Lytton Strachey（1880～1932）》，《新月》1932 年第 4 卷第 3 期。

之偉大，而求人性之實在。既求得之，又能表出之。」因此時人認為他去世之
後「英國文壇黯然失色，蓋繼斯氏而起者，固大有人在，然皆皮毛之模仿，等
於畫虎不成。將來此派文章或成絕響，未可知也。」〔註42〕斯特拉奇的地位是
如此之高，有人認為「他在傳記文學裏開闢一個新境地，他對於現代英國傳記
一類的文學是很重要的。除此以外，他對於現代英國思想史也重要。英國自從
打破一切偶像崇拜的十九世紀最末的十數年以後，對於十九世紀——維多利
亞時代——重加估量是必然的。」也因此「他不單在現代英國文學的文壇上有
重要的地位，即在歐洲傳記文學裏也是一個重要的人物。」〔註43〕

　　前面我們提到梁遇春對斯特拉奇的評論非常精到，是因為只有看了梁遇
春的評價，才能瞭解斯特拉奇的價值。對斯特拉奇的傳記創作達到的境界，梁
遇春這樣形容斯特拉奇作品中故事像是「雨點滴到荷池上那麼自然地紛至沓
來」，又像是「蓮葉上的小水珠滾成一粒大圓珠一樣」，沒有絲毫的「道學的氣
味」，從而能夠顯出一個人的靈魂核心時候」。〔註44〕這裡的描述涉及了傳記創
作的材料取捨，價值觀和思想源泉。而他對《維多利亞女王傳》的評述則更加
具體而精準：「三年後，《維多利亞女王傳》出版了，這本書大概是他的絕唱罷。
誰看到這個題目都不會想那是一本很有趣味的書，必定以為天威咫尺，說些不
著邊際的頌辭完了。就是欣賞過前一本書的人們也料不到會來了一個更妙的
作品，心裏想對於這位君臨英國60年的女王，斯特刺奇總不便肆口攻擊罷。
可是他正是個喜歡在獨木橋上翻筋斗的人，越是不容易下手的題目，他做得越
起勁，簡真是馬戲場中在高張的繩子上輕步跳著的好漢。……這是一段多麼複
雜的歷史，不說別的，女王在世的光陰就有80年，可是斯特刺奇用不到300
頁的篇幅居然遊刃有餘地說完了，而且還有許多空時間在那兒弄遊戲的筆墨，
那種緊縮的本領的確堪驚。他用極簡潔的文字達到寫實的好處，將無數的事情
用各人的性格連串起來，把女王郡王同重臣像普通的人物一樣寫出骨子裏是
怎麼一回事，還是跟《維多利亞時代的名人》一樣用滑稽同譏諷的口吻來替他
們洗禮，破開那些硬板板的璞，剖出一塊一塊晶瑩玉來。……這本書敘述維多
利業同她丈夫一生的事蹟以及許多白髮政治家的遭遇，不動感情地一一道出，
我們讀起來好像遊了一趟 Pompei 的廢墟或者埃及的金字塔，或者讀了莫伯桑

〔註42〕佚名：《英國傳記作家斯特來奇逝世》，《大公報》1932年7月25日。
〔註43〕費鑒照：《史曲雷希利登（Lytton Strachey）》，《文藝月刊》1931年第2卷第10
　　　　期。
〔註44〕秋心：《Giles Lytton Strachey（1880～1932）》，《新月》1932年第4卷第3期。

的《一生》同 Bennett 的《爐邊談》（Old Wive's Tales），對於人生的飄忽，和世界的常存，真有無限的感慨，彷彿念了不少的傳記，自己也涉獵過不少的生涯了，的確是種黃昏的情調。可是翻開書來細看，作者簡直沒有說出這些傷感的話，這也是他所以不可及的地方。……」〔註45〕而這裡足以看出斯特拉齊創作思想中的勇敢、大膽、書寫技巧、價值觀以及他的「不可及」之處等等。

斯特拉奇傳記文學思想中受質疑最多的就是它的藝術性對「科學」或「史學」的傷害，即傳記的「真實」問題。對於此，費鑒照認為用「史實相背」的立場批評斯特拉奇是不公平的，「因為他的傳記文學作品實在傳記文學中開闢一個新途徑的作品。在這條新闢的途徑上，傳記的寫法改變了。我們批評他的立場也應隨著改變。……史曲雷希的所寫的傳記既是用心理分析方法寫的，我們應當從藝術的立場來判斷他是否能夠達到高尚的境地──這一步他的確做到的。我們不應該因為他的作品是傳記而以史實來做評價他的作品唯一的標準，更不應該因為他的作品裏幾處有失史實的緣故，便蔑視他在現代傳記文學上的地位。」〔註46〕

對斯特拉奇的整體評價當以林語堂和梁遇春的評價為代表。林語堂說：「斯脫奇 Lytton Strachey 以小品間散筆調作傳記，在傳記學中別開生面，似小說，似史實，於敘事之中加以幻想，於議論之中雜以軼聞」。〔註47〕梁遇春則說：「斯特刺奇正像 Maurois 所說卻是個英雄破壞者，一個打倒偶像的人。他用輕描淡寫的冷諷吹散偉人頭上的光輪，同時卻使我們好像跟他們握手言歡了，從友誼上領略出他們真正的好處。……斯特刺奇扯下他們的假面孔，初看好像是唐突古人，其實使他們現出本來的面目，那是連他們自己都不大曉得的，因此使他們偉大的性格活躍起來了，不像先前那麼死板板地滯在菩薩龕裏。……他所畫的人物給我們一個整個的印象，可是他文章裏絕沒有輪廓分明地勾出一個人形，只是東一筆，西一筆零碎湊成，真像他批評 Sir Thomas Browne 的時候所說的，用一大群龐雜的色彩，分開來看是不調和的，非常古怪的，甚至於荒謬的，構成一幅印象派的傑作。他是個學問很有根底的人，而且非常淵博，可是他的書一清如水，絕沒有舊書的陳味，這真是化腐臭為神奇。」〔註48〕

〔註45〕秋心：《Giles Lytton Strachey（1880～1932）》，《新月》1932 年第 4 卷第 3 期。

〔註46〕費鑒照：《史曲雷希利登（Lytton Strachey）》，《文藝月刊》1931 年第 2 卷第 10 期。

〔註47〕林語堂：《與又文先生論逸經》，《逸經》1936 年第 1 期，創刊特大號。

〔註48〕秋心：《Giles Lytton Strachey（1880～1932）》，《新月》1932 年第 4 卷第 3 期。

二、對傳記文學理論多學科研究的譯介

　　《警告欲寫自傳者》《青年之傳記》《傳記學科學的研究》這三篇關於傳記研究的文章，他們的作者既不是傳記作家，也不是傳記文學理論家，尤其是《傳記學科學的研究》的作者賴士惠（H.D.Lasswel）和《青年之傳記》的作者霍爾（Hall），其專業既不是和傳記文學相關的史學，也不是文學，而是社會學和心理學。而《警告欲寫自傳者》的作者畢瑞爾（A.Birrell）是個散文家，是以一篇散文提出他的傳記文學思想，文章一開頭，就用一句隨意的話對當時傳記現狀提出批評，他說：「我平生最愛讀傳記──可是現在不然了，因為自己年紀一老，對於傳記家也越覺得厭倦懷疑。」這裡提到的傳記是指他傳，他說這句話是為了引出他對自傳的看法，「可是幹嗎不自己來一本傳記呢？」因為自傳可以「免得人家將你支離零碎的拉進他們各章各篇去，還能免得人家在各章前引用上『他的』（而不是你的）心愛詩句，還能免得人家將他所以為的你呈現在一般侮謾輕佻的『讀書民眾』前。」但是他認為寫自傳是容易失真的，而且自傳必須寫出自己的性格，而一部傳記如果「沒有表現出一種性格來」，在他看來，「不管好不好，總是件沒有意義的事」。但是寫出自己的性格是有很多阻力的，對於這一阻力，他以文學家的筆法，形象的為我們展示出來，他說：「有一陣極耳熟的聲音打斷了我，那聲音又高又尖，喊道『看老天爺的面子，別再寫什麼性格了！有誰要看你的性格呢？我們要知道的是好些別人的性格，要知道你在商量事情或一桌吃飯時所遇見的前時著名過的人！告訴我們他們有些什麼巧妙對答，給我們知道他們互相的嫌惡，叫我們想起他們在政治上，愛情上，爭戰上的失敗情形。如果你能為我們者要麼做，同時再在書後附張索引，讓我們立刻查究得出我們朋友裏那幾位被你記載過時，你就盡了自傳者的責任。你就使我們滿意了。你也就可以隨便去世了』。」文章的標題是《警告欲寫自傳者》，這警告除了告訴寫自傳必須寫出自己「正真的性格」外，還警告作者不要試圖造假。首先，他認為造假並不能騙過讀者，他說：「無論自傳者有多大的藝術本領，無論他的錦繡文章是多麼的精緻，可是他甚至還騙不了很多年以後的，從來沒有遇見過這位欺騙者本人的讀者。」其次，他認為「真是誰都逃避不掉。無論他寫得聰明或者愚笨，詭譎還是質直，表現的總是他自己，可並不是依照了他自以為的，或要被人以為的那樣顯露出來──而是，無論如何，表現的是作者自己。」正如他在文中所引用的史蒂芬爵士的話所說的：「在一切書裏，

只有自傳獨能因其所含失實之多，而更增其價值。其人對於其鄰友的性格說得不忠實，我們並不覺得奇怪，可是某人對於他自己繼續不斷的製造假獎狀時，我們的好奇心總要發動的。允許我們上幕背後看看，總是很有意思的事，去看那怪象怎樣滋長出來，也是很有意思的。」但是還是有很多人在寫自傳時作假，在作者看來，這是因為作傳記的人沒有從讀者角度去創作，他說：「最奇怪的是著書的人，常會忘掉了看書的人。這種遺忘性的愚笨，就好像跟人鬥拳時，安排好種種進攻的計劃，無意中以為他們的對手是一直站著不動的。現在這年頭，讀者的聰明至少並不次於作者。他好像沒有想到讀自傳的人，都是些判斷人物的銳利判官，鉤心挖腑的批評家。他們在閱讀的藝術上，技巧上，奧妙上，訓練了很久之後，不但善於，並且一碰就戳破作者沾沾自喜的紙老虎，一眼就看出拙藏在假謙虛面具後的先天性自負。」〔註 49〕

　　因為霍爾是一位心理學家，所以他的《青年之傳記》這一篇文章是以心理學的視域研究傳記文學的，豐富了傳記文學理論，拓寬了傳記文學研究的範疇。一部傳記文學作品記錄一個人的人生軌跡，記錄個人的成長歷程，自然包括童年和青年時期，作者從心理學的角度指出這兩個時期對傳記傳主成長以及傳主書寫自傳的影響。首先，傳記中如果缺乏對傳主童年的描述，則不能對傳主的人格發展做到準確的描述，童年對人的一生的重要已經造成共識，在傳記創作中注意描寫兒童期是必不可少的；其次，作者認為青年期的心理特點雖然使得青年人在寫自傳容易誇張、粉飾而失真；但是我們如果要瞭解一個青年人，從心理學角度，最好的方式是通過自傳，因為「青年之精神發達是大部分潛在中進行，故雖最好的觀察家，對於青年胸中的活劇，也只能窺見其一斑。我們只有當青年感情爆發的當兒，才得知道他們心上的秘密。要洞悉青年之心的最好的材料，自然莫如自敘傳。但不幸，詳細地記述青年期事情的自敘傳卻難多見。」〔註 50〕更關鍵的是，離開了青年期描述的傳記，在作者看來是不完全的，「這是因為人間將來的生活都是基於青年期；如果不知道青年期的事情，就不得明瞭壯年期以後的生活之故。我們能從青年期引出正當的教訓，不僅可以不浪費所謂青年期這樣未熟而內容豐富的時代之經驗，且可以使壯年期更健全，更完成。最後所欲說的，即不惟青年自己表白的伎倆，普通是始於這個時期，且因在這期內，有豐富的主觀的材料，

〔註49〕畢瑞兒：《警告欲寫自傳者》，孫洵侯譯，《大公報》（天津）1936 年 3 月 4 日。
〔註50〕健夫：《青年之傳記》，《學生雜誌》1929 年第 16 卷第 3 號。

又因需要這時期特有的表現方式，故對於許多青年，宜獎勵他們寫出詳盡的自白錄的日記，且教他們認識自己。」所以，應該鼓勵青年人寫自傳。另外，對於青年寫自傳，他也從心理學角度看到了性別差異導致的傳記文學書寫差異，他說：「第一，他們寫得不像女子的隨便。……第二個更顯著的異點，是男子有比婦人將心中煩悶更多顯現在行動上之傾向，他們會得衝出家庭的藩籬，另去開拓新的生活；或者企圖做政治上，產業上或社會上的改革運動，否則也會描寫出此種運動的空想以消除心中的煩悶。……第四，從主觀的狀態來說，女子方面能比男子長保青年期的特色；而男子一到壯年，就要多方地喪失青年期的特色。」〔註51〕

　　賴士惠《傳記學科學的研究》一文把傳記學作為一門容納多學科的綜合「學科」進行研究，因為傳記文學是科學，且是容納多學科的綜合科學，所以這就對了傳記文學的書寫的準確性提出了要求。因為他看到當時出版的傳記文學作品，要麼是過於簡略，要麼就是很多低級錯誤。所以他認為應該訓練專門的人才從事傳記文學實踐，這就需要具備豐富的知識。另外，作者還從傳記學多學科提出通過成立相關的組織來促進傳記文學書寫，而不是傳統的單單依靠某一個人，他說：「作者以為凡屬對於傳記學有特殊興趣的人，不妨自己組織一個研究機關，中間有史學家、譜學家、社會學家、政治學家、經濟學家、法學家、文學家、科學史家、哲學史家、精神病學家、內科醫家、遺傳學家和心理測驗學家。同時還可以看臨時的需要，添聘幾位特殊的顧問幫忙。」〔註52〕作者並以為這樣的組織最好在大學裏組建，作者這一設想現在已經在國內外實現了，哥倫比亞大學口述歷史研究中心早已聞名世界，中國傳媒大學口述歷史研究中心也早已成立數年，運轉有序。

第二節　何為「傳記文學」

　　經過了域外傳記文學理論的大量譯介以後，國人對傳記的固有印象自然發生了變化，不自覺地也會討論起「傳記文學」的概念來，即什麼是「傳記文學」，而在概念一時難以確定時，又或者說，任何一種固有的概念都會對內涵有一種限制的時候，把「傳記文學」的基本要素確定下來是必要的。

〔註51〕健夫：《青年之傳記（續）》，《學生雜誌》1929 年第 16 卷第 5 號。
〔註52〕賴士惠：《傳記學科學的研究》，坎侯譯意，《人文》（上海 1930）1932 年第 3 卷第 4 期。

一、有關「傳記文學」概念的討論及其一般定位與分歧

本時期，有關「傳記文學」概念的討論越來越廣泛，這一討論是在域外傳記文學理論的廣泛譯介的背景下發生的，這也就自然的使得關於「傳記文學」概念的討論主要圍繞「中西」的區別進行。而在「中西」「傳記文學」比較的視野下，我們不難發現，這一「中西」的區別在實質上是「新舊」的區別，而在討論「傳記文學」的「新舊」之別時，主要涉及下面三個問題：什麼是「新傳記（文學）」；新舊傳記的比較；作為新傳記（文學）的「傳記文學」一詞在中國的應用。

（一）什麼是「新傳記」

「傳記是種藝術創作」，這是莫洛亞的觀點，筆者認為這是對新傳記性質的一個簡短而有力的框定，即我們判斷一部傳記是不是新傳記，只需要看它是不是一種「藝術創作」，這「藝術創作」的目的和結果在莫洛亞看來則是「據有相當確證的一副某人的「真」肖像」，是「一張藝術化的與真體惟肖畢肖的寫真片」〔註53〕。

這一「藝術創作」在我們前面的歐洲三大師那裏主要表現為在傳記文學書寫中使用創作小說的技巧，而這在當時也已經被一些中國學者認識到。〔註54〕「最近十年德國盧德偉格、法國莫爾亞斯、英國施特拉齊不約而同地努力創造了一種新傳記文學，那便是用寫小說的筆法來做傳記。據說盧德偉格的哥德傳，……莫爾亞斯的 Aril 和 Beethoven，施特拉齊的 Eminent Victorians，Queen Victoria 都是富於小說戲劇性的傳記。」〔註55〕而這些傳記是「用小說的形式寫的古人的傳記，是那些從古文件裏溶出來的故事。」〔註56〕這一點在中國幾經傳播以後，慢慢已經成為越來越多人的共識：「在藝術立場言之，傳記與小說是沒有兩樣。」〔註57〕也就是說傳記文學作為一種「藝術創作」的表現就是在形式上是小說的，而傳記文學也只能在形式上是小說的，而在內容上卻必須是真實的，傳記文學是藝術與真實的結合，是美與真的結合。費鑒照認為「現代傳記發生一個新的趨勢和以前不同。它不單是歷史並且也是藝術。這種歷史

〔註53〕黃燕生：《介紹「傳記的各面觀」》，《南大半月刊》1933 年第 8／9 期。
〔註54〕見梁遇春的《新傳記文學譚》，《新月》1929 年第 2 卷第 3 期。
〔註55〕蘇雪林：《自傳文學與胡適的四十自述》，《世界文學》1934 年第 1 卷第 2 期。
〔註56〕徐霞村：《法國學者對於小說式的傳記的意見》，《小說月報》1927 年第 18 卷第 11 期。
〔註57〕周子亞：《談傳記文學》，《晨光週刊》1935 年第 4 卷第 13 期。

和藝術的融合是現代傳記文學的一個特點。」〔註58〕而作家周遊認為：「我從傳記文學作品的發展形態上，知道了傳記這種東西，原是以豐富的、生動的描寫文字來表現一個人的全部生涯及其勞績的一種藝術；它不僅是歷史的分枝，不僅是事實的敘述，也不一定是善頌善禱的工具，卻實在是文學中的一個部門。」〔註59〕而這文學就是傳記的藝術性。而這裡的事實就是莫洛亞所說「科學」，傳記文學則是「藝術和科學應當聯成一氣」〔註60〕的結果

（二）新舊傳記的比較──對舊傳記的批判，對新傳記的肯定

知道什麼是「新傳記」，就自然的會反對「舊傳記」，而且，對「新傳記」的定義是需要通過對新舊傳記的比較來實現的，這一比較表現為兩點：對舊傳記的批判和新舊傳記的比較。

梁遇春說看到中國古代傳記最明顯的特點就是從道德出發，以隱惡揚善為目的：「從前的傳記還有一個大缺點，就是作者常站在道學的立場上來說話。他不但隱惡揚善，這樣就「失掉了描狀性格的意義」，從而不能贏來「讀者的信仰」，因為稍微經些世變的人都會知道天下事絕沒有這樣黑白分明，人們的動機包不會這樣簡單得可笑。」〔註61〕傳記是寫人的，以刻畫、塑造一個人物形象為目的，而舊傳記最大的問題也就在它偏離了這個目的，並把這個目的變成了一種手段。在梁遇春的這段話裏我們可以看出舊傳記作者因為站在道學的立場上，他的目的是隱惡揚善，寫人只是用來輔助隱惡揚善這個目的，所以自然不能真實的寫人，自然只能用既有的倫理造一個作為道德觀念偶像的假人，這樣一個沒有性格、黑白分明、簡單可笑的假人是不會有讀者的。說到從道德觀出發寫人，寫出一個個大同小異的假人，中國的舊傳記歷時之長，體量之大是很可驚人的。最可驚人的是，是它似乎有「長生不老」的生命力。郁達夫看到中國古代的傳記寫的都是虛假的「完人」〔註62〕這段話通過對中國舊傳記的否定對新傳記的概念做出了框定，即新傳記不是為讒諛、阿諛奉承傳主而作；新傳記不能把傳主刻畫為完人，要把人的弱點和短處都刻畫出來。這段話等於否認了絕大部分的中國古代舊傳記，所以當時的人們認識到「現在胡適他

〔註58〕費鑒照：《史曲雷希利壑（LYTTON STRACHEY）》，《文藝月刊》1931 年第 2 卷第 10 期。

〔註59〕周遊：《一個愛讀傳記者的獨白》，《新生週刊》1935 年第 2 卷第 21 期。

〔註60〕黃燕生：《介紹「傳記的各面觀」》，《南大半月刊》1933 年第 8／9 期。

〔註61〕秋心：《Giles Lytton Strachey（1880～1932）》，《新月》1932 年第 4 卷第 3 期。

〔註62〕詳見郁達夫：《傳記文學》，《申報》1933 年 9 月 4 日。

們所提倡的傳記，已不是中國傳記文學的遺緒，而是直接從歐美介紹來的舶來品，一種新的傳記的體例。」〔註63〕新傳記和中國舊傳記不是一個物種，不是中國舊傳記的發展，也不是中國的舊傳記發展的出來的。

對舊傳記的批判而外，時人對新舊傳記的比較也對「傳記文學」概念的研究做出了重要貢獻，有人從傳記的目的去比較新舊傳記，「舊日之傳記作者，大抵藉以為善惡之資鑒，德行之模型。或以表揚先烈前賢。使留芳於百代。……作者有隱惡揚善之責任。以鋪張粉飾為常例。其結果受傳者皆成為百行俱美無暇可擊之人，……其所描寫者大抵為偉人之面具。面具之下，作者從不肯探窺也。近世之作者則反是。每以扯破面具打倒偶像為務。……以無孔不入之透視，以冷酷客觀之筆墨，表露傳主之真容。不著一褒貶之詞，而使讀者笑罵難禁。」舊傳記的目的是隱惡揚善，新傳記的目的是刻畫真實的人。舊傳記的目的是道德的，新傳記的目的是藝術的。在創作方法的區別則是「昔人使傳記為一完備之記錄」而「近人矯是弊，力使傳記成為一藝術作品。」〔註64〕葉靈鳳從傳記文學性的角度去比較新舊傳記的區別，新的傳記文學重視文學性，這一文學性的突出表現就是用一種「小說的手法」去寫傳記，而且價值觀完全不同，很容易引起讀者的興起。而舊的傳記傳記文學因為過於注重史學性，雖然事實很正確，但是可續性很差。〔註65〕作家葉鼎洛從作者和讀者的角度分別給出了新舊傳記的區別，他認為舊傳記作者是「由於不得已的盡責而執筆」，而新傳記作者書寫時卻是「抱著同情心來演染的」；舊傳記「常能養成我們的一種英雄思想，其結果，便使所謂有志之士陷入統治階級之夢想。」而新傳記「卻能使我們像拜伏與一個殉難者的雕像之前一樣，結果使一生坎坷的人，索性走著犧牲之路了。」由此他認為舊傳記「使人成為利己」，而新傳記則「使人成其利人」。〔註66〕上面提到這些新舊傳記的比較無疑都是對新傳記概念範疇的有力框定。

（三）作為新傳記的「傳記文學」一詞在中國的應用

域外的傳記文學理論、思想和作品的譯介激發了中國知識分子對「傳記文學」這一概念的思考，這一思考的一個最明顯的表現就是「傳記文學」在報刊

〔註63〕逸鷗：《談傳記文學》，《中央日報》1937 年 1 月 19 日。
〔註64〕吳宓：《論傳記文學》，《大公報（天津）》1928 年 6 月 25 日。
〔註65〕靈鳳：《作家傳記》，《好文章（上海1936）》1937 年第 6 期。
〔註66〕葉鼎洛：《我也來論論傳記》，《平沙》1932 年第 1～10 期。

登載的傳記研究類文章中的大量使用，如《論傳記文學》（《大公報（天津）》1928 年 6 月 25 日）、《新傳記文學譚》（《新月》1929 年第 2 卷第 3 期）、《被歡迎之傳記文學》（《申報》1930 年 2 月 21 日）、《中國的傳記文學》（《盛京時報》1933 年 9 月 24 日）《傳記文學》（《申報》1933 年 9 月 19 日）、《胡適之講「中國傳記文學」》（《平西報》1934 年 2 曰 21 日）、《傳記文學》（《文學（上海 1933）》第 1 卷第 5 期）、《傳記文學雜論》（《中學生文藝月刊》1934 年第 1 卷第 2 期）、《談談傳記文學》（《文藝戰線》1934 年第 2 卷第 52 期）《傳記文學在蘇聯》（《覺今日報》1935 年 4 月 20 日）、《傳記文學》（《文藝畫報》1935 年第 1 卷第 3 期）、《傳記文學在中國》（《申報》1935 年 1 月 5 日）、《論傳記文學》，（《中央日報》1935 年 1 月 31 日）、《談傳記文學》（《學校生活》1935 年第 98 期、《談傳記文學》（《中央日報》1935 年 12 月 29 日）、《傳記文學》（《新民報（南京）》1936 年 2 月 13 日、《談傳記文學》（《中央日報》1937 年 1 月 19 日）《傳記文學》（《現代日報》1937 年 3 月 3 日）《關於傳記文學》（《華北日報》，1937 年 6 月 29 日）；這一思考的直接結果則是一些知識分子把「傳記文學」等同於「新傳記」，是西方專有的，是中國沒有的。他們認為「傳記文學產生在資本主義的國家，和小資產階級昌盛的國家。」〔註67〕認為「中國以前只有傳記，並沒有傳記文學」〔註68〕，認為新的「傳記文學」在當時很罕見──「五四以來，我國的小說、戲劇、散文、詩歌均能逐漸擺脫傳統的桎梏，而匯為世界文學之一支流，獨傳記文學至今尚付闕如」。〔註69〕

在肯定作為「新傳記」的「傳記文學」之外，他們自然也就否定了不是「傳記文學」的「舊傳記」，而對「舊傳記」的否定是通過否定它的文學性實現的，他們認為「舊傳記」屬於史學，缺少文學性，更不是獨立的文，「新傳記」屬於文學，是獨立的文學。有人認為「中國歷史，很注重傳記，像春秋史記，漢書，等等古籍，上面很多的人物列傳，在野史上還有不少的列傳、小傳等等，但這樣傳記，很少有含蓄文學性的，不過形成歷史的一部分。它只可供給研究史學的參考，卻不能成為獨立的文學，去反映人生，去表現人生。」〔註70〕這是從傳記文學的文學性出發去否定古代的中國傳記。有人說：「雖然在古代典

〔註67〕喃喃：《談談傳記文學》，《文藝戰線》1934 年第 2 卷第 52 期。
〔註68〕潘光旦：《〈我的父親〉──一篇傳記文的欣賞》，《華年》1933 年第 2 卷第 7 期。
〔註69〕寧靜：《談傳記文學》，《中央日報》1935 年 12 月 29 日。
〔註70〕喃喃：《談談傳記文學》，《文藝戰線》1934 年第 2 卷第 52 期。

籍中間我們有著不少人物傳記，但只是歷史的一部分，目的只是在於供史事參考，並沒有成為獨立的文學。歷代文集中的傳記，以頌讚死人為目的，千篇一律，更說不上文學價值。」〔註71〕這就把傳記文學當成了一種獨立的文學體裁看待，從文學價值上區分現代傳記文學與古代傳記。所以時人才會說「試看二十五史的一二千篇記傳裏，有幾篇是值得稱為文學的，大部分只是史而已，不能獨立為文學。」〔註72〕可見他們普遍的把「新傳記」的屬性歸屬於文學，而把「舊傳記」的屬性歸於史學，而這也是他們為什麼把「傳記文學」都等同於「新傳記」的原因，因為裏面有「文學」兩個字，而把「傳記」等同於「舊傳記」因為裏面沒有「文學」這兩個字。他們所說「傳記文學」指的就是我們今天所說的「現代傳記文學」，而他們認為的「傳記」，指的就是我們今天所說的「古代傳記」。

　　雖然有這麼多關於「傳記文學」概念的論述，這些論述又給「傳記文學」的概念及其內涵做出了這麼多的框定。但是，這一時期仍舊沒有一人準確的提出「傳記文學」概念並對其進行完整的闡述，更沒有一種闡述被普遍接受而成為定論。相較於上面的幾種觀點，一篇名為《傳記文學在中國》的文章中關於「傳記文學」概念的論述最切近現代傳記文學的本質。這篇文章讓我們思考：當時的人們在思考什麼是「傳記文學」時，他們的目的是什麼，要解決什麼樣的問題。我們知道，傳記文學兼具史學性和文學性。而揚「文學性」的長，避「史學性」的短，至今還是中國傳記文學發展面臨的問題。這一篇文章就旗幟鮮明的論述了傳記的「文學性」問題，認為傳記的「文學性」跟「傳記文學」的定義關係最緊密，也是當時的中國傳記文學迫切需要解決的問題。首先，作者坦白地說「給傳記文學下個定義並不容易」，這也就意味著凡是輕易下的定義大概都是不能服眾的。而之所以不容易，是因為「它是文學上的一種特殊形式」，這也就意味著它雖然是文學，卻又是一種特殊的文學，這就意味著凡是試圖用給文學題裁下定義的方法和經驗可能都是不適用的。傳記文學之所以是文學是因為「它不同於歷史」，因為歷史「無論是新代的編年的抑是取著其他形式，總是乾枯地記載某一時期某一領域中人類行為的活動」，而傳記文學是文學，所以它與歷史不同，它「是以生動真切的形象作為某（個人）的生活

〔註71〕佚名：《傳記文學》，《文學（上海1933）》1933年第1卷第5期。
〔註72〕淑之：《蕭伯訥傳——鄧肯女士自傳——從文自傳》，《中學生》1935年第54期。

紀錄來訴諸人們的感情」。但它又是特殊的文學，所以「它又不同於描寫典型人物的小說」，因為它裏面的人物不但是「實際存在過的」，而且「缺乏那種典型人物小說中的象徵性」。而作者對「傳記文學」最準確的判斷卻是看起來似乎過於籠統的一句話：「傳記文學始終不離文學的範疇」。〔註73〕這也是為什麼「傳記文學」不是「傳記」、區別於「傳記」的原因，因為它比「傳記」多了「文學」兩個字。舊的傳記是歷史，而新的傳記文學則是文學。他的這一判斷「準確」的原因在於：傳記發端於史學，受史學影響最深，當它要脫離史學的時候，自然最大的阻礙就是它的史學性。而從舊傳記到新傳記，從古代傳記到現代傳記文學的轉變，其第一步也是最重要的一步即是脫離史學成為獨立的學科，而要脫離史學成為獨立的學科，它必須具備與史學迥異的特徵，那就是他的文學性。在歐洲如此，在中國也是如此。

二、傳記文學／現代傳記文學的基本要素

通過上一節我們知道，本時期的「傳記文學」，就是我們現在所認為的「現代傳記文學」，其基本要素也是關於文學性／藝術性的，這主要有五個方面：1.注重寫人；2.寫人要傳神；3.寫人要寫個體的成長與變化；4.行文要美；5.傳記文學書寫的主觀因素。

注重寫人首先體現在注重描寫人性，首先是描寫普通的、共同的人性：「他們注意偉人和普通人相同的地方。他們覺得人性是神聖的，神性遠沒有人性那麼可愛，所以他們處處注重偉人的不偉地方。」〔註74〕其次，注重描寫個性，注重個人性格的描寫，因為只有性格才足以展現一個人。當時有人認為：「新興作家皆以為一部傳記必以一人之性格為中心。」寫人和敘事相對立，注重寫人則意味著以寫人為主，而不是以敘事為主。這就意味著在創作傳記時，「所取事蹟，必以與其性格發展有關係者為限，其他皆無足輕重。」〔註75〕而舊傳記因為或隸屬於史學，或受史學的影響，多以敘事為主，且其所取事蹟並不以刻畫傳主為目的。還有，注重寫人還要注重描寫個人生命中的重要時期，譬如重要的青年期，「若不是記載這個轉機時代的傳記，特別是自敘傳，便不配稱是完成的作品。這是因為人間將來的生活都是基於青年期；如果不知道青年期

〔註73〕白芋：《傳記文學在中國》，《申報》1935 年 1 月 5 日。
〔註74〕春：《新傳記文學譚》，《新月》1929 年第 2 卷第 3 期。
〔註75〕佚名：《英國傳記作家斯特來奇逝世》，《大公報》（天津）1932 年 7 月 25 日。

的事情，就不得明瞭壯年期以後的生活之故。」〔註76〕如果不能在傳記中把傳主的青年時期寫好，很顯然，是不足以刻畫一個人的。

「傳記第一要寫得傳神」，當時的人已經意識到了，而且指出傳神則需要「把一個人的個性寫得非常深刻」，而要個性深刻則要描寫細緻，「無論他的一舉一動，一言一語，都要畢肖。甚至他的情緒、思想、氣質，也必須寫得十分精確」。而這樣才可以傳神，而傳神在作者看來就是「我們看了一篇好的傳記文字，就彷彿那個被傳的人站在我們的面前，他在向我們說話，行動。」〔註77〕

個體的成長與變化容易引起讀者的共鳴，寫人是為了感動人：「脫落斯基，那人物，我真不知從何處說起：當我把那本五百頁英文《我的生活》掀動時，我的神經真顫動得要發狂。一頁頁的掀開，他一頁頁地成長。」〔註78〕個體的成長和變化是和心理的成長和變化是分不開，所以必須注重心理的描寫，有人認為「我們須要抓住心的變動不居，看它在追求，在創化，在生息，然後我們把這心的『天路歷程』委曲詳盡的表達出來」。〔註79〕

邵洵美在《盧隱的故事（代序）》一文中從八個方面分析了傳記作者對傳記文學書寫的影響，即什麼樣的作者才能寫出一部好傳記，具備什麼樣的條件的作者才能寫出一部好傳記，在這八個原因裏有四條是傳記文學書寫廣泛通用的：第一是作者的良心，為此他才會「為人家抱不平及暴露人世間的醜惡」；第二是作者的書寫天賦，即作者必須「對自己特別感到興趣」，這樣才能「細心的觀察自己」，沒有細心的觀察，則只能泛泛而寫，空洞無物。只是細心觀察還不夠，因為觀察了而不敢寫出來不會對傳記文學書寫有任何幫助的，所以作者還須「勇敢去頌揚自己的長處及指斥自己的短處」，這就逃脫了舊傳記的忌諱之害；第三是他的書寫能力，這既包括擁有「忍耐同時有深刻的觀察力」而可以「偵視這人生的曲折」。也包括擁有「複雜的經驗」從而使傳記「不枯燥」；還有他必須有「生動的筆法」，只有這樣才能使每個人的體現個性的生活「使別人感動興味」。最後也是最重要的，傳記文學的創作者必須享有創作的自由，只有這樣，他才能自由的創作，就不需要在傳記文學作品中做一些人的代言人，或者替他們遮掩不光彩的人生。〔註80〕

〔註76〕健夫：《青年之傳記（續）》，《學生雜誌》1929 年第 16 卷第 6 期。
〔註77〕淑之：《蕭伯訥傳——鄧肯女士自傳——從文自傳》，《中學生》1935 年第 54 期。
〔註78〕漫鐸：《論傳記》，《平沙》1933 年第 1～10 期。
〔註79〕中書君：《約德的自傳》《大公報（天津）》1932 年 12 月 22 日。
〔註80〕王誠：《讀黃盧隱的自傳》，《綏遠旅平學會學刊》1935 年第 6 卷第 2 期。

第三節　「自傳」的興起

　　傳記包括他傳和自傳，本時期自傳的興起和他傳視角的局限性，跟新文化運動以來的個體、自我發現，以及胡適的大力提倡都有密切的關係。因為域外傳記及理論的譯介，本時期的自傳書寫形式多樣，多有探索。

一、他傳的外在視角及其局限性

　　由別人為傳主作的「他傳」，作為一個旁觀者看傳主，自然有很多局限。第一種局限就是傳主的形象完全由別人掌控，「一個人的功過完全為作傳的人斷定了，難免失之偏頗或加甚。而已死的人又不能再起而作證，遂使一件冤案弄到千古莫雪的也有之。」〔註81〕這也是他傳無法避免，最客觀的局限。另外，對於傳主本人來說，他對自己在傳記中的呈現是有一個預期的，而「別人說的，不是不確實；就是過於確實。」「不確實」就是杜撰的虛假，這裡面如果是誣謗傳主自然的不會被傳主接受，而即使是讚頌的也很可能被極少一部分人不接受。「過於確實」就是指的傳記完全真實的展現傳主，而這也是一般人所不能接受的，因為「人全有一兩件不樂意讓別人知道的事情，倘或公布出來，無論怎樣，對於自己也是不利的。如果自己沒有死，可以更正一下，倘在蓋板之後！死無對證，豈非十分危險？」〔註82〕但是這一局限性卻是阻礙自傳發展的，因為這樣發展出來的自傳不真實，這就違背了傳記的本質和核心。第二種則是書寫資料的局限，即使著者以最真誠的態度去書寫，但是傳主資料的掌握上有天然的劣勢，因為「我們所知道的當然沒有比自己更清楚明白了，以自己來寫自己，來解剖自己，其成功無疑是別人所不能及的。」〔註83〕傳主個人材料直接影響到對傳主真容的塑造，邵洵美說認為傳記的目的在於「真確地敘述一個人的真相」，認為「最瞭解自己的是自己」，所以他認為自傳比他傳更能顯露真相。〔註84〕這些對他傳局限性的發現，對自傳優點的審視在中國現代傳記文學理論發展史具有里程碑意義。

二、胡適和同時期人對「自傳」的倡導及其原因

　　因為胡適的個人影響力，他倡導寫自傳的故事就廣為流傳，而等到他的

〔註81〕庚波：《「自傳」雜話》，《新壘》1933 年第 2 卷第 2 期。
〔註82〕漫天：《關於自傳》，《益世報（天津版）》1933 年 5 月 2 日。
〔註83〕王光濟：《自傳能否替代小說的地位》，《民報》1936 年 10 月 14 日。
〔註84〕A.Maurois：《談自傳》，邵洵美翻譯《新月》1931 年第 3 卷第 8 期。

《四十自述》在《新月》雜誌連載後很快就造成了廣泛的影響。許嘯天在《四十自述》發表了三章後便評論說：「胡適博士他近來常常對人說寫自傳的好處，他不但是說，還幾次在新月雜誌上發表他的《四十自述》。」〔註85〕邵洵美在《四十自述》發表了四章後便評論說：「自從胡適之先生在新月發表了他的自傳幾章，便引起了外界許多人對於自傳的注意」。〔註86〕胡適的朋友汪亞塵在胡適《四十自述》的影響下，也寫了一篇《四十自述》，而且在開頭說明了自己作傳的原因：「關心我的朋友們，常常問我研究藝術的經過，我總沒有說過一次透徹的話。二十年冬，我從歐洲歸國時候，有一次約胡適之在我家裏吃茶點，我問起他的一篇《四十自述》，他說：『寫自述，可以把前後思想自己回顧一下，很有意思。』我早就有上面兩個動機，所以現在我也來寫我的「四十自述」。」〔註87〕從這段話可以看出，胡適及其朋友寫自傳的主要目的不是為了寫「自己」，而是為了寫自己的思想，並留下相關的史料。可見以胡適為中心，受胡適影響和提倡寫自傳的這些人，他們普遍還是把個人從屬於歷史，從屬於時代，寫自己這一個體是為了記錄時代，認識歷史。而陳獨秀，既和胡適相熟，又同樣是中國近代史上舉足輕重的人物，他的自傳觀，也足以說明時人對自傳的主流態度，他說：「我現在寫這本自傳，關於我個人的事，打算照休謨的話——力求簡短，主要的是把我一生所見聞的政治及社會思想之變動，盡我所記憶的描寫出來。」〔註88〕

逸鷗的《談傳記文學》一文就從胡適在《四十自述》的序言談起中國的自傳和傳記文學。他認為胡適「熱心的拋出去的『磚瓦』，也畢竟沒有落空」，使得在當時的文壇，「傳記文學也佔據一角重要的地位」，而且「最近兩三年中，自傳的風氣頗為盛行」。以至作者認為「傳記的風氣，經過這一番的推波助瀾，在我們文學的領域，不久的將來，一定能放一異彩。」但是自傳在當時的情況是：「嘗試這種新興的文體的，在中國，現在還只限於一部分文人，尤其是三四十歲的文人。其他實業家，革命家，政治家，以及在社會上負有聲望的名流學者，還沒有拿起自己的筆桿來替自己寫照的興趣。」所以作者說：「我們也正如胡先生的希望一樣，希望老一輩有地位的人們，趁著一息尚存的時光，能夠將一己寶貴的一生留下些痕跡。這樣，不特給後世的史家填些寶貴的史料，

〔註85〕許嘯天：《人人應該寫的》，《紅葉》1931年第60期。

〔註86〕A.Maurois：《談自傳》，邵洵美翻譯，《新月》1931年第3卷第8期。

〔註87〕汪亞塵：《四十自述》，《文藝茶話》1933年第2卷第3期。

〔註88〕陳獨秀：《實庵自傳（第一章：沒有父親的孩子）》，《宇宙風》1937年第51期。

對於目前方興的傳記文學，也可以予以莫大的推動。」〔註89〕逸鷗這篇文章等於把胡適和同時期其人倡導自傳的兩個原因明白的說了出來：為史家積累史料；促進中國傳記文學的發展。

三、「自傳」書寫的多種形式及其「新」探索

由於本時期域外傳記的大量譯介，人們對自傳已經了有了比較充分的瞭解，尤其是懂外語的作家和學者，如郁達夫，他說：「自傳的樣式，實在多不過。上自奧古斯丁的主嚇上帝呀的叫喚祈禱，以至『實際與虛構』的詩人的生涯，與夫盧騷的那半狂式的己身醜惡的暴露等等，越變越奇，越來越有趣味。」〔註90〕郁達夫雖然沒有盡舉自傳的各種樣式，但是卻用最知名的三部作品——聖奧古斯汀和盧梭的《懺悔錄》和歌德的《詩與真》舉例說明。其中《懺悔錄》已經和當時國人通常認為的自傳大有不同，而可以作為文藝理論的《詩與真》就更不用說了。這幾部作品雖然篇名沒有「自傳」一詞，但是「自傳」含金量卻很高，在傳記史上有重要的地位。相反，也有很多名為「自傳」的「自傳」含金量很低的著作，例如《約德的自傳》：「約德先生的自傳是很別致的，既沒有講到思想生活，也沒有講到實際生活，只是許多零零碎碎的意見，關於食，關於色，關於戰爭，關於政治，關於一切。」所以作者認為：「本書其實是論文集，並不是傳記」。並認為「看過約德先生他種著作的人，不必再看這本有名無實的自傳，而單看了這本有名無實的自傳，簡直也不要更看約德先生他種著作。」〔註91〕

本時期中國自傳的發展的主要特點：一是沒有誕生《懺悔錄》《詩與真》這一級別的自傳，二是有名無實的自傳泛濫。另外，當時也有一些人大膽的探索自傳的書寫形式，如蔣逸霄的《綠箋》，以情書的形式寫自傳，「蔣逸霄女士的《綠箋》，大約也是把真的信札而成的，雖則作者在小引裏說是『無意拾得』的，……這些信札，究竟是否為作者與戀人相互來往的信札？我們亦不必過分加以考據研究，總之，像那樣真摯情感的文章，決不是由作者所能面壁空造的。……《春痕》是可以假定為情書的作品，《綠箋》卻是確定的情書，……」〔註92〕

〔註89〕逸鷗：《談傳記文學》，《中央日報》1937 年 1 月 19 日。
〔註90〕郁達夫：《所謂自傳也者》，《人間世》1934 年第 16 期。
〔註91〕中書君：《約德的自傳》《大公報》（天津）1932 年 12 月 22 日。
〔註92〕張若谷：《中國現代的女作家》，《真美善》1929 年女作家號。

　　隨著域外傳記的廣泛譯介，無論是傳記文學理論研究還是傳記文學書寫在本時期也都有長足的發展，尤其是自傳文學，甚至出現了「自傳年」——1934年——「今年，正是中國自傳流行的年頭，一跨進書店的門，你就可以接觸到一本一本的自傳，排列在書賈們的書櫃」〔註93〕，「不管到哪一家新書店，不管翻開哪一種雜誌或副刊，總可以看到作家的自傳的」，〔註94〕「不論那一家書店，那一個出版者，均紛紛出版某某自傳」〔註95〕。這些都和「現代性」在中國的持續生長／啟蒙有關，和個人、個體、個性的自由持續的解放有關。這也可以解釋現代傳記文學何以是「現代」的，何以是「個體」的，現代傳記文學只有找到了適合它的土壤才能發展。以這樣的態勢發展下去，中國是有可能出現經典甚至偉大的現代傳記文學作品的。但是，就像整個中國文學自晚清以來就面對的救亡／啟蒙困境一樣，當中國現代傳記文學剛剛在「現代性」的方向上開始大踏步邁進時，卻不得不突然轉向，再一次投入救亡的大潮。

〔註93〕秋濤：《所謂自傳也者》，《讀書顧問》1934年第3期。
〔註94〕杜若：《自傳年》《一周間（上海1934）》1934年第1卷第3期。
〔註95〕馮江：《談自傳》，《天津益世報》1934年6月23日。